Édouard BRASEY

LE DERNIER PAPE

Éditions SW Télémaque

Éditions Télémaque 7, rue Pérignon, 75015 Paris
www.editionstelemaque.com
ISBN : 978-2-7533-0159-7

Pour Stéphanie,
qui m'a soutenu et accompagné jour après jour
dans cet extraordinaire voyage que représente l'écriture d'un roman.

« Rome est une ville merveilleuse
pour attendre la fin du monde. »
Gore Vidal dans *Fellini Roma*, 1972

« Tant que le Colisée sera debout, Rome sera debout ;
quand le Colisée s'écroulera, Rome s'écroulera ;
quand Rome s'écroulera, le monde entier s'écroulera. »
Bède le Vénérable, VIIIe siècle apr. J.-C.

1

Rome, Circus Vaticanus, 65 après Jésus-Christ

Lorsqu'il sentit les clous s'enfoncer dans les paumes de ses mains et ses os se briser en un craquement sec, Pierre poussa un cri d'extase.

– Seigneur ! Je serai bientôt près de toi !

Au pied de la colline vaticane, la septième colline de Rome, le cirque de Néron était écrasé de chaleur. C'était jour de crucifixion, et des centaines de corps disloqués, couverts de plaies à vif, se tordaient en de grotesques postures sur des gibets de bois. Les hurlements de souffrance se répercutaient contre les murs d'enceinte, puis s'achevaient en plaintes lorsque la force abandonnait ces pantins désarticulés. Se trouvaient là, pêle-mêle, des étrangers, des esclaves, des brigands, des voleurs, des parjures et des chrétiens. La lie de l'humanité, vouée à une fin douloureuse et dégradante, liée et clouée à des poteaux par des esclaves armés de maillets.

Sous leurs cuirasses et leurs casques de fer plaqués d'argent, deux légionnaires romains transpiraient à grosses gouttes dans le feu de l'implacable soleil romain. Appuyés sur leurs boucliers de bois recouverts de cuir et leurs javelots alourdis de plomb, ils assistaient sans états d'âme à la crucifixion du vieillard allongé sur sa croix de bois.

– Qui c'est, celui-là ? demanda le premier en essuyant d'un revers de main son visage huilé de sueur. Il semble prendre plaisir à sa torture.

– C'est un étranger, répondit l'autre. C'est pour ça que notre préfet Agrippa l'a condamné à l'humiliation de la croix. Seuls les citoyens romains ont le privilège d'être décapités. La mort est instantanée, tandis que là…

Il rit grassement puis cracha par terre. Le jet de salive emperlé de mucus vint s'écraser sur le sol déjà souillé de sang, d'urine et d'excréments.

– Oui, ça peut durer des heures, reprit le premier. Et nous, on doit rester à attendre qu'il crève…

– Eh oui, qui sait ? Il pourrait se détacher de sa croix et s'envoler dans les airs, comme ce fameux Simon le magicien !

Les deux légionnaires s'esclaffèrent bruyamment, tandis que les clous perçaient les chevilles de Pierre, faisant surgir des esquilles pointues de la chair tuméfiée.

– Seigneur ! Cette fois-ci je ne te renierai pas ! Je te suivrai jusqu'au bout !

– À qui il parle ? reprit le premier légionnaire. C'est peut-être un esclave qui appelle son maître ?

– Non, c'est sûrement l'un de ces chrétiens qui refusent de rendre le culte impérial aux dieux pour adorer ce soi-disant prophète crucifié à Jérusalem il y a trente ans.

– Oui, j'en ai entendu parler. Un certain Jésus de Nazareth, je crois. Ses disciples sont des illuminés, des fanatiques. C'est eux qui ont mis le feu à Rome l'année dernière. Ils croient en une obscure prophétie égyptienne qui dit que l'apparition d'une nouvelle étoile dans le ciel est le signe de la chute prochaine de la « grande et mauvaise ville », la « Babylone » moderne.

– Je m'en souviens comme si c'était hier. L'incendie a duré neuf jours et neuf nuits. Sur les quatorze quartiers de Rome, onze ont été entièrement détruits. Tout ça à cause d'une stupide superstition. Heureusement, notre empereur Néron a ordonné un juste châtiment des chrétiens à l'origine du désastre…

Le premier légionnaire jeta un regard noir vers le crucifié.

– Il n'a donc que ce qu'il mérite. Ces chrétiens sont des criminels,

obsédés par des croyances morbides. Comment peuvent-ils vénérer un dieu déjà mort, et mort dans l'abjection de la croix, qui plus est ?

– Ils croient qu'il n'est pas mort. Enfin, qu'il aurait ressuscité trois jours plus tard. On a retrouvé son tombeau vide…

– Tu parles ! Tout le monde sait que son corps a été volé par ses disciples. Tiens, ça ne m'étonnerait pas que ce vieux-là en fasse partie. Il a l'âge d'avoir connu le prétendu prophète. Et il a l'air tellement d'y croire !

Le visage de Pierre grimaçait de douleur. Un filet de bave suintait de ses lèvres sèches et coulait sur sa barbe jaunie. Son corps nu, amaigri par les jeûnes, lacéré par les lanières de fouet lestées de plomb, ensanglanté comme viande de boucherie, tressaillait sous la morsure du soleil et le harcèlement des mouches enivrées. Il écarquilla ses yeux noirs comme le jais et se mit à éructer des imprécations :

– Babylone corrompue ! Grande prostituée ! Putain de Caligula et de Néron ! Rome, je te maudis ! Tu finiras brûlée dans les flammes de l'Enfer ! Le lieu de mon supplice sera à jamais damné, et subira pour les siècles des siècles le joug des tyrans et des ennemis du Christ !

– Qu'est-ce qu'il lui prend ? Il délire ? s'inquiéta le premier légionnaire. Je vais le calmer, l'animal !

De la pointe de son javelot il tisonna le corps de l'apôtre, comme s'il remuait une bûche, arrachant au supplicié de nouveaux cris de douleur.

– Peut-être qu'il prophétise, répondit le second. Pour moi, c'est du pareil au même… C'est comme pour l'incendie de Rome. Si on le laissait faire, il serait prêt à recommencer…

Pierre hurlait de plus belle, saisi de convulsions sous les coups du légionnaire qui lui lardait les flancs.

– Seigneur, je me rappelle tes paroles : « Tu es Pierre, et sur cette pierre je bâtirai mon Église. » Dans mon orgueil de pécheur, j'ai cru être la pierre d'angle de cette Église. Je me trompais…

En proie à la fièvre et au vertige, il se mit à balbutier des phrases à peine audibles, la gorge embarrassée de sang et de bile.

– Ton Église… Elle n'est pas de ce monde… Les hommes sont

indignes de te servir. Les hommes sont des bêtes… Des bêtes assoiffées de sang, de haine et de violence.

Il eut un hoquet et cracha un flot de sang. Mais il continuait malgré tout à vaticiner.

– S'ils bâtissaient une Église en ton nom… Elle deviendrait la proie des démons…

Puis il rassembla ses forces déclinantes pour lancer des imprécations d'une voix forte.

– Écoutez les derniers mots de Pierre, le disciple du Christ : « À la fin des temps, une étoile de feu tombera du ciel sur la ville maudite et la colline vaticane. Rome périra dans les flammes, et ce sera la fin du monde ! »

– Il faut le faire taire ! gronda le premier légionnaire. Le bonhomme est si vieux qu'il n'a plus toute sa tête. Un autre coup de javelot au côté et on sera tranquilles.

– Non, laisse-le divaguer… Il est fou mais il m'amuse. La plupart des crucifiés se contentent de pleurer et de se plaindre. Lui, au moins, il a de la conversation, même si je ne comprends rien à ce qu'il dit. Voir des gens agoniser et mourir, c'est amusant au début, mais ça devient vite ennuyeux… Un peu de distraction ne nous fait pas de mal.

Les esclaves avaient fini de clouer Pierre sur sa croix. Ils s'appliquaient à présent à dresser la potence afin de l'enfoncer verticalement dans le sol. Mais sitôt qu'il fut debout, le disciple du Christ fut pris de tremblements et s'écria d'une voix affolée :

– Non ! Il ne faut pas… À travers moi, c'est le Seigneur que vous crucifiez une seconde fois ! Il ne faut pas !

– Il faudra bien que tu y passes, pourtant ! le sermonna le premier légionnaire. La croix ! C'est le châtiment que tu mérites !

Il cracha vers Pierre qui grimaçait de douleur.

– Si vous me crucifiez… Crucifiez-moi à l'envers… La tête en bas. Pierre a choisi de marcher dans le Ciel, non sur la terre… Le lieu de mon supplice… boira mon sang… non mon âme.

Interloqués par cette étrange supplique, les bourreaux se tournèrent vers les deux légionnaires romains, chargés de surveiller leur besogne. Les hommes cuirassés se concertèrent à mi-voix.

– Quelle est cette nouvelle lubie ? Être crucifié la tête en bas ? Je n'ai jamais rien entendu de pareil. Et le règlement ?

– Le règlement ordonne que les étrangers, les esclaves condamnés et les chrétiens doivent être crucifiés jusqu'à ce que mort s'ensuive, il ne précise pas dans quel sens ils le seront. Pourquoi ne pas accorder cet ultime plaisir à notre ami ? D'ailleurs, je suis sûr que ce raffinement sera au goût de notre empereur Néron.

Le légionnaire tendit le bras, pouce en l'air, puis le retourna vers le sol, intimant l'ordre aux esclaves de renverser la croix de Pierre. Ces derniers s'exécutèrent avec de grands ahans. La tête du crucifié frôlait à présent la boue du cirque, mais ses yeux contemplaient le ciel. Ses lèvres remuaient, mais aucun son ne sortait de sa bouche. La position dans laquelle il se trouvait oppressait ses poumons et le condamnait à une lente asphyxie. Une bave blanchâtre mêlée de mucus et de filaments de sang s'échappait de ses lèvres craquelées et venait noyer ses yeux vitreux dont les vaisseaux avaient éclaté.

– Je me demande ce qu'il a bien pu vouloir dire, tout à l'heure, avec son histoire d'église bâtie sur une pierre, questionna l'un des légionnaires. Tu crois qu'il parlait d'une sorte de temple, ou bien d'une tombe ? On dit que les chrétiens se recueillent sur le tombeau de Jésus, à Jérusalem. Est-ce qu'ils pourraient faire de même avec notre bonhomme ?

– Tu sais bien que c'est impossible, répondit l'autre. Les corps des crucifiés ne sont pas enterrés. Leurs dépouilles sont livrées aux rapaces et aux animaux sauvages, ou bien sont brûlées à la nuit tombée. Leurs ossements et leurs cendres sont jetés dans le Tibre.

Le légionnaire donna un coup de pied à une pierre qui roula dans la fange fétide du cirque.

– Non, ne t'inquiète pas : d'ici quelques heures, il ne restera rien de ce malheureux, et on oubliera tout de lui, jusqu'à son nom. Et le cirque de Néron n'abritera jamais ni son tombeau, ni son église. Mais on devrait peut-être rapporter à l'empereur les étranges paroles

de ce pauvre fou. On ne sait jamais. Peut-être qu'il y accordera plus d'importance que nous autres…

Le visage de Pierre commençait à enfler sous la pression sanguine. Ses yeux pleuraient des larmes et du sang. Il urina, et le liquide chaud et acide coula sur ses plaies à vif, attisant le feu de sa douleur. D'une voix étouffée, il marmonna une dernière fois sa terrible prophétie :

– « À la fin des temps… une étoile de feu tombera du ciel sur la ville maudite et la colline vaticane… Rome périra dans les flammes… et ce sera la fin du monde ! »

Puis il rendit l'esprit et remit son âme au Seigneur.

JEUDI 13 DÉCEMBRE

2

Depuis les larges baies vitrées de son confortable bureau du Vatican, le cardinal secrétaire d'État Annibal Pantalucci regardait le soleil se lever sur la place Saint-Pierre.

Au centre de la vaste esplanade de forme elliptique se dressait fièrement l'obélisque, le seul vestige romain conservé sur ce site voué à la gloire de la chrétienté. C'est à cet endroit précis, disait-on, que saint Pierre avait été supplicié, au cœur même de ce qui était à l'époque le Circus Vaticanus, le cirque de Caligula et de Néron.

– On dit que le christianisme est une religion de la paix, murmura le cardinal. Je n'ai jamais cru à cette définition angélique et béate, destinée à rassurer le bon peuple. Notre sainte Église est née dans le sang, la torture et la violence. Et cet obélisque est là pour nous le rappeler.

Rompant avec sa courte méditation, le cardinal revint à sa table de travail, alluma un cigarillo et sonna son secrétaire particulier, Augusto Ferrato, jeune prélat issu d'une riche famille romaine, fraîchement émoulu du grand séminaire. Il se présenta presque aussitôt à lui. C'était un jeune homme de belle apparence, grand et mince, la peau très blanche. Le moindre de ses gestes était marqué par cette élégance indolente qui n'appartient qu'à ceux qui ont toujours été gâtés par la vie.

Augusto avait encore les yeux gonflés de sommeil. Depuis qu'il était à son service, il avait dû se plier aux horaires du secrétaire d'État qui se levait à 5 heures et aimait à régler les affaires courantes alors que ses contemporains paressaient encore dans leur lit. Il voulait conserver en permanence une longueur d'avance sur les autres, et demeurer le maître du jeu. Considéré comme le numéro deux du Vatican, juste après le pape, il était notamment chargé des relations diplomatiques avec les États du monde entier. Cette lourde charge impliquait de nombreuses responsabilités mais également une immense liberté de manœuvre. Le secrétaire d'État n'avait de comptes à rendre qu'au pape lui-même, et s'occupait directement des affaires diplomatiques avec ses homologues étrangers, ce qui en faisait l'un des membres les plus puissants et les plus influents de l'Église. Si le Saint-Père incarnait avant tout le pouvoir spirituel, le cardinal secrétaire d'État assumait le pouvoir temporel de l'institution religieuse au plan mondial. Et Annibal Pantalucci ne se privait pas d'exercer ce pouvoir de toutes les manières possibles.

– Votre Éminence désire ?

– Augusto, as-tu mis à jour la liste du Sacré Collège ? interrogea Pantalucci en exprimant un large rond de fumée de sa bouche sensuelle.

– Oui, Éminence, j'ai la liste complète des cent douze cardinaux électeurs du Collège cardinalice, répondit le jeune homme de sa voix douce et posée, légèrement traînante.

– Tiens, je croyais qu'ils étaient cent quinze ?

– Trois d'entre eux viennent de franchir la limite d'âge fixée à quatre-vingts ans pour être éligible. Le cardinal-évêque Sambruzzi, le cardinal-prêtre Roméro et le cardinal-diacre Matthew.

– C'est très bien, ils ne sont pas de notre bord. Sambruzzi, notamment, nous déteste. Il faut dire qu'il fricote avec les membres de l'Opus Dei, qui n'ont jamais supporté d'être poliment mis à l'écart par le pape. Ils s'étaient habitués à avoir tous les droits sous le précédent pontife. Et nos amis de la Compagnie de Jésus ?

– La proportion de cardinaux sympathisants est en nette hausse, grâce aux dons généreux accordés par Son Éminence.

Le cardinal laissa se dessiner un fin sourire sur son visage carré, hâlé par le soleil romain, surmonté d'une chevelure poivre et sel savamment peignée sur laquelle était fixée la calotte rouge. Il porta son cigarillo à la bouche et tira longuement dessus. Le splendide saphir d'un bleu assorti à ses yeux, enchâssé dans son anneau cardinalice en or frappé aux armes du pape, lançait des lueurs tranchantes.

– Tous les hommes ont leurs faiblesses, Augusto. Même les plus saints d'entre eux. C'est faire aveu d'humilité que de le reconnaître. Apprécier les bonnes choses de la vie n'a jamais empêché d'aimer son prochain, au contraire. Monseigneur Aldonza a-t-il été satisfait de sa caisse de Petrus ?

– Ravi, Éminence. Il était aux anges, si je puis me permettre cette image.

– Tu peux, Augusto, tu peux. Sa voix nous est donc acquise, s'il arrivait malheur à notre Saint-Père. À propos, comment va-t-il aujourd'hui ?

– Mal, Éminence. Les médecins sont en permanence à son chevet. Le scandale lié à la publication de sa correspondance privée en mai dernier et le limogeage de son majordome l'ont profondément affecté. Depuis, il n'est plus le même. On dirait qu'il se laisse mourir…

– Et que dit-on dans la curie ?

– Votre nom est sur toutes les lèvres, Éminence. Vous êtes donné favori parmi les *papabile*.

– Il y a loin de la coupe aux lèvres, Augusto. Être favori est une chose. Être élu en est une autre. Et puis, traditionnellement, les « Jèses » s'engagent à ne pas briguer de dignité particulière en dehors de leur appartenance à la Compagnie de Jésus, à moins d'y être contraints par leur vœu d'obéissance à une cause supérieure. En devenant cardinal et en acceptant la charge de secrétaire d'État, j'ai dû démissionner officiellement de la Compagnie, et ne suis plus sous l'obédience du Supérieur général des Jésuites.

– Le « pape noir »...

– Oui, Augusto. Le chef suprême des jésuites. J'ai troqué le noir du froc des jésuites pour la pourpre cardinalice, mais si je suis élu, on se souviendra de mes origines. Je serai le premier pape jésuite de l'histoire. Le premier pape noir !

Le cardinal Annibal Pantalucci tourna le dos à son secrétaire et s'abîma à nouveau dans la contemplation de l'obélisque de la place Saint-Marc. Sa haute taille masquait en partie la fenêtre. Des volutes bleues se dégageaient de l'extrémité de son cigarillo. Il se voyait déjà coiffé de la tiare de saint Pierre. Le poste de secrétaire d'État ne suffisait plus à calmer sa soif de pouvoir et d'ambition. Il ne voulait plus se contenter de la deuxième place, malgré tous les honneurs et l'influence qu'elle lui procurait. Il voulait être le numéro un. Il voulait être pape.

– Regarde cette place, Augusto. Chaque matin, le soleil se dresse dans l'alignement parfait de cet obélisque, face à l'entrée de la basilique. Contrairement à toutes les églises chrétiennes, dont le cœur est dirigé vers le levant, c'est vers le couchant que Saint-Pierre est orientée. Le jour se lève non sur le temple saint de l'église, mais sur cette place ornée de son obélisque païen. Tu ne t'es jamais posé la question de savoir pourquoi ?

– Non, Éminence.

Le secrétaire d'État se retourna et scruta de ses petits yeux bleus, perçants et froids comme l'eau d'un glacier, le jeune prélat qui se trouvait sous ses ordres.

– L'orientation de la basilique Saint-Pierre est inversée, tout comme l'apôtre Pierre a été crucifié la tête en bas. Cela veut dire que le siège de l'Église catholique romaine n'est pas tourné vers Dieu, mais vers le monde. Notre Église est terrestre, plus matérielle que spirituelle. Le pape est le prince de ce monde, il règne sur un milliard de catholiques qui, mieux que Dieu, lui confèrent son pouvoir sur la terre.

Le jeune secrétaire soutenait le regard du cardinal, mais il ressentait en lui-même un certain malaise. Il était pourtant habitué aux raisonnements étranges du cardinal, qui maniait avec maestria l'art du paradoxe, quitte, parfois, à frôler le blasphème ou l'hérésie. Augusto n'avait guère été rompu à ces joutes théologiques durant ses années de formation, et il se demandait parfois si le cardinal n'était pas le diable en personne. Il en avait en tout cas le charisme et la séduction intellectuelle. C'est pourquoi, malgré ses doutes, Augusto vouait une admiration et une dévotion totales à son maître.

– Je te choque, Augusto ? s'interrompit Pantalucci en arrondissant ses lèvres pour produire un rond de fumée parfait.

Le jeune prêtre masqua son embarras et répondit d'une voix qu'il s'efforça de rendre naturelle :

– Non, Éminence… Mais j'avoue que vous maniez la rhétorique de manière singulière. C'est si différent de ce que j'ai appris au séminaire…

Le cardinal sourit largement, dévoilant une double rangée de dents très blanches impeccablement alignées, qui ajoutaient encore à sa séduction. Séduction dont il savait user avec une parfaite maîtrise pour parvenir à ses fins, auprès des hommes comme des femmes.

– Ah ! Le séminaire ! Cela me rappelle ma jeunesse auprès des bons pères jésuites. C'est eux qui m'ont appris que la foi se nourrit de doutes autant que de certitudes. De remises en question. Et d'interrogations sur la mort. Car le monde que nous connaissons s'approche inéluctablement de sa décadence et de sa fin, comme le soleil se couche à l'horizon. Les hommes regardent toujours en arrière, vers le passé. Sais-tu pourquoi ils aiment tant les couchers de soleil ? C'est parce qu'ils sont attirés par ce qui meurt, qu'il s'agisse du soleil, de leur vie ou de leur civilisation. La mort inquiète et fascine. Sans elle, et la peur qu'elle éveille chez le bon peuple, la religion n'existerait pas. Nous avons beau prêcher la bonne parole, le culte de l'amour et le respect de la vie, nous ne sommes en fin de compte que des fossoyeurs. As-tu la foi, Augusto ?

Le jeune secrétaire se sentit à nouveau embarrassé par cette curieuse question. Il hésita :

– Mais… Oui, Éminence.

Le cardinal demeura un long moment à fixer le jeune homme de son regard dur. Puis il écrasa le mégot de son cigarillo dans son cendrier plein et murmura d'une voix presque inaudible :

– Tu as de la chance, Augusto. À condition que tu en sois vraiment convaincu, bien entendu… Lorsque tu seras ici depuis aussi longtemps que moi, tu auras beaucoup de mal à en dire autant.

Puis, plus fort :

– Ce sera tout, Augusto. Tu laisseras la liste du Collège cardinalice sur mon bureau.

– Très bien, Éminence.

Dès que le secrétaire eut quitté la pièce, le cardinal consulta sa montre, une Rolex dernier cri, puis se dirigea vers le téléphone et composa un numéro sur sa ligne sécurisée. Le correspondant répondit au bout de la cinquième sonnerie.

– Que Son règne vienne…, chuchota Pantalucci.

– Que Sa volonté soit faite sur la Terre comme au Ciel, répondit une voix teintée d'un fort accent argentin.

– Je ne te réveille pas, Gabriel ?

– Non, Éminence. Je contemplais les étoiles…

– Quelle heure est-il, chez toi ?

– Huit heures de moins qu'à Rome. Nous avons un beau ciel, cette nuit.

– Toujours rien de neuf, dans ce beau ciel pur ? Toujours pas de signes ?

– Rien pour l'instant, Éminence. Mais je connais comme vous la prophétie de la voyante : *Quand vous verrez une nuit illuminée par une lumière inconnue…*

– Oui, les prophéties de Fatima vont bientôt de se réaliser, j'en ai la certitude. L'époque que nous vivons est favorable aux signes célestes. Le pape est au plus mal. Le Saint-Siège aura bientôt un nouveau locataire… Il serait bon que cette élection soit marquée par un prodige. Le peuple n'a plus la foi. Pour croire, il a besoin de miracles. Ou de menaces d'un châtiment universel.

– La fin du monde.

– Je ne t'en demande pas tant, Gabriel ! rétorqua le secrétaire d'État dans un grand rire. Je me contenterai d'une belle comète. Elle ne devrait pas tarder. Les temps sont venus. Tous les textes prophétiques concordent sur ce point. L'Apocalypse de saint Jean. L'Apocalypse apocryphe d'Élie. Les *Prophéties* de Nostradamus. Celles de Malachie. Et celles de Fatima, bien sûr. Nous vivons les derniers temps, Gabriel. L'Église que nous avons connue est foutue, nous le savons tous les deux. L'heure est venue de se préparer à un nouveau règne…

– L'étoile du Matin…

– Il est temps de porter une lumière nouvelle dans ce monde, Gabriel. Je compte sur toi pour mettre le Ciel de notre côté…

3

Le père Gabriel Andréa reposa le téléphone et leva les yeux vers le ciel immense de l'Arizona. Il se trouvait dans la rotonde de l'Observatoire astronomique du Vatican installé au sommet du mont Graham, à près de 3 300 mètres d'altitude. Un lieu désertique et sauvage, loin de toute agglomération, propice à la méditation et à l'observation des étoiles. C'est pour cette raison que le Vatican avait choisi d'y construire cet observatoire astronomique de pointe, l'un des plus performants de tout l'hémisphère Nord. Ici, Gabriel se sentait plus près du ciel. Chaque nuit, il observait les étoiles jusqu'à ce que les premières lueurs de l'aube viennent ronger peu à peu les ténèbres de la nuit, révélant une végétation aride et violacée, asséchée par les vents. Il aimait par-dessus tout ces longues veilles solitaires qui lui rappelaient les retraites accomplies dans les monastères jésuites. Regarder le ciel, contempler le ballet des planètes, surveiller la chute des météorites était sa manière à lui de prier, d'être en communion avec le monde.

Âgé de trente-trois ans à peine, le père Andréa avait gravi tous les échelons de la Compagnie de Jésus, après de brillantes études à l'université jésuite del Salvador, en Argentine, suivies d'un doctorat en cosmochimie et astronomie à l'université d'Arizona. Quelques mois plus tôt, le cardinal secrétaire d'État Pantalucci l'avait fait nommer directeur de cet observatoire. Cette nomination avait comblé les vœux du jeune jésuite. Tel un guetteur, il scrutait sans relâche le firmament avec son télescope géant, le Télescope à technologie avancée du Vatican[1], un instrument optique à infrarouges de très haut niveau, de près de trois mètres de diamètre, construit selon la technologie nouvelle du four rotatif. Comme le lui avait demandé le cardinal Pantalucci, il attendait depuis des semaines un signe du Ciel, l'apparition d'une lumière nouvelle.

D'un geste doux, il ouvrit l'exemplaire usé jusqu'à la corde des *Exercices spirituels* de saint Ignace de Loyola qu'il gardait toujours près de lui et lut :

Le premier temps est le matin. Aussitôt qu'on se lève, on doit se proposer de se tenir soigneusement en garde contre le péché ou défaut particulier dont on veut se corriger ou se défaire.

Le religieux ferma les yeux pour une courte introspection. Quel était son défaut particulier ? Depuis toutes ces années passées dans le giron de la Compagnie de Jésus, il s'était évertué à les combattre tous : la paresse, l'avarice, l'envie, la luxure, l'orgueil... Mais toute armure a son défaut, et tout homme sa faiblesse.

Le défaut du père Gabriel tenait en un seul mot : la curiosité. Il ne s'agissait pas d'un péché à proprement parler, mais il devait bien reconnaître que son désir effréné de connaissance l'éloignait de cette foi aveugle et naïve qui caractérise le véritable croyant. Le jeune jésuite ne s'était jamais contenté de cette vision d'un Dieu lointain et tout-puissant, objet d'adoration exclusive et béate, que prêchent les catéchismes. La prière, à ses yeux, n'était pas suffisante pour entrer en contact avec le Créateur. Il était comme saint Thomas, il lui fallait des preuves de l'existence divine. Et ces preuves, il en était persuadé, résidaient non pas dans les obscurs traités de théologie, mais dans la science. Dans la plus noble des sciences, notamment, à laquelle il avait voué sa vie, en parallèle à son sacerdoce, comme tant de prêtres jésuites avant lui : l'astronomie, la science des étoiles. Pour explorer cette science, le

1. *Vatican Advanced Technology Telescope*, ou VATT.

Vatican était prêt à investir des moyens illimités. Et ce n'est pas le cardinal Pantalucci, en qui tout le monde s'accordait à voir le prochain pape, qui lésinerait sur ces moyens.

Gabriel se souvenait que l'inauguration par l'Église catholique romaine de cet observatoire astronomique et de son télescope de pointe en plein désert de l'Arizona avait fait scandale vingt ans plus tôt. On avait reproché au Vatican de dépenser des milliards de lires, puis d'euros, dans un projet démesuré, aussi coûteux qu'inutile, au lieu de venir en aide aux pauvres et aux malades qui ne manquaient pourtant pas de par le monde. Le pape cherchait-il à rivaliser avec la NASA ? Les adversaires de l'Église s'étaient gaussés de cette étrange prétention.

En réalité, Rome s'était toujours intéressée à ce qui se passait dans le ciel, et pas seulement sur le plan spirituel. Le *Specola Vaticana*, l'Observatoire astronomique du Vatican, dépendant directement du Saint-Siège, était l'un des plus anciens du monde. En 1578, le pape Grégoire XIII avait fait construire la Tour des Vents au Vatican, au sommet de laquelle s'étaient réunis les astronomes jésuites et les mathématiciens du Collège romain afin d'y élaborer la réforme du calendrier promulgué en 1582. Le 14 mars 1891, le pape Léon XIII avait fondé le premier observatoire astronomique sur la colline du Vatican, à l'arrière de la basilique Saint-Pierre. C'est là qu'au début du XXe siècle un autre astronome jésuite, le père Angelo Secchi, avait mis au point la première classification des étoiles sur la base de leur spectre. En 1910, la *Specola* s'agrandit encore, lorsque Pie X lui confia le pavillon que Léon XIII avait fait édifier dans les jardins du Vatican. Mais le développement urbain de Rome, accompagné d'un surcroît d'éclairage électrique, finit par rendre le ciel impropre à toute observation de qualité. En 1939, Pie XI fit construire un nouvel observatoire ultramoderne à 35 kilomètres au sud de Rome, dans sa résidence d'été de Castel Gandolfo, en l'équipant de trois nouveaux télescopes et d'un laboratoire d'astrophysique destiné à réaliser des analyses spectrochimiques. Il en confia tout naturellement la direction aux pères jésuites. Quarante ans plus tard, le second observatoire astronomique rattaché au Saint-Siège fut donc construit, non plus à Rome ou ses alentours, ni même en Italie ou en Europe, mais au beau milieu du désert de l'Arizona, près de la côte Sud-Ouest des États-Unis. Et confié, une fois de plus, aux jésuites.

Dès 1981, le *Vatican Observatory Research Group* (VORG) avait été fondé à Tucson, Arizona. En 1984, lorsque l'université Steward d'Arizona avait obtenu l'autorisation de construire un observatoire international au sommet du mont Graham, le Vatican s'était aussitôt associé à l'entreprise. En 1993, l'Observatoire du Vatican avait achevé la construction du Télescope à technologie avancée.

Gabriel se rappelait également qu'on avait reproché à Rome d'avoir établi son observatoire sur un territoire apache, dans un déni total de la liberté de culte des peuples natifs, en mettant par surcroît en péril l'équilibre écologique de la région en abattant plus de mille arbres de hautes futaies.

Dzill Nchaa Si An, « La Grande Montagne Assise », tel était le nom que les Indiens Apaches de la réserve San Carlos avaient donné au mont Graham.

Sur les trente-deux chants de vie que le Créateur des Ancêtres avait légués aux Apaches, seize se référaient directement à ce lieu saint et inviolable où demeurait le Grand Esprit. Mais les Indiens ne pouvaient plus accomplir leurs rites et pratiquer leurs danses sacrées près des sources magiques qui sourdaient des entrailles généreuses de la Terre mère. Le mont Graham avait été exclu de leur réserve en 1873, puis accaparé un siècle plus tard par l'université d'Arizona et le Vatican. Les Indiens avaient lutté durant des années pour retrouver leur terre, multipliant les procédures judiciaires et les rencontres avec les instances romaines. En pure perte.

En 1991, le directeur de l'Observatoire du Vatican, le père jésuite George V. Coyne, leur avait adressé une fin de non-recevoir : « Après des études longues et approfondies de la part d'experts, il n'y a, pour ce que nous en savons, aucune signification religieuse ou culturelle dans le lieu spécifique de l'Observatoire. Par conséquent, l'Observatoire du Vatican poursuivra la construction et le fonctionnement du Télescope à technologie avancée du Vatican sur le mont Graham. »

Ce n'était pas tout.

Près du télescope du Vatican, l'Observatoire international du mont Graham avait inauguré en 2004 le plus grand télescope du monde, composé de deux miroirs de 8,40 mètres de diamètre placés sur la même monture, ce qui équivalait à un diamètre de 11,80 mètres. Ce télescope géant avait pour nom *Large binocular telescope near-infrared Utility with Camera and Integral Field unit for Extragalactical Resarch*. Comme il était d'usage dans les milieux de la recherche astronomique, les savants avaient réduit cette phrase complexe sous la forme d'un acronyme, composé des premières lettres de certains mots, correspondant au nom d'un personnage mythologique, comme cela avait été le cas lors du programme Appolo. Or, l'acronyme choisi pour le télescope du mont Graham était LUCIFER !

En 2011, un télescope jumeau avait été adjoint au premier, surnommé tout naturellement LUCIFER 2. Certes, ces télescopes n'étaient pas dirigés par le Vatican, mais par un consortium international, réunissant notamment l'université d'Arizona et une université catholique privée, l'université Notre-Dame, dans l'Indiana. Mais au terme d'un accord au sein de l'Observatoire international du mont Graham, les astronomes du Vatican avaient librement accès à tous les télescopes modernes de la région, notamment les deux LUCIFER.

Les sites internet férus de conspirationnisme avaient fait leurs choux gras de cette révélation : « Le Vatican et les jésuites baptisent leur télescope Lucifer ! » Les institutions catholiques s'étaient à leur tour émues de cette étrange appellation, et avaient supplié le Vatican de donner à LUCIFER un patron moins sulfureux. LUCIE, par exemple. Mais toutes les réclamations étaient restées lettre morte. Après tout, le *Large binocular telescope* n'était pas du ressort de l'Observatoire du Vatican, mais du consortium chapeauté par l'université d'Arizona.

Le jeune prêtre balaya ces souvenirs et tourna à nouveau ses regards vers le ciel. Dans quelques heures, la planète Vénus s'élèverait au-dessus de la ligne d'horizon, brillant de tous ses feux. Vénus, l'étoile du Berger. Celle qui avait guidé les Rois mages vers Bethléem, deux mille ans plus tôt. Vénus, l'étoile du Matin, surnommée Phosphorus ou Lucifer par les Anciens. La même étoile était associée au Christ et à Lucifer. Ce paradoxe avait toujours amusé Gabriel. Il rouvrit les *Exercices spirituels* au quatrième jour de la seconde semaine, et lut :

Méditation des deux étendards, l'un de Jésus-Christ, notre chef souverain et notre Seigneur ; l'autre de Lucifer, ennemi mortel de la nature humaine.

Le jeune prêtre sourit. En bon jésuite, il était expert en casuistique, et s'amusa à contredire saint Ignace en se faisant l'avocat du diable. Lucifer n'était-il pas l'ange porteur de lumière ? Dans les premiers siècles de l'Église, ce nom s'appliquait au Christ, et non au diable. L'Apocalypse de saint Jean n'affirmait-elle pas que Jésus, dans la gloire de la Résurrection, « se montre comme l'Étoile du matin » ? En outre, de nombreux chrétiens avaient porté ce patronyme, notamment l'évêque de Cagliari, au IVe siècle.

Lucifer, la lumière nouvelle...

Les réflexions du jésuite furent interrompues par la sonnerie du téléphone. Gabriel répondit aussitôt.

– Père Andréa ? Ici Lucifer...

Le prêtre eut un sursaut de surprise, puis il comprit que l'appel émanait de l'observatoire voisin, celui qui abritait le *Large binocular telescope*. Samuel, l'un des astronomes chargé de surveiller le ciel à travers sa lunette géante, avait un sens de l'humour très particulier.

– Oui, Sam, répondit Gabriel. Vous avez des insomnies ? Ou bien vous désirez vous confesser par téléphone ?

– On peut payer par carte de crédit ? ironisa le scientifique en éclatant de rire. Non, sérieusement, je crois que vous devriez faire un saut jusqu'ici, mon père. Votre bécane est top, mais elle n'a rien à voir avec notre brave LUCIFER. Et ce que je vois dans mon objectif, vous ne le distinguerez pas avant quelques heures. Alors, comme je suis un brave gars, je préfère vous éviter les affres de l'attente…

– Vous m'intriguez, Sam. Qu'est-ce que vous avez identifié ?

– Je ne suis pas trop sûr, mon père. Pour l'instant, il s'agit d'une simple lueur. Mais elle grandit à vue d'œil. Je ne sais pas s'il s'agit d'un astéroïde, d'une météorite ou d'une comète, mais ça a l'air énorme. À vue de nez, pas loin d'un bon kilomètre de diamètre. Et vous savez le plus beau ?

– Non, Sam. Mais je ne vais pas tarder à le savoir…

– Tout juste, mon père. Eh bien figurez-vous que ce caillou nous fonce droit dessus. Étant donné sa vitesse estimée, sauf votre respect, je pense qu'il pourrait nous tomber sur le coin de la gueule d'ici la fin de la semaine. C'est pas beau, ça, mon père ?

– Oui, Sam. C'est magnifique. Ne bougez pas, j'arrive…

Le père Gabriel Andréa coupa la communication et, reprenant la ligne aussitôt, composa un numéro qu'il connaissait par cœur. Le correspondant décrocha rapidement.

– *Pronto.*

– Que Son règne vienne…, prononça Gabriel.

– Que Sa volonté soit faite sur la Terre comme au Ciel, répondit la voix à l'autre bout de la ligne.

– J'ai votre lumière nouvelle, Éminence. Mais j'ai peur qu'elle ne soit un peu plus forte que vous ne l'espériez…

4

Stéphane Clément en était à sa centième pompe lorsque la sonnerie de son téléphone portable retentit.

Il se releva d'une seule traction des bras, s'épongea le torse et le visage à l'aide d'une serviette-éponge et d'un coup de pouce fit glisser le curseur de l'écran tactile de son iPhone.

– Clément, annonça-t-il d'une voix assurée.

– Steph ? Michel Ardent. Il est en train de se passer une chose extraordinaire. Un phénomène sans précédent. Il faut que tu voies ça…

– Où es-tu ?

– À Saint-Michel-l'Observatoire, au Centre astronomique. Le PAN[1] est apparu en fin de nuit. Depuis le lever du jour, il est moins visible, mais nous avons pris des photos et des enregistrements vidéo. Je t'assure, c'est de la bombe !

– Mais qu'est-ce que c'est ? s'impatienta Stéphane.

– C'est… Non, il vaut mieux que tu viennes, tu verras par toi-même. Tu peux être là dans combien de temps ?

– En oubliant les limitations de vitesse, je te rejoins dans un peu moins de deux heures.

– Fais vite, Steph. Tu déjeuneras plus tard. Allez, bouge !

1. PAN : phénomène aérospatial non identifié. Appellation officielle qui a remplacé le terme d'OVNI, objet volant non identifié.

Michel coupa la communication, laissant Stéphane songeur. Cela faisait plus d'un an qu'il n'avait pas eu de nouvelles de son ami, et voici que ce dernier l'appelait de bon matin pour lui tenir des propos aussi vagues qu'énigmatiques. Jamais Stéphane ne l'avait senti aussi excité par une découverte…

Après avoir branché la machine à café, en plaçant une triple dose d'arabica dans le filtre en papier, Stéphane fonça sous la douche. Après son heure de gymnastique et de musculation quotidienne, il était en sueur. Et surtout, il avait bien besoin de se réveiller.

Il avait passé une partie de la nuit à surfer sur des sites internet, des blogs et des forums qui cherchaient à tout prix à démontrer, témoignages et photos à l'appui, l'existence d'une vie extraterrestre, recensant de par le monde les différentes manifestations du 3e type, survols de soucoupes ou cigares volants, *crop circles* dessinés dans les champs de maïs et autres apparitions d'*aliens*. Il ne s'était assoupi qu'à l'aube, déçu, une fois de plus, de sa collecte de la nuit. La plupart des clichés publiés, censés dévoiler des phénomènes surnaturels, n'étaient dus qu'à de banales diffractions lumineuses liées à l'optique de l'appareil photo, quand il ne s'agissait pas purement et simplement de grossiers montages photographiques. Grâce à Photoshop, la manipulation de l'image était désormais à la portée du premier venu.

Tout en se séchant vigoureusement pour éliminer toute trace d'humidité dans les moindres recoins de son anatomie, Stéphane Clément se contempla dans le miroir de la salle de bains. 1,90 mètre sous la toise, 110 kilos de muscle sur la balance, un visage volontaire, naturellement hâlé, éclairé par des yeux vert sombre taillés en amande, surplombé de cheveux bruns coupés court : à trente-quatre ans, grâce à trois heures d'entraînement par jour minimum, il était en pleine forme et en parfaite possession de ses moyens.

Il n'était pourtant pas un adepte du bodybuilding ou de la gonflette, et ne tirait aucune vanité de son physique avantageux.

Mais son enfance chaotique et l'instinct de survie qu'il avait développé lui avaient appris à ne jamais prêter le flanc à la moindre faiblesse. Il se sentait comme un animal lâché dans la jungle sociale. Il pouvait à tout instant être amené à défendre sa peau. Pour cela, il devait être prêt, en permanence. En vigilance absolue. Comme à l'armée qu'il avait fréquentée suffisamment longtemps pour en connaître les règles et la discipline. Marche ou crève. Telle était la devise qu'il avait adoptée depuis toujours. Il crèverait sans doute un jour, mais en attendant, il ne s'arrêtait pas de marcher.

Stéphane Clément était pupille de l'État, né de parents inconnus. Une main anonyme l'avait déposé dans son berceau à l'Assistance publique de Marseille un matin du mois de mars 1978. Comme l'exigeait la loi de 1905 en l'absence de parents clairement identifiés, l'officier d'état civil lui avait donné trois prénoms, le dernier faisant office de nom de famille. En manque d'imagination, le fonctionnaire s'était contenté de choisir parmi les prénoms masculins les plus courants à l'époque. C'est ainsi que l'enfant trouvé avait été gratifié de trois prénoms en vogue : Stéphane, Christophe et Clément.

Il avait été déclaré de nationalité française, bien que son type dénotât une filiation latine, sans doute italienne. Il avait ensuite été placé dans différentes familles d'accueil, avant d'être admis à l'âge de quatorze ans au lycée militaire d'Aix-en-Provence, où il avait suivi une scolarité brillante, compensant son absence de famille par un travail acharné. Le réconfort et la tendresse dont il avait toujours manqué, il les trouvait dans l'étude et le goût de l'effort. Il n'avait pas eu d'autres amis que les livres et quelques professeurs qui, séduits par son application et son intelligence, l'avaient encouragé à poursuivre des études supérieures. Mais Stéphane Clément ne voulait pas passer des années sur les bancs d'une fac. Même s'il avait un esprit brillant, il était avant tout un homme d'action. Il avait besoin de se confronter à la vie active et faire ses preuves. Mais auparavant, il devait accomplir son service national.

C'est là qu'il avait rencontré Michel Ardent.

Stéphane et Michel s'étaient retrouvés dans la même caserne d'Aix-en-Provence, inscrits comme élèves officiers de réserve, trois ans avant que la conscription ne soit abolie en France par le président Chirac.

Leurs caractères s'étaient tout de suite accordés, et ils étaient vite devenus inséparables. On les avait surnommés « Castor et Pollux », en référence aux frères jumeaux de la mythologie grecque, patrons des jeunes gens en âge de porter les armes et défenseurs des causes désespérées. De leurs modèles antiques, ils avaient la morphologie sportive et le goût pour la lutte et les exercices physiques, même si Michel était moins en muscles et plus en souplesse que Stéphane.

Des deux Dioscures, Michel était plutôt Castor, le dompteur de chevaux, celui qui sait maîtriser sa part animale et établir un lien empathique avec autrui. Stéphane correspondait davantage à Pollux, le boxeur, celui qui aborde toujours les problèmes de front et qui n'a pas peur de se mettre en première ligne.

Il n'attaquait jamais le premier, mais si on lui cherchait des poux, il savait cogner. Cela se sentait, c'était comme une force qui émanait de lui, et qui provoquait chez les autres conscrits une sorte de crainte.

Il n'eut jamais à subir l'un de ces bizutages imbéciles et obscènes que les hommes en groupe se croient obligés de pratiquer pour se sentir plus forts. Michel non plus, pour d'autres raisons. Il dégageait un tel charisme naturel que nul n'aurait osé porter la main sur lui ou lui faire subir la moindre humiliation. Les deux amis étaient d'une autre trempe que celle de leurs copains, et on leur fichait la paix.

Stéphane et Michel se portaient toujours volontaires pour participer aux entraînements, marches, rallyes et autres parcours d'obstacles. Mais surtout, ils consacraient leurs heures de liberté à échanger leurs points de vue sur la vie et le monde, tandis que leurs camarades préféraient boire des bières ou raconter des blagues salaces en se tapant sur les cuisses et en riant bruyamment. Cette complicité, à l'écart de leurs congénères, avait soudé entre eux une amitié indéfectible, qui ne s'était jamais démentie, même après la fin de leur conscription. Stéphane Clément et Michel Ardent étaient plus que des amis, ils étaient des frères. Non de sang, mais d'armes, ce qui était plus fort encore.

À la fin de son engagement militaire, Stéphane avait préféré quitter l'armée pour voler de ses propres ailes. Il en avait soupé, des réveils à l'aube au son du clairon, des corvées et de l'obéissance à des supérieurs qui n'étaient pas toujours à la hauteur de leur fonction. Et puis, il était trop tête brûlée pour faire un bon militaire.

Il avait intégré les opérations d'urgences, les UO[1] de la DGA[2], et les régiments des opérations de maintien de la paix lors des opérations dans le cadre de missions d'observation en Croatie jusqu'en 2002. Grâce à sa force d'action et son évolution sur le terrain militaire, il avait décidé de quitter les champs de bataille et choisi de se reconvertir en garde du corps, dans une compagnie de Sécurité nationale, experte en protection rapprochée. Plus les missions qu'on lui confiait étaient dangereuses, mieux il était payé. Il accumula ainsi un petit pactole qui lui permit de prendre ses distances avec le milieu des *bodyguards*. Il acheta un ancien atelier désaffecté situé à l'intérieur des remparts d'Avignon. Il aménagea le vaste rez-de-chaussée en une sorte de dojo, afin d'y accueillir une école de *krav-maga*, méthode d'autodéfense créée par Imi Lichtenfeld au début des années trente pour protéger la communauté juive de Bratislava, reprise ensuite par l'armée israélienne et les principales forces d'intervention mondiales, dont le Mossad, les Marines, le GIGN et les SAS. Quant à l'étage, qui possédait une entrée indépendante au sommet d'un escalier, il en fit abattre

1. Urgences Opérations, commandes passées par la DGA.
2. Direction générale de l'armement.

les cloisons par un architecte afin de transformer l'espace en un loft qui lui servait à la fois de logement, de bureau et de salle d'entraînement personnelle. L'*open space* abritait un mélange hétéroclite où les affaires de sport, les trophées et les décorations honorifiques se mélangeaient aux piles de livres ou de revues scientifiques. Un ordinateur, une chaîne hi-fi Bang & Olufsen et des CD à même le sol. L'antre typique du célibataire qui suit les tendances.

Cet aménagement de l'espace et de l'emploi du temps lui laissait suffisamment de loisirs pour se consacrer à sa marotte : l'ufologie et les phénomènes étranges.

Grâce à Michel, il avait pu intégrer les rangs du très secret GEIPAN[1], dont l'objectif était d'étudier de près et de collecter des informations et des témoignages sur les OVNI, ou plus exactement les PAN. Les énigmes que posait le cosmos étaient un autre sujet de prédilection qui avait réuni Clément et Ardent.

Michel Ardent avait toujours été un garçon passionné, curieux de tout, s'enthousiasmant pour les moindres causes. Son père était un ingénieur chimiste de renom, qui avait longtemps travaillé à la centrale nucléaire de Cadarache, dans les Alpes-de-Haute-Provence, avant de prendre sa retraite. Michel avait lui aussi suivi un cursus scientifique, mais ses centres d'intérêt le poussaient davantage vers l'infiniment grand que l'infiniment petit. À l'atome, il avait préféré les étoiles. C'est ainsi qu'après de longues années d'études il était devenu ingénieur astrophysicien au Centre astronomique de Saint-Michel-l'Observatoire.

Par l'intermédiaire de son père, Ardent était entré au GEIPAN voici quelques années, et y avait fait entrer Clément à son tour.

Leurs activités au sein de ce groupe étaient purement bénévoles, vécues en parallèle de leurs activités professionnelles offi-

1. Groupe d'études et d'informations sur les phénomènes aérospatiaux non identifiés.

cielles. Ils s'étaient d'ailleurs engagés par contrat à ne divulguer leur appartenance au GEIPAN à personne, à l'exception bien sûr des autres membres du groupe.

Le GEIPAN était une structure du CNES, placé sous le contrôle d'un comité de pilotage indépendant. Depuis sa création en 1961, le Centre national d'études spatiales avait eu pour mission de mettre en œuvre la politique spatiale de la France au sein de l'Europe, sous la direction du gouvernement. Le CNES était ainsi à l'origine des fusées Ariane, des lanceurs Vega et des satellites Spot, Pléiades et Hélios, mettant la France à la troisième place mondiale en termes de recherche et de technologie spatiales.

En 1977, un ingénieur du CNES avait été à l'origine de la création du GEPAN, devenu le GEIPAN en 2005. La nature particulière, un brin sulfureuse, des activités de cet organisme impliquait qu'il demeure discret, mais Stéphane connaissait la politique de la « grande muette » qui consistait à ne pas ébruiter les secrets classés Sécurité Défense. Les membres du GEIPAN étaient tous anonymes, même s'ils étaient souvent amenés à collaborer avec des équipes scientifiques multidisciplinaires ainsi qu'avec les autorités militaires et civiles, qu'il s'agisse de la gendarmerie, la police, l'armée ou l'aviation civile.

Depuis sa création, le GEIPAN avait accumulé près de six mille témoignages terrestres et aéronautiques de phénomènes célestes étranges. Tous les cas faisaient l'objet d'enquêtes minutieuses, mais 28 % d'entre eux demeuraient inexpliqués. Des affaires non classées de l'espace. Des *X-Files*, en quelque sorte…

Pourtant, l'intérêt pour les manifestations extraterrestres s'était émoussé avec le temps. Les équipes avaient été progressivement réduites, de même que les budgets. Au printemps 2007, le GEIPAN avait mis en ligne, sur son site internet, l'ensemble de ses recherches menées au cours des trente dernières années.

Aujourd'hui, cette structure marginale ne comptait plus que deux salariés à temps plein, un ingénieur et une assistante, localisés au Centre spatial de Toulouse, et ne devait sa survie qu'aux nombreux bénévoles qui lui fournissaient leurs informations.

Le réseau du GEIPAN fonctionnait en effet grâce à des collaborateurs non rémunérés répartis sur l'ensemble du territoire, les IPN[1]. Ils étaient une centaine en tout, à raison d'un ou deux par département. Ils pouvaient être mandatés par le GEIPAN pour mener des enquêtes de terrain ou collecter des témoignages.

Les IPN travaillaient dans l'ombre. Il s'agissait de passionnés d'astronomie, de recherche spatiale et de phénomènes aéronautiques étranges, des habitués de la communauté ufologique, des *geeks* nourris par les récits de science-fiction et la littérature sur les OVNI, des êtres qui savaient garder les pieds sur terre tout en ayant la tête dans le ciel, pour lesquels le cosmos demeurait le terrain de jeu de l'avenir.

Stéphane Clément était IPN pour le Vaucluse, Michel Ardent pour les Alpes-de-Haute-Provence. Leurs activités professionnelles ne leur permettaient pas de se voir aussi souvent qu'ils le souhaitaient, et il pouvait se passer de longs mois sans qu'ils aient l'occasion de se rencontrer. Mais l'appel téléphonique matinal de Michel démontrait que les circonstances étaient suffisamment exceptionnelles pour qu'ils fassent une entorse à leur isolement.

Stéphane s'habilla à la sauvette d'un jean et d'un polo, tandis que la machine à café finissait de crachoter sur le comptoir de la cuisine américaine. Il s'accroupit pour enfiler ses bottes de moto. En relevant la tête, il croisa le regard d'une jeune fille blonde souriante sur une photographie encadrée sur le mur du loft.

Marie.

Marie avait été le seul amour de Stéphane. Il l'avait rencontrée une dizaine d'années auparavant. Il avait su aussitôt qu'il ne pourrait plus envisager sa vie sans elle. Ils s'apprêtaient à se marier, mais Marie avait rompu unilatéralement leurs fiançailles sept ans

1. Intervenants du premier niveau.

plus tôt. Il ne l'avait plus jamais revue et ne s'était jamais remis de cette rupture.

L'amitié de Michel lui avait été d'un grand secours dans la traversée de cette épreuve sentimentale. Sans le soutien de son ami, il ne savait pas s'il aurait tenu le coup, malgré le mental d'acier qu'il s'était forgé durant ses années de galère.

Il avait beau être fort, il avait son talon d'Achille, comme tout le monde. Le sien tenait en un seul mot : abandon. Il avait été abandonné par ses parents à sa naissance, et n'avait jamais connu la sécurité d'une famille.

Il avait du mal à accorder sa confiance à qui que ce soit, mais lorsqu'il l'accordait, c'était pour la vie. Les deux seules personnes au monde qui avaient bénéficié de ce traitement de faveur étaient Michel et Marie. Le premier ne l'avait jamais trahi. La seconde, si, même si elle avait eu de bonnes raisons de le faire. Stéphane s'était senti abandonné, et tout le drame de son enfance lui avait rejailli en plein visage. Michel avait été là au bon moment.

Stéphane avala d'un trait le café brûlant dans son *mug* fétiche et antédiluvien, enfila son blouson de cuir et déverrouilla la porte blindée de son loft. Il dévala l'escalier extérieur et aboutit dans la ruelle où l'attendait sa moto, une vieille Honda 750 cm^3 qui accusait plus de 100 000 km au compteur. D'un coup de kick il mit le moteur en route et démarra en trombe.

5

Après avoir contourné les remparts d'Avignon, Stéphane Clément prit la D901 en direction de Châteauneuf-de-Gadagne et L'Isle-sur-la-Sorgue. Il avait coutume de privilégier les petites départementales aux grands axes routiers, afin de mieux profiter de la traversée des villages pleins de charme qui jalonnaient la terre de Provence. Il raffolait notamment des petites routes à lacets serpentant à travers les collines dorées de soleil, même en plein mois de décembre. Il pouvait ainsi donner libre cours à la vélocité de sa Honda, doublant camions et automobiles, se penchant dans les virages jusqu'à faire racler le pot d'échappement sur l'asphalte, faisant naître des flammes qui illuminaient la route un bref instant. Stéphane aimait flirter avec la mort.

Il redescendit ensuite vers Apt puis emprunta la N100 en passant par Céreste et Saint-Martin-des-Eaux avant de s'engager dans la montée conduisant au village perché à près de 600 mètres d'altitude de Saint-Michel-l'Observatoire, petite commune des Alpes-de-Haute-Provence située dans le pays de Forcalquier. Son ciel dégagé bénéficiait d'un ensoleillement record de 2 755 heures par an, ce qui facilitait énormément l'observation céleste.

Un peu moins d'une heure et demie après son départ, Stéphane parvenait sur le site du Centre d'astronomie construit sur le plateau du Moulin à vent, au milieu d'un parc de dix hectares entièrement clos.

Michel avait prévenu la sécurité et les grilles s'ouvrirent sans difficultés. Le jeune homme suivit la piste asphaltée conduisant à l'observatoire, dont l'accès était sécurisé par un système de biométrie. Là encore, sa venue était annoncée, et il put se rendre sans problème jusqu'au cœur du Centre, là où se trouvait le Sidérostat ainsi que le T760 [1].

Dès son entrée sous la géode, Stéphane reconnut son ami, penché sur des agrandissements photographiques. Ce dernier le héla aussitôt :

– Hé, Steph ! Viens par ici !

Michel Ardent avait le même âge que Stéphane, mais il faisait beaucoup plus jeune. Ses yeux étincelants d'un bleu myosotis brillaient de la candeur de l'enfance, et son large sourire était le meilleur garant de sa générosité naturelle et de son absence totale de calcul. Stéphane, dont le visage davantage marqué témoignait des épreuves rencontrées dans sa vie, enviait à son ami cette jeunesse qui ne semblait pas vouloir le quitter.

Les deux hommes s'étreignirent rapidement, puis Michel enchaîna aussitôt :

– Voici les derniers clichés que nous avons pris de l'« objet ». Qu'en penses-tu ?

La photo montrait un point lumineux entouré d'un halo de flammes qui se détachait sur le fond noir constellé d'étoiles de la Voie lactée.

– Qu'est-ce que c'est que ça ? Une comète ?

– Non, il s'agit plutôt d'une météorite ou plus vraisemblablement d'un astéroïde issu de la ceinture principale du Soleil. C'est un phénomène assez fréquent, la Terre rencontre entre deux mille et cinq mille météorites chaque année, mais la plupart ne pèsent guère plus d'un kilo. Celle-là avoisine le kilomètre de diamètre et

1. Télescope doté d'un miroir de 760 mm de diamètre situé sous la géode du Centre d'astronomie, permettant une observation « plein ciel » de la voûte céleste, sans coupole au-dessus de la tête.

doit peser plusieurs milliards de tonnes ! Elle est projetée à une vitesse vertigineuse. On n'a jamais vu ça depuis Toungouska. Et encore, la météorite sibérienne aurait la taille d'une mandarine à côté de cette énorme pastèque…

Stéphane siffla entre ses dents.

– Et sa trajectoire ?

– Eh bien, l'équipe du Centre a encore besoin d'affiner les calculs, mais selon toute probabilité, il semble bien que cet engin a choisi sa destination finale : la Terre…

– Tu veux dire que…

– Oui, regarde la reconstitution en 3D que nous venons de réaliser…

Michel entraîna Stéphane devant un écran informatique et mit en marche une vidéo. On voyait clairement le trajet de l'astéroïde qui se dirigeait tout droit vers le globe terrestre. La modélisation en trois dimensions de l'objet rendait son apparence encore plus réelle. Et inquiétante.

– À moins d'un changement de cap toujours possible, car l'espace qui nous sépare de ce bolide est ponctué de milliards de corps célestes qui peuvent le percuter et le faire changer de direction, ce caillou risque bien de disputer une partie de pétanque avec notre bonne vieille planète, conclut Michel avec une pointe d'ironie.

– Et à quelle date est prévu l'impact ?

– Là encore, il y a quantité de variables à prendre en compte. Cet astéroïde traverse la Voie lactée à une vitesse surprenante. D'ici la fin de la semaine, nous serons fixés…

Stéphane contemplait l'écran d'un air songeur. Une pierre gigantesque venant percuter la Terre à une vitesse astronomique. Il ne put réprimer un frisson. La vieille peur ancestrale d'une catastrophe universelle, présente dans toutes les mythologies anciennes, devenait soudain d'une cuisante actualité.

– Cela ne laisse pas beaucoup de temps… Laisse-moi me souvenir… La dernière fois que la Terre a été exposée, c'était…

– Attends, je vais consulter la base de données…

Michel Ardent ouvrit une nouvelle page intranet sur l'ordinateur et accéda au moteur de recherche. Presque aussitôt, un certain nombre de liens s'affichèrent. Il cliqua sur les plus récents.

– J'y suis. La dernière alerte sérieuse remonte au 9 décembre 1994. Un astéroïde a foncé directement vers la Terre. Cela a provoqué un vent de panique dans le monde entier. Finalement, il n'a fait que frôler le globe, à quelque 100 000 kilomètres de distance. On l'a baptisé 1994 XM1. Mais il ne faisait que 9 mètres de diamètre…

– Et avant ?

– Attends un peu… Ah, voilà. Le 8 décembre 1992. Un astéroïde a également frôlé la Terre à 700 000 kilomètres. Il a été nommé 1989 AC 4179 et surnommé Toutatis, comme dans *Astérix le Gaulois*.

Stéphane ne put s'empêcher de rire, malgré la gravité de la situation.

– Oui, nos ancêtres les Gaulois avaient les mêmes peurs que nous, commenta-t-il. Mais apparemment, cette fois-ci, le ciel leur donne raison… À ton avis, quels sont les scénarios envisageables ?

Michel Ardent tendit la main vers le ciel, les trois premiers doigts levés. Ses yeux bleus accrochaient les rayons du soleil qui filtraient au travers des parois vitrées de la coupole.

– Oh, c'est très simple… Il y en a trois, en gros. Premier scénario : l'astéroïde frôle la Terre, à condition qu'il s'en écarte de quelques centaines de milliers de kilomètres. Dans ce cas-là, le danger est évité, même si le monde aura eu la peur bleue de sa vie.

– Oui, c'est l'hypothèse la plus rassurante…, concéda Stéphane.

– Deuxième scénario : l'astéroïde se désagrège en entrant dans l'atmosphère terrestre, notamment grâce aux boucliers aériens de la NASA, et il tombe en pièces détachées sur la Terre. Statistiquement, il a plus de chances de s'abîmer dans un océan que sur la terre ferme. Selon la localisation, il peut y avoir un fort risque de tsunami près des côtes. Si les morceaux tombent sur un continent, en revanche, il y aura des tremblements de terre, des villes anéanties et des populations entières condamnées. Une catastrophe énorme, mais localisée. Selon que le point d'impact se trouve en plein Sahara ou au beau milieu de l'Europe, de l'Asie ou de l'Amérique du Nord, les dégâts n'auront pas les mêmes conséquences, bien entendu. Je ne parle même pas des centrales nucléaires. Tu te souviens de l'accident de la centrale de Fukushima, au Japon, en mars 2011, après un séisme de magnitude 9 ? Imagine les conséquences, avec un bolide de cette taille-là !

– Un vrai scénario catastrophe. Il y a pire ?

– Oh oui ! Le troisième scénario : l'astéroïde reste entier, ne dévie pas de sa trajectoire et percute de plein fouet la Terre. Le résultat est alors encore plus radical : embrasement général, anéantissement de la plupart des espèces sur terre, dont l'homme. La Terre vole en mille morceaux ou change d'axe. Dans tous les cas, nous ne serons plus là pour commenter l'événement.

– La fin du monde… Si tu dis vrai, on va fêter le réveillon de Noël au cimetière…

Michel observa son ami attentivement.

– Cela ne te rappelle pas quelque chose ?

– Ma foi… Je ne vois pas. La fin du monde n'arrive pas tous les jours.

– Viens voir par ici…

Michel Ardent entraîna son ami hors de la géode. Ils traversèrent un couloir bordé de parois en verre qui desservait les bureaux des astrophysiciens. Michel posa son badge sur une boîte électronique qui déverrouilla une porte. Il s'effaça pour laisser passer son ami.

Le bureau de Michel était sobre et fonctionnel. Un ordinateur, une armoire métallique débordant de dossiers et une ouverture vitrée ouvrant sur la campagne provençale. Sur l'un des murs était punaisée une carte du ciel ainsi qu'une longue banderole retraçant l'origine des espèces.

– Tu te rappelles ce qui s'est passé sur Terre voici 65 millions d'années ? lança Michel en désignant l'une des extrémités de la banderole.

– Euh… La disparition brutale des dinosaures ?

– Exactement. Les dinosaures et les grands sauriens étaient pourtant les maîtres absolus de la Terre sur laquelle ils proliféraient depuis 165 millions d'années. Rien ne pouvait interrompre leur règne. Et pourtant, ils ont tous disparu de la surface du globe. Non pas progressivement, à la suite d'une lente décadence, mais brutalement, en quelques mois à peine. Tu sais comment cette race indestructible a pu être rayée d'un seul coup de l'univers ?

– Je ne suis pas expert en paléontologie, avoua Stéphane en s'asseyant sur un coin du bureau de Michel. Je me souviens seulement de ce qu'on nous enseignait à l'école : les dinosaures étaient trop gros, trop lourds, et leur appétit était sans limite. Ils sont morts de faim, après avoir consommé toutes les richesses de la Terre…

Michel fit défiler son doigt sur la carte de l'évolution des espèces.

– La fin aurait été lente, et aurait duré quelques millénaires de plus. N'oublie pas que malgré leur gros appétit, ils n'avaient pas été inquiétés pendant 165 millions d'années. Et la Terre de cette époque ressemblait à une jungle luxuriante, les dinosaures ne risquaient pas d'y manquer de quoi que ce soit !

– On a parlé aussi d'une éruption volcanique sans précédent, dont le dégagement atmosphérique aurait brutalement changé le climat de la Terre…

– Cette théorie a longtemps été soutenue, c'est exact, concéda Michel en s'asseyant sur l'unique chaise de son bureau. Jusqu'à ce qu'en étudiant la couche de sédiments correspondant à la limite entre l'ère secondaire et l'ère tertiaire, deux chercheurs américains découvrent en 1980 que cette couche présentait sur l'ensemble de la Terre une quantité anormalement élevée d'iridium…

– Et alors ? interrogea Stéphane d'un ton impatient.

– L'iridium est un métal dont la présence est extrêmement rare dans la couche terrestre. En revanche, il abonde dans certaines météorites…

– Et dans la lave de certains volcans, non ?

– Oui, mais la couche géologique contenant de l'iridium était accompagnée de résidus de quartz, de nickel ou de roches fondues qui n'appartiennent qu'aux météorites. Donc…

– … les dinosaures ont été éliminés à la suite de la chute d'une météorite…

– … dont on a trouvé le point d'impact dans le golfe du Mexique, dans un cratère submergé de 200 kilomètres de diamètre ! Une météorite qui devait faire au moins 10 kilomètres de diamètre…

– L'ancêtre de celle qui va nous tomber dessus, si je comprends bien. Je ne vois pas ce que cela peut avoir de rassurant…

Michel arborait à nouveau son large sourire habituel, les yeux pétillants de malice. Il se releva et désigna la suite de la banderole.

– Mais tu ne comprends pas ! La météorite géante qui s'est écrasée sur Terre voici 65 millions d'années ne s'est pas contentée de massacrer les dinosaures. 70 % des espèces existantes ont été éradiquées. Les chaînes alimentaires ont été interrompues. Le climat a changé. La catastrophe passée, la vie est réapparue sur Terre, grâce aux espèces épargnées, comme les tortues, les crocodiles, les reptiles et les petits mammifères. Tu connais la suite du schéma de l'évolution, débouchant sur l'apparition de l'homme. Si la météorite n'avait pas percuté la Terre, les dinosaures seraient toujours là, mais nous n'y serions pas ! La chute de la météorite, et l'extinction des espèces anciennes, a été un élément nécessaire à la naissance de l'humanité !

Stéphane affichait un air circonspect. Il n'était pas convaincu par la démonstration de son ami.

– C'est une façon de voir les choses... Inattendue, en tout cas. Mais qu'est-ce qui te fait dire que la prochaine météorite ne va pas justement éradiquer la majorité des espèces vivant sur Terre aujourd'hui, dont les hommes, au profit... je ne sais pas, moi... des insectes, par exemple, dont les facultés d'adaptation sont supérieures aux nôtres. Qui te dit que dans quelques années, l'humanité ne sera pas remplacée par les fourmis ?

– Je n'y crois pas, l'interrompit Michel en balayant l'argument d'un revers de la main. J'ai beaucoup de considération pour Darwin et sa théorie de l'évolution, mais j'estime, et je ne suis pas le seul, que l'homme n'est pas un mammifère comme les autres. Même s'il a conservé dans ses gênes des instincts archaïques, il n'est pas un animal. Il est détenteur d'une mission qui le dépasse... Une mission dans laquelle il a toujours été encouragé par des aides... disons, venues d'ailleurs.

Michel Ardent avait adopté une expression énigmatique, et semblait plongé dans une vision ou un rêve intérieur.

– Tu fais allusion à quoi, Michel ? Tu veux parler de l'intervention de créatures extraterrestres, ou divines ? Nous, on est passionnés tous les deux par les phénomènes aérospatiaux non identifiés, mais...

Michel contempla un instant la vue qui s'offrait au-delà des vitres du bureau. Puis il se retourna vers Stéphane.

– Suis-moi. Ce bureau a la taille d'un timbre-poste, j'étouffe...

Ils quittèrent la pièce puis empruntèrent le couloir qui conduisait vers la sortie. D'un regard, Michel fit observer à Stéphane la présence de caméras de surveillance placées entre le mur et le plafond. Il posa son index sur ses lèvres pour intimer le silence à son ami.

Ils croisèrent quelques ingénieurs en blouse blanche qui saluèrent Michel Ardent d'un bref signe de tête puis sortirent du bâtiment et firent quelques pas au-dehors. Michel exposa son visage au soleil en fermant les yeux et aspira l'air à pleins poumons. Puis il se retourna.

– Tu te souviens de *2001, l'Odyssée de l'espace* ?

Stéphane eut un petit rire.

– C'est le film de Kubrick qui m'a le plus marqué quand j'étais gamin. J'ai réalisé alors que nous n'étions sans doute pas les seuls êtres pensants dans l'univers. D'où mon investissement plus tard dans le GEIPAN. Je me souviens encore de la scène où on voit un monolithe noir descendre sur terre et provoquer la mutation brutale de l'humanité. Comme si une civilisation extraterrestre était à l'origine de l'intelligence humaine.

– Une météorite…, lâcha Michel d'un air mystérieux.

– Pardon ?

– Le monolithe noir, c'était une météorite. Une pierre tombée du ciel, mais pas n'importe quelle pierre… Une pierre sacrée. D'origine divine ou extraterrestre, comme tu préfères. Envoyée sur terre, non par hasard, mais dans un but bien défini : accroître le champ de conscience des hommes, les faire évoluer. Pas les fourmis ou les termites : les hommes.

– Mais ce n'est que de la science-fiction…

– Et pourtant, ce phénomène s'est déjà produit dans l'histoire de l'humanité, continua Michel en arpentant les allées qui entouraient l'observatoire. Plusieurs fois. Les grands sauts de conscience, véhiculés par des prophètes inspirés, ont toujours été liés à la chute sur Terre d'une pierre tombée du ciel. Les grandes religions ont été fondées sur la venue sur Terre de pierres sacrées. Des pierres d'origine céleste.

– Euh… Je ne suis pas sûr de te suivre, fit remarquer Stéphane d'un ton dubitatif.

Michel s'arrêta et planta son regard bleu dans celui de son ami.

– Les Tables de la Loi ont été données par Yahvé à Moïse au sommet du mont Sinaï, scellant l'alliance entre Dieu et les hommes. Elles sont à la base de la Torah et de la naissance du judaïsme. Des tables de pierre, venues du Ciel…

– Mais… Ce n'étaient pas des météorites…

– Qu'est-ce que tu en sais ? Il y a toujours une part de légende dans les récits fondateurs des mythologies et des religions. En tout cas, elles étaient en pierre, gravées de la main du Créateur, et elles venaient du Ciel. D'accord ?

– Admettons. Ensuite ?

– L'étoile du Berger, qui a conduit les Rois mages vers Bethléem pour assister à la naissance de Jésus. La description qui en a été faite rappelle beaucoup la chute d'une comète, ou d'une météorite… N'oublie pas que les Rois mages étaient astronomes.

– On a parlé aussi de Vénus, l'étoile du Matin. Mais s'il s'agissait bien d'un signe céleste, où est la pierre sacrée qui, si je suis bien ta théorie, a dû tomber sur Terre ?

– Elle est connue, pourtant. Elle a été sculptée en forme de coupe, pour contenir plus tard le sang de Celui dont elle avait annoncé la venue…

– Tu veux parler du Graal ? s'esclaffa Stéphane. Tu ne crois pas que tu exagères un peu ?

– Et pourquoi pas ? plaida Michel, sans perdre son air sérieux. Dans le récit médiéval de *Parzival*, par exemple, Wolfram von Eschenbach explique que le Graal est une pierre exceptionnelle, au magnétisme intense, qui attire de façon irrépressible l'eau qui se trouve à proximité. Et puis, le point d'impact d'une météorite donne bien naissance à un cratère, non ? Or, en grec ancien le mot « cratère » signifie également coupe…

– Mais d'où tu tiens ces théories étranges ? l'interrompit Stéphane sur un ton goguenard.

Michel Ardent était lancé, et ne prêta aucune attention à l'interruption de son camarade.

– Venons-en à la pierre de la Ka'aba, la « pierre noire », ou « pierre du paradis » donnée à Abraham et son fils Ismaël par l'archange Gabriel. Conservée pieusement à La Mecque, elle est à la base de l'Islam. Or, de nombreux scientifiques s'accordent à voir dans cette pierre sacrée un fragment de météorite.

Stéphane Clément ne savait plus que répondre. Il n'avait jamais vu son ami dans un tel état d'excitation, ni proférer des hypothèses aussi aventureuses et, lui semblait-il, aussi tirées par les cheveux. L'annonce du risque de chute prochaine d'un gigantesque corps céleste avait-elle eu pour effet d'altérer ses facultés mentales, et de susciter en lui une bouffée délirante ?

Michel Ardent, sans se préoccuper de l'air suspicieux qu'affichait son ami, reprit sa marche en accélérant le pas. Ses yeux lançaient des éclairs et sa voix tremblait d'excitation.

– Et on retrouve les mêmes pierres sacrées, pour la plupart des météorites, chez d'autres civilisations et dans d'autres religions. La plus ancienne météorite connue est conservée et vénérée dans le temple d'Ogi, au Japon. On trouve aussi de telles météorites sacrées en Inde. Et la météorite géante de Chinguetti, découverte en 1916 par un militaire français dans le désert de l'Adrar, au nord de la Mauritanie, en plein Sahara, était surnommée le « Fer de Dieu » ou « la Pierre tombée du ciel » par les Maures. Elle était vénérée comme une pierre sacrée…

Stéphane prit Michel par la manche.

– Attends un peu… Tu sais bien que Gaston Ripert, le seul témoin oculaire qui prétend avoir vu cette météorite gigantesque aussi haute qu'un immeuble de trois étages, n'a rapporté qu'un fragment de quatre kilos et demi de son expédition. Toutes les recherches ultérieures ont été incapables de retrouver cette météorite fantôme. Théodore Monod lui-même l'a recherchée toute sa vie, et a fini par conclure à un canular…

– Aux yeux des indigènes maures, la météorite n'était pas un simple caillou, même gigantesque, rétorqua Michel. Il s'agissait d'un objet sacré, d'origine divine et surnaturelle. Cette « pierre » faisait partie de leurs croyances, de leurs traditions. Elle ne devait pas tomber aux mains d'étrangers qui ne partageaient pas leur foi. C'est pour ça qu'on ne l'a jamais découverte. La météorite de Chinguetti est encore là-bas, cachée quelque part dans le désert…

Stéphane demeurait sans voix. Il devait bien s'avouer que les théories que défendait Michel, pour fantaisistes qu'elles puissent paraître, ne manquaient pas de logique. Les pierres tombées du ciel avaient le pouvoir de détruire des espèces entières ou de créer de nouvelles croyances. Qu'est-ce qui accompagnait la trajectoire de l'astéroïde lancé dans le ciel ? La mort universelle ou une nouvelle révélation ?

– À propos, a-t-on déjà donné un nom à ce foutu caillou ? reprit Stéphane.

– Eh bien, les astronomes du monde entier ont constaté le même phénomène et se sont concertés à ce sujet, même si la nouvelle n'a pas encore été rendue publique. Comme nous sommes le 13 décembre, jour de la Sainte-Lucie, certains ont proposé de baptiser notre ami tombé du ciel « LUCIE ». Mais les premiers à le détecter sont les observateurs du mont Graham, en Arizona, grâce à leurs deux super-télescopes LUCIFER 1 et LUCIFER 2. En leur honneur, « LUCIE » est devenue « LUCIFER ». De quoi alimenter les théories millénaristes et les prophéties apocalyptiques des Cassandre modernes…

– Enchanté… Accueillir Lucifer sur terre pour la fin du monde, c'est de circonstance. Nous nageons en pleine Apocalypse…

Michel arbora soudain une expression inquiète, et ses yeux se voilèrent imperceptiblement.

– Je suis d'accord avec toi. Mais n'oublie pas que le mot « Apocalypse » ne signifie pas « Fin du monde », mais « Révélation ». La fin du monde, hélas, n'est pas ce qu'il y a le plus à craindre de cette météorite…

Stéphane lança un regard surpris à son ami :

– Qu'est-ce que tu veux dire ? Tu es sûr que tout va bien, Michel ? Je te trouve bizarre. Avec cet astéroïde qui menace de nous tomber sur la gueule, je comprends qu'il y a de quoi. Mais je te connais bien, et…

– J'ai faim, pas toi ? l'interrompit Michel d'un ton à nouveau jovial et bon enfant. Et si nous poursuivions cette conversation autour de ce copieux petit déjeuner que je t'ai promis ? Profitons des petites joies de la vie, tant qu'il est encore temps. Dans une semaine, l'odeur et le goût des croissants au beurre auront peut-être disparu à jamais…

Stéphane sentait que son ami ne lui disait pas tout. Même s'il arborait toujours la même expression ouverte et généreuse, quelque chose avait changé en lui. Ce n'était pas de la peur, car comme Stéphane, Michel avait dépassé depuis longtemps la peur de mourir, et acceptait l'idée que sa vie prendrait fin un jour ou l'autre. S'en inquiéter n'était donc qu'une perte de temps inutile. Non, ce n'était pas la peur qui taraudait l'esprit de Michel. C'était quelque chose de plus sournois : la méfiance. Mais de quoi, ou de qui Michel se méfiait-il ?

Le jeune astrophysicien reprit d'un ton qu'il cherchait à rendre détaché :

– Si on allait à l'*Observatoire* ? Avec un peu de chance, il leur restera des croissants. Ils en ont d'excellents… Et puis, à cette heure-ci, nous serons tranquilles… Nous avons une bonne heure et demie devant nous avant qu'ils dressent les tables pour le déjeuner…

L'*Observatoire* en question n'était pas le Centre d'astronomie, mais un hôtel-restaurant situé à proximité, où Michel prenait parfois ses repas, quand il n'avait pas le temps de rentrer chez lui.

– J'ai encore pas mal de choses à te dire, continua Michel d'un ton de confidence alors qu'ils se dirigeaient vers leurs véhicules. Des choses que je n'ai jamais dites à personne. Mais à présent que les signes sont apparus… Je dois parler. Mais pas à n'importe qui…

Il serra brièvement le bras de son ami.

6

Sur l'écran plasma géant se déroulait un concert de musique pop. Musiciens à cheveux longs, chemises échancrées sur des croix pectorales, pantalons à pattes d'éléphant, guitares électriques au son saturé, orgue Hammond, synthétiseur Moog, mellotron, lumières psychédéliques tournoyant sur la scène de manière hypnotique : tout l'arsenal esthétique des années soixante-dix était au rendez-vous. Sur la grosse caisse de la batterie s'étalait en grosses lettres le nom du groupe : Pete Starr and His Comets.

Le groupe était en train d'interpréter une reprise de *Lucie in the sky with diamonds* des Beatles incluse dans leur album concept de 1967, *Sgt. Pepper's Lonely Hearts Club Band.*

Pete Starr, physique à la Jim Morrison, voix à la Joe Cocker, costume blanc à larges revers ouvert sur sa poitrine nue, se contorsionnait sur scène, les deux mains serrées autour de son micro Shure, le modèle mythique popularisé par Elvis Presley et Ray Charles, en marmonnant de sa voix cassée par les drogues et l'alcool les paroles de John Lennon et Paul McCartney :

Picture yourself in a boat on a river,
With tangerine trees and marmalade skies
Somebody calls you, you answer quite slowly,
A girl with kaleidoscope eyes.

La sonnerie du téléphone retentit dans l'immense villa construite sur trois niveaux et prolongée d'une terrasse avec piscine surplombant la baie de San Francisco.

Pete Starr dirigea la télécommande du téléviseur vers l'écran et baissa le son. Quarante ans avaient passé depuis le dernier concert qu'il avait enregistré, et qu'il se rediffusait presque chaque nuit. Il n'était plus jamais monté sur scène depuis. Ses cheveux avaient blanchi, mais ils étaient toujours longs et tombaient sur ses épaules. Son visage était boursouflé, sa peau ridée et ses yeux soulignés de poches qui témoignaient de ses nombreux excès, il avait pris du ventre, mais malgré ces ravages du temps, une forte charge de séduction se dégageait toujours de sa personne.

Pete referma la ceinture de son peignoir de coton blanc brodé à ses initiales et décrocha le combiné téléphonique. Il consulta du coin de l'œil sa montre Piaget sertie de diamants à un million de dollars : 2 heures. Il ne marqua aucune surprise. Tous ceux qui le connaissaient savaient qu'il était insomniaque, et qu'il ne cédait au sommeil qu'aux premières lueurs du jour. On avait plus de chance de le joindre en pleine nuit qu'aux heures ouvrables.

– Pete Starr, s'annonça-t-il.

– Que Son règne vienne…

– Que Sa volonté soit faite sur la Terre comme au Ciel, répondit l'ex-vedette du show-business. Comment allez-vous, Éminence ?

– Très bien, Pete. Je viens de recevoir une excellente nouvelle. La Lumière nouvelle est enfin apparue. L'Observatoire astronomique de l'Arizona vient de me l'apprendre. Demain, cela fera la « une » des télévisions et des journaux du monde entier. Un vent de panique va souffler sur la Terre. C'est excellent pour nos affaires…

– C'est donc un gros morceau ? Une nouvelle comète de Halley ?

– Mieux que ça, Pete. Il est trop tôt pour connaître avec précision la taille de l'engin, mais il doit s'agir d'un sacré bolide. Et il se dirige droit vers nous…

– Cela veut dire que… en cas de choc…

– Des millions de morts, peut-être des milliards. Selon certaines hypothèses, un tiers de la population du globe pourrait y passer d'un seul coup…

– C'est effrayant, articula Pete Starr d'un air inquiet.

– C'est formidable, au contraire ! l'interrompit le cardinal. On ne fait pas d'omelette sans casser des œufs, Pete. Les guerres, les épidémies, la famine et les catastrophes naturelles sont le ferment de la foi, ne l'oublie pas. Notre sainte Mère l'Église a édifié son pouvoir sur les êtres par la peur, non par la grâce. Ceux qui nous rejoignent ne le font pas pour gagner le paradis, mais pour éviter l'enfer. Cette pierre tombée du ciel va faire le ménage sur la Terre, et ranimer la flamme chancelante de la religion catholique. N'oublie pas les paroles de Lucie, la voyante des prophéties de Fatima :

Quand vous verrez une nuit illuminée par une lumière inconnue, sachez que c'est le grand signe que Dieu vous donne qu'il va punir le monde de ses crimes, par le moyen de la guerre, de la famine et des persécutions contre l'Église et le Saint-Père.

– Et cela ne vous inquiète pas, Éminence ?

– Moi ? Pas du tout. Mais le Saint-Père actuel et son Église ont de quoi s'alarmer, je le reconnais… Tiens, à propos, sais-tu quel jour nous sommes ?

– Eh bien, chez nous il est un peu plus de 2 heures du matin. Nous sommes donc le 13 décembre, comme chez vous.

– Exactement. Le 13 décembre. Jour de la Sainte-Lucie.

– Bonne fête, Lucie ! *Lucie in the sky with diamonds*, chantonna Pete.

– Tu ne crois pas si bien dire, Pete. Après la foudre du Ciel, les diamants vont pleuvoir sur nos têtes. Il y aura peu d'élus, certes, mais ils seront infiniment riches. Riches et tout-puissants. Nous devons en faire partie.

– Je reconnais bien là votre cynisme, Éminence.

– C'est grâce à ce cynisme que je serai élu pape, Pete, ne l'oublie pas. Et grâce aussi aux amis, que mes fonctions diplomatiques de secrétaire d'État m'ont permis de fréquenter de près. C'est pour cela que je t'appelle. Il faut les prévenir de toute urgence de ce qui va se passer. Dans quelques heures, le cours des Bourses du monde entier va s'écrouler. Il est temps de vendre au prix fort nos actions. J'ai déjà pris les dispositions nécessaires auprès de la Banque du Vatican. Nos amis de la haute finance doivent agir de même. Nous devons nous réunir d'urgence.

– Je m'en occupe, Éminence. Quelques coups de fil suffiront pour commencer. Quant à la réunion… J'invite demain soir dans ma villa les membres les plus influents du Bohemian Club. Si vous voulez nous faire l'honneur de votre présence…

– J'y serai, Pete. Bien que la présence d'un homme d'Église ait de quoi surprendre dans vos cérémonies païennes…

Ces paroles avaient été prononcées sur un ton d'ironie qui n'avait pas échappé au musicien. On disait en effet que les membres du Bohemian Club, cercle d'influence créé en 1872, et dont firent partie de nombreux présidents américains ainsi que leurs conseillers, se réunissaient chaque été au mois de juillet dans l'immense parc naturel de Monte Rio, à 120 kilomètres au nord de San Francisco, pour y discuter des affaires du monde avant de participer à des cérémonies païennes en l'honneur des démons Moloch et Lilith.

– Au contraire, vous serez parfaitement à votre place parmi nous, Éminence. Ne servons-nous pas le même Dieu ?

En guise de réponse, le secrétaire d'État poussa un bref ricanement avant de conclure :

– À demain soir, Pete. Pour ne pas perdre de temps et éviter les escales, j'emprunterai l'un des jets privés que mettent à ma disposition mes généreux mécènes. Votre terrain d'atterrissage est praticable, je suppose ?

– Bien entendu, Éminence. D'ailleurs, vous ne serez pas le seul à emprunter la voie des airs pour venir jusqu'ici.

– Parfait. Bonne nuit, Pete.

– Bonne journée, Éminence.

Pete Starr reposa le combiné puis, après avoir remonté le son du téléviseur, se dirigea vers le bar qui se trouvait à l'autre extrémité du salon pour se servir un généreux verre de whisky hors d'âge. Un pur malt des Highlands d'Écosse. Il avait besoin de se donner un coup de fouet après la nouvelle que venait de lui annoncer le cardinal Pantalucci.

Lucy in the sky with diamonds
Lucy in the sky with diamonds
Lucy in the sky with diamonds

En sirotant son verre, Pete dut s'avouer que malgré la luxueuse villa qu'il habitait et tout l'argent dont il disposait, il était tenu en laisse aussi fermement qu'un chien. Il était riche à milliards, mais il n'était pas libre. Il devait sans cesse rendre des comptes et jouer les entremetteurs pour ceux qui, dans l'ombre, tiraient les ficelles.

Il s'agissait d'un conglomérat de groupes, non officiels mais tout-puissants, dont les membres avaient le pouvoir de diriger le monde, par la finance, la politique, le sexe ou la religion. Pete Starr se remémora les principaux ordres secrets composant cette multinationale du pouvoir : le Bohemian Club, cercle ultra-confidentiel composé des deux mille quatre cents personnalités les plus influentes de la planète – uniquement des hommes –, le Bilderber Group, regroupant une élite suprême de cent trente personnes, les Skull & Bones, où se retrouvaient les anciens de l'université de Yale, notamment la famille Bush, le Council of Foreign Relations, la Commission trilatérale, le Club de Rome, la Fondation Dichtley, diverses loges de la franc-maçonnerie pratiquant le rite écossais rectifié, l'Ordo Templi Orientis fondé par Aleister Crowley. Et, bien entendu, le Vatican. En tout cas, une mouvance secrète du Vatican, dont la tête était le cardinal Annibal Pantalucci.

Ce conglomérat tout-puissant mais discret ressemblait à une pieuvre gigantesque qui étouffait le globe sous la pression de ses bras innombrables. Une entité fantôme aux réseaux infinis qui était parvenue à infiltrer et contrôler les principaux centres de pouvoir et de décision de la planète. Une puissance omniprésente et sans limite qui agissait dans l'ombre et dans l'impunité. Une puissance anonyme que, paradoxalement, on avait affublée d'un sigle révélateur : le N.O.M., le Nouvel Ordre Mondial.

Ce terme avait été employé pour la première fois par le président George H. W. Bush devant le Congrès américain le 11 septembre 1990 : « Nous nous trouvons aujourd'hui à un moment exceptionnel et extraordinaire. De cette période difficile, un Nouvel Ordre Mondial peut voir le jour. Une nouvelle ère, moins menacée par la terreur, plus forte dans la recherche de la justice et plus sûre dans la quête de la paix. »

Onze ans plus tard, le 11 septembre 2001, les Twin Towers de New York s'écroulaient. La version officielle n'avait retenu que l'hypothèse d'un attentat terroriste. Mais des mouvements réfractaires à cette théorie avaient évoqué un complot gouvernemental dont le président George W. Bush, fils du précédent, était l'instigateur. Le 9/11 Truth Movement, le Mouvement pour la vérité sur le 11 septembre, n'avait pas hésité à qualifier l'attentat meurtrier de manipulation gouvernementale. Personne n'avait fait le lien entre les événements de 1990 et de 2001. Pourtant, les conséquences du 11 septembre avaient bel et bien été de renforcer le poids de l'Amérique et de ses prétentions hégémoniques dans le monde, sous l'égide du N.O.M. L'échéance suivante était tombée onze ans plus tard, le 11 septembre 2012, le jour où, l'ambassadeur américain en Libye avait été assassiné à Benghazi au cours d'une embuscade imputée à l'organisation terroriste Al-Qaïda. Le prétexte invoqué était la diffusion dans les pays arabes de la bande-annonce d'un film américain de série B tournant en dérision le prophète Mahomet, *L'Innocence des musulmans*, qui donna lieu à des manifestations d'une immense ampleur dans l'ensemble du monde arabe. La disproportion entre l'insignifiance de l'attaque et l'ampleur de la riposte, perpétrée à la date symbolique du 11 septembre, avait sauté aux yeux des observateurs dont certains avaient à leur tour conclu à une manipulation. Mais émanant de qui ?

Le N.O.M. Le conglomérat avait souvent été assimilé à la confrérie secrète des Illuminati par les sites conspirationnistes et les auteurs de thrillers ésotériques. Mais les Illuminati n'avaient jamais existé, ou bien ils avaient disparu depuis plusieurs siècles. Et la résurgence de cette appellation archaïque n'avait en fait d'autre but que de laisser les réels responsables dans l'ombre, en agitant des épouvantails dignes des bandes dessinées.

Le N.O.M. Pete Starr en faisait partie, étant lui-même membre du Bohemian Club. Mais sur l'échiquier du monde, il n'était qu'un pion que l'on mettait en première ligne, et qui pouvait se faire supprimer à tout moment. Pete Starr était riche, il avait la belle vie et ne manquait de rien, ni d'alcool, ni de drogue, ni de femmes. Mais tout cela, il le devait à ceux qui n'hésiteraient pas à le sacrifier sans pitié s'il venait à désobéir à leurs ordres.

Tout avait commencé quarante ans plus tôt, la nuit même qui avait suivi son dernier concert. Il avait partagé un *trip* de LSD avec une groupie qu'il avait entraînée dans sa villa.

LSD.

Lucy in the Sky with Diamonds.

Il ne connaissait pas le prénom de la fille et ne se souvenait même pas si elle était jolie ou laide, brune, blonde ou rousse. Cette nuit-là, il était trop *high* pour avoir conscience de quoi que ce soit. Il avait vaguement le souvenir de s'être envoyé en l'air avec la fille avant de sombrer dans le coma.

Un *bad trip.*

Very bad trip.

Lorsqu'il avait repris conscience, trois jours plus tard, il avait appris ce qui s'était passé durant cette nuit fatale. La fille n'avait pas supporté les effets du LSD. Elle était morte d'overdose au matin. Pour envenimer les choses, elle était mineure.

Pete Starr se trouvait donc sous le coup d'une demi-douzaine de chefs d'inculpation, dont trafic et usage de stupéfiants, viol d'une mineure et non-assistance à personne en danger. Les juridictions de Californie ne rigolaient pas avec ce type de délits. Pete risquait jusqu'à cinquante ans de prison. Il n'en fit que trois, avant d'être libéré en échange d'une caution de cinq millions de dollars versée par de généreux donateurs, membres anonymes du N.O.M. En échange, bien sûr, d'une promesse d'allégeance complète.

Pete Starr n'avait pas repris les concerts. Sa carrière musicale était derrière lui. Mais il avait conservé un important réseau de connaissances dans le milieu du show-business et du cinéma – c'est d'ailleurs la raison pour laquelle il avait été recruté par le N.O.M.

Il avait alors eu l'idée de créer une ligne de bijoux fabriqués avec des fragments de météorites, qu'il avait baptisée Stardust, « poussière d'étoiles ». Ces pierres tombées du ciel fascinaient depuis toujours les hommes, en raison de leur origine céleste, mais aussi des pouvoirs de guérison et de chance qu'elles étaient censées apporter à leurs possesseurs. Cette croyance était très en vogue chez les artistes que fréquentait Pete, et son entreprise connut un succès immédiat.

Les météorites brutes se négociaient plusieurs centaines, voire plusieurs milliers de dollars le gramme. Serties dans des bagues, des bracelets, des colliers ou des parures, les prix se trouvaient multipliés par dix. Ces bijoux hors du commun atteignaient ainsi des sommes folles, dépassant largement les plus belles pièces de Cartier ou de Boucheron. Toutes les stars d'Hollywood rêvaient de posséder l'un de ces trésors. Celles qui avaient les moyens de se l'offrir étaient persuadées que leur réussite professionnelle était liée au port du bijou venu du ciel, leur assurant une sorte de protection extraterrestre. C'est ainsi qu'en quelques années à peine, l'ex-musicien dont la carrière avait été brisée par un scandale était devenu multimilliardaire.

Bien entendu, il avait remboursé les millions de dollars que le N.O.M. lui avait avancés. Mais il n'avait pas repris sa liberté pour autant. À tout moment, le N.O.M. pouvait le faire replonger, pour n'importe quel motif. Pete Starr finirait ainsi ses jours dans une cellule sans lumière et sans confort, à moins qu'il ne disparaisse de manière plus violente. Il ne voulait pas prendre le risque. Il se trouvait pourtant en captivité, à la solde de ceux qu'il servait aveuglément, mais au moins cette captivité était dorée.

Pete Starr se resservit un verre de whisky et fit courir son regard sur les fragments de météorites qui occupaient tout un pan de mur de la salle. Fabriquer des bijoux avec ces pierres tombées du ciel lui avait donné l'envie de les collectionner. Il en possédait plusieurs tonnes, conservées dans une pièce sécurisée de la villa, mais il avait tenu à exposer ici ses plus belles pièces, les plus rares. Des météorites de toutes tailles et de toutes couleurs tombées sur Terre après un long voyage à travers l'espace. Des chondrites aux grains métalliques, des achondrites d'origine lunaire ou martienne, des sidérites, composées de fer ou de nickel, notamment des hexaédriques, des octaédriques et les plus rares, les ataxiques, les plus riches en nickel, des sidérolithes, parmi lesquelles se trouvaient des mésosidérites, mélange de fer et de silicates, des lodranites et enfin des splendides pallasites incrustées d'éclats d'olivine. Des fragments de la ceinture d'astéroïdes gravitant entre Mars et Jupiter. Des morceaux de Lune négociés jusqu'à 5 000 dollars le gramme. Des cristaux présolaires, véritables diamants cosmiques. Un fragment rarissime de la météorite géante de Toungouska, dont la chute dans une forêt de Sibérie remontait à 1908, et qu'aucun explorateur n'était jamais parvenu à localiser – du moins officiellement, car un morceau de cette météorite fantôme se trouvait dans le salon de Pete. Un autre fragment de la météorite mythique de Chinguetti, tombée dans le désert de l'Adrar, en Mauritanie, et dont l'explorateur et naturaliste Théodore Monod chercha en vain l'original toute sa vie – Pete Starr en avait acheté un morceau quelques années plus tôt au Laboratoire de cosmochimie du Muséum d'histoire naturelle, près du Jardin des Plantes, à Paris, en échange d'un chèque confortable. Un énorme bloc issu de la météorite de Canyon Diablo, d'une vingtaine de mètres de diamètre et d'un poids de 50 000 tonnes, dont le point d'impact laissa la trace d'un gigantesque cratère en plein désert, le Meteor Crater. Un joli morceau de la météorite d'Allende, tombée en février 1969, et truffée de diamants microscopiques provenant des différentes supernovae entourant le nuage présolaire… Et tant d'autres joyaux d'une rareté et d'un prix incalculables.

Et voici qu'une météorite géante s'apprêtait à percuter la Terre ! Le collectionneur calculait déjà mentalement le prix que pourrait atteindre cette météorite. À condition d'échapper à son impact, bien sûr…

Mais le cardinal avait raison. Un tel cataclysme ne pourrait qu'accroître le pouvoir et la fortune des riches et des puissants, s'ils réchappaient à la catastrophe. Il y aurait une économie à reconstruire, de nouvelles parts de marché à gagner, des profits incommensurables à engranger. Ce ne serait pas la fin du monde pour tout un chacun…

Pete Starr effleura un morceau de roche avec un geste mêlé de respect et de sensualité. Comme à chaque fois, il se sentit saisi d'émotion. Ces cailloux surgis de l'espace étaient aussi vieux que le système solaire, soit 4,5 milliards d'années.

Pour constituer sa collection, Pete avait tout d'abord fait appel à des chasseurs de météorites, explorateurs plus ou moins mercenaires qui arpentaient les déserts de long en large pour y trouver d'authentiques roches cosmiques qu'ils revendaient au prix fort, en fonction de leur rareté. Puis le marché s'était développé, essentiellement sur le Net, où les ventes en ligne de météorites fleurissaient. On pouvait faire ses courses à partir d'un simple ordinateur, et commander des pierres célestes en payant par carte Visa ou Mastercard.

Pete Starr sortit sur sa terrasse. En contrebas, la baie de San Francisco étincelait sous les rayons de la lune. Pete leva les yeux au ciel, illuminé de myriades d'étoiles. Parmi elles, un bolide se précipitait vers la Terre.

Une lumière nouvelle, accompagnée de son lot de désastre et de richesse.

La lumière de Lucifer, le porteur de lumière, le nouveau dieu auquel s'étaient ralliés les agents du N.O.M. et auquel se rallierait bientôt le Vatican. C'était en tout cas le souhait du cardinal Pantalucci, qui voulait donner à l'Église un nouveau souffle. Un souffle inspiré par le feu tombé du Ciel.

Que Son règne vienne…

Que Sa volonté soit faite sur la Terre comme au Ciel…

Lucie in the sky with diamonds…

LSD.

7

Michel Ardent croquait la pointe de son croissant avec délectation. Il ressemblait à un gamin gourmand préoccupé uniquement de sa satisfaction immédiate. Il se comportait comme si le monde continuait à tourner normalement, sans être menacé par une catastrophe venue du ciel.

Les deux amis étaient attablés dans un coin de la salle de restaurant de l'hôtel de l'*Observatoire*, vide à cette heure-là, comme l'avait deviné Michel. On les avait installés dans un coin tranquille avec une cafetière pleine et une panière débordant de croissants au beurre tout frais provenant directement de la boulangerie du village. Un véritable régal.

Stéphane poussa son casque de moto et ses gants qui encombraient la table et observa son ami s'empiffrer avec un regard de tendresse. Il lui enviait cette candeur, ce côté lunaire qui le protégeait des turbulences de l'existence. Il aurait bien aimé, lui aussi, savoir prendre la vie du bon côté, en toutes circonstances. Mais il abritait au fond de son cœur une tristesse qui ne demandait qu'à refaire surface à tout instant. Ce matin, par exemple, lorsqu'il avait croisé le sourire de Marie, figé sur une photographie prise sept ans plus tôt… L'insupportable sentiment d'être abandonné, de se sentir indigne d'amour, d'être vide à l'intérieur…

Michel sentit l'accès de mélancolie qui assombrissait le regard de son ami. Éloignant le croissant de sa bouche, il déglutit doucement :

– Tu penses encore à elle, n'est-ce pas ?

Stéphane ne répondit pas. C'était inutile. Sous ses dehors parfois enfantins, Michel savait sonder son cœur, et ressentir les ombres qui y étaient enfouies, toujours prêtes à ressurgir.

– Même à l'instant de la fin du monde, ta dernière pensée sera pour elle. Je me trompe ?

Stéphane sourit faiblement.

– C'est que… Je n'aimerais pas quitter cette vie sans l'avoir revue, ne serait-ce qu'une fois.

Michel poussa un soupir.

– Je sais, Steph. Mais si elle aussi, de son côté, pensait à toi avec la même affection ? Après tout, elle ne t'a pas quitté pour un autre…

– Parfois, je le regrette presque. Elle aurait pu me revenir un jour. Tandis que là…

– C'était son choix, Steph. Tu dois le respecter. Elle a fait le sacrifice de son amour et de sa liberté pour répondre à une vocation plus haute.

C'était exact. Replongeant dans ses souvenirs, Stéphane se remémora les circonstances improbables de sa rencontre puis de sa liaison avec Marie.

C'était une jeune femme gaie, bien dans sa peau, saine et sportive. Elle s'était inscrite dans un dojo pratiquant les arts martiaux que Stéphane fréquentait aussi à l'époque. Il l'avait aussitôt remarquée au cours de karaté. Sa blondeur et la finesse de ses traits contrastaient avec l'ardeur de sa combativité. Elle était ceinture marron, alors que Stéphane était déjà ceinture noire, premier dan, mais en combat singulier il avait du mal à conserver l'avantage sur elle, alors qu'il la dépassait largement de la tête et des épaules. La jeune fille compensait son infériorité physique par une remarquable intuition. Elle parait les coups avant même qu'ils ne soient portés.

Ils avaient pris l'habitude de boire un café après les cours, discutant à l'infini de la philosophie des arts martiaux, commentant, texte à l'appui, des passages entiers de *L'Art de la guerre* de Su Tzu, un traité de philosophie chinoise et de stratégie militaire rédigé au VIe siècle avant notre ère, encore d'actualité de nos jours. Stéphane avait conservé son petit exemplaire jaune, datant de ses années passées dans l'armée. Il y tenait comme à la prunelle de ses yeux mais n'hésitait pas à le prêter à la jeune fille, car il savait qu'elle en prendrait autant soin que lui.

Ce qui au départ n'était qu'une amitié sportive s'était peu à peu transformé en un sentiment plus intime. Pour la première fois de sa vie, Stéphane entrevoyait une possibilité de bonheur. Avec Marie, il envisageait enfin de construire ce qui lui avait toujours fait défaut dans sa vie : un couple, une famille, des enfants. Le destin, enfin, le prenait en pitié, et lui redonnait au centuple ce qu'il lui avait volé dans son enfance. S'il avait eu la foi, il aurait rendu grâce à Dieu.

Stéphane avait proposé à Marie de l'épouser, et ils s'étaient fiancés. Ils avaient même fixé la date du mariage, trois mois plus tard.

Et puis un soir, Marie lui avait donné rendez-vous dans le petit café où ils avaient l'habitude de se retrouver après le sport.

– J'arrête le karaté, Stéphane, avait-elle annoncé dès qu'ils s'étaient assis. J'arrête tout. Y compris nous. Je t'aime, mais je ne me marierai pas avec toi. Je suis désolée.

Stéphane n'avait pas réagi tout de suite. Il avait fini par balbutier :

– Je ne comprends pas… Qu'est-ce qui se passe… Tu as rencontré quelqu'un ?

– Oui, avait-elle répondu du tac au tac. Mais ce n'est pas ce que tu penses. J'ai rencontré quelqu'un, c'est vrai. Mais il ne s'agit pas d'un autre homme. Je te suis et te serai toujours fidèle, de cœur et de chair.

– Je ne comprends pas…

– J'ai rencontré Dieu.

Marie expliqua alors à son fiancé qu'elle fréquentait depuis plusieurs mois un monastère de Clarisses. Elle ne lui en avait jamais parlé, car elle connaissait sa méfiance vis-à-vis de la religion. Elle s'y rendait chaque dimanche matin, assistait à la messe, se confessait, communiait.

À force de fréquenter ce lieu de foi et de paix, elle avait ressenti un appel. C'est Dieu qui s'adressait à elle. Dieu qui lui demandait de tout abandonner pour se consacrer uniquement à Son service.

Elle avait rencontré la Mère supérieure du monastère, avec qui elle avait eu une conversation, la première d'une longue série. La Mère supérieure l'avait prévenue : un engagement religieux ne se prenait pas à la légère. Il fallait un temps de probation, un noviciat de deux ans. Il fallait accepter de ne plus jamais avoir d'autre famille que les sœurs du monastère. Il fallait faire vœu de pauvreté, d'obéissance et de chasteté. Il fallait… Mais plus la Mère supérieure invoquait des raisons qui auraient dû pousser Marie à changer d'avis, plus celle-ci se trouvait au contraire confortée dans son choix. Elle était une femme de volonté et de défis. Le karaté, *L'Art de la guerre*, son amour pour Stéphane : à ses yeux, ces éléments essentiels de sa vie n'avaient eu d'autre but que de la conduire là où elle devait aller et demeurer jusqu'à la fin de ses jours – près de Dieu.

Lorsque Marie avait prononcé ses vœux dans l'église du monastère de Clarisses, après ses deux années de noviciat, ses longs cheveux blonds coupés à ras, allongée sur le sol, les bras en croix, dans sa robe blanche de moniale, Stéphane avait senti son cœur se briser. Il avait quitté l'église avant la fin de la cérémonie et s'était enfui. Il n'avait plus jamais revu sa fiancée, qui désormais vivait cloîtrée.

Stéphane Clément se resservit une tasse de café bien fort.

– Parlons d'autre chose, tu veux bien ? Tu m'as annoncé des

révélations. Des choses que tu ne m'as jamais dites. De quoi s'agit-il ?

Michel Ardent marqua une longue pause avant de répondre. Il observait le fond de sa tasse à café, comme s'il y cherchait des réponses aux questions de son ami. Il lui avait promis de lui révéler des secrets, mais à présent il semblait hésiter à se livrer.

Stéphane découvrait son camarade sous un jour nouveau. Il l'avait toujours considéré comme un être tout d'une pièce, franc et direct, incapable de la moindre dissimulation. Et voici qu'il s'apprêtait à dévoiler une part inconnue de sa nature. Qu'avait-il à cacher ?

Le jeune astrophysicien finit par se lancer. Relevant son regard clair, il affirma d'un ton assuré :

– Lorsque Marie t'a quitté pour entrer dans les ordres, tu n'as pas accepté son geste, et tu en souffres encore. Moi, je l'ai compris, car j'ai suivi le même chemin qu'elle.

Stéphane écarquillait les yeux.

– Steph, je dois t'avouer quelque chose...

Il prit encore un temps de réflexion, puis dit :

– Je fais partie d'une confrérie monastique. Et je suis en danger de mort.

8

Le cardinal Pantalucci se frottait les mains d'un air satisfait. Jusque-là, tout se déroulait pour le mieux. L'annonce de la chute prochaine de l'astéroïde n'avait pas encore été divulguée, mais les principaux bénéficiaires de la catastrophe annoncée avaient pris les mesures qui s'imposaient. Des ordres de vente avaient été placés sur les principaux marchés financiers, Paris, Francfort, Londres, Milan, Madrid, Tokyo, Hong Kong, Singapour. Pour New York, il faudrait attendre l'heure d'ouverture de la Bourse, à 9 h 30 – soit 15 h 30 à Rome. Mais les courtiers étaient déjà sur la brèche. Les observateurs s'étonnaient de ces ordres de vente massifs, sans se douter de la raison qui y présidait. Lorsqu'ils la connaîtraient, dans quelques heures ou le lendemain matin, il serait trop tard. Tous ceux qui n'auraient pas été mis dans la confidence seraient ruinés. Cela promettait une joyeuse pagaille dont se réjouissait déjà le cardinal.

Pour fêter cela, il écarta la boîte de cigarillos et alla puiser dans un coffret d'ébène un pur havane venu spécialement de Cuba. Un Montecristo racé à l'arôme subtil et entêtant. Le secrétaire d'État prit tout son temps pour humer le cigare, en découper l'embout, puis l'enflammer lentement à l'aide d'une longue allumette, tout en tirant de larges bouffées qu'il rejetait ensuite sous forme d'une fumée délicieusement odorante. Ses gestes étaient lents et mesurés, légèrement affectés. À chaque mouvement de sa main droite, sa bague incrustée d'un saphir lançait des miroitements dans la pièce.

Pantalucci avait réservé son jet pour San Francisco, mais il avait encore un peu de temps devant lui. D'ici une heure, il se rendrait à l'héliport situé à l'autre extrémité de la petite Cité du Vatican et emprunterait l'un des hélicoptères du Saint-Siège qui le déposerait discrètement un quart d'heure plus tard à l'aéroport Léonard-de-Vinci de Rome Fiumicino. Le jet privé le conduirait à San Francisco en quinze heures de vol, mais en comptant les neuf heures de décalage horaire, il serait à bon port pour la soirée. Il pourrait dormir durant le trajet et serait frais et dispos à son arrivée.

Mais avant de partir, il se devait de rendre une petite visite au pape...

Vêtu d'une soutane rouge par-dessus laquelle il avait endossé une mozette de même couleur et un rocher de dentelles blanches, croix pectorale en sautoir, suspendue à un cordon rouge et or, large ceinture rouge en soie moirée, chaussons de cuir, Annibal Pantalucci avait fière allure dans ses habits sacerdotaux. Il arpentait les couloirs du Vatican du pas ferme et assuré de celui qui se sent déjà propriétaire des lieux.

Les deux gardes suisses qui faisaient le guet devant les appartements du Saint-Père, droits comme des piquets dans leur uniforme rouge, jaune et bleu à pantalons bouffants, le chef coiffé d'un béret alpin noir, écartèrent leurs hallebardes pour laisser passer le secrétaire d'État.

La chambre du Saint-Père était plongée dans l'ombre. Les rideaux avaient été tirés, pour ne pas troubler le repos du malade, dont le corps affaibli était allongé dans le lit, la tête et le buste relevés par une multitude de coussins. L'air de la pièce était saturé par les émanations d'onguents et d'embrocations.

– Bonjour, Très Saint-Père. Je viens m'enquérir de votre santé, ce matin.

La respiration du pape était chuintante, embarrassée par les miasmes qui encombraient ses poumons. La peau de son visage et de ses mains était sèche et jaunie, mais ses yeux noirs pétillants d'intelligence brillaient toujours d'un éclat vif qui poussait généralement ses interlocuteurs à baisser le regard.

Tous, sauf le cardinal Pantalucci.

– C'est bien aimable à vous, Éminence, répondit le pape d'une voix si faible que le cardinal fit deux pas en avant pour mieux l'entendre. Je sais que ma santé vous est chère, et que vous vous en inquiétez chaque jour avec une ponctualité qui vous honore. Mais je vous rassure : même si mes jours sont désormais comptés, je suis encore vivant…

Le secrétaire d'État ne releva pas l'ironie mordante qui filtrait des paroles du Saint-Père.

Même s'il n'avait guère été populaire, le souverain pontife avait certainement été l'un des papes les plus brillants et les plus cultivés qu'avait connus l'Église depuis plusieurs décennies. Son abondante œuvre de théologien faisait de lui une référence absolue. Mais son règne avait été marqué par de nombreuses prises de décisions jugées rétrogrades et par l'absence de transparence dont il avait fait preuve dans la gestion de son sacerdoce. Le scandale du « Vatileaks », provoqué par la publication en mai 2012 d'un livre dévoilant le détail de la correspondance privée du Saint-Père et de documents confidentiels, avait achevé de porter le discrédit sur le fonctionnement interne du Saint-Siège. Ce brûlot révélait notamment qu'un archevêque du Vatican avait été muté à Washington après avoir attiré l'attention sur de nombreuses affaires de corruption, de passe-droits et de pots-de-vin entre la Cité pontificale et ses partenaires italiens. Il expliquait également que le président de la Banque du Vatican avait été limogé pour « mauvaise gouvernance ». Enfin, des documents particulièrement dérangeants évoquaient l'existence de scandales sexuels au sein des Légionnaires du Christ[1], sans parler

1. La Légion du Christ est une congrégation religieuse de droit pontifical, fondée au Mexique en 1941 par le père Marcial Maciel Degollado, et réunissant des prêtres catholiques.

de négociations secrètes avec les groupes intégristes ou de pratiques illégales dans le financement de certains instituts catholiques, ni même de la situation fiscale de l'Église.

Pour autant, et malgré ces malversations dont il avait été, non pas l'instigateur, mais le témoin impuissant, le pape avait toujours cherché à être le gardien vigilant, voire pointilleux, des dogmes de l'Église catholique romaine. Cela lui avait été beaucoup reproché par les bonnes âmes candides, pour qui l'Église devait à tout prix évoluer et s'adapter aux mœurs tolérantes, voire laxistes du monde moderne.

Mais si le pape indisposait les catholiques « progressistes », prônant à tous crins un dialogue périlleux entre les religions, il avait déçu les « traditionalistes », qui à l'inverse dénonçaient le syncrétisme et le relativisme qui rongeaient comme une lèpre les religions modernes.

– Je sais que vous avez toutes les chances d'être mon successeur sur le trône de saint Pierre, Éminence. Vous avez tout fait pour cela, reprit le pape entre deux souffles.

Le simple fait de parler suffisait à l'épuiser.

– J'avoue que je n'ai jamais apprécié vos méthodes, plus adaptées à une entreprise multinationale qu'à l'Église, mais je dois admettre qu'elles sont efficaces.

– Mais l'Église *est* une entreprise multinationale, Très Saint-Père… Une entreprise dont le siège social est ici, au Vatican, mais dont les ramifications ont proliféré dans le monde entier. Une entreprise qui s'honore d'une clientèle régulière d'un milliard d'individus…

Le pape souleva les sourcils d'un air dubitatif, sans cesser de fixer son interlocuteur. Les deux hommes avaient un caractère volontaire et bien trempé, et aucun d'eux n'aurait supporté de baisser le regard devant l'autre.

– Vous considérez les fidèles comme des clients ? Votre cynisme n'a décidément aucune limite, Éminence. Je ne m'étonne pas que vous vous soyez hissé au niveau auquel vous vous trouvez aujourd'hui…

– C'est vous qui m'avez nommé secrétaire d'État, Très Saint-Père.

– Je le sais, Éminence, je le sais. Mais pouvais-je faire autrement ? Le pape est peut-être infaillible, mais il n'est, hélas, pas tout-puissant. Vous vous en rendrez compte bientôt… Ils sont nombreux, ceux qui se prennent pour des dieux. Vous en faites partie. Mais plus on s'élève, plus on tombe de haut. Lucifer était le plus beau des anges, et le plus proche de Dieu. Sa chute n'a été que plus spectaculaire…

Le pape ponctua sa phrase d'un sourire. C'était un sourire cruel, qu'il avait parfois lorsqu'il livrait une joute verbale particulièrement épineuse avec un contradicteur. Cela lui donnait une expression de fouine, ou de renard malin, que l'on retrouvait sur certaines photographies que la presse publiait de temps à autre, lorsqu'elle cherchait à contrarier l'image du pape allemand.

– Et puis, poursuivit le Saint-Père, Machiavel nous enseigne qu'il vaut mieux avoir ses ennemis près de soi. Ainsi, on peut plus facilement les surveiller…

Le sourire carnassier du pape s'élargissait encore, laissant dépasser de petites dents pointues de ses lèvres minces et sèches.

– Je constate que vous-même citez plus volontiers Machiavel que saint Matthieu, Très Saint-Père, rétorqua le cardinal Pantalucci, qui se fendit à son tour d'un sourire venimeux.

– Oh, je pourrais citer également Nietzsche, que j'ai beaucoup étudié à l'université. La volonté de puissance, par exemple. Vous en êtes un parfait exemple.

– Vous me flattez, Très Saint-Père. Mais je dois avouer que j'ai été à bonne école.

– Vous auriez pu y demeurer plus longtemps, cela ne vous aurait pas fait de mal. Je suis sûr que vous auriez pu mûrir davantage vos réflexions, et peser les conséquences de vos actes. Je ne parle pas de vos actes passés, sur lesquels vous ne pouvez revenir, mais de vos actes à venir, lorsque vous serez élu. Si vous êtes élu, bien entendu…

Le sourire plein d'assurance d'Annibal Pantalucci se figea imperceptiblement, tandis que son regard se faisait plus dur. Le pape était l'un des rares hommes en ce monde, sans doute le seul, qui ne succombait pas à son charme et savait le percer à jour. Cette résistance était intolérable au secrétaire d'État, qui ne supportait pas d'être remis en cause, encore moins d'être infantilisé. Décidément, il ne regretterait pas ce pontife, dont il espérait que le départ serait proche. Très proche.

Il se ressaisit pourtant et répondit d'une voix tressaillant légèrement de colère :

– En tout cas, vous ne serez plus là pour assister à cette élection.

– Qui vous assure qu'il y aura une élection ? continua le Saint-Père sans relâcher son insupportable sourire.

Le cardinal Pantalucci fit un effort pour retrouver son assurance et exhiba à nouveau sa dentition parfaite.

– Très Saint-Père, je souhaite que Dieu vous conserve le plus longtemps possible parmi nous, mais votre état de santé…

– Je ne parle pas de mon état de santé, je sais pertinemment que je vais mourir, coupa le pape d'un ton subitement grave, effaçant d'un seul coup son sourire. Je parle de l'éventualité que le Sacré Collège ne se réunisse pas pour élire un nouveau pape. Croyez-vous que mon état de santé m'empêche d'être informé des nouvelles du monde ? Du monde, et du ciel… Cet astéroïde géant, qui fonce vers la Terre…

– Ah, vous savez déjà ? fit Pantalucci d'un air déçu.

– Oui, je sais, repartit le pape d'un ton sec. Vous n'êtes pas le seul à avoir vos indicateurs, Éminence. Cette pierre tombée du ciel risque de changer bien des choses ici-bas. Et je ne parle pas seulement des catastrophes auxquelles nous devons hélas nous attendre. Si le monde survit à cette épreuve, l'Église saura-t-elle apporter les réponses appropriées ? Et puis, de quelle Église s'agirat-il ? Celle à laquelle j'ai cru, et que j'ai défendue de mon mieux durant toute ma vie, sera bientôt révolue, je le crains. Après tout, les prophéties n'affirment-elles pas que je suis le dernier pape ?

– Tiens, vous citez les prophéties de Malachie, à présent ? Vous m'étonnez, Très Saint-Père. Ce texte ésotérique, vieux de plus de quatre siècles, n'a jamais été reconnu par l'Église…

– …Pas plus que les Évangiles ou les Apocalypses apocryphes, je le sais bien, l'interrompit le souverain pontife. Mais le peuple, lui, y croit, et vous n'empêcherez pas les journalistes en mal de sensationnel d'annoncer ma mort comme celle du dernier pape. La devise que Malachie me prête est *De gloria olivae*, « De la gloire de l'olive », tout comme celle de Jean-Paul II est *De labore solis*, « Du labeur du soleil », et celle de Jean-Paul Ier *De mediatae lunae*, « De la moitié d'une lune », ou « Du temps moyen d'une lune », lui qui ne régna que le temps d'une lunaison…

– Trente-trois jours et six heures, très exactement, précisa Pantalucci. Et vous accordez foi à ces divagations ?

– Pas moi, Éminence, pas moi ! Mais le peuple, oui ! Surtout s'il réchappe de peu à une menace de fin du monde… Car c'est bien la fin du monde qu'annoncent les prophéties de Malachie avec la fin du dernier pape, le 111e de la liste, n'est-ce pas ?

– Vous oubliez le 112e, Pierre le Romain…

– Il n'apparaît que dans l'édition princeps d'Amold de Wyon du *Lignum Vitae* de 1595. Et la devise qui y est associée n'est guère faite pour encourager les prétendants !

– « Dans la dernière persécution de l'Église Chrétienne siégera Pierre le Romain, qui fera paître ses brebis à travers de nombreuses tribulations. Celles-ci terminées, la cité aux sept collines sera détruite, et un Juge redoutable jugera son peuple », cita *in extenso* le secrétaire d'État.

– Je vous félicite pour la qualité de votre mémoire, ricana le Saint-Père. Et je constate que, malgré vos feintes préventions, vous accordez vous-même de l'intérêt à ces prophéties tant décriées… Rome, la cité aux sept collines, sera détruite… Le rapprochement avec le troisième secret de Fatima, qui n'a été dévoilé par l'Église qu'au bout d'un demi-siècle, ne vous frappe-t-il pas ?

– « Le Saint-Père (…) traversa une grande ville à moitié en ruine et, à moitié tremblant, d'un pas vacillant, affligé de douleur et de peine, il priait pour les âmes des cadavres qu'il trouvait sur son chemin ; parvenu au sommet de la montagne, prosterné à genoux au pied de la grande Croix, il fut tué par un groupe de soldats qui lui tirèrent plusieurs coups et des flèches… », récita à nouveau le cardinal.

– « Une grande ville à moitié en ruine » : encore une allusion à Rome ! Cela ne vous a pas frappé ? s'exclama le pape. Et je vous rappelle que, contrairement aux prophéties de Malachie, celles de Fatima ont été considérées comme « dignes de foi » par l'Église. Le troisième secret a été révélé en 2000 par Jean-Paul II.

– Il y a vu une allusion à la tentative d'assassinat dont il a été victime en 1981.

– Vous savez bien qu'il s'agissait là d'un prétexte imaginé par le Vatican pour faire taire les rumeurs apocalyptiques ! s'écria le pape.

– L'Église n'avait pas le choix. Imaginez la réaction des fidèles si l'Église avait révélé que ses jours étaient comptés, et que bientôt Rome et le Vatican ne seraient plus qu'un champ de ruines. Tout cela remonte à la Prophétie de Pierre. La malédiction initiale…

– N'en dites pas plus ! rugit le Saint-Père. Nul ne sait si elle est véridique ou s'il s'agit d'une simple légende.

– Pourtant, elle a été transcrite sur ordre de Néron, sur la base de ce que lui ont rapporté les deux légionnaires ayant assisté au martyre de l'apôtre. Le manuscrit en a été conservé…

– Je sais… Et je connais tous les efforts entrepris par l'Église depuis des siècles pour retrouver ce prétendu manuscrit et le détruire. Mais toutes les tentatives ont échoué. Comme mes prédécesseurs, j'ai porté ce lourd poids sur mes épaules durant toutes les années de mon pontificat. Avec la crainte que la prophétie soit révélée au grand jour, et sape définitivement les fondements sacrés de l'Église de Rome… À présent, je n'en ai plus la force. Je préfère oublier cette prophétie, me dire qu'elle n'a jamais existé, et mourir en paix…

Une fine sueur perlait sur le front du pape, et sa respiration était de plus en plus haletante. Le cardinal le considérait avec curiosité. Le vieil homme allait-il rendre l'âme sous ses yeux, victime d'une embolie ou d'un arrêt cardiaque ? Ce serait amusant. Il aurait été le dernier à s'entretenir avec le pape avant sa disparition. Cela renforcerait son statut de dauphin. D'un autre côté, les mauvaises langues ne pourraient s'empêcher de laisser entendre qu'il n'était pas pour rien dans cette mort, qu'il l'avait peut-être facilitée, voire provoquée. Après tout, de nombreux papes de l'histoire avaient été assassinés. Jean-Paul Ier, lui-même…

– J'ai peur que ma conversation ait fatigué Sa Sainteté, reprit le cardinal Pantalucci en abrégeant l'entretien. Je ne voudrais pas être responsable d'une aggravation de son état. Reposez-vous, Très Saint-Père. Je reviendrai vous voir bientôt.

Le pape ne répondit pas. Il avait fermé les yeux, hors d'haleine. Il se contenta de lever légèrement la main droite, en guise de salut.

9

– Une confrérie monastique ? Tu es moine, toi aussi ? Tu ne portes pas une robe de bure et tu ne vis pas enfermé dans un monastère, pourtant ? s'emporta Stéphane.

– Chut, plus bas…, l'interrompit Michel en jetant des regards alarmés autour de lui.

Ils n'étaient plus seuls dans la salle de restaurant de l'hôtel de l'*Observatoire*. Une serveuse achevait de dresser les tables pour le déjeuner. Le chef et ses mitrons s'étaient mis aux fourneaux et s'interpellaient à grands cris, derrière les portes à battants conduisant aux cuisines. Le maître d'hôtel inscrivait les plats du jour sur une ardoise suspendue au mur :

DAUBE DE SANGLIER À LA POLENTA

GIGOT D'AGNEAU DE SISTERON ET SES FLAGEOLETS

En Haute-Provence, l'heure du déjeuner était sacrée : on se mettait à table à midi tapant. D'ici une demi-heure, la salle serait remplie d'une clientèle d'habitués auxquels se mêleraient quelques touristes de passage.

Lorsque Michel fut certain que personne n'avait prêté attention à l'éclat de Stéphane, il reprit d'une voix douce, en regardant son ami dans les yeux.

– Tu sais, être moine ne signifie pas uniquement porter une robe blanche, noire ou brune, chanter des cantiques et distiller des liqueurs fortes pour les vendre aux touristes dans la boutique à souvenirs du monastère… Moine vient du grec *monos*, qui veut dire « seul ». Un moine est toujours solitaire ; il est seul avec lui-même. Qu'il choisisse de vivre dans le monde, en communauté avec d'autres frères ou en ermite au fond d'une grotte, c'est secondaire. Marie a choisi l'isolement dans un monastère, à l'écart du monde. Moi, j'ai choisi de rester dans la vie active. Mais je n'en suis pas moins moine. J'ai prononcé mes vœux…

Stéphane affichait une mine renfrognée. Il s'était toujours senti mal à l'aise avec les institutions ou les groupes religieux, quels qu'ils soient. Il s'en dégageait toujours, selon lui, un parfum de secte. Il s'était toujours revendiqué athée, car il préférait croire en une absence de Dieu plutôt qu'en l'existence d'un Créateur qui se fichait complètement de ses créatures. Ses parents l'avaient abandonné à sa naissance. À travers eux, c'est ce Dieu hypothétique qui l'avait abandonné. Stéphane préférait nier son existence plutôt que d'avoir à le haïr.

La vocation subite de Marie, qu'il avait interprétée comme un abandon, n'avait fait que raviver son hostilité vis-à-vis de la religion. Et voici que son meilleur ami lui annonçait tranquillement que derrière sa façade de scientifique rationnel il n'était qu'une grenouille de bénitier. Il avait l'impression de vivre une seconde fois la trahison de Marie. Il bouillonnait d'une rage rentrée.

– Tu as bien caché ton jeu, mon salaud ! fulmina-t-il. Et à quel ordre appartiens-tu ? Les Mormons, les Adventistes du Septième Jour, la secte Moon ou l'Ordre du Temple Solaire ? Tu as dû avoir l'embarras du choix, ce ne sont pas les marchands de faux espoirs qui manquent !

– Calme-toi, pondéra Michel de sa voix tranquille. Et je te rappelle en passant que l'OTS a été dissous en 1994, à la suite du premier massacre de ses disciples en Suisse. Mais l'ordre auquel j'appartiens n'a rien à voir avec tout ça. Même s'il s'agit d'un ordre secret dont je suis bien certain que tu n'as jamais entendu parler…

Stéphane faisait de gros efforts pour se calmer et endiguer la colère que suscitaient en lui les révélations de son ami. Pourtant, être moine n'était pas un crime, il devait bien l'admettre. Et Michel lui donnait une preuve de confiance en se livrant à lui aujourd'hui. Mais pourquoi aujourd'hui seulement ?

– Tu m'as caché cela durant toutes ces années, constata Stéphane d'un air déçu. Moi qui croyais que nous n'avions aucun secret l'un pour l'autre...

– Je ne pouvais pas faire autrement, Steph. En prononçant mes vœux, j'ai juré de ne jamais dévoiler à quiconque l'existence de notre ordre. Personne n'a jamais été au courant, personne. Ni mes collègues de travail, ni mes amis. Tu es le seul...

– Mais pourquoi moi ? Si tu as réellement fait vœu de silence, pourquoi le rompre aujourd'hui ?

– J'en ai reçu l'autorisation, répondit Michel. Comme je te l'ai dit, ma vie est en danger. Et pas seulement la mienne...

Michel avait parlé avec conviction, et son enthousiasme l'avait porté à s'exprimer d'une voix un peu trop forte. Il s'en aperçut aussitôt et se tut, jetant un regard en biais du côté de l'entrée de la salle de restaurant, comme s'il appréhendait quelque chose. Mais personne ne se préoccupait de lui. Les convives étaient occupés à choisir leur menu ou à discuter de politique ou de sport, dans un brouhaha général qui, mieux que le silence le plus absolu, était une garantie de discrétion.

– Tu deviens parano, fit remarquer Stéphane d'un ton plus brusque qu'il n'aurait voulu.

Il s'en voulait de se montrer aussi peu amical envers celui qu'il avait toujours considéré comme son frère. Pour se calmer, il ferma les yeux et tenta de faire le vide dans son esprit en respirant trois fois par le ventre tout en se concentrant sur son *hara*, le réservoir d'énergie situé sous le plexus solaire. Une vieille technique des arts martiaux.

La salle du restaurant se remplissait rapidement. Des commerçants du coin, des représentants, des familles... Tout le monde arrivait en même temps et exigeait d'être servi le plus rapidement possible. Le maître d'hôtel distribuait les menus, commentait la qualité des plats du jour, prenait les commandes. Des bruits de casseroles s'échappaient des cuisines, accompagnés des bonnes odeurs de plats mijotés. L'hôtel-restaurant de l'*Observatoire* se transformait en véritable fourmilière.

Toute cette effervescence mit Stéphane en appétit. Il éprouvait également le besoin de faire tomber la pression.

– Tu ne veux pas manger un bout ? La daube de sanglier me tente bien… À moins que les croissants te pèsent encore sur l'estomac ?

– J'avoue que je ne suis pas affamé, sourit Michel. Je t'accompagne volontiers. Mais je ne prends qu'une salade.

– C'est moi qui invite…

Les deux amis passèrent leur commande, un plat du jour et une salade composée, accompagnés d'une bouteille de Badoit. Ni Michel ni Stéphane ne buvaient d'alcool.

Ils attendirent que le maître d'hôtel s'éloigne pour reprendre la conversation.

– Tu connais le Royaume du Prêtre Jean ? commença Michel.

– J'en ai vaguement entendu parler. C'est une vieille utopie médiévale, non ?

– Une utopie, si tu veux. Une légende, peut-être. Mais qui a passionné l'Occident chrétien durant des siècles, même si elle est tombée dans l'oubli aujourd'hui.

– Euh… Tu peux me rafraîchir la mémoire ?

– C'est en 1145, à Rome, que l'on trouve la première mention du Royaume du Prêtre Jean, commença Michel. Le pape Eugène III avait reçu la visite de l'évêque syrien Hugues de Gabala, accompagné d'une ambassade arménienne. Cet évêque évoqua devant le Saint-Père l'existence d'un Prêtre Jean, ou *Presbyter Johannes*, sorte de monarque théocratique d'un royaume chrétien situé en Afrique, au-delà de la Perse et de l'Arménie, décrit comme un véritable paradis terrestre. À la fois roi et prêtre, ce monarque aurait tenté de prêter main-forte aux croisés lors du siège de la ville sainte de Jérusalem en 1099, mais son armée ne serait pas parvenue à franchir le Tigre et l'Euphrate, les deux fleuves issus du Paradis selon la Bible.

La serveuse vint apporter leur commande, décapsula la bouteille d'eau minérale et s'éloigna aussitôt, déjà hélée par un autre client.

– Une histoire invraisemblable, ne put s'empêcher de faire remarquer Stéphane en remplissant les verres d'eau.

– Elle est pourtant attestée dans les chroniques de l'époque. La seconde mention date des années 1160 ou 1170. L'empereur Comnème de Byzance reçut une lettre rédigée en latin, dont le signataire était le Prêtre Jean lui-même. Il affirmait être le souverain des souverains et dépasser les rois de la terre par les richesses, la vertu et la puissance. Son royaume s'étendait sur les trois Indes…

– Mais il parle d'Inde, non d'Afrique…, fit remarquer Stéphane en attaquant sa daube qui dégageait une bonne odeur de sauce au vin.

– Au Moyen Âge, les trois Indes correspondaient non seulement à l'Inde actuelle, mais également au Proche-Orient et à l'est de l'Afrique. Les autres territoires étaient encore inconnus. Le Prêtre Jean continue sa lettre en énumérant toutes les richesses qui composent son royaume, véritable paradis sur terre. Il précise que les pauvres y sont inconnus, tout comme le vol, la cupidité, les divisions ou le mensonge. Le Prêtre Jean régnait sur une société idéale.

– Et l'empereur de Byzance y a cru ?

– Pas seulement lui. Des copies de la lettre du Prêtre Jean traduites en anglo-normand, en français et en russe ont circulé dans toutes les cours d'Europe, entre le XIIe et le XVe siècle. Des expéditions ont même été financées par les monarques occidentaux pour retrouver la trace de ce mystérieux Prêtre Jean. Mais en vain. Il a fini par tomber dans l'oubli.

Les deux amis observèrent un instant de silence. Michel posa sa fourchette sur le bord de son assiette et fixa Stéphane de son regard clair. Son regard bleu d'ange innocent.

Stéphane but un verre d'eau et reprit :

– J'ai lu un roman d'Umberto Eco qui raconte cette histoire. *Baudolino*. Selon lui, le Prêtre Jean n'était qu'un mythe, un personnage imaginaire. D'ailleurs, si on se fie aux dates que tu m'as énoncées, il aurait vécu près de deux cent ans… Eco explique d'ailleurs que la lettre du Prêtre Jean était un faux dû à la main d'un habile faussaire…

– Umberto Eco a toujours aimé raconter des histoires de faussaires, ironisa Michel. *Le Cimetière de Prague* en est un autre exemple. Mais il s'agit, dans son cas, de romans. Rien ne prouve que ce qu'il présente comme faux n'ait pas existé réellement… En tout cas, on a cru en l'existence du Royaume du Prêtre Jean durant près de cinq siècles. Et certains y croient encore aujourd'hui… Ils croient au retour d'un royaume idéal, fondé sur une religion œcuménique prônant la paix et la concorde. Ils croient au retour du Prêtre Jean.

– Et tu fais partie de ceux qui croient en cette légende…, conclut Stéphane.

Michel Ardent afficha une expression mystérieuse.

– Finis ta daube, reprit-il. Nous allons retourner dans mon bureau. Il y a des choses dont il est dangereux de parler en public…

Les deux camarades avaient réintégré le petit bureau de Michel au Centre d'astronomie. Ils n'avaient pas échangé un mot depuis leur sortie du restaurant. Stéphane sentait que son ami était sur le point de lui faire une confidence qui exigeait le secret absolu. Il cherchait à s'entourer du maximum de précautions.

Michel Ardent ferma soigneusement la porte de son bureau, après s'être assuré que personne ne se trouvait dans le couloir. Il marqua une nouvelle pause, comme s'il hésitait encore à se confier, puis se décida enfin :

– Le Royaume du Prêtre Jean n'est pas seulement une légende ancienne, contestée par les historiens contemporains, expliqua-t-il d'une voix empreinte de gravité. Pour certains, il s'agit d'une réalité, tenue en sommeil depuis tous ces siècles, mais qui n'attend que l'occasion de sortir enfin de l'ombre…

Stéphane écoutait attentivement, sans chercher à interrompre son ami.

– Lorsque le mythe du Prêtre Jean a disparu dans l'Occident chrétien, un groupe de fidèles s'est réuni afin de perpétuer au long des siècles la philosophie tolérante et humaniste prônée par ce souverain. Ce groupe s'est organisé en ordre religieux qui attend depuis près de neuf siècles le retour du Prêtre Jean et de son royaume de paix. Un royaume qui va bientôt renaître de ses cendres…

Stéphane considéra son camarade avec curiosité.

– Je n'ai jamais entendu parler d'un tel ordre. Comment s'appelle-t-il ?

– L'Ordre des Fidèles du Prêtre Jean. C'est l'ordre auquel j'appartiens en tant que moine, répondit Michel avec fierté.

Stéphane réfléchit un instant. Il avait du mal à croire à toute cette histoire, mais Michel semblait tout à fait sérieux.

– Tu parlais d'un grave danger, reprit-il. En quoi ton appartenance à cet ordre menace-t-elle ta vie, Michel ? Après tout, vos buts sont essentiellement philanthropiques…

– Les meilleures intentions du monde sont rarement appréciées. Nous avons des ennemis, Steph. Des ennemis puissants, très puissants. Nous sommes les seuls à pouvoir contrarier leurs desseins, qui sont d'instaurer un nouvel ordre du monde fondé sur la peur et l'asservissement des hommes. Ils ne craignent rien. Ils nous pourchasseront, nous traqueront, nous persécuteront comme ils l'ont fait jadis avec les premiers chrétiens pour étouffer dans l'œuf la révolution spirituelle que nous cherchons à mettre en œuvre.

– Mais qui sont ces ennemis ?

– Ils sont nombreux. Mais l'un d'entre eux est plus acharné encore que les autres.

– Qui ?

– L'Église. Car nous avons connaissance d'une prophétie secrète. Elle a été rédigée voici deux mille ans sur un manuscrit qui, s'il était divulgué, mettrait en cause les fondements mêmes de l'Église catholique romaine, et signerait la fin du Vatican.

– Un manuscrit ? Un simple manuscrit pourrait…

– Les mots sont parfois plus dangereux que les armes. Surtout lorsqu'ils expriment une malédiction. Et que cette malédiction est formulée par celui dont le martyre a justifié depuis deux mille ans l'existence même de l'Église et sa suprématie.

– Je ne comprends pas…

– Je ne peux pas t'en dire plus pour l'instant. J'ai même sans doute trop parlé. Sache seulement que les signes annonciateurs d'une prochaine révélation sont apparus. Une *apocalypse*, si tu préfères… Le message d'amour et d'humilité du Christ a été galvaudé depuis trop longtemps. Une révolution se prépare au cœur de la chrétienté. L'Église de Rome n'est plus qu'un corps agonisant, que certains cherchent à tout prix à maintenir dans un simulacre de vie. Ils veulent conserver leurs pouvoirs, leurs privilèges, leurs prérogatives. Depuis près de deux mille ans, ils cherchent à s'approprier le texte de la prophétie annonçant leur fin. Les Fidèles du Prêtre Jean ont toujours su préserver le secret. Mais aujourd'hui, les derniers temps sont venus, et tout s'accélère… Le siège de l'apôtre Pierre accueillera bientôt le loup dans la bergerie, et les usurpateurs de la foi mettront les hommes en servitude.

– Tu veux dire que…

– Si le Royaume du Prêtre Jean n'est pas restauré, le monde sera bientôt sous la coupe de l'Antéchrist. C'est pour cela que nous sommes en danger. Les membres de mon ordre et moi, mais également le monde entier. Il est temps de révéler la prophétie au grand jour, avant qu'ils ne la retrouvent et ne la détruisent, et nous avec. Veux-tu nous aider ?

Stéphane ne savait que répondre. Tout ce que venait de lui raconter son ami était tellement incroyable… Quelle était la part de vérité et d'affabulation ? Michel et les membres de son mystérieux ordre étaient-ils réellement en danger ou bien son ami cédait-il à une crise de paranoïa ?

Peu importait, après tout. Stéphane et Michel s'étaient toujours épaulés, dans la joie comme dans l'épreuve. Castor et Pollux. Les inséparables. Les frères d'armes, unis dans la vie et dans la mort.

– Je ne suis pas sûr d'avoir vraiment compris de quoi il s'agissait, mais tu peux compter sur mon aide, Michel. Je ferai tout ce qui est en mon pouvoir. Tu es mon ami et mon frère, et je ne te lâcherai jamais.

Les deux hommes se serrèrent la main, scellant une nouvelle fois leur pacte d'amitié et de fidélité. Le regard clair de Michel brillait intensément.

– Tu veux que je reste avec toi ? demanda Stéphane.

– Pas question ! rétorqua Michel d'un air fier. Retourne chez toi. Ne t'en fais pas pour moi, je suis un grand garçon. Je saurai te trouver si j'ai besoin de toi.

– Comme tu veux…

Stéphane allait sortir lorsque son ami le rappela :

– Encore merci, Steph… À bientôt, j'espère. Ici, ou dans un monde meilleur…

10

Le cardinal Pantalucci boucla sa sacoche de cuir noir, contenant son bréviaire, sa boîte de cigarillos et quelques affaires de rechange. Le jet privé l'attendait déjà sur le tarmac de l'aéroport Léonard-de-Vinci. Il lui suffisait de s'y faire conduire en hélicoptère depuis l'héliport du Vatican. Dans un peu plus de quinze heures, il serait dans la villa de Pete Starr. Il y rencontrerait les principaux membres du Bohemian Club. Des membres influents. *Très* influents.

Le secrétaire d'État allait quitter son bureau lorsque le téléphone sonna. C'était sa ligne privée et sécurisée, connue uniquement de ceux avec qui il était en affaires personnelles. Mais elle sonnait rarement. C'est le cardinal qui, la plupart du temps, contactait ceux dont il avait besoin. En fronçant les sourcils, Pantalucci décrocha le téléphone.

– Que Son règne vienne…

– Que Sa volonté soit faite sur la Terre comme au Ciel, rétorqua le cardinal. J'attendais votre appel… Vous avez repéré les cibles que je vous avais indiquées ?

– Oui, Éminence. Sur votre demande, j'ai placé sur écoute les membres du GEIPAN. Ce matin, j'ai surpris une conversation entre les IPN du Vaucluse et des Alpes-de-Haute-Provence. C'était au sujet de l'astéroïde. Ils se sont donné rendez-vous au Centre d'astronomie.

– Vous avez intercepté leur conversation ? coupa le cardinal.

– Nos services ont placé un micro dans le bureau de l'ingénieur du Centre d'astronomie. Nous avons pu enregistrer tout ce qu'ils se sont dit…

– Très bien. Je m'en occupe…

Le secrétaire d'État raccrocha et ralluma son cigarillo d'un air songeur. Les événements étaient en train de se précipiter. Ses adversaires cédaient à la panique. C'était bon signe. Très bon signe.

Le cardinal allait devoir différer légèrement son départ. Il lui fallait quitter discrètement l'enceinte du Vatican en évitant les entrées principales. Heureusement, le Vatican possédait des accès secrets auxquels les pontifes et cardinaux des siècles passés avaient souvent eu recours.

Recouvrant ses habits trop voyants de cardinal d'une vaste houppelande noire, Annibal Pantalucci quitta son bureau et se dirigea vers la bibliothèque pontificale. Il fit un bref signe aux deux gardes suisses qui en surveillaient l'entrée. Ces derniers lui livrèrent aussitôt le passage. L'accès de la bibliothèque privée du pape n'était en principe réservé qu'au seul souverain pontife, et personne ne pouvait y entrer sans son autorisation. Mais depuis que le pape gardait le lit, il ne se rendait plus ni dans son bureau ni *a fortiori* dans sa bibliothèque.

La maladie du Saint-Père avait entraîné une forme de vacance du pouvoir qui se traduisait par un certain relâchement des règles drastiques qui présidaient généralement au bon fonctionnement du Vatican, et le secrétaire d'État en avait profité pour prendre ses aises, comme s'il était déjà le nouveau pape. Le personnel de la Cité vaticane lui devait le respect dû à sa fonction de secrétaire d'État et voyait en lui son futur maître. Aussi personne n'aurait osé contredire ces velléités d'indépendance.

La bibliothèque pontificale était plus modeste que celle du Vatican, où étaient conservées notamment les archives secrètes. Elle n'en contenait pas moins quelque trois mille volumes, anciens et modernes, que le pape pouvait consulter lorsqu'il le désirait, en prenant place dans l'un des confortables fauteuils du coin salon.

Sur le mur opposé à la porte d'entrée se trouvait une autre porte, fort différente. Entièrement recouverte de métal, fermée par quatre imposantes serrures, elle semblait abriter un coffre-fort aux parois blindées.

Le secrétaire d'État tira un passe de sa soutane rouge et l'introduisit successivement à l'intérieur des quatre serrures. Il entendit les pênes actionner les gâches et libérer l'accès de la porte inviolable.

La grosse porte tourna sur ses gonds avec un grincement strident. Elle n'était pratiquement jamais utilisée. Elle ouvrait sur le *passetto*, ou *corridore di Borgo*, l'antique passage secret par lequel les papes pouvaient, en cas de besoin, quitter précipitamment le Vatican pour rejoindre le palais Saint-Ange situé à 750 mètres de là.

Courant au sommet d'un mur de fortification de 30 mètres de haut, en forme d'aqueduc romain, le *passetto* avait été construit par le pape Nicolas III en 1277 et avait servi plusieurs fois à couvrir la fuite des papes, notamment Alexandre VI en 1494, chassé par les troupes de Charles VIII, ou Clément VII en 1527, au moment où Charles Quint avait provoqué le sac de Rome. Mais ces temps incertains étaient, pour l'instant du moins, révolus, et le *passetto* était devenu une simple curiosité.

Pour le Jubilée de l'an 2000, une petite partie du *passetto* avait été réhabilitée et ouverte au public, du côté du palais Saint-Ange. Mais la section donnant accès au Vatican était demeurée soigneusement cachée et conservait tout son mystère.

Le passage s'ouvrait sur un tunnel étroit et sombre, recouvert d'un plafond bas en pierre. Il y régnait une fraîcheur humide qui saisit un instant les os du cardinal Pantalucci. Les bords de sa houppelande frôlaient les parois de pierre envahies de mousse, faiblement éclairées par de minuscules meurtrières ouvrant sur l'extérieur.

Tout en marchant d'un pas pressé, il songeait aux papes du passé qui avaient emprunté avant lui ce corridor glacé. Mais lui ne fuyait pas. Au contraire, il allait de l'avant.

Après quelques dizaines de mètres, le *passetto* se retrouvait à ciel ouvert, le toit dont Urbain VIII l'avait fait recouvrir en 1630 ayant été retiré en 1949, de façon à redonner au lieu son aspect originel. Pantalucci porta la main sur la calotte qui recouvrait son chef afin d'éviter qu'elle ne soit emportée par le vent.

Après dix minutes de marche, le cardinal se trouva au palais Saint-Ange, sur la rive droite du Tibre.

Le corps du bâtiment, composé d'une rotonde massive de travertin recouvert de marbre, donnait le sentiment d'une forteresse imprenable. Ce mausolée funéraire, conçu par l'empereur Hadrien pour conserver ses cendres, s'était transformé en campement militaire et en prison sous la papauté. Mais malgré l'écoulement des siècles, l'austère façade du palais Saint-Ange évoquait encore les guerres et les tortures, et lorsque le vent soufflait dans les meurtrières et sur les remparts, on croyait entendre les lamentations et les gémissements des prisonniers du Vatican qui avaient fini leurs jours dans ce sinistre lieu.

Le cardinal Pantalucci se mêla un instant à la foule des touristes qui visitaient les salles du château ouvertes au public. Ils ignoraient qu'il existait bien d'autres salles secrètes, auxquelles on ne pouvait avoir accès que par des portes dissimulées et des passages enfouis. Le *passetto* n'était pas le seul lien entre le Vatican et le palais Saint-Ange. Ce dernier n'avait pas servi durant des siècles de refuge et de prison aux papes sans qu'il en demeure quelque chose.

Le secrétaire d'État pénétra à l'intérieur du palais et se trouva en face de la rampe intérieure en spirale qui montait jusqu'au sommet de l'édifice. Mais une autre partie descendait vers le sous-sol, là où se trouvaient les oubliettes et les geôles. Cette partie était interdite au public, mais Annibal Pantalucci en possédait la clé.

Il se glissa rapidement de l'autre côté de la grille qu'il referma aussitôt et entreprit sa descente.

Il était seul, à présent, loin de la foule bruyante. Au fur et à mesure qu'il se laissait glisser dans les profondeurs du château, les ténèbres l'enveloppaient de leur manteau obscur. Heureusement, il avait pris soin de se munir d'une lampe torche, dont le halo blafard révélait les parois décrépites des murs plusieurs fois centenaires.

Les souterrains du palais Saint-Ange étaient vastes, répartis sur plusieurs niveaux. Certains étaient raccordés au réseau des catacombes qui s'étendaient sous Rome, et débouchaient dans n'importe quelle partie de la ville. Mais rares étaient ceux qui osaient s'aventurer dans ce dédale obscur, dont aucun plan précis n'avait jamais été dressé. La plupart de ceux qui avaient tenté leur chance avaient fini par s'égarer, et étaient morts de faim ou d'asphyxie. Même les spéléologues les plus expérimentés hésitaient avant d'explorer les souterrains de Rome, plus vastes et plus dangereux que ceux de Paris.

Le cardinal finit par atteindre une large salle voûtée qui ouvrait sur de minuscules cellules grillagées, dans lesquelles on distinguait des anneaux de fer scellés et des chaînes. C'est là que les prisonniers du Vatican étaient jadis soumis à la question.

Le cardinal sentit un frisson lui parcourir l'échine. Comme il aurait aimé vivre en ces temps-là, aux siècles des Borgia et des Médicis. Mais ces temps reviendraient, il en était certain. Lorsqu'il serait élu pape, il y veillerait personnellement.

Depuis cette salle centrale, un corridor conduisait à une seconde salle, fermée par une porte épaisse dont le cardinal actionna l'ouverture en posant la paume de sa main droite dégantée sur une plaque magnétique de reconnaissance digitale. La porte coulissa dans le mur dans un feulement doux, révélant un lieu qui contrastait avec la vétusté et l'austérité sépulcrale des cryptes traversées. À vrai dire, on se serait cru projeté d'un seul coup des ténèbres du Moyen Âge dans un siècle futuriste. Ici, plus de geôles humides aux plafonds voûtés et aux parois ornées de porte-flambeaux de fer sur lesquels brûlaient des torches enduites de résine, mais une sorte d'entrepôt ultramoderne parfaitement aseptisé, à la température et à l'hygrométrie savamment contrôlées. Le cardinal y pénétra.

Cet entrepôt souterrain, dont nul ne pouvait au-dehors soupçonner l'existence, abritait un savant agencement d'étagères et de casiers dans lesquels étaient soigneusement rangés et étiquetés les trésors accumulés au fil des siècles par le Saint-Siège, et qui ne pouvaient décemment pas être exposés dans les musées ou les galeries du Vatican. Des manuscrits anciens où flottait une odeur de magie noire. Des effigies de divinités païennes considérées comme démoniaques par les papes du passé. Des statues grecques glorifiant les corps masculins ou féminins dans toute l'indécence de leur nudité. Des œuvres d'art de diverses époques, volées à leurs propriétaires légitimes, et qui après être passées de mains en mains, de receleurs en collectionneurs, avaient fini leur vie ici, dans cette cave enterrée sous le palais Saint-Ange. Il y avait même des toiles de maîtres ayant appartenu à des marchands d'art d'origine juive, réquisitionnées par les Allemands durant la Seconde Guerre mondiale pendant que leurs propriétaires étaient envoyés dans les camps de la mort. Après la guerre, ces toiles avaient été récupérées par les Russes, qui avaient fini par en faire don en grand secret au Vatican dans les années 1960, au moment où Rome revendiquait son ouverture vers les régimes totalitaires de l'Est, la fameuse *Ostpolitik*. Il y avait là des Picasso rarissimes, des Rembrandt inconnus, des Titien dont aucun critique d'art ne soupçonnait l'existence. Il y avait même une série complète de dessins de nus d'Egon Schiele, dégageant un érotisme torride, sulfureux et transgressif propre à choquer le plus endurci des pornographes. Tout cela, et bien d'autres choses, constituait le trésor de guerre du Vatican. Un trésor soigneusement caché aux yeux de tous.

Le cardinal longea sans y prêter attention ces œuvres d'art qui n'avaient plus aucun secret pour lui, et se dirigea vers une seconde pièce, faisant suite à la première, qu'il ouvrit également d'un simple geste de la main sur la paroi à reconnaissance digitale.

Cette seconde cave était tout aussi surprenante que la première, et encore mieux gardée. Cette fois-ci, il n'était plus question de tableaux, de statues ou de bijoux, mais d'armes. Un véritable arsenal militaire était entreposé dans ce sous-sol parfaitement sécurisé. Une partie des murs était couverte d'armoires et de râteliers dans lesquels s'accumulaient des centaines d'armes à feu de pointe, à côté de caisses débordant de munitions. Se trouvaient là les revolvers, fusils d'assaut et mitrailleuses les plus redoutables du moment : des Beretta, bien sûr, la firme italienne étant abondamment pourvue en pistolets, fusils, carabines, pistolets-mitrailleurs et fusils d'assaut, notamment le fameux Beretta ARX 160, mais également la dernière version de la meurtrière kalachnikov, l'AK-12, des revolvers Manurhin MR73, des Glocks en polymères ultralégers, sans compter les grenades et lance-roquettes. De quoi faire sauter la ville entière.

Une dizaine d'hommes en survêtements sombres, les oreilles protégées par des casques insonorisés, s'exerçaient au tir sur des cibles mouvantes. Tous faisaient mouche du premier coup, accumulant les cartons percés en leur centre exact. Des professionnels du tir, mais aussi de l'arme blanche ou du close-combat. Des soldats de l'ombre qui n'appartenaient officiellement à aucune armée, recrutés au fil des ans par le cardinal Pantalucci jusqu'à former un véritable groupe d'intervention armé, corvéable à merci et sans aucun état d'âme. Leur seul signe distinctif était une minuscule croix rouge brodée à hauteur de la poitrine, qui rappelait le serment d'obéissance absolue qu'ils avaient fait au cardinal, leur « pape noir ». En hommage aux hospitaliers, ils s'étaient d'ailleurs affublés du titre de « Croisés noirs ». Ils maîtrisaient parfaitement les armes et la technologie du XXIe siècle mais se réclamaient des pratiques des bourreaux surgis d'un lointain Moyen Âge ou du tribunal de l'Inquisition créé et cautionné jadis par l'Église. Ils étaient les lointains descendants de ces institutions perdues, dont ils avaient aveuglément embrassé les valeurs pour défendre l'idée qu'ils se faisaient de l'Église. Une Église se nourrissant autant de sang que de foi. Une Église à la hauteur des ambitions du cardinal Pantalucci.

En pénétrant dans la salle d'armes, le cardinal avait déclenché automatiquement un signal lumineux avertissant les tireurs qu'une personne étrangère venait de les rejoindre. Instantanément, ils cessèrent leur fusillade et se retournèrent. Lorsqu'ils reconnurent la silhouette familière du cardinal, ils abaissèrent leurs armes, ôtèrent leurs casques et se mirent au garde-à-vous en portant leur poing droit refermé contre la poitrine.

– Que Son règne vienne…, articulèrent-ils en chœur.

– Que Sa volonté soit faite sur la Terre comme au Ciel, répondit le cardinal.

– Nous sommes à vos ordres, *padre*, dit l'un des Croisés noirs.

Annibal Pantalucci les toisa l'un après l'autre de ses yeux bleus perçants avant de s'exprimer d'un ton sans réplique :

– Le combat a commencé. Soyez fidèles jusqu'au bout au serment qui vous lie à moi, et je saurai vous récompenser au centuple.

Les Croisés s'inclinèrent respectueusement.

– Bien, *padre*.

Le secrétaire d'État tendit à l'un des Croisés un dossier qu'il extirpa de sa sacoche.

– Voici votre plan d'action. Tout est là. Les cibles à atteindre et la façon de les neutraliser. Je compte sur vous pour suivre mes instructions à la lettre. Pas d'armes à feu. Il faut respecter à la lettre les anciens rituels… Pas d'improvisation. Rappelez-vous que c'est moi qui dirige les opérations. Vous partez immédiatement… Un avion vous attend.

Les Croisés noirs s'inclinèrent à nouveau.

Sur la première page du dossier remis par le cardinal s'affichait la photographie d'un homme au visage pur et souriant.

11

Après le départ de Stéphane, Michel Ardent quitta le Centre d'astronomie et monta à bord de sa Volvo C30 customisée. Il prit la route de Forcalquier, petite ville proche de Saint-Michel-l'Observatoire, dans laquelle il louait un minuscule appartement dans un immeuble vétuste aux murs décrépits et tagués. Le salaire d'ingénieur de Michel lui aurait permis de s'acheter une belle maison dans la région. Mais le jeune astrophysicien n'était pas attaché aux possessions matérielles, à l'exception de sa voiture bourrée de gadgets électroniques. Il avait fait vœu de pauvreté. Il ne vivait pas vraiment sur terre, mais dans les étoiles qu'il observait. Il y avait en lui quelque chose du Petit Prince de Saint-Exupéry, comme s'il avait échoué ici par hasard, tombé de quelque planète lointaine.

Michel gara sa Volvo en bas de son immeuble et grimpa quatre à quatre les escaliers pour rejoindre son logis.

Sitôt entré, il brancha son poste de télévision et fit défiler les différentes chaînes d'information du câble. LCI, CNN…

L'annonce de l'apparition de l'astéroïde géant dans le ciel avait enfin été divulguée, et faisait la « une » de tous les spots télévisés, s'enchaînant sur un rythme effréné qui donnait le vertige, tandis que des titres chocs balayaient l'écran :

L'ASTÉROÏDE FOU

LA MÉTÉORITE GÉANTE

LA FIN DU MONDE EST PROGRAMMÉE
LE COMPTE À REBOURS A COMMENCÉ...

Des photos de LUCIFER s'étalaient largement sur les écrans, tandis que des journalistes scientifiques commentaient sur un ton dramatique les caractéristiques exceptionnelles du bolide et les conséquences tragiques qui pourraient découler de sa rencontre brutale avec la Terre.

Des astronomes, des astrophysiciens et des biochimistes apportaient des précisions détaillées sur la composition probable du projectile qu'une main aveugle avait lancé en direction de la planète.

Des experts en balistique présentaient des croquis retraçant le trajet suivi par l'objet volant à travers le cosmos.

Des militaires chargés de la sécurité du territoire invitaient la population à conserver son calme et à ne pas céder à la panique.

Des correspondants à la NASA expliquaient, sur un ton qu'ils cherchaient à rendre persuasif, que des satellites de défense étaient tout spécialement prévus pour intercepter les météorites et les faire exploser avant leur entrée dans l'atmosphère terrestre.

Des écologistes intervenaient pour incriminer le manque de respect que les hommes portaient à la Nature, qui se vengeait à sa manière en provoquant un cataclysme destiné à éradiquer l'espèce la plus prédatrice que la Terre ait jamais portée : l'homme.

Des prédicateurs issus de différentes Églises ou sectes invoquaient le châtiment du Ciel, que les humains avaient attiré sur eux à cause de leurs transgressions.

Des médiums et des voyants affirmaient, horoscopes à l'appui, que cette Apocalypse était depuis longtemps programmée, et qu'ils avaient à plusieurs reprises mis en garde le monde contre ce péril inévitable. Ils citaient indifféremment l'Apocalypse de saint Jean, les *Prophéties* de Nostradamus, les calendriers mayas ou les alignements néfastes des planètes.

On vit même paraître un grand couturier célèbre qui avait déjà annoncé la fin du monde pour le 11 août 1999, en prévoyant la chute de la station Mir sur Paris. L'échec de sa prédiction l'avait à l'époque contraint à se retirer du devant de la scène et à garder le silence pendant plus de treize ans. Mais le nouveau danger qui se profilait dans l'espace justifiait enfin son retour sur les plateaux de télévision.

Agacé par ce déluge d'images et de paroles, Michel éteignit la télé et alluma son Mac. Les sites internet étaient eux aussi saturés de messages, tous plus alarmistes les uns que les autres. Contrairement aux chaînes télévisées, qui tentaient de conserver une certaine objectivité face à cet événement sans précédent, la blogosphère ne respectait aucune limite, et laissait circuler sans aucune censure les rumeurs les plus folles et les plus excentriques.

Le jeune astrophysicien lut ainsi que le choc de l'astéroïde aurait pour conséquence de changer l'axe de rotation de la Terre, provoquant un nouveau déluge universel qui verrait l'extinction des quatre cinquièmes de l'humanité. Les survivants devraient s'adapter à une Terre nouvelle, dont les climats seraient inversés : l'équateur serait recouvert d'une couche de neige éternelle tandis que la banquise des pôles fondrait sous l'effet d'une chaleur extrême.

Un autre blog annonçait, après la chute de l'astéroïde, la renaissance de l'Atlantide, le continent perdu submergé sous les flots, qui referait surface pour rayonner à nouveau sur le monde.

Ailleurs, on parlait d'invasion extraterrestre, ou de l'apparition d'une nouvelle planète.

L'auteur d'un des blogs les plus farfelus affirmait très sérieusement qu'en réalité l'astéroïde n'existait pas, qu'il s'agissait d'une fausse information fournie par la NASA, sous contrôle du gouvernement américain, pour justifier une nouvelle intervention militaire au Proche-Orient. Dans les archives de ce blog, on trouvait des articles expliquant avec la même conviction que les Américains n'étaient jamais allés sur la Lune, et que les images de Neil Armstrong foulant le sol lunaire, le 21 juillet 1969, avaient été tournées en studio.

Écœuré par ce déballage d'inepties, Michel interrompit son surf et se connecta sur la base de données et la messagerie interne du GEIPAN. Il put lire ainsi les derniers comptes rendus en ligne rédigés par le Centre spatial de Toulouse à partir des données collectées auprès des observatoires du monde entier.

Il eut ainsi confirmation de la taille et de la trajectoire de l'astéroïde ayant fait son apparition dans l'immensité du ciel quelques heures plus tôt.

Il s'agissait d'un corps astral de grande envergure, d'un diamètre proche du kilomètre et d'une densité extrêmement forte. Il devait être composé d'un mélange de roches et de fer d'une dureté exceptionnelle, qui avait jusque-là résisté à tous les objets volants de faible gabarit qu'il avait rencontrés sur son passage. Aucun d'entre eux ne l'avait entamé, ni fait varier d'un pouce de la trajectoire qui le propulsait tout droit vers la Terre.

En bon scientifique, Michel savait d'expérience que même si cet astéroïde représentait un danger réel pour la planète, les ressources technologiques mises au point par les hommes pouvaient être suffisantes pour éviter la chute de l'objet ou le faire éclater avant son entrée dans l'atmosphère terrestre. Au pire, il serait sans doute possible de dévier sa chute au beau milieu de l'océan. Il y aurait des dégâts, sans doute, mais cela ne serait pas la fin du monde.

Cependant Michel n'était pas uniquement un scientifique. Il était également un homme de croyance et de foi. Et cet homme-là était beaucoup moins assuré de l'efficacité absolue du progrès et de la supériorité inéluctable de l'espèce humaine sur Terre. Cet homme-là croyait en la possibilité de l'Apocalypse, quelle que soit la façon dont celle-ci se déclare. La fin du monde ou la fin d'un monde. Ses convictions et ses espoirs le poussaient à opter pour cette deuxième solution. Un monde nouveau pouvait émerger des décombres de l'ancien. Le monde parfait annoncé jadis par le Prêtre Jean.

De toute façon, ce n'était plus qu'une question de jours. Si la rencontre fatale devait avoir lieu, elle se produirait dans les 72 heures au maximum.

C'est alors qu'il reçut un message.

Un message émanant du supérieur de l'Ordre des Fidèles du Prêtre Jean.

Pour des raisons de sécurité, l'Ordre ne possédait ni église ni monastère. Même pas un local ou une adresse postale. Les moines ne se rencontraient qu'épisodiquement, à l'occasion de réunions irrégulières qui se tenaient dans des lieux toujours différents, et dont ils n'avaient connaissance qu'au dernier moment, pour éviter d'être interceptés ou infiltrés par leurs ennemis. Même le supérieur de l'Ordre leur était inconnu. Ils agissaient comme les chrétiens des premiers siècles, qui se cachaient pour célébrer leur culte. Ils étaient pareils à eux, fortifiés par la foi mais fragiles à cause de leur anonymat.

Rome avait été l'ennemie des premiers chrétiens. Elle l'était encore, même après sa conversion au trône de l'apôtre Pierre.

Tu es Pierre, et sur cette pierre je bâtirai mon Église...

L'Église de Rome s'était construite sur une mauvaise interprétation de ce jeu de mots proféré par Jésus. Et elle avait édifié les murs de son temple le plus saint, la basilique Saint-Pierre, sur les ruines du cirque de Caligula et de Néron. Ironie de l'histoire. Les Romains avaient troqué leurs toges contre des soutanes, mais ils n'avaient pas changé de nature. Ils voulaient demeurer les maîtres absolus, et ne pas céder un pouce de leur pouvoir et de leurs privilèges.

À présent que les signes étaient apparus dans le ciel, les choses allaient se dérouler très vite. L'arrivée de LUCIFER avait réveillé sur terre des forces adverses demeurées dans l'ombre qui allaient à présent se mesurer au grand jour. L'Ordre des Fidèles du Prêtre Jean devait jouer un rôle dans cette partie. Un rôle primordial. Révéler le contenu de la Prophétie de Pierre et réinstaurer le Royaume du Prêtre Jean.

Michel ouvrit le message.

En le lisant, il sentit une coulée de sueur le long de son dos.

Les événements se précipitaient. Il n'avait plus beaucoup de temps devant lui.

Il ouvrit un nouveau document dans la messagerie cryptée et inscrivit le nom du destinataire.

Stéphane Clément.

Il rédigea quelques lignes, et programma l'envoi du message avec un délai de 24 heures.

Puis il ferma la session de sa messagerie en laissant l'ordinateur allumé.

Il se dirigea vers la cuisine et brancha la bouilloire pour se préparer un thé.

Il revint dans son salon et s'assit sur le canapé.

C'est alors qu'il entendit frapper à la porte d'entrée.

Michel Ardent hésita une seconde. Il n'attendait personne. À moins que Stéphane ne l'ait suivi jusqu'à chez lui ?

Se réjouissant déjà de retrouver son ami, il ouvrit.

Il n'y avait personne. Michel jeta un regard dans le couloir, mais il ne remarqua rien. Les portes de ses voisins étaient toutes closes. Pourtant, il avait clairement entendu frapper. Peut-être une farce de gosse ? Ils étaient nombreux à s'ennuyer dans ce quartier populaire où Michel avait choisi d'habiter.

Il haussa les épaules et s'apprêtait à refermer la porte lorsqu'il remarqua un objet qui se trouvait à terre, bien en évidence sur son paillasson.

Il le ramassa. Il s'agissait d'une pierre. Un pavé noir, lisse et poli sur tous ses côtés, sauf le dernier où était gravé un symbole qu'il connaissait bien.

Les clés de Saint-Pierre.

Le sceau du Vatican.

Michel referma précipitamment la porte.

Ils l'avaient trouvé.

Il n'y avait plus une minute à perdre.

Michel Ardent devait faire le ménage sur son ordinateur. Tout ce qui concernait l'Ordre des Fidèles du Prêtre Jean se trouvait sur un dossier de son disque dur. Il entreprit d'en faire une copie sur une clé USB. Ensuite, il effacerait son disque dur.

Son Mac mettait un temps fou à accomplir l'opération.

Dans la cuisine, la bouilloire se mit à siffler.

Michel commençait à s'impatienter, lentement gagné par la peur. Son front s'humectait de sueur.

Alors qu'il suivait la lente progression des fichiers qui s'installaient les uns après les autres sur la clé, Michel entendit un faible cliquetis derrière lui.

La porte d'entrée.

Il se retourna tandis que la porte s'ouvrait à la volée. Deux hommes surgirent, vêtus de combinaisons noires sur lesquelles se dessinait une minuscule croix rouge au niveau du cœur.

Michel ne les avait jamais vus, mais il savait pertinemment qui ils étaient.

Dans l'instant, il se précipita vers la cuisine et saisit la bouilloire en ébullition dont il projeta le contenu en direction de l'un des hommes qui s'apprêtait à le saisir par le revers de sa chemise. L'eau brûlante gicla au visage de l'inconnu qui se mit à hurler :

– *Cazzo ! Figlio di putana !*

Aveuglé, l'homme avait plongé son visage entre ses mains. Celui qui le suivait marqua une seconde d'hésitation. Michel la mit à profit pour se faufiler entre eux et courut vers la porte d'entrée. Mais à peine l'avait-il franchie qu'un lacet lui enserra le cou.

Un troisième homme était resté au-dehors. Il n'avait eu qu'à cueillir le fugitif.

Michel saisit le lacet à pleines mains pour tenter de se dégager, mais la poigne de son agresseur était fermement arrimée à son cou. Il n'arrivait plus à respirer.

D'une bourrade, l'homme projeta l'ingénieur à l'intérieur de l'appartement et referma la porte derrière lui.

Deux des assaillants lièrent solidement les mains et les pieds de Michel Ardent allongé à terre, avant de mettre à sac le minuscule logement, jetant à terre les dossiers et les piles de livres.

Le troisième était demeuré près du prisonnier et s'appliquait à lui donner de violentes claques à la volée.

Michel accusait les coups sans broncher en serrant les dents.

– Tu sais ce que l'on est venu chercher, *figlio di putana*. Plus vite tu parles, plus vite on te laisse, rugit le chef de la bande.

Michel ne répondit pas. Il s'était muré dans le silence, décidé à ne plus proférer un seul mot, quoi qu'il arrive.

L'homme en combinaison noire lui balança son poing dans la mâchoire, faisant jaillir le sang.

L'ingénieur demeurait cloîtré dans son mutisme. Il maîtrisait à la perfection les techniques du corps et de l'esprit permettant de s'abstraire en soi-même et résister à toutes les formes de torture. Même si ces trois malfrats le découpaient en pièces, il ne dirait pas un mot.

Il savait parfaitement ce qu'ils cherchaient : la Prophétie de Pierre ou sa cachette.

Le moine, en réalité, ne possédait pas cette information. L'Ordre des Fidèles du Prêtre Jean avait eu la sagesse de tenir ses membres en dehors du secret. La seule personne au courant était celle qui en avait la garde.

Alors que le chef de la bande s'apprêtait à lui asséner un nouveau coup de poing, l'un des deux autres s'écria :

– Il était en train de copier ses fichiers sur une clé USB.

Pendant que l'homme empochait la clé et effaçait le disque dur, celui qui s'acharnait sur Michel sortit de sa combinaison une seringue remplie d'un liquide incolore. Il découvrit l'extrémité de l'aiguille et la planta d'un coup sec dans la nuque de son prisonnier qui, dans l'instant, sombra dans l'inconscience.

Les deux autres agresseurs détachèrent leur victime puis l'attrapèrent par les bras. Ils sortirent ainsi de l'appartement, comme s'ils soutenaient un homme saoul.

En bas était garée une fourgonnette noire aux vitres fumées.

Les hommes jetèrent le corps inanimé de Michel à l'arrière. La fourgonnette démarra en vrombissant.

12

Michel Ardent sortit de sa léthargie en poussant un hurlement de détresse. Une douleur fulgurante irradiait sa main droite.

En ouvrant les yeux, il ne vit tout d'abord que des ombres pâles et floues. Puis il distingua une voûte élevée coiffant une croisée d'ogives, dans le plus pur style gothique, faiblement éclairée par des cierges aux flammes tremblotantes. Il comprit qu'il se trouvait dans une cathédrale. Mais il n'eut pas le loisir de s'attarder sur les caractéristiques architecturales du lieu saint. Un coup sourd suivi d'un craquement d'os brisés acheva de le tirer de sa torpeur. Dans un soubresaut, il tourna la tête vers la droite et vit la paume de sa main noyée de sang. Un gros clou de fer la traversait de part en part, l'immobilisant sur une épaisse planche de bois brut.

L'un des trois hommes qui l'avaient enlevé frappait de son maillet le clou qui s'enfonçait dans les chairs éclatées.

Michel chercha à se dégager mais il ne parvint pas à bouger. Il était immobilisé, allongé sur le sol, entièrement nu, les mains et les pieds liés aux extrémités d'une grande croix de bois.

Il tourna son regard affolé autour de lui et nota la présence des deux autres agresseurs, qui se tenaient debout, les bras croisés.

L'homme à genoux se redressa et vint se placer sur la gauche du corps supplicié. Il posa un second clou au centre de la paume ouverte de Michel et, d'un coup sec, le fit pénétrer dans la chair tendre. La victime sans défense poussa un nouveau hurlement. Des larmes lui montaient aux yeux, brouillant sa vue.

Le jeune moine avait compris qu'il était tombé entre les mains des Croisés noirs, ces mystérieux gardiens de l'Église de Rome, auxquels certains papes avaient déjà fait appel au cours de l'Histoire. Les Croisés noirs n'hésitaient pas à assassiner les papes eux-mêmes, pour obéir à des commanditaires plus puissants qui incarnaient à leurs yeux les réelles valeurs de l'Église qu'ils défendaient. Une Église fondée sur un pouvoir absolu sur les hommes et la maîtrise du monde, quel que soit le prix à payer pour y parvenir.

Sur les 265 papes élus depuis l'apôtre Pierre, 86 avaient été victimes d'une mort violente et 13 autres avaient péri dans des circonstances étranges. 99 papes n'étaient donc pas morts dans leur lit. Les Croisés noirs étaient à l'origine de la plupart de ces meurtres, même si leur nom n'avait jamais été cité. À la fois fanatiques et mercenaires, ils avaient toujours été à la solde des plus forts, des plus riches ou des plus retors.

Michel poussa un nouveau cri strident lorsque son tortionnaire lui cloua les chevilles sur le pied de la croix. Il se trouvait à présent dans la même position que Jésus, deux mille ans plus tôt. Il ressentait dans son corps, dans sa chair, la douleur, l'humiliation, l'impuissance face à des ennemis vainqueurs, le sentiment d'abandon. Des émotions humaines, purement humaines.

Le moine crucifié tremblait de tous ses membres, et une fine couche de sueur huilait son corps dénudé, exposé aux regards méprisants de ses bourreaux. Pourtant, le sol carrelé de la cathédrale vide exhalait une fraîcheur humide qui aurait dû le saisir de froid. Mais la douleur qui se diffusait dans ses membres, et le sang qui pulsait dans ses veines sous l'effet de la peur lui donnaient l'impression d'être plongé dans les flammes d'un bûcher.

L'un des Croisés qui se tenaient debout devant lui brandit soudain un fouet aux longues lanières lestées de plomb et le fit tournoyer en l'air. Les lanières sifflèrent comme des serpents furieux. Puis l'homme en noir abattit son bras et le fouet vint gifler à plusieurs reprises le torse de l'homme nu. Les chairs se fendirent aussitôt en croisillons, se retroussant en crevasses boursouflées d'où s'écoulait un sang clair.

Sous le choc extrême qu'il endurait, le corps tout entier de l'homme allongé se tendit et ses muscles se raidirent sous l'effet de la tétanie. Au dixième coup de lanières, Michel s'évanouit.

Il reprit connaissance en humant une odeur fortement acide. L'un des Croisés lui avait placé sur le visage un chiffon imbibé de vinaigre. Puis il essora le linge, laissant couler le liquide entre les lèvres sèches du flagellé.

– Il revient à lui, dit l'homme.

– C'est bien, répondit le deuxième Croisé. Il ne doit pas mourir trop vite. Il faut que le rituel soit respecté jusqu'au bout. Le *padre* a bien insisté sur ce point.

Michel avait les yeux exorbités de terreur. Son corps n'était plus qu'un étroit réseau de plaies suppurantes. Le feu laissé par les lanières du fouet lui faisait oublier la douleur de ses mains et de ses pieds percés.

Il savait que ces hommes allaient prendre tout leur temps pour le mettre à mort. Car à travers lui, c'était la cause à laquelle il s'était voué qu'ils cherchaient à détruire. La cause du Prêtre Jean.

Les trois hommes se placèrent aux deux extrémités de la croix, deux à la tête et le troisième au pied. D'un geste souple, ils hissèrent le bois et son fardeau sur leurs épaules et le portèrent à pas lents en direction du chœur qu'ils dépassèrent pour parvenir à l'abside qui se trouvait derrière.

Ils découvrirent une sculpture grandiose en bois doré. Un envol d'anges en adoration soutenait un vitrail couronné des rayons du Soleil, figurant une colombe blanche en train de descendre sur terre.

Malgré ses souffrances insupportables, Michel reconnut aussitôt la splendide composition.

Il s'agissait d'une copie réduite de la *Gloire* du Bernin, exécutée au début du XVIIIe siècle, de la fameuse œuvre du sculpteur et architecte italien du XVIIe siècle, dont l'original se trouvait dans la basilique Saint-Pierre de Rome, au Vatican, au-dessus du reliquaire sacré de la Chaire de saint Pierre, derrière l'autel protégé par un gigantesque baldaquin de bronze.

L'artiste avait composé sa célèbre *Gloire* pour y enfermer le reliquaire de saint Pierre, consistant en un fragment de la Chaire du premier des apôtres, justifiant ainsi, aux yeux de l'Église romaine, la filiation ininterrompue entre le martyre du Christ et la succession des papes qui se réclamaient de lui. Il s'agissait du cœur même de la basilique, sacré entre tous, devant lequel le pape siégeait lors des offices pontificaux.

À présent, Michel savait où il se trouvait. Les copies de la *Gloire* du Bernin n'étaient pas fréquentes. Mais il s'en trouvait une à la cathédrale Saint-Siffrein, à Carpentras, construite à la demande du premier pape d'Avignon, Benoît XIII, en 1404, alors que la chrétienté était plongée en plein grand schisme d'Occident.

Consacrée en 1531, bien après la chute des papes d'Avignon, qualifiés d'antipapes par ceux de Rome, la cathédrale avait conservé sa superbe. Par le symbole de sa *Gloire* auréolée d'anges et de rayons solaires, elle était un rappel de la basilique de Rome, comme si elle abritait, elle aussi, une relique de la chaire de l'apôtre.

Parvenus devant la gigantesque statue, les trois Croisés noirs posèrent leur fardeau à terre, puis le soulevèrent en saisissant le pied de la croix avant de plaquer contre la colonne de marbre blanc leur macabre trophée, la tête en bas.

De là où il se trouvait à présent, Michel pouvait contempler le vitrail à la colombe, entourée de rayons solaires. Il se sentait saisi de vertiges, causés par la position inversée autant que par les stigmates qui, lentement, laissaient goutter son sang jusqu'à ses lèvres.

Dans son délire, il crut voir dans la colombe pointant son bec vers le sol une allégorie de l'astéroïde chutant vers la Terre. Comme elle, ce dernier était né de la ceinture du Soleil et fendait les immensités célestes dans un déluge de flammes. Qu'apporterait-il dans son sillage ? Les flammes de la destruction universelle ou les langues de feu de la Pentecôte ? L'enfer de l'Armageddon ou le souffle embrasé de l'Esprit saint ?

Extirpant une dague effilée de sa combinaison noire, l'un des Croisés taillada le flanc droit du crucifié, à l'endroit où Jésus avait reçu un coup de lance. Le sang se mit à gicler sous la lame meurtrière.

Michel ouvrait démesurément la bouche mais ne parvenait plus à crier, à demi asphyxié par le mélange de sang et de glaires qui lui encombraient la gorge. Il fixait son bourreau avec une expression d'imploration muette. Mais le Croisé n'était pas sensible à la pitié. Ajustant à nouveau la dague dans son poing, il en lacéra une seconde fois le flanc du supplicié, puis une troisième et dernière fois. Mais cette fois-ci, il enfonça profondément la lame dans le ventre de sa victime, avant de la faire remonter jusqu'au thorax.

Des flots de sang éclaboussèrent la tenue noire du bourreau, avant de se répandre sur le dallage de la cathédrale en une mare cramoisie. De l'échancrure béante ouverte par la dague débordaient des viscères sanguinolents, tandis que la bouche du moribond vomissait une mousse rosâtre. Le foie et les poumons avaient été perforés et les artères sectionnées.

Les deux autres Croisés se placèrent de part et d'autre du corps ensanglanté afin de recueillir le sang qui coulait à grands jets dans deux vases de cristal.

« *Sous les deux bras de la croix, il y avait deux anges, chacun avec un vase de cristal à la main, dans lequel ils recueillaient le sang des martyrs.* »

Dans son agonie, Michel porta une ultime fois son regard vers la colombe et, dans un dernier soupir, rendit l'âme.

La mort était survenue en trente secondes à peine.

L'un après l'autre, les Croisés crachèrent sur le corps désormais sans vie de leur victime, puis quittèrent sans bruit la cathédrale.

13

Constantinople, palais impérial de Constantin, 335 après J.-C.

Assis sur son trône de marbre blanc, vêtu d'une chasuble tissée de fils d'or, coiffé d'un diadème orné de pierres précieuses multicolores, l'empereur Constantin demeurait figé depuis des heures dans une pose hiératique, les mains posées sur les accoudoirs, le buste bien droit, les yeux levés vers le ciel. Il ressemblait davantage à une statue qu'à un être vivant, et de fait il ne faisait plus vraiment partie de ce monde. Il était âgé de soixante-trois ans et mourrait deux ans plus tard. Mais quelle importance avait la mort pour un être qui, de son vivant, avait construit son immortalité ?

Les portes de l'immense salle du palais impérial s'ouvrirent sur un religieux vêtu de noir qui s'approcha lentement du trône, les yeux baissés. Puis il s'agenouilla et baisa humblement les pieds de l'empereur qui, interrompant ses songes de grandeur, daigna poser son regard sur l'homme prostré devant lui.

– Relève-toi, Eusèbe, proféra Constantin à mi-voix, tout en tendant au prêtre sa main droite dont le majeur arborait une bague en or pur enchâssée de diamants.

L'homme se releva et baisa la bague impériale, les yeux toujours baissés. Il s'agissait de l'évêque Eusèbe de Nicomédie, qui assurait depuis des années le rôle de confesseur, ou plus exactement de conseiller, auprès de l'empereur Constantin. Âgé de cinquante-

cinq ans, il était l'un des rares êtres humains à pouvoir converser directement avec le souverain, que tous traitaient à l'égal d'un dieu.

Depuis longtemps, Constantin n'était plus un simple mortel. Il était à la tête d'un empire qui s'étendait d'Orient en Occident. Un empire qu'il avait su unifier après le délitement de celui de Dioclétien. Trente ans plus tôt, l'empire ne comportait pas moins de sept empereurs entretenant entre eux des rapports conflictuels, renouant avec l'anarchie militaire du IIIe *siècle.*

Constantin avait mis de l'ordre dans tout cela, en éliminant peu à peu ses rivaux. Il était désormais le souverain unique de l'immense empire s'étendant de Byzance aux extrémités de la Gaule, et passant par Rome. Il avait pour cela fait couler beaucoup de sang, il savait que la maîtrise du monde était à ce prix.

Mais Rome n'était plus sûre. Il s'y manigançait trop d'intrigues de palais et de complots, et les Barbares Germains rôdaient autour comme des charognards. Constantin avait choisi l'ancienne colonie grecque de Byzance, en Asie Mineure, pour y implanter la nouvelle capitale du royaume : Constantinople, la ville de Constantin.

Édifiée sur un site inexpugnable, Constantinople avait été conçue comme une seconde Rome. Constantin en traça lui-même les plans, visant une démesure en accord avec son caractère ambitieux et autocrate.

Le périmètre de l'ancienne Byzance fut multiplié par quatre, bénéficiant, comme son modèle italien, de sept collines, quatorze régions urbaines, un Capitole, un forum, un Sénat, un champ de courses sur le modèle des cirques romains, et bien entendu un grandiose palais impérial. Il fit également installer des aqueducs, des citernes, des thermes, l'eau courante et le tout-à-l'égout. Toutes les caractéristiques du confort à la romaine.

Constantin avait également autorisé la construction de nombreux temples païens, voués aux anciennes divinités romaines et au Sol invictus *cher à Dioclétien. Mais contrairement à ce dernier, qui avait mené une lutte impitoyable contre les chrétiens, persécutant de toutes les manières possibles les apôtres de la religion du dieu unique,*

Constantin avait eu la sagesse, ou la ruse, d'autoriser la pratique du culte chrétien et la construction d'églises. Il favorisa même cette religion au détriment des autres. Lui-même, pourtant, ne s'était pas converti. Il le ferait au dernier moment, sur son lit de mort.

Le choix qu'il avait fait du christianisme comme religion dominante n'était pas motivé par la foi, mais par son désir d'hégémonie.

Constantin était plus qu'un homme. Il était également plus qu'un empereur, même si son empire s'étendait jusqu'aux confins du monde connu. Il était un dieu sur terre, divinisé de son vivant.

Les anciennes divinités des Romains n'étaient pas toutes-puissantes. Jupiter lui-même n'était qu'un dieu parmi d'autres, même s'il était le premier d'entre eux. Il devait composer avec le caractère irascible de sa femme, Junon. Il devait supporter les caprices de Mercure, les violences de Mars, les amours scandaleuses de Vénus. Se référer à eux n'aurait pas apporté à Constantin la gloire suprême qu'il désirait. Tandis qu'un dieu unique et tout-puissant, maître absolu de la Création, de la Terre et du Ciel, était à sa mesure.

Il s'était longtemps rallié au monothéisme païen du Sol invictus, *pratiquant le culte du Soleil dont il avait fait imprimer le symbole, confondu avec sa propre effigie, sur les pièces de monnaie circulant dans le empire. Mais le Soleil demeurait une entité lointaine, sans lien direct avec le monde des hommes. La religion chrétienne avait l'avantage d'offrir à ses fidèles un monothéisme à visage humain, au sein duquel l'empereur pouvait plus aisément asseoir sa domination aussi bien matérielle que spirituelle sur les hommes.*

– Eusèbe, je dois te parler de Rome, reprit l'empereur en daignant poser son regard sur son conseiller. Mais avant cela, dis-moi si nos idées sont mieux comprises…

– L'arianisme se développe et triomphe un peu partout, surtout en Orient. Certains remettent même en question le concile de Nicée…

Pour asseoir ses idées, Constantin avait demandé de réunir un concile œcuménique à Nicée en 325 avec quelque trois cents évêques d'Orient et d'Occident. Le pape Sylvestre Ier ne s'était pas déplacé mais avait envoyé ses légats. L'empereur avait présidé les séances au sein, non d'une église, mais du palais impérial, et imposé la formule dogmatique du credo, adopté par l'ensemble des Églises locales. Ce concile avait également eu pour objectif de condamner comme hérétique l'arianisme, doctrine défendue par Arius, membre de l'École théologique d'Antioche, selon laquelle les trois personnes formant la Sainte Trinité n'étaient pas de même substance. Pour Arius, Jésus n'était qu'un prophète, un homme inspiré par la parole de Dieu, et devait donc être subordonné à la Toute-Puissance du Très-Haut.

Les thèses ariennes étaient favorables à Constantin. En subordonnant le rôle de Jésus à celui du Père, elles asseyaient davantage le principe d'un monothéisme absolu, dont la souveraineté hégémonique de l'empereur était un reflet sur terre. Son hagiographe Eusèbe de Césarée avait d'ailleurs écrit : « Le royaume terrestre de Constantin est à l'image du royaume de Dieu. L'Empereur est entouré de ses Césars comme Dieu l'est de ses anges. »

Eusèbe de Nicomédie était lui aussi un partisan d'Arius, dont il avait défendu la cause lors du concile de Nicée. Mais il avait dû s'incliner devant le parti d'Athanase d'Alexandrie qui avait excommunié Arius. Constantin avait entériné cette mesure, non par conviction mais pour mieux fédérer l'assemblée des évêques, afin de les tenir ensuite plus facilement sous sa coupe.

À la suite du concile, Constantin avait écarté quelque temps Eusèbe de sa cour en l'exilant dans la lointaine Gaule. Par ce geste, il voulait démontrer aux évêques adeptes du dogme de la Trinité indivisible et consubstantielle qu'il prenait de la distance avec l'hérésie arienne. Trois ans plus tard, il avait rappelé près de lui Eusèbe de Nicomédie qui ne l'avait plus jamais quitté. L'évêque en avait profité pour faire adhérer définitivement l'empereur aux thèses ariennes.

– Je dois te parler de Rome, reprit Constantin en levant solennellement sa main baguée. Tu sais que, théoriquement, l'empereur admet la primauté du pape. Mais depuis que j'ai bâti ici la Nouvelle Rome, Rome n'est plus dans Rome…

– C'est exact, répondit Eusèbe en s'inclinant. Et pourtant…

– Le pouvoir politique et le pouvoir spirituel doivent être incarnés

par la même personne, l'interrompit Constantin. Dieu n'est-il pas le maître absolu de toutes choses ? Ainsi doit-il en aller de son représentant sur terre. Or, qui mieux que l'empereur est digne d'incarner ici-bas le Très-Haut ?

– Personne, assurément. Le pape, cependant…

– Le pape siège à Rome, près de cette nouvelle basilique dont j'ai réclamé la construction dans la plaine vaticane…

– Un splendide bâtiment, confirma Eusèbe de Nicomédie. Une grande basilique à cinq nefs…

– Sais-tu où elle a été édifiée, à ma demande ? l'interrompit encore Constantin. Sur les ruines du cirque de Caligula et Néron. À l'endroit précis où furent martyrisés les premiers chrétiens, dont le saint apôtre Pierre.

Eusèbe plissa ses yeux rusés en observant son empereur. Il savait d'expérience que Constantin ne faisait jamais rien par hasard.

– C'est une belle revanche sur les païens que vous avez prise là…, fit-il remarquer d'un air matois.

Constantin laissa un léger sourire dérider son visage de marbre.

– Une revanche ? Peut-être… Mais il s'agit de savoir sur qui… Comme je te l'ai dit tout à l'heure, Rome n'est plus dans Rome. Rome doit être ici, dans la ville de Constantin, l'empereur du monde… Ici doit s'élever la cité sainte, la Nouvelle Jérusalem. Quant à l'ancienne Rome, celle du pape…

Constantin fixa ses yeux sombres dans ceux de son conseiller avant de poursuivre :

– … elle est vouée non au culte du Très-Haut, mais à celui de la violence et du sang qui ont coulé de la main de Néron. C'est pour cela que j'ai voulu que la nouvelle basilique soit érigée dans cette plaine qui connut tant de supplices et de tortures, et où eut lieu la crucifixion abominable de l'apôtre Pierre. C'est une terre maudite, marquée par le sang, la mort et la folie des hommes. C'est ce qu'affirme la Prophétie de Pierre…

– Celle qui fut recueillie à la mort de l'apôtre ?

– … et qui nous a été transmise de génération en génération par

les empereurs romains, depuis Néron qui a eu soin de la consigner par écrit suivant le témoignage exact des légionnaires qui l'avaient entendue de la bouche même de saint Pierre agonisant. Mais cette prophétie devra toujours être cachée au peuple, qui ne saurait supporter le poids de cette malédiction…

Constantin marqua une pause, laissant le temps à ses paroles de faire leur chemin dans l'esprit de son complice. Eusèbe ne disait rien, mais il jubilait intérieurement. Que le siège de l'Église, qui avait adopté les dogmes trinitaires auxquels il s'était toujours opposé, soit hanté par les mânes de Néron et des persécuteurs de l'apôtre Pierre lui paraissait un juste retour des choses.

– Je te le prédis, Eusèbe, conclut l'empereur. Tant que Constantinople incarnera la Cité sainte, sous la protection de son empereur, l'esprit de Dieu régnera sur la Terre et la protégera. Mais si Rome reprend un jour le dessus, et prétend abriter à elle seule le siège de la Chrétienté, la malédiction de Pierre la poursuivra jusqu'à la fin des temps !

14

Les abords de la villa de Pete Starr étaient investis par les Cadillac décapotables, les Chevrolet Camaro ou Corvette, les Dodge Challenger, les Ford Mustang ou Shelby, les Chrysler, Buick et autres luxueuses limousines. Un gardien noir se chargeait de garer les véhicules sur le vaste parking situé en contrebas de l'habitation, après que leurs propriétaires en furent sortis. Uniquement des hommes, accompagnés de leurs gardes du corps.

La plupart étaient des Américains du Nord, mais à eux se mêlaient des Asiatiques – Japonais, Chinois, Coréens pour la plupart –, des Russes et quelques Européens. Aucun Noir. Ces rares différences d'ethnies et de nationalités étaient gommées par des ressemblances vestimentaires : costumes sombres de bonne coupe, chemises blanches impeccables, cravates neutres, mocassins vernis. Certains portaient des lunettes fumées, malgré l'absence de soleil.

Pete Starr les accueillit en les saluant chacun d'une poignée de main. Il n'avait pas cédé à l'uniforme normalisé, arborant une large tunique blanche sur un pantalon de lin. Il était également le seul à ne pas évoluer dans les secteurs de la haute finance, de l'industrie ou de la politique. Il n'était qu'un artiste et un collectionneur de météorites, sans autre pouvoir que celui que lui accordaient ces hommes. Il était leur hôte, mais il était également leur jouet.

Le temps était exceptionnellement doux en ce mois de décembre californien, et le buffet avait été dressé sur la vaste terrasse. Pete Starr avait tout de même pris soin de faire installer des parasols chauffants autour de la villa et dans les jardins qui la jouxtaient, afin de donner aux invités l'illusion qu'ils bénéficiaient d'une météorologie estivale.

Des crevettes géantes reposaient sur des lits de glace pilée, des langoustes grillées étalaient leurs ventres blancs, des montagnes de caviar débordaient de coupes en cristal, des magnums de champagne, des bouteilles de vodka ou de chardonnay blanc rafraîchissaient dans des seaux en argent. Des serveurs habillés et gantés de blanc se tenaient discrètement derrière la longue table chargée de victuailles et de boissons, attentifs à la moindre demande exprimée d'un mot, d'un regard ou d'un geste. À côté de la piscine flottait une bannière arborant l'effigie stylisée d'un hibou encadré des initiales B et C : le sigle du Bohemian Club.

Deux cents gentlemen se pressaient ainsi sur la terrasse de Pete Starr. Tous membres du club. Lorsqu'ils avaient appris l'existence de l'astéroïde menaçant la sécurité de la Terre, ils étaient accourus à la réunion avec encore plus d'empressement que d'ordinaire. Ils avaient hâte d'établir ensemble des ententes et des stratégies destinées à gérer au mieux la situation. Ils se savaient intouchables, à l'abri de toutes les catastrophes ou de tous les retournements de situations. Le mot « échec » était banni de leur vocabulaire.

Le jet privé dans lequel avait pris place Annibal Pantalucci s'était posé à l'heure à l'aéroport de San Francisco, et un hélicoptère avait aussitôt pris le relais pour conduire le secrétaire d'État à la réunion organisée par Pete Starr. Il avait conservé sa soutane et ses insignes cardinalices. Sa haute silhouette drapée de rouge attirait tous les regards. On avait peu l'habitude de recevoir des hommes d'Église au sein de ce cercle préoccupé davantage de pouvoir et d'argent que de spiritualité. Mais celui qu'ils accueillaient ce soir était moins le religieux que le tout-puissant secrétaire d'État et futur souverain du Vatican, État dont la puissance était inversement proportionnelle à sa taille. Ils le savaient acquis à leur cause. Grâce à lui, leurs projets auraient bientôt l'aval de l'Église.

Pete Starr accueillit chaleureusement son hôte prestigieux.

– Bienvenue, Éminence. J'espère que vous avez fait bon voyage.

– Le trajet était un peu long, mais les conditions de confort supportables.

Le cardinal balaya l'assistance d'un regard acéré. Chacun de ces hommes d'affaires pesait plusieurs millions de dollars et détenait entre ses mains les rouages essentiels de l'économie et des finances. L'homme d'Église semblait chercher quelqu'un en particulier.

– J'aimerais saluer chacun de vos invités, Pete, mais hélas mon temps est compté. Alors, si vous voulez bien…

– Suivez-moi, Éminence. « Il » vous attend…

Pete Starr se fraya un chemin parmi les hommes en complet sombre qui avaient déjà investi le bar et les buffets, accompagné du cardinal qui regardait droit devant lui, affectant d'ignorer ces hommes de pouvoir qui l'entouraient. Car ils ne détenaient que des fragments de pouvoir. Ce qui l'intéressait, lui, c'était le pouvoir absolu.

L'ex-rockeur s'arrêta devant un homme qui se tenait à l'écart des autres convives, et fit les présentations.

– Éminence, je vous présente monsieur John Smith. Monsieur Smith, voici le cardinal secrétaire d'État Annibal Pantalucci, venu tout spécialement de Rome pour nous rejoindre ce soir.

Le cardinal prit un malin plaisir à tendre sa main droite, paume vers le sol, afin que John Smith, le personnage le plus puissant de tous ceux qui se trouvaient réunis ce soir, s'incline devant lui afin de baiser son anneau cardinalice.

– Je suis ravi de vous rencontrer, Éminence, formula l'Américain avec un grand sourire en se contentant de lui serrer la main. J'ai tant entendu parler de vous…

John Smith était presque aussi grand que le cardinal. Il avait dépassé les soixante-dix ans mais son teint hâlé et sa silhouette sportive en accusaient dix de moins. Rompu à toutes les techniques de la flatterie et de l'entregent, il savait que rien ni personne ne pouvait résister à son charme et encore moins à son pouvoir. Il était, au fond, de la même trempe que le secrétaire d'État, même s'il évoluait dans des cercles différents. Les deux hommes étaient faits pour s'entendre. Deux grands prédateurs au sourire enjôleur.

– Votre réputation vous précède, monsieur Smith, répondit le cardinal sur le même ton flatteur.

L'homme éclata de rire, dévoilant une magnifique dentition blanche.

– Trêve de compliments, Éminence ! Appelez-moi John, je vous prie. Vous buvez un verre ?

– Volontiers, répondit le cardinal. Un bourbon sec m'aidera à effacer les effets du décalage horaire…

– Je vous suis, répliqua Smith. Le bourbon est la boisson idéale, quelles que soient l'heure ou les circonstances…

– Je m'en charge, s'empressa Pete Starr. Prenez vos aises, je m'occupe des boissons.

Tandis que leur hôte se dirigeait vers le bar, le secrétaire d'État sortit sa boîte de cigarillos.

– Vous fumez, John ?

– J'ai mes propres cigares, rétorqua Smith en sortant de la poche de son veston un étui en cuir. Ils viennent directement de Cuba. Je vous en offre un ?

Le cardinal marqua une hésitation.

– Je suis comme vous. J'aime à contrôler ce que je fume et ce que je bois. On n'est jamais trop prudent, n'est-ce pas ?

L'homme d'affaires éclata de rire.

– Ne vous inquiétez pas, Éminence ! Nous sommes ici entre nous, pas à la cour des Borgia ! Et puis, empoisonner un havane pareil serait un véritable crime…

Le cardinal accepta le cigare que lui offrait John Smith avec un sourire ambigu et le fit passer sous son nez.

– Excellent tabac, en effet. Je constate avec plaisir que nous avons les mêmes goûts…

– … et sans doute les mêmes idées, compléta M. Smith.

Pete Starr revenait déjà avec deux bourbons bien tassés.

– Je vous laisse, messieurs. N'hésitez pas à me faire signe si vous avez besoin de quoi que ce soit.

– Nous n'y manquerons pas, Pete, répliqua John Smith sans cesser de regarder le cardinal. Je vous remercie par avance pour votre discrétion. *Personne* ne doit savoir que le cardinal et moi-même nous sommes rencontrés ce soir, à l'exception bien sûr de notre petit cercle d'amis.

– Vous pouvez compter sur moi, monsieur Smith.

Pete Starr s'effaça, tandis que les deux hommes prenaient place à une petite table située à l'extrême bord de la terrasse, dominant la baie de San Francisco. En parfaits hommes du monde, ils prirent le temps d'allumer leurs cigares et d'en tirer quelques bouffées dans le silence le plus total. Puis ils levèrent leurs verres à la hauteur du front.

– À votre santé, lança joyeusement John Smith.

– À la vôtre, rétorqua le cardinal.

Ils burent longuement en se jaugeant du regard.

C'est M. Smith qui dévoila le premier ses cartes.

– Il paraît que le Saint-Père est très malade. On le dit même mourant. Avez-vous de ses nouvelles ?

– Je l'ai vu ce matin. Il a gardé toute sa lucidité. Mais sa santé, hélas…, répondit le cardinal avec un léger sourire au bord des lèvres.

– On vous annonce favori pour le prochain conclave, enchaîna Smith avec le même sourire. Mais peut-être vous manque-t-il encore quelques voix ? Si je puis vous aider… Mes affaires sont prospères, et m'incitent à consacrer une partie de mes bénéfices à de bonnes œuvres. Et y a-t-il de meilleures œuvres que l'Église, surtout si elle est placée sous le contrôle d'un homme intelligent, ouvert aux réalités économiques du monde ?

Le cardinal Pantalucci but une gorgée de bourbon pour se donner le temps de répondre. On ne lui avait pas menti. Ce John Smith était un homme décidé et efficace, qui allait directement au but.

– Il est vrai que certains vieux cardinaux ont du mal à s'ouvrir aux idées nouvelles, répondit prudemment Pantalucci. Ils s'accrochent au passé, comme ils s'accrochent désespérément à leur vie finissante. Je compte sur l'influence de l'Esprit saint pour guider leur choix lorsque le moment sera venu. Mais l'Esprit souffle où il veut, et il peut prendre différents aspects. Les subsides que vous pourriez investir dans notre cause seraient sanctifiés par la noblesse de l'objectif à atteindre. Et le futur pape, sachez-le, saura se souvenir de ses alliés et de ses amis véritables.

Les deux hommes, le regard brillant, trinquèrent à nouveau, scellant par le tintement de leurs verres entrechoqués cette alliance qu'ils venaient de contracter à mots couverts.

– Sous ma direction, l'Église sera portée par un élan sans précédent, continua le secrétaire d'État en levant son regard en direction de la lune naissante. Et le signe que nous envoie le ciel ne peut que m'aider à imposer un souffle nouveau dans la religion et dans le monde, en proposant une vision neuve, adaptée aux problèmes d'aujourd'hui.

– Vous faites allusion à LUCIFER, n'est-ce pas ? Cet astéroïde qui semble avoir pris la Terre pour cible. Cela ne vous fait pas peur ?

– Pas plus qu'à vous, John, rétorqua le cardinal. Des hommes comme nous ne craignent rien, ni des hommes ni du Ciel. Mais il est vrai que l'apparition de ce corps céleste est en train de réveiller les consciences. Des prophéties en annonçaient d'ailleurs assez précisément la venue…

– Malachie ? Fatima ? Vous voyez que je me suis intéressé également à la question, fit remarquer l'homme d'affaires en sirotant son bourbon.

– John, le plus important, dans les prophéties, ce n'est pas leur contenu, c'est l'interprétation qu'on en fait…

– Exactement comme la Bourse, précisa John Smith.

– C'est pour cela qu'il faut qu'un être éclairé soit à la tête de l'Église pour diriger les consciences, et leur éviter les erreurs de jugement…

– Tout comme il faut des régulateurs du marché connaissant parfaitement les rouages économiques et financiers, renchérit John.

– Je suis d'accord avec vous, confirma le cardinal. Nous sommes à une époque où la politique, l'économie et la religion doivent être regroupées afin de parler d'une seule voix et de prendre les bonnes décisions. Comme l'a fait l'empereur Constantin dans les premiers siècles de l'Église…

John Smith tétait son cigare avec volupté tout en écoutant avec attention le discours du secrétaire d'État, qui répondait point pour point à ce qu'il professait lui aussi.

– Un gouvernement mondial ? avança-t-il.

– Allons, John, ne faites pas semblant d'ignorer que ce gouvernement existe déjà, puisque vous en faites partie !

– Le N.O.M. ? Le Nouvel Ordre Mondial ? C'est ainsi que l'on nous appelle, en effet. Mais c'est censé être un secret, Éminence ! ajouta Smith dans un grand rire.

– Pourtant, on ne parle que de cela sur internet, rétorqua Pantalucci.

– Oui, je suis au courant ! La théorie du complot, la grande conspiration universelle, les Illuminati et tout ce qui s'ensuit ! Mais, je vois que vous n'avez plus rien à boire, Éminence…

John Smith fit un signe en dressant un index en l'air, sans se retourner. Un barman accourut aussitôt et remplit leurs verres.

– Connaissez-vous Edgar Allan Poe, Éminence ?

– Un auteur sulfureux, qui n'est guère en odeur de sainteté au Vatican, ironisa Pantalucci.

– Je vous conseille pourtant la lecture de sa nouvelle policière, *La Lettre volée*. Il y explique que pour cacher une chose, il faut l'exposer au grand jour. Il en va de même avec le complot : pour le cacher, il faut le révéler, en laissant sciemment filtrer des informations qui seront reprises au vol par les journalistes et alimenteront des romans et des séries télévisées. Laisser échapper une vérité dérangeante est le meilleur moyen de la faire passer pour un mensonge, ou une fiction. Évidemment, cela ne fonctionne que si cette vérité est noyée sous un tissu d'absurdités. À la théorie du complot, il faut ajouter des farces telles que l'existence des vampires, des loups-garous ou des extraterrestres ! Ainsi, ceux qui y croiront passeront pour des illuminés ou des paranoïaques. Cela a très bien réussi avec la série *X-Files*, dont le slogan était : *Government denies truth*, « le gouvernement cache la vérité ». Tout le monde est tombé dans le panneau !

– Vous voulez dire que la théorie du complot est une fiction, et que le N.O.M. n'est qu'un sigle sans signification ? rétorqua Pantalucci.

– Bien au contraire ! C'est parce qu'il est une réalité que nous l'affichons au grand jour. Encore une fois, la meilleure façon de préserver un complot est de le révéler. C'est le comble de la manipulation. Plus c'est gros, plus c'est efficace…

Il sourit de toutes ses dents en portant le verre de bourbon à ses lèvres.

– L'Église n'est pas en reste, mon cher John. Nous avons inventé la parade parfaite pour déjouer toute remise en question de notre politique : le dogme de l'infaillibilité du pape…

– C'est en effet le meilleur moyen de ne jamais être contredit ! Wall Street devrait s'en inspirer !

Les deux hommes esquissèrent un petit rire bref, avant de tirer à nouveau sur leurs cigares.

C'est alors qu'une rumeur s'éleva des bosquets bordant la propriété.

Des jardins noyés dans l'ombre surgit un étrange cortège qui semblait appartenir à un autre monde. Des silhouettes costumées en faunes, les jambes gainées de chausses couvertes de longs poils, les pieds masqués par des sabots de chèvre, le torse nu et le visage grimé, les yeux caprins étirés vers les tempes, le crâne rehaussé de petites cornes, soufflaient dans des flûtes de Pan en écartant les coudes du corps et en dansant d'un pied sur l'autre, modulant une mélopée ensorcelante. Ils formaient une double rangée encadrant un essaim de filles aux allures de nymphes, aux corps souples à peine couverts de tuniques courtes aussi légères que des voilages ou des morceaux de gaze. Leurs longs cheveux étaient tressés de branchages et de feuilles, et elles brandissaient des thyrses, longs bâtons enturbannés de lierre et de vigne, surmontés d'une pomme de pin. Elles aussi dansaient, jetant haut leurs jambes nues, bras levés au ciel, en poussant des cris perçants ou des râles d'arrière-gorge, les yeux révulsés.

– Qu'est-ce que c'est que ça ? s'étonna le cardinal Pantalucci.

– Oh, certainement une attraction organisée par notre hôte, répondit M. Smith avec un léger sourire. Nous ne sommes pas au mois de juillet, date de notre réunion annuelle, mais la terrasse et les jardins chauffés ont transformé l'hiver californien en été torride. Pete a sans doute voulu nous rappeler les agapes et les rituels que nous organisons… L'esprit du Bohemian Club est assez proche de celui de l'Antiquité romaine. Un tel spectacle pourrait-il vous heurter, Éminence ?

– La morale et la religion sont deux choses différentes, John. Quant à l'Antiquité romaine, elle a été le socle sur lequel s'est construite la religion chrétienne durant plus de trois siècles. Et Constantin, qui a fait du christianisme la religion principale de son immense empire, était avant tout un païen qui honorait le *Sol invictus*. Il ne s'est converti que sur son lit de mort.

– Je constate avec plaisir que vous avez les idées larges, Éminence. Nous verrons si la suite du spectacle continue à vous plaire… Mais écartons-nous un peu, voulez-vous ? Le son de la flûte de Pan me porte assez rapidement sur les nerfs, pas vous ?

Les deux hommes prirent leurs verres et s'éloignèrent de quelques mètres. Ils s'adossèrent à la rambarde qui délimitait la terrasse de la villa et contemplèrent la nuit étoilée.

Le groupe de faunes et de nymphes formait à présent un cercle au milieu de la terrasse. Les lumières avaient été éteintes pour donner à la scène plus de mystère, en la plongeant dans une pénombre complice où ne subsistait qu'un halo de clarté, alimenté par des flambeaux qui jetaient des clartés rougeoyantes. On se serait cru transporté brutalement dans des temps très anciens, lorsque les créatures fantastiques et les divinités de la nature se montraient sans réserve aux êtres humains.

Les hommes en complet sombre s'étaient approchés de la scène, le verre à la main. Ils avaient tous les yeux rivés sur le ballet des faunes et des nymphes qui gambadaient et sautillaient sous le regard de la lune.

L'une des nymphes poussa alors un hurlement et, se jetant à terre, fut prise de soubresauts, arquant son corps des pieds jusqu'au sommet de la tête, les yeux blancs, une légère bave suintant de ses lèvres ouvertes. Elle était en transe, et balbutiait des paroles inintelligibles. Loin de s'inquiéter de cette crise subite, les faunes accéléraient le rythme de leur musique. Leurs yeux en amande, sur lesquels se reflétaient les flammes des torchères, brillaient de lueurs rouges où se mêlaient le feu et le sang. Les autres nymphes furent prises à leur tour de frémissements et de tremblements, avant de se livrer à leur tour à des démonstrations délirantes.

Les deux hommes accoudés se retournèrent pour voir ce qui se passait.

– On dirait que ces jeunes filles sont en pleine crise d'hystérie, commenta le cardinal Pantalucci en se massant le menton de sa main soigneusement manucurée, à l'annulaire de laquelle le saphir prenait des clartés carminées.

– Je parlerais plutôt de possession, corrigea John Smith. Ces nymphettes sont les descendantes des Bacchantes antiques qui se mettaient en transe pour sentir descendre dans leur esprit et dans leur corps l'ivresse des dieux.

– Les dieux ou les démons ? interrogea Pantalucci d'un ton faussement candide.

– Quelle différence ? sourit John. Vous êtes bien placé pour savoir que les dieux de l'Antiquité sont devenus les démons du christianisme, Éminence. En l'occurrence, il s'agit de Bacchus, le dieu de l'ivresse et du vin, et de Pan, le dieu de la nature sauvage et de la fécondité. Tout cela ne doit pas vous sembler très catholique…

Le cardinal Pantalucci ne répondit pas, se contentant d'observer le spectacle incongru qui se déroulait à quelques pas de lui, tout en tirant de longues bouffées de son cigare.

Après leurs convulsions, les nymphes se mirent à se tordre sur elles-mêmes, à ramper lentement sur le sol comme des serpents, avant de cambrer brusquement leur dos et leurs reins en des poses suggestives. Elles s'égayèrent ainsi, se glissant à quatre pattes comme des félins, la langue frémissante entre leurs lèvres entrouvertes, avant de se relever lentement et de se mêler à la foule des hommes qui étaient demeurés dans l'ombre. Elles les prirent par la main et les entraînèrent avec elles dans les jardins complices, chacune prenant la tête de petits groupes de trois ou quatre, suivis des faunes qui continuaient à souffler dans leurs flûtes en roseaux. Les hommes obtempérèrent sans difficulté, avec de petits rires. Bientôt, des gémissements se mêlèrent aux stridences des flûtes.

– Une orgie ? constata simplement le cardinal.

– Comme au bon temps de Néron, répondit John Smith en laissant éclater son sourire parfait. Nos amis du Bohemian Club sont tous des hommes de pouvoir. Des responsabilités énormes pèsent sur leurs épaules. Ils ont besoin de relâcher un peu la pression de temps à autre. De tels divertissements sont pour eux d'excellents dérivatifs. Et puis, cela a aussi l'avantage de souder leur groupe. Ils ne sont pas uniquement liés par les affaires, mais aussi par ces rituels de… disons, fécondité, auxquels ils se livrent tous ensemble.

– Si vous voulez y prendre part, ne vous dérangez pas pour moi, proposa le secrétaire d'État en plissant légèrement les yeux.

– Oh ! J'ai passé l'âge de ces fredaines, rétorqua John Smith en éclatant de rire. Mais vous-même, Éminence, vous n'êtes pas tenté ?

Le cardinal Pantalucci eut un regard énigmatique et laissa passer quelques longues secondes avant de répondre :

– J'ai l'habitude de faire appel à des dérivatifs plus puissants que ceux auxquels s'adonnent vos amis, mon cher John. Mais ce soir, je me contenterai d'un autre verre de bourbon.

John Smith se retourna pour passer la commande. À quelques pas à peine se tenait Pete Starr. Leurs regards se croisèrent une fraction de seconde, avant que le collectionneur de météorites ne se détourne brusquement, comme s'il s'était trouvé là par hasard et ne tenait pas à importuner les deux hommes.

« De la discrétion, Pete, se dit mentalement John Smith. C'est tout ce que je vous avais demandé… »

VENDREDI 14 DÉCEMBRE

15

Le lieutenant Antoine Peretti fut tiré du sommeil par le vibreur de son téléphone portable placé sous son oreiller. Il avait horreur des sonneries intempestives mais ne pouvait se permettre de rater un appel urgent. Cette solution lui permettait de concilier les deux.

– Peretti, lâcha-t-il d'une voix pâteuse.

– On a une affaire aux petits oignons pour toi, mon petit père, fit une voix gouailleuse à l'autre bout du fil.

Le commissaire Wens adorait ces déclarations à l'emporte-pièce. Il ne s'embarrassait pas de précautions oratoires, ne disait jamais bonjour ni au revoir et entrait directement dans le vif du sujet de façon crue et imagée. Même à 6 heures du matin.

– Un beau cadavre crucifié à l'envers sur une croix dans une cathédrale, entièrement vidé de son sang, continua Wens. Ça sent le rituel satanique à plein nez. Ça te dit, comme petit déjeuner, Peretti ?

Wens était un diminutif pour Wenceslas. Ses collègues l'avaient affublé de ce sobriquet en hommage au commissaire Wenceslas Vorobeïtchik, le personnage interprété par Pierre Fresnay dans *L'assassin habite au 21* de Henri-Georges Clouzot. Peretti et Wens se connaissaient depuis longtemps, et avaient fini par établir entre eux une sorte de complicité amicale fondée essentiellement sur un goût prononcé pour l'humour noir et les allusions macabres. Dans leur métier, ce n'étaient pas les occasions qui manquaient.

Le lieutenant Peretti faisait partie d'une cellule spécialisée dans les crimes rituels au sein de la Brigade criminelle. Les motivations et les modes opératoires de ce type de crimes se distinguaient nettement de ceux des assassins classiques ou des serial killers, et impliquaient des méthodes d'enquête différentes. Les crimes rituels avaient toujours un lien avec l'ésotérisme ou la religion, et on ne pouvait les comprendre sans posséder un solide bagage et une certaine expérience dans ces domaines où la pure rationalité n'avait plus cours. Ce qui était le cas du lieutenant Peretti.

Lorsqu'il avait été nommé officier de police judiciaire, vingt-cinq ans plus tôt, il avait passé une licence en psychologie, suivie d'un master de criminologie, un master de criminalistique, un master de victimologie et un DEA de sciences criminelles. Il était devenu ainsi « analyste comportemental », l'équivalent approximatif des *profilers* américains. Approximatif, car la fonction de *profiler*, au sens d'expert en psychologie criminelle associé aux forces de police, n'existait toujours pas en France. L'analyste comportemental devait obligatoirement être le flic chargé du dossier par le procureur de la République, cumulant ainsi les fonctions d'enquête et d'analyse. La gendarmerie était sur ce plan-là en avance sur la PJ, puisqu'elle avait créé des binômes enquêteurs-analystes au sein du Groupe d'analyse comportementale.

– Où se trouve la scène de crime ? articula Peretti, déjà ferré par la description du commissaire.

– Tu ne devineras jamais, répondit Wens d'un ton gourmand. Cela semble trop beau pour être vrai. Carpentras. Dans la cathédrale Saint-Siffrein.

Carpentras. Le seul énoncé de cette ville allumait toujours tous les voyants d'alarme dans l'esprit d'Antoine Peretti.

Carpentras. 9 mai 1990. Le cimetière juif. Trente-quatre tombes brisées et profanées, le cadavre de Félix Germon, décédé deux semaines plus tôt, déterré et allongé nu, face contre terre, sur une sépulture voisine, à côté d'un mât de parasol, évoquant un simulacre d'empalement.

Carpentras. La première enquête sur le terrain d'Antoine Peretti, à l'époque inspecteur, avant le changement de dénomination lors de la réforme de 1995. Il s'en souvenait comme si c'était hier.

L'affaire avait fait grand bruit à l'époque, et avait très rapidement pris un tour politique. La nature antisémite des profanations dans ce petit cimetière de campagne avait alimenté les rumeurs les plus folles. On avait évoqué un rituel vampirique ou satanique, une provocation d'un groupe d'extrême droite néonazi, un jeu de rôle ayant mal tourné. Dans le mois qui avait suivi, tous les clubs de jeux de rôle ou les boutiques spécialisées avaient été fermés ou placés sous haute surveillance. Le Front national, alors en pleine ascension électorale, fut pointé du doigt par le gouvernement de François Mitterrand. Des manifestations pour dénoncer l'antisémitisme avaient eu lieu un peu partout, notamment à Paris, entre la place de la République et la place de la Bastille, en présence du chef de l'État lui-même. L'affaire de Carpentras devenait une nouvelle affaire Dreyfus.

L'énigme n'avait été résolue que six ans plus tard, le 30 juillet 1996, lorsque l'un des profanateurs, Yannick Garnier, s'était volontairement constitué prisonnier au commissariat d'Avignon, dénonçant ses quatre complices. Il s'agissait bien d'un acte antisémite, commis par cinq jeunes gens aux sympathies néonazies. Mais contrairement à la rumeur qui s'était propagée six ans plus tôt, alimentée à des fins politiques par le président socialiste, aucun lien n'existait entre les profanateurs et les dirigeants de la section locale du FN, appartenant eux-mêmes à la communauté juive.

Antoine Peretti avait à l'époque suggéré une autre piste qui n'avait pas été retenue et semblait avoir été infirmée par la conclusion de l'affaire.

Le cimetière juif n'était pas un cimetière comme les autres. Il abritait les membres de la communauté juive de Carpentras établie au temps où les papes résidaient en Avignon, au début du XVe siècle. Les tombes profanées étaient celles des descendants des « juifs du pape »[1].

La cathédrale Saint-Siffrein de Carpentras avait été construite sur l'ordre du pape d'Avignon Benoît XIII en 1404. En 1508, la cathédrale avait été flanquée d'une « Porte juive » surmontée d'une « Boule aux rats ». Enfin, au début du XVIIIe siècle, le sculpteur Jacques Bernus avait décoré le chœur, le maître-autel, le tabernacle et le sanctuaire, en édifiant notamment une *Gloire* en bois doré évoquant celle du Bernin à Saint-Pierre de Rome.

À partir de tous ces éléments, Peretti avait échafaudé une théorie selon laquelle la profanation du cimetière de Carpentras ne visait qu'en apparence la communauté juive. En réalité, c'était l'Église judéo-chrétienne tout entière qui était la cible de cet acte de vandalisme. Les « juifs du pape » conduisaient à la cathédrale Saint-Siffrein édifiée par les papes d'Avignon. Et, à l'intérieur de cette cathédrale, la *Gloire* renvoyait à Saint-Pierre de Rome, au Vatican, le cœur même de l'Église catholique.

Pour le jeune Antoine Peretti, frais émoulu de l'École nationale supérieure des officiers de police en 1990, l'affaire de Carpentras dissimulait un complot contre l'Église.

Personne ne l'avait écouté, et il avait conservé de cette époque un sentiment d'amertume et de frustration.

Et voici que, une vingtaine d'années plus tard, une nouvelle affaire criminelle apparaissait à Carpentras, avec une autre mise en scène rituelle. Il ne s'agissait plus d'une simple profanation de

1. En 1326, les papes d'Avignon permirent aux communautés juives de demeurer dans le Comtat Venaissin sans être inquiétées, à une époque où elles étaient soumises à de fréquentes persécutions partout en France. Ces familles ont fait souche dans la région, identifiées sous l'appellation de « juifs du pape ».

corps, mais d'un vrai crime. Cependant, Antoine Peretti ne pouvait pas ne pas faire le rapprochement entre les deux événements.

– Commissaire, je parie que le crime a eu lieu dans l'abside de la cathédrale, derrière le chœur. Et que la croix a été plantée devant la reproduction de la *Gloire* du Bernin…

Wens se mit à rire à gorge déployée, comme si le lieutenant Peretti venait de raconter une bonne blague.

– Bingo, Peretti ! Le crime a été découvert peu après minuit par la gendarmerie de Carpentras. Les assassins avaient laissé la porte de la cathédrale ouverte en partant. Le procureur a été prévenu aussitôt et a signé la commission rogatoire te confiant le dossier.

– J'aime quand vous me parlez comme ça, commissaire, lança Peretti d'un ton complice.

– Allez, file, ma poule, sinon tu vas m'attendrir. Tu me tiens au courant, hein ? Des macchabées dans les églises, ce n'est pas très courant de nos jours. Surtout pendus à l'envers sur une croix…

Le commissaire raccrocha brutalement, à son habitude.

Carpentras. Vingt-deux ans plus tard.

Antoine Peretti demeura quelques secondes immobile, les yeux fixes.

16

Six heures exactement après l'appel téléphonique du commissaire Wens, Antoine Peretti gara en catastrophe sa voiture de fonction, une Peugeot 306 blanche, sur la place Saint-Siffrein. En décomptant le temps qu'il avait mis à s'habiller et à ingurgiter un café serré, cela faisait une bonne moyenne pour avaler les 687 kilomètres séparant Paris de Carpentras.

En chemin, il s'était arrêté sur l'autoroute pour boire un second café.

Un quotidien du matin traînait sur le comptoir. En première page s'affichait une photographie de l'astéroïde géant. Un gros titre annonçait :

L'ASTÉROÏDE FOU : LUCIFER VA S'ÉCRASER SUR TERRE

Antoine avait haussé les épaules. La veille au soir, il avait entendu parler au journal télévisé de cette météorite qui provoquait un vent de panique dans le monde. Il n'y avait prêté qu'une brève attention. Son métier l'avait tellement familiarisé avec les formes de mort les plus bizarres que la perspective d'un caillou céleste venant percuter la Terre ne lui paraissait pas si improbable. Et puis, si cette menace était avérée, ce ne serait pas forcément une mauvaise chose, après tout. Les hommes méritaient-ils vraiment de vivre sur cette terre ? Antoine Peretti avait de sérieux doutes. À ses yeux, le mal véritable ne pouvait pas tomber du ciel, puisqu'il existait déjà dans le cœur des hommes.

Le lieutenant ouvrit la portière de sa voiture et extirpa sa longue silhouette maigre de son « cercueil roulant », comme il appelait familièrement son véhicule. Il défroissa d'un revers de main la veste de son costume bleu pétrole, resserra le nœud de sa cravate grise autour du col de sa chemise en coton blanc et regarda autour de lui.

La place était investie par des camionnettes de la gendarmerie et le camion de la police technique et scientifique, véritable laboratoire volant. Les hommes en bleu faisaient circuler les riverains intrigués par un tel déploiement de forces.

Le lieutenant Peretti sortit sa carte tricolore et se dirigea vers la cathédrale, dont l'accès était condamné par des cordons de rubalise jaune vif.

Il présenta une seconde fois sa carte de police aux gendarmes qui se tenaient devant l'édifice religieux.

– Lieutenant Mérindol, se présenta l'un d'entre eux avec un léger accent chantant, tout en exécutant un parfait salut militaire. Nous vous attendions, lieutenant.

– J'ai fait au plus vite, s'excusa Peretti. Alors, qu'est-ce qu'on a, à l'intérieur ?

– Un corps salement amoché. Entièrement nu. Exsanguination complète de la victime. Aucun vêtement ni papier d'identité. C'est ma brigade qui l'a découvert cette nuit, un peu après minuit. Nous avons fait les constatations d'usage et avons immédiatement contacté le procureur, au vu du caractère exceptionnel du meurtre.

– Vous avez tout de même pu identifier la victime ? interrogea Peretti.

– Oui. Il s'agit d'un astrophysicien qui travaillait au centre d'astronomie de Saint-Michel-l'Observatoire. Michel Ardent, trente-quatre ans. Il habitait Forcalquier.

– Ce n'est pas à côté.

– Entre une heure trente et deux heures de route. L'enlèvement a eu lieu là-bas. Un voisin a signalé la disparition de la victime. Son appartement a été mis à sac.

– L'enquête de proximité ?

– Pas grand-chose. Les voisins ont entendu du bruit provenant de l'appartement, hier en fin d'après-midi. Mais personne ne s'en est inquiété. C'est un HLM dans un quartier populaire à mixité ethnique importante. Il y a souvent des bagarres, les gens ne s'étonnent plus.

– Lieu d'habitation inhabituel, pour un astrophysicien. Et sa voiture ?

– Une Volvo C30 customisée. C'est d'ailleurs étrange qu'elle soit restée intacte dans un quartier pareil…

– Rien sur les agresseurs ?

– Négatif. Pas une seule trace dans l'appartement.

– Je me demande bien pourquoi ils ont fait toute cette route pour venir le massacrer ici.

– Ça, c'est à vous de le découvrir, lieutenant ! rétorqua le gendarme avec un léger sourire.

Peretti conserva un visage de marbre.

– Rien d'intéressant, chez la victime ? Des documents, un portable, un ordinateur…

Le gendarme reprit son sérieux et consulta rapidement ses notes.

– Pas de portable. Il devait l'avoir sur lui et ses agresseurs l'ont pris. Des livres d'astronomie. Un Mac… Mais vide. Le contenu du disque dur a été écrasé, soit par la victime, soit par ses ravisseurs.

Peretti retroussa ses lèvres en une ébauche de sourire.

– Intéressant… Demandez à un informaticien d'analyser en urgence cet ordi. Ces gars-là savent reconstituer l'intégralité d'un disque dur, même vidé. Il faut que je sache ce qu'il y avait dessus.

– Je m'en occupe, lieutenant.

– Je compte sur vous, bougonna Peretti. Et le corps ?

– On l'a transporté à la morgue dès cette nuit, pour stopper le processus de décomposition. Le médecin légiste s'est rendu directement là-bas, pour pratiquer une autopsie. Je suppose que vous allez vous y rendre ?

– Dites au légiste que je le rejoins pour connaître ses conclusions. Bon, il est temps d'aller voir la scène de crime…

Antoine Peretti pénétra dans la cathédrale. Il ne put s'empêcher d'émettre un sifflement admiratif. La PTS avait sorti la grosse artillerie.

Des techniciens revêtus de combinaisons blanches qui les enveloppaient des pieds à la tête exploraient le moindre centimètre carré du saint lieu. On aurait dit des cosmonautes occupés à rechercher des traces de vie sur le sol lunaire. À cette différence près que les indices qu'ils traquaient ne devaient pas les aider à obtenir des renseignements sur des formes de vie nouvelles, mais sur la mort qui avait frappé en ces lieux.

Les hommes en blanc avançaient prudemment, chaussés de bottes à semelle de crêpe, posaient des plots numérotés de couleur jaune près des indices déjà identifiés, prenaient des photos avec des appareils numériques sophistiqués, relevaient les moindres empreintes à l'aide de pinceaux.

Antoine songea à un chantier de fouilles archéologiques, comme si le corps qui se trouvait là-bas, au fond de l'abside, n'était pas celui d'une simple victime mais le squelette de Lucy ou d'une momie égyptienne.

Les techniciens de la PTS étaient des archéologues de la mort.

Un agent spécialisé s'approcha du lieutenant. Après l'avoir salué, il lui fit enfiler des gants et lui tendit des chaussons de feutre. Il ne fallait à aucun prix laisser la moindre trace sur la scène de crime.

– Suivez-moi, énonça brièvement le jeune agent. Vous avez raté le plus beau : le macchabée. Mais le décor vaut tout de même le coup d'œil…

– Ne vous inquiétez pas. Je me rattraperai tout à l'heure. Je dois retrouver le légiste à la morgue.

– Je crois que vous ne serez pas déçu du déplacement.

Antoine suivit l'agent, en prenant bien garde de ne pas buter dans les plots jaunes qui jonchaient le sol de la cathédrale.

« Les stations du calvaire marquées de plots jaunes », se dit-il intérieurement.

Dans le cours de ses enquêtes, il lui venait souvent des réflexions fantasques ou absurdes, semblables aux cadavres exquis des surréalistes, phrases au sens en apparence décousu, composées de mots disposés au hasard, mais d'où se dégageait parfois une vision poétique. Un sens qui déjouait souvent la raison, surtout lorsqu'il s'agissait de crimes rituels.

Les hommes en combinaison blanche étaient plus nombreux dans l'abside, où le cadavre avait été découvert. La croix de bois sur laquelle il avait été épinglé comme un papillon sur un panneau de liège avait été décrochée et placée à terre. À côté se trouvaient deux vases en cristal emplis de sang.

Des bâches en plastique blanc recouvraient entièrement le sol ainsi que la reproduction de la *Gloire* du Bernin. Cela conférait au lieu un caractère aseptisé, immaculé, en complète contradiction avec le meurtre horrible qui venait de s'y dérouler.

– La croix était renversée, si mes renseignements sont bons ? demanda Peretti à l'agent de la PTS.

– Oui, la victime a été crucifiée la tête en bas.

– La croix renversée de Satan, murmura Peretti. Et les vases en cristal, ils ont servi à quoi, selon vous ?

L'agent haussa les épaules.

– Je n'en sais rien. Les vases étaient simplement disposés là, de façon symétrique de part et d'autre de la croix.

– Sans doute une offrande.

Le lieutenant consulta brièvement sa montre et, sans un mot, tourna les talons.

17

Le terme de « morgue », créé au XVIe siècle pour désigner l'endroit où l'on identifiait les criminels, puis plus tard les cadavres anonymes, avait depuis longtemps été remplacé par les appellations plus consensuelles de « dépositoire » ou de « chambre mortuaire ». Cette évolution sémantique ne résolvait pas la question de la mort, mais prétendait la rendre sans doute plus acceptable.

La chambre mortuaire de Carpentras se trouvait boulevard du Repos, adresse prédestinée située à quelques kilomètres au sud de la ville.

Le lieutenant Peretti gara sa 306 puis, après avoir présenté sa carte de police, fut conduit dans une salle sans fenêtre, d'une froideur et d'une propreté cliniques, dont les murs étaient tapissés de casiers réfrigérés, où étaient conservés les cadavres en attente d'inhumation.

Le médecin légiste accueillit Peretti avec soulagement en ôtant ses lunettes de protection et en faisant claquer ses gants en plastique blanc paraffinés.

– Ah ! Vous voici enfin. Je suis ici depuis l'aube et je vous avouerai que j'ai bien besoin de prendre l'air, après ce que j'ai vu.

Le médecin était relativement jeune. S'il arborait la blouse verte réglementaire de légiste, il était chaussé de Tod's et ses cheveux blonds étaient savamment peignés sur le côté. Une véritable gravure de mode.

– C'est si vilain que ça ? lança Peretti.

Le légiste eut une petite moue dégoûtée.

– Vous allez voir par vous-même.

Il fit coulisser un tiroir dans lequel se trouvait une housse garnie d'une fermeture à glissière.

Le médecin l'ouvrit, révélant le corps supplicié de Michel Ardent.

– Cause de la mort ? lança Peretti.

– Elles sont nombreuses, répondit le légiste en désignant de l'index les différentes parties de l'anatomie du défunt. Contusions multiples sur tout le corps. Marques de flagellation opérée sans doute par un fouet aux lanières lestées de plomb. Asphyxie due à la position inversée du crucifié. Profonde lésion au flanc droit, causée par une arme blanche, sans doute une sorte de poignard, ou de dague.

– Comment vous savez ça ?

– J'ai rempli les plaies de silicone et de colle pour effectuer un moulage et le comparer ensuite aux principales armes possibles. Mais je n'ai trouvé aucune correspondance avec des lames courantes. Il doit s'agir d'une arme ancienne.

– Cela confirme l'existence d'un rituel. Autre chose ?

– Le foie a été perforé et les artères tranchées. L'homme s'est entièrement vidé de son sang.

– Il a souffert ? s'enquit Peretti.

– Oh, certainement, ricana le légiste. Il a été longuement torturé avant la mise à mort finale, qui n'a pas dû durer plus de trente secondes. Quand les artères sont touchées, la fin est très rapide. La victime a dû se sentir libérée…

– On a procédé aux analyses de sang ?

– Bien entendu, reprit le légiste en refermant la housse avant de refermer le tiroir. Venez voir, c'est assez intéressant.

Il ôta d'un geste sec sa paire de gants et saisit un dossier.

– D'après les échantillons prélevés pour les analyses hématologiques, le sang de la victime contenait des traces d'étorphine…

– L'étorphine…, réfléchit Peretti. Ce n'est pas la drogue des tueurs qui veulent endormir leurs victimes ?

– Affirmatif. On l'appelle aussi M99. Il s'agit d'un opioïde semi-synthétique dont les effets analgésiques sont environ mille fois plus importants que la morphine. J'ai pu déceler la trace d'une piqûre de seringue à la base de la nuque. Les tueurs ont dû lui injecter une bonne dose d'étorphine afin de le transporter plus facilement ici. Il s'est endormi comme un bébé en une fraction de seconde.

– Tout était prémédité, remarqua Peretti. Rien d'autre sur le sang ?

– Si, reprit le médecin légiste en lissant ses cheveux d'un revers de paume. L'examen sérologique montrait également des traces importantes d'endorphines générées par l'hypophyse et l'hypothalamus.

– Les endorphines sont secrétées par le corps humain soumis à une activité physique intense, un orgasme ou une douleur insupportable, se souvint Peretti.

– Dans le cas de notre victime, je pencherai plutôt pour la troisième solution, commenta le légiste avec un léger sourire. Et pour compléter le tableau, on constate également un taux anormalement fort de bilirubine dans le sang. On appelle ça l'hyperbilirubinémie.

– Euh… Là, je cale.

Le légiste afficha un sourire satisfait.

– La bilirubine est le pigment jaune qui provoque la jaunisse, ou ictère. Mais la bilirubine peut également être sécrétée lorsqu'un être est soumis à des douleurs ou une peur extrêmes.

– Et alors ?

– Avez-vous entendu parler du suaire de Turin, lieutenant ? demanda le légiste avec un petit air supérieur.

Antoine Peretti commençait à perdre patience. Ce freluquet

de légiste le prenait d'un peu trop haut. Il aimait se faire mousser. Un frimeur. Et Antoine Peretti avait horreur des frimeurs.

– J'ai beau être flic, je ne suis pas totalement inculte, docteur. J'ai en effet entendu parler du suaire. Mais je sais aussi qu'on a conclu à un faux, fabriqué au Moyen Âge…

– Erreur ! reprit le légiste en levant un index en guise de protestation. Une partie du suaire a en effet été restaurée au Moyen Âge, mais la partie la plus ancienne date bel et bien du temps de la mort de Jésus. J'ai lu dans une revue scientifique qu'on a même pu analyser les traces de sang qui se trouvaient dans l'étoffe. Jusqu'à preuve du contraire, il pourrait s'agir du sang de Jésus mis à mort sur la croix.

– Et que contenait ce sang ?

– Il affichait une forte dose d'endorphines et de bilirubine, causées par les souffrances extrêmes de la crucifixion…

18

Vous êtes bien sur la messagerie de Michel Ardent. Veuillez enregistrer votre message, et je vous rappellerai dès que possible. C'est à vous...

Michel était sur répondeur depuis la veille. Son portable était débranché. Stéphane raccrocha, puis presque aussitôt, recomposa le numéro pour laisser un message :

– Michel, c'est Stéphane. C'est au moins le dixième message que je te laisse. Rappelle-moi, je m'inquiète. Terminé.

De ses années dans l'armée, Stéphane avait conservé quelques tics d'attitude et de langage. Comme ce « terminé » dont il concluait invariablement les messages qu'il laissait sur les répondeurs.

Mais aujourd'hui, ce mot résonnait à ses oreilles de façon lugubre.

Pour se remettre les idées en place, il se dirigea vers le punching-ball qui pendait au beau milieu du loft et accomplit quelques passes de boxe chinoise et anglaise. Il frappait de toutes ses forces la cible de cuir de ses poings et de ses pieds, jusqu'à atteindre cet instant ineffable où il ne fit plus qu'un avec le combat qui conduisait ses gestes. Il se sentit alors pleinement unifié, apaisé. C'était sa manière de se purger de ses angoisses et de ses colères. De se vider entièrement la tête.

Il ne s'arrêta que lorsqu'il fut hors d'haleine. Il pratiqua quelques élongations, les pieds tendus sur le rebord du canapé, et respira profondément pour apaiser son souffle. Il était parvenu à canaliser ses émotions et ses pulsions violentes et se sentait à nouveau maître de lui.

Il se tourna vers les baies vitrées qui ouvraient sur les toits en tuile rouge de la vieille ville et le ciel clair du Vaucluse. Une de ces douces soirées d'hiver dont la Provence est coutumière. Un léger vent d'ouest avait balayé les quelques nuages qui s'étaient aventurés dans le ciel. Les grands pins qui formaient un peu plus loin un havre de nature dans ce décor urbain se balançaient mollement avec des frissonnements feutrés. À contempler ce paysage rassurant et tranquille, nul n'aurait pu imaginer qu'il risquait de s'embraser à quelques jours de là.

Une alerte sonore émanant de l'ordinateur l'avertit qu'il venait de recevoir un nouveau message. Il s'agissait de sa messagerie sécurisée du GEIPAN, à laquelle n'avaient accès que les correspondants du groupe.

Lorsqu'il lut l'identité du correspondant, Stéphane poussa un soupir de soulagement.

Michel Ardent.

Il cliqua sur le lien et ouvrit le message.

Salut Steph,

Si tu reçois ce message et que je ne t'ai pas donné signe de vie depuis notre rencontre, c'est qu'il m'est arrivé quelque chose. Je l'ai écrit en différant son envoi de 24 heures, après avoir reçu de nouvelles instructions émanant du Supérieur de l'Ordre.

Sur le disque dur de mon ordinateur se trouve la liste des membres de l'Ordre des Fidèles du Prêtre Jean. Je vais la sauvegarder sur une clé USB que je vais essayer de t'envoyer. Tu trouveras dans cette liste le nom d'un de nos frères à Rome. Tu devras le contacter au plus vite.

Fais vite, je t'en prie.

D'avance, merci pour tout, Steph.

Ton ami, Michel.

Stéphane fronça les sourcils. Il se demandait s'il devait prendre le message de son ami au sérieux.

La seule façon de s'en assurer, c'était d'aller au plus vite chez lui. Si Michel ne s'y trouvait pas, au moins pourrait-il consulter son ordinateur et obtenir la liste en question.

Stéphane enfila son blouson, attrapa son casque et ses gants, tira derrière lui la porte blindée et se dirigea vers sa moto garée au pied des escaliers.

Il mit en marche le moteur d'un coup de kick et se faufila dans les petites rues du vieil Avignon pour rejoindre les artères principales. Il aimait cette ville qui chaque été se mettait en ébullition au moment du festival. En trois semaines il se jouait plus de pièces de théâtre que partout ailleurs en France, mais la véritable animation se situait dans la rue. Pour attirer le public, les comédiens déambulaient le long des terrasses de café et distribuaient des tracts. Pour se démarquer des autres, ils se grimaient, improvisaient des tirades, interpellaient les passants. La ville ressemblait alors à un cirque joyeux et bon enfant où l'anonymat présidant généralement aux comportements urbains disparaissait au profit d'une représentation où chacun pouvait tenir un rôle. La fête finie, la ville retombait lentement dans son assoupissement provincial.

Stéphane jeta machinalement un coup d'œil dans son rétroviseur. À une centaine de mètres derrière lui il remarqua une fourgonnette noire aux vitres fumées.

Il ralentit et se gara au bord du trottoir, laissant le véhicule le dépasser et poursuivre son chemin. Mais le conducteur anonyme se rangea lui aussi sur le bas-côté et attendit, le moteur au ralenti.

Stéphane redémarra et obliqua presque aussitôt dans une rue transversale. La fourgonnette fit de même.

Un peu plus loin, un bus marquait l'arrêt, interrompant la circulation le temps que les passagers montent et descendent. C'était le moment d'en profiter. Stéphane donna un coup d'accélérateur et grimpa sur le trottoir, évitant de justesse les piétons qui se jetèrent en arrière en proférant des jurons.

Il redescendit sur la chaussée après avoir dépassé le bus, mais un bref regard dans le rétroviseur lui démontra l'inutilité de sa manœuvre. Bravant toutes les règles de sécurité, la fourgonnette avait doublé le bus sur sa gauche, en empruntant la voie d'en face. Il y eut des coups de frein et des hurlements de klaxon, mais le chauffeur n'en tint aucun compte.

Heureusement, l'intervenant du GEIPAN connaissait Avignon comme sa poche. Plus loin s'ouvrait une rue piétonne dont l'accès était condamné aux véhicules automobiles par une chaîne tendue entre deux plots. La moto put se glisser entre l'un des plots et le mur, mais la fourgonnette ne pourrait aller plus loin et devrait abandonner sa chasse.

Stéphane sentait les pneus de son deux-roues rebondir sur les pavés inégaux de la cité. Il se dressa légèrement sur ses jambes, s'arc-boutant sur ses repose-pieds, pour éviter que les vibrations ne se transmettent à sa colonne vertébrale. Il ne pouvait rouler aussi vite qu'il le voulait, mais au moins avait-il faussé compagnie à ses poursuivants.

Un grand bruit de métal brisé retentit. La fourgonnette venait de percuter de plein fouet la chaîne délimitant la zone piétonne et fonçait à son tour dans l'artère piétonne. Les promeneurs se collèrent contre les vitrines des magasins pour ne pas être renversés par le chauffard. Une petite vieille qui avançait lentement en s'appuyant sur sa canne n'eut pas le temps de se ranger et fut percutée par l'un des rétroviseurs extérieurs du véhicule. Elle s'affala dans un cri, tandis que des gens se précipitaient pour lui porter secours.

Stéphane jura entre ses dents. Les gars qui le suivaient étaient prêts à tout. Pas question de s'arrêter. Mais pas question non plus de continuer à mettre la vie des autres en danger. Il fallait trouver une idée. Vite.

Stéphane accéléra et mit le cap vers le nord de la ville, en direction du palais des papes. Il savait qu'il était rigoureusement interdit de pénétrer dans l'enceinte du palais et dans les jardins qui le jouxtaient avec un engin motorisé. Mais il n'avait pas le choix.

Il s'élança au maximum de sa vitesse sur la place du palais, toujours suivi par la fourgonnette folle, et se rua dans les allées arborées qui formaient un itinéraire de promenade conduisant au palais des papes.

Il franchissait les bosquets, se faufilait entre les bancs, faisant ripper le pot d'échappement de sa moto sur le sol couvert de gravier.

Il entendait derrière lui le moteur emballé de la fourgonnette noire qui gagnait du terrain, faisant voltiger tous les obstacles sur son passage.

Il fallait tenter le tout pour le tout.

La longue muraille du palais des papes était séparée des jardins par des bas-côtés arborés protégés par une muraille basse.

Stéphane prit son élan, lança le moteur de sa moto au maximum et fonça en direction de la muraille, la fourgonnette à ses basques.

Au dernier moment, il rétrograda en seconde et tira violemment le guidon vers lui. La moto se cabra et, emportée par son élan, fit un vol plané qui la propulsa au-dessus du muret avant de retomber lourdement de l'autre côté en faisant de grandes embardées.

Stéphane écarta les jambes pour rétablir l'équilibre de son deux-roues. L'embrayage et le moteur avaient été mis à mal, et une épaisse fumée blanche se dégageait du pot d'échappement. Mais la stratégie avait payé. La fourgonnette n'avait pu franchir le muret et se retrouva bientôt dans une impasse.

Dans son rétroviseur, Stéphane aperçut trois hommes qui sortaient en catastrophe du véhicule pour se lancer à sa poursuite à pied. Mais il était trop tard. Il avait pris suffisamment d'avance et dépassa la pointe du palais des papes en empruntant la poterne de la Banasterie qui rejoignait la N100 longeant la rive droite du Rhône.

Il se faufila sur la voie de droite et contourna les remparts avant de prendre la direction de Forcalquier.

19

– Stéphane Clément ? Lieutenant Peretti, de la Brigade criminelle. J'aurai quelques questions à vous poser.

Stéphane avait été interpellé par les gendarmes dès son arrivée chez Michel. C'est ainsi qu'il avait appris la mort atroce de son meilleur ami. Comme il était le dernier à l'avoir vu vivant, il avait dû faire sa déposition. Mais le lieutenant Peretti avait tenu à l'interroger en personne, dans les locaux de la gendarmerie de Carpentras.

Tous deux se trouvaient dans l'un des rares bureaux libres. Une pièce ridiculement petite, avec une simple table et deux chaises. Pas de fenêtre. Une simple vitre donnait sur l'intérieur du local où les fonctionnaires rédigeaient leurs rapports sur d'antiques machines à écrire.

En apprenant la mort de Michel, Stéphane avait senti le monde s'écrouler autour de lui. Son ami, son frère d'armes, son Dioscure avait été enlevé, torturé et assassiné. Et il n'avait rien pu faire pour l'empêcher.

Un déluge d'émotions l'avait submergé. La tristesse, la colère. La culpabilité, aussi. S'il n'avait pas abandonné son ami à la sortie du restaurant, il aurait pu le protéger. S'il s'était décidé plus tôt à le rejoindre chez lui, il aurait peut-être pu intercepter ses agresseurs.

Le jeune homme bouillonnait intérieurement, et il ne pouvait même pas décharger sa frustration, ses remords et son agressivité sur son punching-ball. Il était obligé de répondre aux questions d'un flic qui, visiblement, n'était pas spécialement doué pour l'empathie.

L'homme était presque aussi grand que lui, mais excessivement maigre et efflanqué. Il devait avoir entre quarante-cinq et cinquante ans, costume passe-partout, visage dénué de la moindre expression, regard inquisiteur.

Tout en poussant devant Stéphane Clément le dossier contenant les photos de la victime prises à la morgue, le lieutenant Peretti commença son interrogatoire d'une voix basse, presque imperceptible :

– Vous connaissiez bien Michel Ardent ?

– C'était un ami, répondit sobrement Stéphane.

– Et un collègue. Vous faisiez tous deux partie du GEIPAN.

Stéphane Clément tiqua. Son appartenance au GEIPAN, tout comme celle de Michel, était secrète. Ils n'en avaient jamais parlé à personne.

– De nos jours, tout le monde est fiché, monsieur Clément, reprit Peretti d'un air matois. Je sais tout de vous. Tout ce que j'ai besoin de savoir, en tout cas.

Le lieutenant extirpa un calepin de sa poche et y lut ses notes.

– Stéphane Christophe Clément. Trente-quatre ans. Célibataire. Domicilié à Avignon. Pupille de l'État. Collège militaire d'Aix-en-Provence. Élève officier de réserve. Ayant servi dans la DGA. Missions d'observation en Croatie. Différents postes dans des services de sécurité et garde du corps. Pratique des arts martiaux. Responsable d'une école de *krav-maga*. Intervenant du premier niveau du GEIPAN pour le Vaucluse. Vous voyez, une vie entière peut tenir en quelques lignes…

Stéphane lança un regard dur à Peretti. Ce flic était un fouineur de première. Le genre à ne pas lâcher sa proie une fois qu'il a mis la dent dessus. Il cherchait à le déstabiliser pour mieux le cuisiner. Mais le jeune homme était rompu aux techniques d'intimidation.

– Je croyais que vous souhaitiez m'interroger au sujet de Michel, lieutenant. Pas me lire ma fiche des Renseignements généraux. Je connais ma vie. Je n'ai pas besoin que vous me la racontiez…

Stéphane avait essayé de s'exprimer sur un ton neutre, mais sa voix vibrait d'une colère qu'il avait du mal à maîtriser.

Antoine Peretti observait Stéphane sans qu'un seul muscle de son visage ne bouge. Ses yeux acérés demeuraient fixes, et ne lâchaient pas son interlocuteur. Il parlait peu, et savait ménager de longs silences qui suffisaient généralement à déstabiliser les témoins qui avaient quelque chose à cacher. Mais Stéphane ne semblait pas impressionné par cette tactique.

Sans quitter son interlocuteur du regard, Peretti sortit un paquet de cigarettes et un briquet de sa poche. Il tendit son paquet ouvert au jeune homme qui refusa d'un geste de la main. Le lieutenant piocha une Benson gold et l'alluma avec son Zippo. Il ne fumait que lorsqu'il était sur une enquête épineuse. Cela l'aidait à se concentrer.

Peretti prit le temps d'exhaler un rond de fumée avant de reprendre l'interrogatoire.

– Parlez-moi du *krav-maga*. C'est un sport plutôt violent, non ? Un combat total, destiné à démolir l'adversaire…

– C'est un peu plus subtil que cela, rétorqua Stéphane.

La plupart des gens ignoraient tout de cette méthode d'autodéfense, popularisée par des séries américaines.

– Le *krav-maga* est en effet une méthode d'autodéfense et de combat, mais on ne prend jamais l'initiative de la lutte. Au contraire, on doit éviter le conflit autant que possible. Le premier principe d'Imi Lichtenfeld est d'éviter par tous les moyens de se retrouver dans une situation dangereuse. Quand c'est le cas, on essaye de désamorcer l'agressivité de l'adversaire en lui parlant. Mais s'il attaque, on répond. En utilisant tous les réflexes naturels du corps humain.

– Y compris en prenant l'adversaire par les couilles, remarqua

Peretti en lâchant un rond de fumée. Tous les coups sont permis, c'est bien ça ? Une méthode de voyou.

Stéphane ne releva pas la provocation. Il savait qu'elle était volontaire, pour chercher à le désarçonner. Il se contenta de répondre d'un ton sec :

– Je ne chercherai pas à vous détromper, si telle est votre opinion, lieutenant. Tout ce que je peux vous proposer, c'est de vous donner un cours particulier. Comme ça, vous saurez à quoi vous en tenir. Je suis à votre disposition…

Le lieutenant Peretti accusa le coup. Ses techniques d'intimidation habituelles étaient sans effet sur cet énergumène. Il décida de changer de tactique en jouant franc jeu.

– Écoutez, reprit-il d'un ton plus amical en refermant le dossier. Votre meilleur ami est mort dans des conditions horribles, et moi je suis chargé de l'affaire, sans aucune piste sérieuse. Nous avons tout intérêt à coopérer, vous ne pensez pas ?

Stéphane Clément ne répondit pas, conservant son air buté. Après avoir joué la carte de l'intimidation, le flic lui sortait celle de la confiance. Mais le jeune homme n'accordait pas la sienne si facilement.

– Pourquoi choisir un astrophysicien dont la seule marotte est l'étude du ciel pour le crucifier au beau milieu d'une cathédrale ? reprit Peretti. Il y a là quelque chose qui ne colle pas…

Le lieutenant tira longuement sur sa cigarette avant de reprendre :

– Vous avez passé un long moment avec votre ami hier matin. De quoi avez-vous parlé ? Vous a-t-il semblé inquiet ? Se sentait-il menacé ?

Stéphane marqua à son tour une pause avant de répondre :

– Il voulait partager avec moi la découverte de cet astéroïde… Nous n'avons parlé que de cela. C'est un événement plutôt exceptionnel…

Le lieutenant Peretti écrasa son mégot dans la soucoupe qui lui servait de cendrier et ralluma aussitôt une cigarette.

Puis il changea à nouveau de sujet, selon son habitude.

– Vous qui êtes de la région, vous savez s'il y a des groupes satanistes, dans le coin ?

Stéphane fronça légèrement les sourcils. Des groupes satanistes ? Quel rapport avec le meurtre de Michel ?

– C'est parce que vous avez retrouvé le corps de Michel dans une cathédrale que vous pensez à des satanistes ? Mais les satanistes ne fréquentent pas les églises, à ce que je sais. Je les imagine plutôt dans des cimetières…

Le regard de Peretti se figea à nouveau. Les cimetières. Carpentras, 1990. Le cimetière juif. Les juifs du pape.

– Votre ami a été crucifié d'une étrange façon. Ses bourreaux ont planté la croix à l'envers, la tête en bas. La croix inversée est le principal signe de reconnaissance des satanistes… Il s'agit sans doute d'un crime rituel.

Stéphane fronça les sourcils.

Une croix inversée.

Un symbole sataniste.

– Je ne connais pas de groupes satanistes dans la région, finit par répondre Stéphane. Mais j'avoue ne pas trop m'intéresser à cet univers-là. Je suis passionné par la science et les recherches astronomiques, pas par les croyances obscurantistes issues du Moyen Âge. Michel était comme moi…

Peretti continuait à l'observer en silence, tout en tirant sur son mégot. Stéphane Clément sentit que l'entretien risquait de s'éterniser. Ce flic ne le lâcherait pas comme ça. Il fallait qu'il lui donne un os à ronger. Une piste à flairer. Soudain, une idée lui traversa l'esprit.

– À présent que j'y pense, il me revient quelque chose qui peut vous aider à découvrir le chaînon manquant reliant un astrophysicien à une bande de tarés invoquant Satan, reprit Stéphane.

Les yeux de Peretti s'allumèrent imperceptiblement.

– Ah oui ? Quoi ?

– Vous savez comment a été surnommé l'astéroïde géant qui a été découvert hier matin ?

– J'avoue que, contrairement à vous, je ne me passionne guère pour le cosmos.

– LUCIFER…

– Pardon ?

– Les astronomes donnent toujours un surnom aux objets célestes qu'ils découvrent dans l'espace. Le premier observatoire à l'avoir repéré est l'observatoire du mont Graham, dans l'Arizona, grâce à un super-télescope dont l'acronyme est LUCIFER. En leur honneur, l'astéroïde a reçu ce nom. De Lucifer à Satan, il n'y a qu'un pas… C'est en tout cas la seule relation que je peux établir entre les deux…

Antoine Peretti se serait donné des gifles. Comment n'y avait-il pas songé lui-même ? Pourtant, il avait remarqué le titre qui s'étalait en gros caractères dans le journal du matin : L'ASTÉROÏDE FOU : LUCIFER VA S'ÉCRASER SUR TERRE.

Il était si peu intéressé par cette histoire d'astéroïde qu'il n'avait pas fait le rapprochement. Il était pourtant évident. Des adorateurs du diable avaient sans doute interprété l'apparition de LUCIFER dans le ciel comme une manifestation diabolique, annonçant le règne du diable sur Terre. Des fragments de l'Apocalypse de Jean lui revinrent en mémoire : Armageddon, le combat final entre les puissances du Bien et celles du Mal. Les anges de Dieu affrontant les anges déchus lors d'une grande bataille dans le Ciel.

Certains avaient sans doute voulu que cette bataille soit livrée également sur terre. Des fanatiques, se prenant pour des anges du Mal. Des satanistes. Des lucifériens.

Peretti souffla la fumée par le nez et changea à nouveau de sujet.

– L'Ordre des Fidèles du Prêtre Jean, ça vous dit quelque chose ? Il peut y avoir un rapport avec les satanistes et les lucifériens ?

Stéphane Clément eut du mal à ne pas manifester sa surprise. Comment ce flic pouvait-il être au courant de l'engagement spirituel de Michel ? Ce dernier n'en avait parlé à personne. Sauf à lui, la veille.

Il décida de se montrer plus coopératif. Après tout, c'était le rôle de la police de poursuivre et appréhender les criminels. Même si Stéphane avait des doutes sur l'efficacité de leurs méthodes. Trop de paperasses, de bureaucratie. Ce n'est pas pour rien qu'il s'était adonné au *krav-maga*. Pour se défendre, il fallait avant tout pouvoir compter sur ses poings, et se faire justice soi-même.

– Michel m'a révélé hier qu'il faisait partie de cet ordre. Il était moine. C'est tout ce que je sais. Mais il s'agit d'un ordre secret. Comment avez-vous su ?

– L'ordinateur de votre copain. Le disque dur avait été vidé, mais on a pu le reconstituer. On y a trouvé une liste de noms, avec l'en-tête de cet ordre.

Stéphane cilla. La liste que Michel lui avait demandé de consulter afin d'y trouver les coordonnées de l'un de ses frères, à Rome.

Il décida de jouer son va-tout.

– Vous pouvez me montrer cette liste ? On ne sait jamais. Je pourrais reconnaître un nom familier.

Le lieutenant Peretti le fixa un instant, les yeux dans les yeux, puis écrasa son mégot avant de plonger la main dans la poche de sa veste.

– Tenez…

Le policier extirpa une feuille de format A4 pliée en quatre qu'il tendit à l'intervenant du GEIPAN.

Stéphane la déplia et la parcourut rapidement :

Frère Alexandre Balmoral, Le Barroux
Frère Michel Ardent, Forcalquier
Frère Philippe Vidal, Paris

Frère Jeremy Grammatica, Marseille
Frère Lyle McLachlen, Édimbourg
Frère Nikos Kazantzakis, mont Athos
Frère Arno Saknussem, curie de Rome

La liste comprenait beaucoup d'autres noms mais Stéphane les survola sans y attacher plus d'attention. Il avait son renseignement.

D'un geste mesuré, il rendit la feuille au lieutenant, en hochant négativement la tête.

– Désolé. Le seul nom que je connais est celui de Michel. Je ne peux pas vous aider, déclara Stéphane en se levant.

Peretti rangea la liste dans sa poche avant d'étirer sa longue silhouette. Il tendit une carte de visite à Stéphane :

– Voici mes coordonnées. Appelez-moi si vous avez la moindre piste ou information, même si elle vous semble sans intérêt.

Peretti accompagna Stéphane vers la sortie. Juste avant de le laisser franchir le seuil, le lieutenant plongea son regard dans celui du jeune homme et énonça d'un ton sans réplique :

– Bien entendu, vous restez à la disposition de la police et vous ne quittez pas le territoire. Normalement, je devrais vous mettre sous protection, mais la brigade manque d'effectifs.

– Ne vous inquiétez pas, lieutenant, je sais me défendre, répondit Stéphane avec un mince sourire.

– Je n'en doute pas… Ne vous éloignez pas, hein ? Vous êtes mon principal, et même mon seul témoin.

Le lieutenant Peretti avait une façon de prononcer le mot « témoin » qui évoquait plutôt le terme de « suspect ».

20

Stéphane Clément récupéra sa moto, que les gendarmes avaient réquisitionnée, et quitta Carpentras en trombe.

Il fallait qu'il se rende d'urgence à Rome, pour retrouver ce frère Arno Saknussem.

Il n'avait ni son adresse ni son téléphone. Simplement cette mention : curie de Rome. Le moine de l'Ordre des Fidèles du Prêtre Jean avait dû s'infiltrer au sein même de l'Église catholique romaine. Plutôt judicieux. Mais périlleux. Si les ennemis de l'ordre secret s'en étaient pris à Michel avec une telle barbarie, ils ne s'arrêteraient pas là. Ils avaient dû subtiliser la clé USB qu'avait mentionnée Michel avant d'être enlevé. Ils détenaient désormais la liste complète des frères, qui se trouvaient tous en danger de mort. Arno Saknussem comme les autres. Il fallait retrouver sa trace avant eux.

En accélérant à la sortie de la ville, Stéphane se rappela l'injonction du lieutenant Peretti lui interdisant de quitter le territoire. Cette fuite impromptue le placerait automatiquement de la position de témoin à celle de suspect. Et le lieutenant Peretti n'était pas du genre à plaisanter avec la loi.

Peut-être aurait-il eu intérêt à tout révéler au policier ? Le dernier message de Michel. L'importance du frère Arno Saknussem. Un complot de l'Église s'acharnant sur un ordre monastique secret.

Cela sonnait comme une véritable histoire de fou. Peretti ne l'aurait jamais pris au sérieux. Il n'aurait rien fait pour aider Stéphane à accomplir la mission que lui avait confiée Michel. Au contraire. Il ne l'aurait plus lâché d'une semelle. Il l'aurait placé sous surveillance, voire même en garde à vue. Pour honorer la promesse qu'il avait faite à son ami, Stéphane devait faire cavalier seul, quitte à se mettre la police à dos. Une seule chose comptait à ses yeux : venger son ami.

Avant de s'embarquer pour l'Italie, Stéphane devait passer rapidement chez lui. Prendre son passeport et de l'argent liquide. Heureusement, il en gardait toujours une épaisse liasse soigneusement dissimulée. Il n'avait qu'une confiance modérée dans les banques, et préférait payer en cash plutôt que par chèques ou carte de crédit. Les cartes bancaires étaient surtout un excellent moyen de surveiller et pister ceux qui s'en servaient. Tout comme les GPS ou les réseaux sociaux informatiques. Pour agir efficacement, Stéphane devait rester libre. Et passer inaperçu.

Il gara sa Honda dans la rue et escalada quatre à quatre la volée d'escaliers qui grimpait jusqu'à son loft. Il s'apprêtait à ouvrir la porte lorsqu'il nota un détail qui le mit aussitôt en alerte.

La serrure de sécurité qui protégeait l'entrée de sa demeure était légèrement enfoncée, et des stries étaient visibles tout autour. Sans doute des coups de lime.

La porte blindée avait été forcée.

La raison lui conseillait de quitter les lieux sans délai. D'alerter la police. La carte du lieutenant Peretti était dans sa poche. Il lui suffisait d'un coup de fil, et le bâtiment serait rapidement encerclé. Le GIGN serait appelé à la rescousse. Même s'ils défendaient chèrement leur peau, les meurtriers seraient finalement maîtrisés. La police était là pour ça.

Mais ceux qui se terraient sans doute de l'autre côté de la porte n'étaient pas des meurtriers ordinaires. Ils étaient les assassins de Michel. C'est à Stéphane que revenait le devoir de les affronter face à face.

Le premier principe d'Imi Lichtenfeld, qu'il avait cité au lieutenant Peretti, flotta un instant dans sa mémoire : *Éviter de se retrouver dans une situation dangereuse.*

Il le balaya aussitôt. Ses adversaires le retrouveraient, où qu'il aille, au moment où il s'y attendrait le moins. Tandis qu'en prenant l'initiative de l'attaque, il avait une chance d'avoir le dessus.

Il devait faire appel à ses réflexes naturels, affinés par des années de pratique.

Ce n'était pas une simple méthode d'autodéfense. C'est lui qui allait attaquer. Se transformer en prédateur. En animal sauvage qui sait que sa survie passe avant tout par l'élimination des autres prédateurs.

Lentement, il sentit l'adrénaline monter en lui, fouetter son sang, raidir ses muscles.

Pour l'attiser encore, il se força à visualiser les atrocités commises sur le corps de son ami et qu'il avait aperçues sur les photos que lui avait présentées Peretti. Il se laissa submerger par la haine. Une haine pure, bestiale, sans pitié pour ceux qui avaient sacrifié Michel. Une haine brûlante, qu'il savoura comme un alcool fort.

Mais il savait aussi qu'il ne devait pas se laisser aveugler par cette haine, au risque de commettre des imprudences.

Il devait la laisser refroidir, comme une épée chauffée à blanc que l'on plonge dans un bassin d'eau glacée pour lui donner sa dureté et sa force.

Désormais, il n'était plus fait de chair et de sang, mais d'acier trempé, souple et résistant.

Il se remémora alors le septième et dernier principe d'Imi Lichtenfeld : *Tous les coups sont permis.*

D'un coup de pied, il défonça la porte qui s'ouvrit à la volée.

À l'intérieur, aucune réaction. Aucun bruit. L'appartement paraissait vide.

Raidissant son poing droit autour de la jugulaire de son casque, appuyé contre sa poitrine comme un bouclier, il prit son élan et sauta au milieu de la pièce.

Il se retourna aussitôt, le regard acéré, les narines palpitantes, cherchant ses ennemis.

Il les vit aussitôt. Deux de chaque côté de la porte, comme il l'avait imaginé. Vêtus de combinaisons noires sur lesquelles se détachait une petite croix rouge.

Avant qu'ils aient eu le temps de réagir, Stéphane se jeta sur le plus proche et lui assena un grand coup de casque sur le crâne. L'homme, à demi assommé, vacilla sur lui-même tout en reculant, mais ne tomba pas.

Le second voulut agripper Stéphane à la gorge. Ce dernier laissa venir son assaillant, puis au dernier moment lui saisit le poignet droit et le tordit d'un geste brusque, brisant net l'articulation. L'homme poussa un hurlement et, tenant son poignet cassé, se plia en deux sous la douleur. Clément en profita pour lui flanquer un coup de genou dans la mâchoire inférieure, lui brisant plusieurs dents que l'homme se mit à cracher dans un bouillonnement de sang. Il se retourna vers le premier qui reprenait ses esprits et lui assena un coup de pied dans les génitoires, le séchant sur place.

Le lieutenant Peretti avait raison : dans la version extrême du *krav-maga*, tous les coups étaient permis, y compris les plus bas.

Stéphane sentit la présence d'un troisième homme dans la pièce.

Plutôt que de se retourner, il roula à terre et se déporta de plusieurs mètres avant de se relever d'un bond.

L'homme poussa un grognement et se précipita vers lui, une matraque à la main.

Le jeune homme ne bougea pas, jambes et bras écartés, paumes ouvertes vers l'adversaire.

Lorsque ce dernier fut presque sur lui, il bloqua d'une main le bras tendu de l'agresseur, tout en se servant du tranchant de l'autre main pour lui donner un gigantesque coup dans la pomme d'Adam. Suffoqué, l'homme lâcha son arme. Sans lui laisser le moindre répit, Stéphane brandit son index et son majeur en fourche et les lui planta dans les yeux. Les globes oculaires éclatèrent, tandis que l'homme tombait à genoux, aveuglé et hurlant à la mort.

Il s'était écoulé moins d'une minute depuis le début du combat, et Stéphane avait neutralisé ses trois adversaires. Mais sa haine n'était pas encore assouvie. Il ressentait un besoin de meurtre. Il voulait achever le travail, ôter la vie à ces salauds qui avaient torturé et massacré Michel Ardent.

S'accroupissant, il saisit la tête de l'homme aveuglé dont les yeux continuaient à pisser le sang, et s'apprêta à lui briser la nuque. L'homme se mit à gémir :

– Que Son règne vienne...

Saisissant l'homme à la gorge, il lui souffla à l'oreille :

– Le règne de qui ?

– Dieu..., ânonna le Croisé noir.

Cette réponse fut ponctuée par une gigantesque claque.

– Ta gueule ! Dieu n'a rien à voir dans tout ça ! Pour qui travaillez-vous, toi et les autres ?

– *Il padre*... Le pape... Le pape noir...

L'Église. Michel avait raison. C'était bien l'Église qui avait lancé ses tueurs sur les traces des frères de l'Ordre des Fidèles du Prêtre Jean. L'Église, ou en tout cas quelqu'un de très influent au sein de l'Église. Le pape noir.

Stéphane se redressa, abandonnant l'homme à son sort. Il s'assura que les deux autres étaient également hors d'état de nuire. Pour faire bonne mesure, il leur envoya quelques coups de pied dans les côtes et le visage. Les trois meurtriers de Michel étaient bien amochés, mais vivants.

Sans perdre de temps, Stéphane Clément prit son passeport et la liasse de billets qu'il avait dissimulée, et appela tranquillement Alitalia en se servant de son téléphone portable. Il voulait connaître les horaires des prochains vols pour Rome. Il n'y en avait pas au départ de Marignane avant le lendemain matin. Le seul qui était encore programmé en fin de journée décollait de

Roissy. En attrapant le prochain TGV, Stéphane avait une chance de monter à bord. Il fit une réservation par téléphone puis raccrocha.

Il contempla à nouveau les hommes qui gisaient là, étendus sur le sol. Qu'allait-il en faire ? Les laisser là ? Les jeter dehors ? Il repensa à Peretti. Il lui devait bien ça.

Il composa rapidement le numéro de téléphone qui se trouvait sur la carte que le policier lui avait laissée. Le lieutenant répondit au bout de deux sonneries.

– Peretti.

– Clément. J'ai un petit colis pour vous. Trois hommes. Je pense que ce sont ceux qui ont tué Michel.

– Et… où sont-ils ?

– À côté de moi. Par terre, répondit-il d'un ton assuré. Je les ai neutralisés. Je serais bien allé un peu plus loin, mais je me suis arrêté à temps. Je me suis dit que ça vous ferait plaisir de prendre la relève et de vous occuper d'eux.

– Bon Dieu, Clément ! Vous les avez cognés fort ?

– *Krav-maga*, lieutenant. Tous les coups sont permis. Surtout avec des ordures pareilles. Il y en a un qui ne verra plus jamais sa sale gueule dans une glace. Un autre qui aura du mal à avaler autre chose que de la soupe. Et le troisième qui ne risque pas de s'envoyer en l'air avant un certain temps…

– Vous êtes dingue ! Surtout ne bougez pas, Clément ! On arrive !

– Pas le temps, lieutenant. J'ai encore quelque chose à faire.

– Clément !

Mais Stéphane avait déjà raccroché.

21

Le trajet d'Avignon à Paris en TGV dura deux heures et demie à peine. La Provence était désormais aux portes de la capitale.

Stéphane Clément s'était affalé dans son fauteuil en le plaçant en position inclinée. Les yeux fermés, il avait laissé défiler les images qui assaillaient son esprit. La mort horrible de son meilleur ami. La course-poursuite dans les rues d'Avignon. L'interrogatoire du lieutenant Peretti. La lutte avec les trois meurtriers de Michel. En quelques heures, la routine de sa vie avait volé en éclats. Il était désormais engagé dans une guerre dont il ignorait les enjeux.

Mais Stéphane ne voulait pas aller à l'encontre des volontés de son ami. Les dernières.

Le TGV entra en gare à l'heure. Un quart d'heure avant l'arrivée, les voyageurs faisaient déjà la queue devant les portes de sortie. Ils encombraient les couloirs, manteau sur l'épaule, valises à la main, pressés les uns contre les autres, comme des réfugiés cherchant à fuir un camp d'internement.

Stéphane Clément n'avait jamais compris ces comportements grégaires qu'il dénonçait à sa façon, en demeurant assis jusqu'à ce que le train se soit entièrement immobilisé et que tous les passagers en soient descendus. Il savait pourtant que le temps lui était compté. Il fallait qu'il soit à Roissy avant la fin de l'enregistrement. Mais il ne supportait pas de se sentir prisonnier d'une foule. Depuis les atrocités qu'il avait vécues au combat, il souffrait d'agoraphobie et avait besoin que l'on respecte son espace vital. Son espace de défense.

En descendant à son tour de la rame, Stéphane sentit une légère angoisse le gagner. Le quai était bondé de voyageurs pressés agglomérés en grappes humaines qui se bousculaient ou se heurtaient avec leurs valises à roulettes, tandis que des cheminots fendaient la foule avec leurs chariots bourrés jusqu'à la gueule de bagages bigarrés, actionnant à tout bout de champ leurs klaxons stridents.

La rumeur assourdissante qui s'échappait de la foule était couverte par les annonces de départs et d'arrivées de trains diffusées dans les haut-parleurs. La voix qui ânonnait ainsi sans répit des noms de villes, des horaires et des numéros de quais était enregistrée, et marquait dans son débit des interruptions saccadées qui accentuaient son aspect artificiel et irréel.

« LE… TGV… NUMÉRO… SIX MILLE… CENT… VINGT… EN PROVENANCE DE… AVIGNON… TGV… À DESTINATION DE… PARIS GARE DE LYON… ARRIVÉE PRÉVUE À… DIX-HUIT… HEURES… QUARANTE… ET… UNE… VIENT D'ENTRER SUR LE QUAI NUMÉRO… B… TOUS LES VOYAGEURS DESCENDENT… »

Le hall principal de la gare était lui aussi en ébullition. En longeant l'un des Point Presse, Stéphane Clément eut le réflexe de lire les titres des quotidiens du soir. Tous faisaient leur « une » sur la chute de l'astéroïde. Certains donnaient des précisions en amorce d'article, conjuguant selon leur habitude leurs révélations au conditionnel :

L'astéroïde LUCIFER serait d'une taille avoisinant un kilomètre de diamètre. Les experts en balistique confirment qu'il se dirige tout droit vers la Terre à une vitesse phénoménale. Il pourrait percuter notre planète d'ici la fin du prochain week-end.

La NASA continue d'affirmer que ses missiles sont programmés pour détruire de tels astéroïdes avant leur entrée dans l'atmosphère terrestre, et invoque les 5 000 astéroïdes de plus de 100 mètres de diamètre qui chaque année croisent notre planète et sont détruits avant de heurter la Terre. Mais LUCIFER est dix fois plus gros que ces astéroïdes, et personne ne peut affirmer que la technologie américaine saura faire face à ce danger nouveau. À titre de comparaison, la météorite de Toungouska, tombée en Sibérie occidentale le 30 avril 1908, ne mesurait que 20 mètres de diamètre, ce qui ne l'a pas empêchée de dévaster 300 km² de forêts. On imagine avec effroi les dégâts que pourrait provoquer une pierre cinquante fois plus grosse.

Pour l'instant, les gouvernements mondiaux font front commun pour appeler les populations à garder leur calme et à ne pas céder à la panique. Ainsi, il est déconseillé de quitter son domicile ou sa ville tant que l'on ne saura pas avec davantage de précision dans quel secteur LUCIFER risque de tomber.

Pour l'instant, l'astéroïde fou semble menacer plus particulièrement l'Europe du Sud. Tous les observatoires astronomiques sont placés en alerte rouge.

En sortant de la gare, Stéphane constata sans surprise que la station de taxis était prise d'assaut. Des voyageurs énervés s'impatientaient, formant une sorte de longue chenille humaine, encadrés par des grilles disposées en accordéon, comme des groupies attendant la dédicace d'une star. Un maître de cérémonie coiffé d'un képi et armé d'un sifflet réglait comme il pouvait le ballet des taxis qui venaient se nourrir de leurs provendes humaines avant de repartir.

Stéphane n'avait ni le temps ni encore moins le goût de faire la queue. Il dévala les escaliers qui donnaient sur le boulevard Diderot puis bifurqua à gauche en direction de la nouvelle passerelle qui enjambait la Seine, sillonnée de péniches et de Bateaux-Mouches.

Sur sa droite, Notre-Dame s'élevait comme un cygne blanc prêt à l'envol, niché sur la minuscule île de la Cité. Le jeune homme ne put s'empêcher d'avoir une pensée pour la cathédrale Saint-Siffrein de Carpentras où son ami avait été crucifié la nuit précédente. Les églises étaient censées être des lieux de paix et de quiétude. Si de tels crimes s'y perpétraient, c'est que le temps des guerres de Religion était de retour.

Lorsqu'il se retrouva sur la rive gauche de la Seine, Stéphane Clément héla un taxi en maraude sur le boulevard de l'Hôpital. Une Peugeot 5008 flambant neuve dans laquelle il s'engouffra. Une légère pluie commençait à tomber et graissait le bitume parisien.

– À Roissy, s'il vous plaît, j'ai un vol dans moins d'une heure, annonça Stéphane au chauffeur, un jeune Rasta qui sirotait une canette de Red Bull.

La radio était branchée à plein volume sur une station diffusant de la musique afro-cubaine. L'habitacle était saturé d'une odeur caractéristique de corde brûlée.

Le chauffeur lança un regard réprobateur dans le rétroviseur en secouant ses dreadlocks.

– Hail, man ! Tu rêves ou quoi ? On est vendredi soir, à l'heure de pointe. J'ai un monospace, pas un avion. Et il commence à pleuvoir, en plus.

Stéphane extirpa un billet de cinquante euros de son blouson et l'agita.

– Tiens, pour ta provision de chichons. Tu auras le même à l'arrivée.

Le Rasta fixa un instant le jeune homme dans son rétro, puis glissa le billet dans sa poche.

– O.K., breda[1], si t'as de la com[2], ça change tout. Accroche-toi…

1. Frère.
2. Du « blé ».

Le taxi démarra en trombe et longea le quai d'Austerlitz.

La pluie s'intensifiait et le Rasta mit en marche les essuie-glaces.

– Sur Mappy, le trajet prend 35 minutes, calcula le chauffeur en empruntant le pont Charles-de-Gaulle pour traverser la Seine. Par temps sec et sans les embouteillages. On va essayer de faire aussi bien.

Il se rangea dans la voie des taxis sur le boulevard Diderot qui prolongeait le pont et accéléra. Un feu passa à l'orange mais il n'en tint aucun compte. Il aborda le rond-point de la place de la Nation à plus de 60 km/h, refusant la priorité aux véhicules qui arrivaient sur sa gauche. Sa manœuvre déclencha un concert de klaxons.

– Euh… J'ai un avion à prendre, mais je préférerais embarquer vivant, remarqua Stéphane.

– T'inquiète pas ! Y'a pas de cuss-cuss[1] avec Jahmaël…

Stéphane Clément sourit. Jahmaël était un prénom rastafari courant, tiré de *Jah*, qui désigne Dieu chez les Jamaïcains.

Le taxi fonçait dans la rue d'Avron, éclaboussant les passants qui se tenaient trop près du trottoir.

– Hey, tu sais quoi, breda ? Ou bien tu n'es pas le seul à prendre cet avion, ou bien nous sommes suivis. Il y a une Skoda noire qui me colle au cul depuis Austerlitz. Et qui roule à la même vitesse que moi. T'as quelque chose à te reprocher, mec ?

Stéphane se retourna. Une voiture aux vitres fumées les serrait de près, prenant des risques insensés pour ne pas les perdre de vue. Sûrement des complices de ceux qu'il avait cognés dans son appartement. Les gars avaient dû reprendre conscience et donner l'alerte. Ils l'avaient sans doute entendu réserver son vol pour Rome. Stéphane se maudit intérieurement de son manque de prudence. Se penchant vers le siège avant, il tendit un second billet de cinquante euros au chauffeur.

1. Embrouilles.

– T'inquiète pas, je suis net. C'est eux les méchants. Tiens, le petit frère du premier en attendant la petite sœur à l'aéroport. Si tu te débarrasses de la Skoda.

– T'as les zorros faciles, breda, j'aime ça ! « Zorro est arrivéééé ! » se mit-il à chantonner.

La Peugeot déboucha Porte de Montreuil et s'engagea sur le boulevard périphérique avant de rejoindre l'autoroute A3/E15, en direction de Lille et Bobigny.

La Skoda avait suivi le même chemin.

Le Rasta appuya sur l'accélérateur, malgré la visibilité presque nulle due aux trombes d'eau qui tombaient du ciel. La pluie s'était transformée en orage. Le tonnerre couvrait parfois le son des percussions afro-cubaines qui martelaient leurs rythmes trépidants.

120 km/h… 130 km/h… 140 km/h… 150 km/h… 160 km/h…

La grosse 5008 passait d'une file à l'autre, slalomant entre les voitures et les camions, le moteur lancé à plein régime, au rythme des percussions de Tito Puente.

La Skoda accélérait aussi.

– C'est un dung[1], le mec ! Cue ya ![2] Il va nous rentrer dedans !

La Skoda était si près qu'elle se trouvait presque pare-chocs contre pare-chocs. À cette vitesse-là, un accrochage pouvait être mortel.

Plus loin, un camion déboîta sur la voie médiane pour doubler un semi-remorque hollandais, contraignant les voitures à se déporter sur la voie rapide. Les trois voies roulaient désormais au ralenti.

– Freine, putain ! hurla Stéphane. Tu vas nous tuer !

– Cool, man ! T'as encore rien vu.

1. Fou.
2. « Regarde ça ! »

Jahmaël bascula sur la file de droite et accéléra encore. 170 km/h… 180 km/h…

Juste avant de percuter l'arrière du semi-remorque, il se rua sur la bande d'arrêt d'urgence et doubla le poids lourd sur la droite à près de 190 km/h.

– Ouaouh ! Je kiffe à mort ! Heureusement que j'ai acheté le modèle 2.0 hdi 150 CV. 197 km/h en vitesse de pointe. On a encore un peu de marge… Heureusement qu'il n'y a pas de flics.

Derrière eux, la Skoda avait bifurqué elle aussi sur la bande d'urgence et continuait à les talonner.

Les essuie-glaces s'escrimaient contre la pluie mais ne parvenaient plus à gommer le déluge qui s'abattait sur le pare-brise. Le monospace avait tout juste la place de se faufiler entre la file de camions et la barrière de sécurité.

Stéphane leva le bras devant lui, l'index dressé.

– Là-bas, Jahmaël ! Un camion est arrêté sur la bande d'urgence !

– Merde ! C'était pas prévu, ça. Bon, on tente le tout pour le tout. À la grâce de Jah !

Sans décélérer, le Rasta continua sa course folle, la Skoda dans son sillage. Il n'avait plus le choix. À cette vitesse, il n'avait pas le temps de freiner pour éviter le camion à l'arrêt. S'il le faisait, il se faisait percuter à l'arrière par ses poursuivants.

Sur sa gauche, un poids lourd roulait tranquillement sur la voie des véhicules lents. Devant lui, la route était libre, la plupart des voitures circulant de préférence sur les voies médiane et rapide. Il se trouvait presque au niveau du camion à l'arrêt. Quelques mètres encore, et il bloquerait le passage.

– C'est le moment ! rugit le Rasta en faisant valser ses dreadlocks.

Il s'infiltra de justesse entre les deux camions.

Le poids lourd devant lequel il venait de surgir le gratifia de coups de klaxon rageurs.

Mais il était passé.

La Skoda, en revanche, n'avait plus la place pour s'immiscer et dut piler en catastrophe dans un crissement de freins avant de faire voler en éclats la barrière de sécurité.

– Ouaaaais, man ! C'est Jahmaël le meilleur ! Il te les a semés, tes gugusses !

– Tu peux ralentir un peu, Jahmaël... Je crois qu'on est dans les temps, non ?

– C'est toi qui décides, breda !

La Peugeot rejoignit l'autoroute A1 avant d'emprunter la bretelle d'accès au Terminal 2 de l'aéroport de Roissy et stopper devant la dépose minute. Il n'était pas 20 heures. Juste le temps de se présenter au comptoir d'enregistrement d'Alitalia.

– À une prochaine, Jahmaël, lança Stéphane en lui glissant une poignée de billets avant de sauter hors du monospace.

– Merci, breda ! Tiens, prends ma carte, si tu veux remettre ça un de ces jours... *Fuck the shitstem ! Fuck the bloody Babylon*[1] !

« Babylone ? C'est comme cela que les premiers chrétiens surnommaient Rome », pensa Stéphane avant de se ruer dans les escalators.

1. *Shitstem, Babylon* : termes péjoratifs rastafari pour désigner le « système ».

22

Stéphane Clément était confortablement installé dans les fauteuils profonds situés à l'avant de l'avion. Le vol était complet et on l'avait surclassé en Business.

Une hôtesse de l'air au physique de mannequin vint lui proposer une coupe de champagne pour patienter avant le repas qui serait servi plus tard. Il refusa poliment et opta pour un jus de tomate. L'hôtesse lui tendit le verre, en gratifiant Stéphane de son sourire le plus enjôleur. Le jeune homme sourit à son tour puis laissa errer son regard sur les rondeurs avenantes de la jeune femme.

Il s'en voulut aussitôt et songea à Marie. Il se dit que s'il avait été moine, il viendrait de rompre son second vœu. La chasteté. Car aux yeux des moines et des moniales, la chasteté était avant tout une question de regard. Vivre dans l'abstinence tout en continuant à éprouver du désir, ce n'était pas de la chasteté, mais de la frustration.

Lorsque l'hôtesse repassa un instant plus tard pour lui servir son dîner, il se garda bien de lever les yeux. Elle s'éloigna, visiblement vexée.

L'avion se posa enfin sur la piste d'atterrissage de l'aéroport Léonard-de-Vinci. Les ceintures de sécurité se détachèrent avec des « clacs » caractéristiques tandis que les téléphones portables poussaient leurs petits bips-bips en se rallumant.

Grâce à son statut privilégié de voyageur Business, Stéphane fut le premier à sortir de l'avion. N'ayant pas de bagages en soute, il suivit les couloirs indiquant la sortie.

Depuis l'abolition des frontières au sein de l'Europe, les voyageurs étaient exemptés des formalités de police dans le pays d'arrivée. Pourtant, deux carabiniers contrôlaient les passeports et les cartes d'identité juste avant la sortie.

– *Documenti, per piacere*, demanda l'un des policiers, un jeune homme brun à l'uniforme impeccablement boutonné.

Stéphane tendit son passeport, que le policier examina avec attention.

– Vous n'avez pas de bagages ? fit-il en remarquant ses mains vides.

– Non, j'aime faire mon shopping à Rome, répliqua Stéphane.

Le carabinier ne releva pas. Il détaillait la photo du passeport et prenait le temps de la comparer avec le visage du jeune homme qui lui faisait face.

– Raison du déplacement ? interrogea-t-il d'un air suspicieux.

– Tourisme, lâcha Stéphane, son regard plongé dans celui du carabinier.

Ce dernier soutint son regard quelques secondes avant de se décider :

– Vous voulez bien me suivre, s'il vous plaît ?

Stéphane s'exécuta, le front soucieux. Il commençait à se douter de la raison pour laquelle il avait été interpellé. Il avait bravé les consignes du lieutenant Peretti en quittant le territoire national. Si son signalement avait été diffusé, il était cuit. Il serait rapatrié vers la France et appréhendé dès son retour.

Le jeune policier le conduisit en direction de l'antenne de police de l'aéroport. Il avait conservé le passeport de Stéphane.

– Attendez ici, je vous prie. dit-il avant de pénétrer dans le bureau, séparé du hall par une paroi vitrée.

Il s'installa devant un téléphone et commença à parler avec volubilité, sans cesser de regarder le passeport du Français.

Soudain, Stéphane démarra comme une flèche et courut en direction de la sortie.

Le hall était bondé de monde, et il put se noyer rapidement dans la masse.

Lorsque le carabinier releva la tête, Stéphane Clément n'était plus là.

– Bordel de merde ! hurla le lieutenant Peretti en serrant à le briser son téléphone portable.

Après l'appel de Stéphane, il avait débarqué avec des renforts dans le loft du maître de *krav-maga*. Il avait trouvé le lieu saccagé, avec d'évidentes traces de lutte et du sang répandu partout, mais les trois agresseurs prétendus s'étaient envolés. À moins que Stéphane n'ait inventé de toutes pièces cette histoire.

Stéphane était un homme d'action, une armoire à glace taillée pour le close-combat. Peretti aurait dû se douter qu'il n'allait pas rester tranquillement chez lui en se tournant les pouces, alors que son meilleur ami venait de se faire saigner comme un porc.

Dans le doute, Peretti s'était renseigné auprès des gares et des aéroports pour s'assurer que son témoin n'avait pas mis les voiles. Et il avait prévenu Interpol.

La mauvaise nouvelle venait de tomber. Stéphane Clément avait été enregistré sur le vol Paris-Rome de 20 h 15, arrivée 22 h 20. Dix minutes plus tôt.

– Et vous l'avez laissé filer ? hurla Peretti à son correspondant.

– Le carabinier était en train d'interroger le fichier central lorsqu'il a filé. Sans son passeport.

– Diffusez le signalement de Clément aux carabiniers romains. Je contacte aussitôt le procureur pour un mandat d'amener international !

23

Stéphane sortit au pas de course de l'aéroport. Le policier auquel il avait faussé compagnie devait déjà avoir donné l'alerte, et bientôt tout le périmètre serait envahi de flics.

Heureusement, il n'y avait pratiquement personne devant la file des taxis. Le jeune homme monta à l'arrière d'une Fiat jaune. Le chauffeur ressemblait à s'y méprendre au réalisateur italien Nanni Moretti.

Stéphane ne savait pas où se trouvait exactement le frère Arno Saknussem. Au hasard, il donna l'adresse du Vatican :

– *Molto pronto, prego*…

Le chauffeur mit en marche son compteur et se lança à plein régime sur l'*autostrade* conduisant de Fiumicino à Rome. La radio était allumée et diffusait en boucle des communiqués alarmistes au sujet de la chute prochaine de l'astéroïde. Le choc semblait prévu dans les 48 heures, et la cible visée se précisait : l'Europe du Sud, et plus précisément l'Italie.

– *Porca miseria !* jura entre ses dents le sosie de Nanni Moretti.

Comme pour conjurer la menace de la chute de la météorite, il accéléra encore. Après tout, il n'y avait plus à redouter les contraventions, si l'Italie devait être rayée de la carte dans les deux jours.

Le chauffeur ralentit en empruntant le périphérique Ouest, à cause des embouteillages qui bloquaient l'entrée de la ville.

La circulation à Rome était démentielle, ponctuée par les concerts de klaxons, les jurons et les bras d'honneur. Des scooters slalomaient entre les Fiat et les Lancia, frôlant les carrosseries et les rétroviseurs extérieurs avec des vrombissements de mouches tournoyant autour du bétail. La nervosité légendaire des Latins au volant était encore attisée par la menace cosmique. S'ils ne cédaient pas encore à la panique, ils étaient en tout cas en proie à une grande agitation.

Stéphane se remémora une citation de Gore Vidal à la fin du film *Fellini Roma* : « Rome est une ville merveilleuse pour attendre la fin du monde. » Particulièrement appropriée à la situation actuelle.

Le taxi emprunta la sortie n° 1 et reprit de la vitesse sur la Via Aurelia en évitant les encombrements du centre-ville.

La Fiat bifurqua à droite en direction de la Viale Vaticano, longeant les murailles délimitant l'enclave du Vatican, une surface de 44 hectares qui en faisait le plus petit État du monde, avant de déboucher sur la place Saint-Pierre. Le dôme de la basilique illuminée tranchait sur la pénombre des rues de Rome, dont les lampadaires diffusaient une lueur dorée qui nimbait la ville de mystère. Stéphane ne put s'empêcher de penser au dôme d'un observatoire aux étoiles. L'une d'entre elles allait peut-être s'écraser d'ici quelques heures sur le centre de la chrétienté, ce qui ajoutait au tableau une touche dramatique.

– Le Vatican est fermé à cette heure-ci, non ? demanda Stéphane au chauffeur.

– *Si*… C'est un peu tard pour visiter, *signore*…

– À vrai dire, je cherche quelqu'un de la curie.

Nanni Moretti se retourna sur son siège pour dévisager Stéphane.

– Rome est une petite ville, malgré les apparences. Les mieux renseignés, ici, c'est les taxis. Comment il s'appelle, votre curé ?

Stéphane hésita un instant, puis se lança :

– En fait, c'est plutôt un moine. Il se nomme frère Arno Saknussem.

Le taxi fit les yeux ronds puis éclata de rire.

– Frère Arno ! Qui ne connaît pas frère Arno, à Rome ! Mais à cette heure-ci, vous ne le trouverez pas au Vatican.

Stéphane montra sa déception.

– C'est que… Je dois le voir de toute urgence.

Nanni Moretti élargit encore son sourire.

– Moi, je sais où vous pourrez le trouver à coup sûr ! À la *Pancia Felice* !

– Pardon ? fit Stéphane d'un air ahuri.

– Une trattoria située tout près d'ici, où frère Arno a ses habitudes.

– Une trattoria ? Mais il est près de 23 heures…

– On dîne tard à Rome. Je vous y conduis ?

Stéphane acquiesça. Le taxi embraya et tourna le dos à la basilique éclairée pour s'engager Via dei Corridori, en direction du palais Saint-Ange voisin, puis obliqua à gauche dans la Via Porta di Castello, pour s'arrêter devant un restaurant accueillant, à la façade ocre, sur laquelle était gravé en larges majuscules inclinées de couleur rouge le mot « FRASCATI », comme le célèbre vin blanc cultivé à proximité de Rome. Juste en dessous, une simple inscription annonçait sobrement : TRATTORIA « *la Pancia Felice* ».

– *Andiamo !* Tout le monde descend, clama joyeusement Nanni Moretti. Et *buon appetito* !

24

L'intérieur de la trattoria était meublé avec une simplicité rustique qui mettait tout de suite à l'aise. De bonnes odeurs s'échappaient de la petite cuisine où s'affairait le chef. Il se dégageait de l'établissement une atmosphère conviviale.

Une *mamma* alerte et rondouillarde accueillit Stéphane avec un large sourire.

– *Buona sera, signore*... Vous êtes attendu.

Elle le conduisit à l'autre bout de la salle où un gros homme était attablé devant une énorme portion de *bruschette* frottées d'ail recouvertes de dés de tomates et de légumes grillés, le tout généreusement arrosé d'huile d'olive.

– Ah ! Vous voici enfin ! Je commençais à m'inquiéter, lança-t-il.

L'homme se dressa pour le saluer comme s'il le connaissait depuis toujours.

Il portait sobrement des vêtements laïcs. Seule une croix au revers de sa veste indiquait son appartenance religieuse. Son ventre avantageux, pointant sous la chemise blanche, semblait une réclame pour le lieu : « la Panse réjouie ». Il avait noué une large serviette autour de son cou de taureau surmonté d'une courte barbe grise qui tranchait avec son teint rubicond. Son crâne était presque entièrement dégarni, ne laissant paraître qu'un mince cercle de cheveux à l'arrière, qui lui faisait comme une tonsure. « Il ressemble aux moines que l'on voit sur les étiquettes des boîtes à camembert », se dit Stéphane en réprimant un fou rire. Frère Arno appartenait visiblement à la catégorie des bons vivants, et le jeune homme le trouva d'emblée sympathique.

– Je suis désolé pour Michel, glissa-t-il à mi-voix dans l'oreille de Stéphane. Mais il m'avait fait savoir qu'en cas de danger, vous viendriez me voir. C'est pourquoi je vous attendais. Ici, tout le monde sait où me trouver.

Frère Arno désigna à Stéphane la place qui lui faisait face.

– Mais asseyons-nous, je vous en prie ! Nous serons plus à l'aise pour discuter, et puis je meurs de faim. Ces *bruschette* ne sont que des mises en bouche. Comme je vous l'ai dit, je commençais à m'inquiéter, car Miranda n'a plus de plat du jour. Le chef avait préparé des *bocconcini di pollo con pistacchi*. Nous avons raté ça, vous vous rendez compte ? Heureusement, j'ai fait réserver deux portions de *tiramisu* en dessert. C'est le meilleur de Rome ! Mais avant de passer aux choses sérieuses, buvons !

Il se retourna en direction de la cuisine et lança d'une voix de stentor :

– Miranda ! *Una fojetta, prego !* Une carafe de Frascati. Et une autre *di vino rosso* ! Du Chianti !

– *Immediatamente, Dottore !* répondit l'aubergiste sur le même ton.

– *Dottore* ? s'étonna Stéphane. Je croyais que vous…

– En Italie, tout le monde s'appelle *dottore*, mon jeune ami ! rétorqua frère Arno dans un grand rire. Et puis, ne suis-je pas docteur en théologie ?

Frère Arno attendit que Miranda apporte les deux carafes de vin et commença à remplir généreusement les verres.

– Euh… Je ne bois pas d'alcool, précisa Stéphane.

– Un vrai sportif, hein ? ironisa gentiment le gros homme. Mais nous sommes à Rome, et vous êtes mon invité. Ne pas goûter à ce fabuleux Frascati est considéré ici comme un péché capital !

Frère Arno leva son verre emperlé de buée, le choqua contre celui de Stéphane et porta un toast :

– Au Prêtre Jean ! Et à Michel Ardent !

Il but son verre en entier, tandis que son compagnon de table y trempait les lèvres. Puis il reposa le verre sur la table d'un geste sec et prit subitement un air grave.

– À présent, écoutez-moi bien… Je suppose que Michel vous a parlé de notre ordre, commença frère Arno en attaquant la généreuse portion de spaghettis à la carbonara – une spécialité de la maison – que leur avait servis Miranda.

– Oui, répondit Stéphane en essayant désespérément d'enrouler ses pâtes autour de sa fourchette, comme le faisait le moine avec une technique éprouvée. Mais je vous avouerai que je suis encore un peu dubitatif. Il faut dire que j'ai toujours eu un problème avec la religion.

Frère Arno arrêta un instant sa mastication et fixa attentivement son interlocuteur.

– Qui n'en a pas ? rétorqua-t-il en haussant les sourcils. Si les religions n'existaient pas, les relations avec Dieu seraient plus simples. Et c'est un religieux qui vous parle, Stéphane. Pour autant, êtes-vous athée ?

– Je suppose qu'on peut dire ça, admit le jeune homme. Désolé…

– Pourquoi être désolé ? Au contraire ! s'exclama frère Arno avec bonne humeur. Je préfère de loin les athées aux grenouilles de bénitier, mon cher Stéphane ! Celles-ci sont confites en hypocrisie, tandis que ceux-là, en affirmant leur rébellion contre les idées reçues, accomplissent sans le savoir un premier pas vers la foi véritable… Les athées sont à tu et à toi avec Dieu…

Le gros moine engouffra une large portion de spaghettis comme pour se récompenser de son bon mot. Stéphane était interloqué par la réaction du religieux.

– Vous semblez aimer cultiver le paradoxe, frère Arno…

– … c'est pour cela que, bien que fréquentant la curie

romaine depuis plus de trente ans, je ne suis demeuré qu'un simple prêtre, renchérit frère Arno, la bouche pleine. La foi est une fleur qui pousse dans le terreau du doute, Stéphane. Elle se dessèche sur le rocher des certitudes.

Le moine se servit un grand verre de vin rouge et le porta à ses lèvres épaisses.

– Mmmmh… Vous devriez goûter ce vin. Un excellent Chianti. Il se marie parfaitement avec la carbonara.

Il servit d'office Stéphane, qui avait déjà eu du mal à terminer son verre de Frascati.

– Michel vous a parlé de notre ordre, je suppose ?

– À peine. Si vous voulez bien éclairer ma lanterne…

Le frère Arno ne demandait pas mieux. Il se resservit une large rasade de vin et commença son exposé d'un ton légèrement sentencieux.

– Comme vous le savez, nous appartenons à un ordre secret. Pour des raisons de sécurité, les disciples doivent éviter tout contact entre eux. Tout comme nous n'avons jamais rencontré physiquement le supérieur de l'Ordre. Nous ne connaissons que son nom : le frère El Caro. Nous suivons son enseignement à travers les textes qu'il nous adresse sous format électronique.

Stéphane ne put s'empêcher de tiquer.

– C'est étrange, tout de même, d'adhérer à un groupe dont on n'a jamais rencontré le leader…

Le moine eut un geste évasif.

– Détrompez-vous. C'est une pratique très courante dans les ordres ésotériques. Le maître peut se faire représenter, ou bien il peut entretenir une relation à distance avec ses disciples. Les chamans, par exemple, livrent leur enseignement à travers les rêves, même s'ils se trouvent à des milliers de kilomètres. Le corps physique n'est qu'un véhicule. La pensée est plus importante. Et plus rapide.

Stéphane fit une moue dubitative, mais n'insista pas. Il connaissait en effet les pouvoirs infinis de la pensée humaine. Il en avait lui-même fait l'expérience à travers la pratique des arts martiaux, dans lesquels la force physique était peu de chose sans le soutien de la force mentale. Son intérêt pour les phénomènes aérospatiaux non identifiés et les ovnis l'avait également conduit à fréquenter des individus persuadés que l'espèce humaine était depuis l'origine des temps éveillée, contrôlée, voire manipulée par des intelligences extraterrestres. Il ne repoussait aucune des explications qu'on lui avait fournies pour expliquer les mystères du monde, mais il demeurait pourtant circonspect.

Frère Arno trempa ses lèvres dans son verre de vin et poursuivit son récit.

– C'est de cette manière que le frère El Caro nous a mis au courant des prophéties. Des prophéties dont le contenu annonçait de grands changements dans le monde. Des changements radicaux. Et alarmants…

– Les prophéties ?

– Les prophéties sont des paroles qu'une puissance supérieure, peu importe le nom que vous lui donnez – Dieu, le Saint-Esprit, Yahvé, Jéhovah, les Elohim, Allah ou les petits hommes verts venus de Mars –, inspire à des élus, afin de prévenir l'humanité des tribulations qu'elle va devoir affronter. Les prophètes, tout comme les visionnaires et les voyants, ont reçu le don d'entendre ces paroles venues d'ailleurs et de les livrer aux hommes, pour leur salut. À condition qu'ils les écoutent, bien entendu, ce qui n'est pas toujours le cas. Rarement, en fait…

– Oui, je connais tout ça, éluda Stéphane. Les *Prophéties* de Nostradamus, par exemple. Le seul problème, c'est qu'elles sont tellement tarabiscotées et incompréhensibles que chacun peut les interpréter à sa manière et leur faire dire n'importe quoi. De préférence *après* que l'événement a eu lieu. Il y a aussi les Cassandre, les oiseaux de mauvais augure. Les Témoins de Jéhovah ont annoncé la date de la fin du monde je ne sais combien de fois. Rien ne s'est passé. À la veille de l'an 2000, on pensait que tous les ordinateurs de la planète allaient bugger et qu'une panne informatique géante allait provoquer un énorme séisme économique et financier. Rien ne s'est passé. Un grand couturier reconverti en prophète des dimanches avait commis une série de livres où il annonçait la fin du monde pour...

– ...le 11 août 1999, je sais. Dans le lot, vous avez oublié les calendriers mayas, dont la datation s'arrête brusquement le 21 décembre 2012, ce que les naïfs ont interprété comme l'annonce de la fin du monde. Mais je vous rassure, cette datation est totalement fantaisiste. Des savants ont démontré récemment que la date de 2012 reposait sur une faute de calcul. En réalité, les calendriers mayas vont jusqu'en 2220, soit 208 ans plus tard. Cela nous laisse de la marge...

– Sauf si l'astéroïde LUCIFER vient percuter la Terre dimanche prochain, comme les savants semblent le supposer...

Le moine redevint grave.

– Les savants ne sont pas les seuls à prédire la chute de LUCIFER sur la Terre... Les prophéties l'ont annoncée il y a bien longtemps.

– Quelles prophéties ?

– Les Apocalypses apocryphes, dont celle d'Élie, les prophéties de Malachie, les trois secrets de Fatima, que l'Église a longuement cachés, et la plus importante de toutes, la Prophétie de Pierre...

– Je n'en ai jamais entendu parler, avoua Stéphane.

– *Personne* n'en a jamais entendu parler. Sauf les Fidèles du Prêtre Jean, qui en ont la garde depuis des siècles. Et l'Église, qui essaye de l'accaparer pour la détruire...

– Ah, la fameuse prophétie secrète... Michel y a fait allusion. Mais il ne m'en a pas dévoilé le contenu...

– Il n'en a pas eu le temps, comme vous l'avez dit. Ce qu'il faut retenir, c'est que toutes les prophéties, notamment celles de Malachie et de Fatima, corroborent la Prophétie de Pierre, la première de toutes. Les Fidèles veulent la faire connaître au monde, c'est pourquoi l'Église vient de jeter ses chiens de chasse à nos trousses, les Croisés noirs…

Stéphane Clément se rappela sa folle course-poursuite dans les rues d'Avignon et sur l'autoroute en direction de Roissy, et les trois hommes qu'il avait neutralisés chez lui. Il se souvenait des petites croix rouges brodées sur leur poitrine.

Il but une gorgée de vin rouge.

– Je me suis trouvé moi aussi sur leur route, dit-il d'un ton vague… Je vous raconterai. Mais revenons à cette Prophétie de Pierre. De quel Pierre s'agit-il ?

– De l'apôtre du Christ. Celui dont les reliques et le nom servent de fondement à l'Église catholique installée au Vatican. Vous connaissez la parabole du Christ, dans l'Évangile selon saint Matthieu : « Tu es Pierre, et sur cette pierre je bâtirai mon Église. » Selon l'Église de Rome, cette phrase est à elle seule une justification de son existence, puisqu'elle assure la descendance et l'héritage de l'apôtre Pierre à travers la lignée des papes…

– Et ce n'est pas le cas ? s'étonna Stéphane.

– Ce que cache soigneusement l'Église depuis sa fondation, c'est cette fameuse prophétie, formulée par l'apôtre Pierre au moment de mourir. À propos, vous savez comment il est mort, je suppose ?

– Eh bien… Il a dû mourir en martyr, comme tous les chrétiens de cette époque. Bouffé par les lions, ou quelque chose dans ce genre.

– Pas du tout. Pierre est mort crucifié, comme Jésus. Mais avec une particularité : il a été crucifié à l'envers, la tête en bas.

Stéphane ouvrit de grands yeux.

– Un rituel satanique ?

– Depuis la vogue des films d'horreur, le grand public assimile souvent la croix inversée à un symbole satanique. Les satanistes eux-mêmes l'utilisent comme signe de reconnaissance. Mais la véritable origine du symbole, c'est la croix inversée de saint Pierre. Il circule même sur internet des photos où l'on voit le pape Jean-

Paul II assis dans une chaire surmontée d'une croix inversée. Des petits malins ont vu là la preuve que l'Église était infiltrée par les adeptes de Satan. En réalité, il s'agissait d'une référence au crucifiement de Pierre, en signe d'humilité.

– J'ignorais. Mais la Prophétie de Pierre, dans tout ça ?

– Avant de mourir sur la croix, l'apôtre a jeté une terrible malédiction : « À la fin des temps, une étoile de feu tombera du ciel sur la ville maudite et la colline vaticane. Rome périra dans les flammes, et ce sera la fin du monde ! »

Stéphane Clément jeta un regard méfiant au moine. Même s'il lui avait été recommandé par Michel, il se demandait s'il pouvait lui faire confiance. Il lui semblait exagérément exalté par des croyances auxquelles lui-même avait du mal à adhérer.

– Pour bien comprendre l'enjeu de cette prophétie, reprit le moine, il faut revenir au moment où elle a été proférée par l'apôtre, cloué à l'envers sur sa croix, au milieu du cirque de Caligula et Néron. Deux légionnaires romains étaient présents, chargés de veiller au bon déroulement de son supplice. Ils ont été tellement impressionnés par l'anathème que Pierre avait jeté sur Rome qu'ils en ont fait part à l'empereur Néron. Celui-ci y a vu un encouragement à poursuivre la persécution des chrétiens. Il a même fait soigneusement transcrire cette prophétie sur un parchemin. Il voyait là un moyen de remettre en question la légitimité des chrétiens, au cas où ils chercheraient à s'ériger en Église. Ce qu'ils ont fait, d'ailleurs… Le parchemin contenant la Prophétie de Pierre s'est transmis ensuite d'empereur en empereur, jusqu'à Constantin.

– L'empereur de Byzance, celui qui a arrêté la persécution des chrétiens ?

– Oui. Mais les relations de l'empereur avec l'Église romaine étaient ambiguës. Il avait lui-même dessiné les plans de sa cité afin qu'elle devienne la « Nouvelle Rome ». Car il savait déjà, au IVe siècle de notre ère, que Rome était condamnée, et la lignée des papes avec elle. C'est ce qu'annonçait la Prophétie de Pierre. La

« fin du monde » évoquée par l'apôtre était une allégorie. Il voulait parler de la fin de la tyrannie exercée par Rome sur le monde, à travers ses empereurs puis plus tard son Église. C'est grâce à Constantin que la Prophétie s'est transmise au sein d'une mouvance chrétienne parallèle, qui donna lieu plus tard à l'Ordre des Fidèles du Prêtre Jean…

– Comment cela ?

Le frère Arno plissa légèrement le front, concentré sur son discours.

– Le conseiller et confesseur de Constantin était un chrétien de rite arien, considéré comme hérétique par le concile de Nicée. Or, la doctrine arienne a été reprise par Nestorius, le patriarche de Constantinople de 428 à 431. Le rite nestorien est fondé sur l'idée que le Christ avait non seulement deux natures, mais aussi deux personnes, l'une divine, l'autre humaine. Ce rite a été adopté comme culte officiel dans le Royaume du Prêtre Jean.

– Euh… Vous pouvez traduire ?

– Depuis le concile de Nicée, le Christ est considéré comme une seule personne abritant une double nature, humaine d'un côté, divine de l'autre. Ce qui pose un problème au moment de sa mort sur la croix : car si l'homme Jésus meurt, que devient la nature divine du Christ ?

– Elle renaît grâce à la Résurrection, je suppose.

– Exactement ! Car on ne peut imaginer la mort de Dieu, n'est-ce pas ? Pour les chrétiens de rite nestorien, Jésus est constitué de deux personnes dans un même corps. Lorsqu'il meurt sur la croix, c'est la personne humaine de Jésus qui meurt, comme nous mourons tous. Elle n'a pas besoin de ressusciter, car la personne divine du Christ, elle, n'est pas morte, puisqu'elle est immortelle. Simplement, elle change de véhicule. Elle passe du corps de Jésus à un autre corps, si vous préférez. Elle change d'apparence, mais elle demeure toujours elle-même.

– Mais comment s'opère ce… changement de véhicule,

comme vous dites ? Je n'imagine guère de garages spécialisés dans ce domaine, tenta de plaisanter Stéphane.

– Très drôle... Vous semblez oublier un moyen très simple, attesté depuis des millénaires par les religions orientales, et qui s'accorde parfaitement avec le rite nestorien.

– Et il s'agit de... ?

– ... de la réincarnation, cher ami.

25

Le cardinal Pantalucci avait réintégré son bureau du Vatican après son escapade californienne. Il se remémorait avec une pointe d'amusement la façon dont la soirée du Bohemian Club organisée par Pete Starr s'était déroulée et surtout terminée. Voir ces hommes d'affaires, ces politiciens et ces industriels, faisant partie des personnalités les plus riches et les plus influentes de la planète, s'égarer dans des bosquets en compagnie de nymphes et de faunes, l'avait plongé dans une sorte d'apitoiement désabusé. Décidément, les hommes étaient tous les mêmes, quelle que soit la place qu'ils occupaient dans la société. La chair était leur point faible. Plus encore que la flatterie, les honneurs ou le pouvoir, elle était leur talon d'Achille.

Le secrétaire d'État se réjouissait de ne pas avoir cette faiblesse. Il ne s'agissait chez lui ni d'un sacrifice ni du respect du vœu de célibat qu'il avait prononcé en devenant prêtre, mais d'une indifférence profonde vis-à-vis des pauvres plaisirs que peut procurer un corps, qu'il s'agisse de celui d'un homme ou de celui d'une femme. Que valaient les plaisirs physiques en regard des satisfactions cérébrales qu'occasionnait la mise au point d'une belle machination, d'un complot parfaitement ourdi ou, comble de jouissance, d'un crime joliment fomenté ? Ces délices-là dépassaient de bien loin les frivolités de boudoirs ou les pariades dans les fourrés.

En revanche, le secrétaire d'État était satisfait de son entretien avec John Smith. Il s'agissait d'un homme de sa trempe, guidé avant tout par l'ambition et la quête du pouvoir absolu. Ils s'étaient parfaitement entendus sur les modalités pratiques et financières qui leur permettraient l'un et l'autre de tirer le meilleur parti des événements à venir. Qu'il s'agisse de la chute de LUCIFER sur Terre ou du prochain conclave. Concernant celui-ci, les derniers réfractaires à l'élection du cardinal Pantalucci seraient certainement sensibles à certaines attentions qui leur seraient prodiguées, grâce à la générosité conjuguée du secrétaire d'État et de M. Smith. Et s'agissant de celui-là, ces hommes habitués à gouverner la planète sauraient bien quelles mesures adopter pour se trouver à l'abri de la catastrophe éventuelle, en se déplaçant le plus loin possible du point d'impact annoncé, pour se porter ensuite volontaires afin de reconstruire les pays dévastés.

Annibal Pantalucci décrocha son téléphone et composa un numéro.

– Que Son règne vienne…

– Que Sa volonté soit faite sur la Terre comme au Ciel. Bonjour, Éminence. Enfin, plutôt bonsoir, pour ce qui vous concerne.

– Gabriel, as-tu des nouvelles fiables concernant la pierre tombée du ciel ? On parle de l'Europe du Sud et de l'Italie. Mais je me méfie de ce que dit la presse…

– Pour une fois, elle est bien informée, Éminence. LUCIFER n'a pas varié de sa trajectoire, et son point d'impact est désormais connu, même s'il n'a pas été dévoilé pour éviter un mouvement de panique…

– Et quel est ce point d'impact, Gabriel ?

– Rome.

Le cardinal secrétaire d'État accusa le coup sans broncher. Il marqua une pause, et reprit :

– C'est pour quand ?

– Moins de 24 heures, Éminence. D'ici demain soir, Rome sera entièrement détruite, et dimanche se lèvera sur une Cité du Vatican en ruine. De toute façon, toute l'Europe sera touchée, sauf si les missiles de la NASA fonctionnent et parviennent à détruire ou à faire dévier la trajectoire de l'astéroïde. Mais personne ne peut l'affirmer, malgré les discours apaisants et lénifiants des experts américains. D'où je suis, je puis vous assurer que les probabilités d'une catastrophe planétaire n'ont jamais été aussi élevées. Qu'allez-vous faire, Éminence ?

– Je vais aviser, Gabriel.

Annibal Pantalucci raccrocha et prit le temps d'allumer un cigarillo.

Il ne cédait jamais à la panique. C'était l'un de ses atouts majeurs.

En bon joueur d'échecs, il était toujours en avance de deux ou trois coups par rapport à son adversaire. Même si ce dernier était un caillou géant qui menaçait de détruire le cœur de la chrétienté dans les heures à venir.

Le cardinal émit un halo de fumée bleutée. Être dans l'œil du cyclone pouvait après tout représenter certains avantages. Lorsque la nouvelle de la destination finale de LUCIFER serait connue et que le Vatican se mettrait en émoi, il serait sur place pour calmer et fédérer les esprits. On lui en serait reconnaissant lors du prochain conclave. Même si ce dernier se déroulait dans une chapelle Sixtine en ruine ou bien dans une nouvelle cité pontificale reconstruite aux antipodes. Peu importait l'édifice. Peu importaient les pierres. C'était le pouvoir qui comptait. Le pouvoir suprême.

Évidemment, Rome lui manquerait. La vue sur l'obélisque de la place Saint-Pierre, les cryptes du palais Saint-Ange, les catacombes qui sillonnaient les sous-sols de la capitale italienne, sans compter les petites trattorias où l'on dégustait de l'osso-buco en buvant du Chianti… Mais Rome était moins une ville qu'une idée. Et le Vatican était suffisamment riche et puissant pour édifier une nouvelle basilique Saint-Pierre n'importe où dans le monde.

Cependant, il était grand temps de se ménager la possibilité d'une fuite rapide. Même s'il appelait de tous ses vœux la venue de la lumière nouvelle à laquelle il avait voué sa foi, il ne tenait pas à faire partie des dommages collatéraux.

Il sortit de sa soutane la carte de visite que lui avait laissée John Smith lors de son entrevue dans la villa de Pete Starr. L'homme d'affaires y avait griffonné un numéro de téléphone ultrasecret, auquel le cardinal pouvait le joindre à n'importe quel moment, en cas de besoin.

Pantalucci composa le numéro. On décrocha presque aussitôt.

– John ? Navré de vous déranger. Pantalucci au téléphone.

– Éminence… Que me vaut le plaisir…

– C'est au sujet de LUCIFER. L'astéroïde…

– Oui, j'avais compris, répondit Smith d'une voix grave. Il se dirige tout droit vers Rome, n'est-ce pas ?

– Vous savez déjà ?

– Nous avons les mêmes sources, Éminence, ne l'oubliez pas. Nous savons tout avant tout le monde. C'est l'un des gages de notre puissance. Et de notre réussite…

– En effet, John. Selon nos « sources », comme vous dites, tout se jouera dans les 24 heures… À ce moment-là…

– Vous serez à Washington, près de moi, Éminence, ne vous inquiétez pas. Je vais faire le nécessaire pour affréter un vol spécial prêt à vous emmener loin de Rome le moment venu. Je suppose que c'est la raison de votre appel ?

Annibal Pantalucci eut un petit sourire tout en observant le reflet du saphir de son anneau cardinalice.

– Je ne doutais pas de votre aide, John. Il est bon de pouvoir compter sur ses amis en toutes circonstances.

– C'est tout naturel, Éminence… N'avons-nous pas conclu un accord ensemble ? Les États-Unis seront votre Terre promise aussi longtemps que vous le souhaiterez. Définitivement, peut-être.

Après tout, si Michel-Ange et Léonard de Vinci avaient vécu à notre époque, ils auraient sans doute émigré ici, vous ne croyez pas ? Et je suis certain que le locataire de la Maison-Blanche fera tout son possible pour accueillir une Église en difficulté. Il est acquis à notre cause.

Le sourire du cardinal se fit rayonnant.

– Merci encore pour votre soutien, John. Nous allons réaliser de grandes choses ensemble, j'en suis certain.

– Soyez-en sûr, Éminence. Nous sommes du même clan, ne l'oubliez pas. Le clan des gagnants.

– Très bien, John. Vous me rassurez. D'ici demain, grâce à vous, je foulerai à nouveau le sol américain en ambassadeur d'une Église sans toit.

– Je vous attends, Éminence.

John Smith coupa la communication, puis la reprit aussitôt pour composer un numéro.

– À votre service, Sir.

– L'un de mes jets privés se trouve-t-il actuellement à Rome ?

– Non, Sir. Mais nous pouvons en envoyer un stationné à Londres. À quelle heure doit-il être opérationnel, Sir ?

Par les fenêtres de son bureau, John Smith contemplait le dôme immaculé de la Maison-Blanche. Il lui évoquait un peu celui de la basilique Saint-Pierre. Les deux symboles incontestables du pouvoir mondial. Le pouvoir politique et le pouvoir spirituel.

Mais d'ici 24 heures, l'un de ces symboles serait irrémédiablement détruit.

« Une Église sans toit », avait dit le cardinal.

Quel poids pourrait avoir une Église en exil ?

– Non, ce n'est pas la peine, se ravisa John Smith.

Il raccrocha aussitôt et choisit un havane dans sa boîte à cigares en ébène.

26

– Vous voulez dire… Jésus s'est réincarné ?

– Bien entendu. Jésus s'est réincarné plusieurs fois en deux mille ans. Et l'une de ces réincarnations était le Prêtre Jean lui-même.

Stéphane but une nouvelle gorgée de vin rouge. Il commençait à y prendre goût.

– J'avais entendu parler d'une descendance de Jésus, mais je croyais qu'il s'agissait d'une filiation purement familiale. Jésus aurait épousé la première de ses disciples, Marie-Madeleine. Ils auraient eu des enfants qui auraient été à l'origine des rois de France.

– Il s'agit d'une extrapolation à partir d'un bref passage de l'Évangile apocryphe de Marie dans lequel Jésus embrasse Marie-Madeleine sur la bouche. Ce qui n'est pas suffisant pour fonder une famille, vous l'admettrez… Et à l'époque, le baiser sur la bouche était une simple preuve d'amitié, comme le font encore les Russes de nos jours. Ce contact buccal n'avait pas la connotation érotique qu'il a acquise de nos jours…

Stéphane Clément trouvait que la conversation prenait un tour saugrenu, mais il se garda bien d'en faire la remarque. Il se contenta d'avaler une généreuse gorgée de vin.

Le frère Arno était lancé, et enchaîna aussitôt :

– Un maurassien d'extrême droite du siècle dernier, Pierre

Plantard, mythomane notoire qui avait ajouté à son patronyme le titre fantaisiste de « Saint-Clair », s'était inventé une généalogie remontant aux rois Mérovingiens, eux-mêmes descendants de Jésus et Marie-Madeleine. Il se disait également le Grand Maître d'un ordre ésotérique secret, le Prieuré de Sion, dont auraient fait partie tout au long de l'Histoire des personnalités aussi diverses que Nicolas Flamel, Botticelli, Léonard de Vinci, Nostradamus, Isaac Newton, Victor Hugo, Claude Debussy ou Jean Cocteau. Un sacré mélange, comme vous pouvez le constater. Mais Pierre Plantard de Saint-Clair s'en servit pour se faire passer pour le dernier descendant des Mérovingiens, provenant de la lignée directe de Jésus-Christ.

– Et on l'a cru ?

– Sans formuler la moindre réserve ! Plantard avait même eu le culot d'exhiber un manuscrit de la Bibliothèque nationale attestant de la réalité du Prieuré de Sion. En réalité, il s'agissait d'un faux habilement fabriqué par Plantard et l'un de ses complices expert en canulars, et déposé anonymement à la Bibliothèque en 1956. Finalement, la supercherie a fini par être mise à jour, et Plantard a avoué son imposture en 1993. Il est mort dans l'anonymat en 2000. Trois ans plus tard paraissait un roman qui s'inspirait directement de toute cette affaire pour relancer la thèse du couple Jésus-Marie-Madeleine, du Prieuré de Sion et de la filiation christique des Mérovingiens. Même le nom de Saint-Clair avait été conservé. Le succès fut mondial.

– Je vois de quel roman vous voulez parler, sourit Stéphane. Je savais qu'il s'inspirait de faits réputés réels. J'ignorais qu'il ne s'agissait que de supercheries.

– … ou de fictions, si vous préférez. Avouez tout de même que la théorie d'une réincarnation de Jésus est au moins aussi vraisemblable que celle d'une filiation supposée de Jésus et Marie-Madeleine…

Aux yeux de Stéphane, les deux théories étaient également délirantes, mais il n'en dit rien.

– Mais revenons au Prêtre Jean, reprit le moine. Si vous admettez la théorie de Nestorius, selon laquelle le Christ avait non seulement deux natures, l'une humaine, l'autre divine, mais également deux personnes, l'une mortelle, l'autre immortelle, vous comprendrez mieux comment il pouvait avoir à la fois une ascendance humaine et mortelle, par l'intermédiaire de Joseph et de Marie, et une ascendance divine et immortelle, au moyen de la réincarnation.

– Admettons, répondit brièvement Stéphane.

– Bien, reprit frère Arno d'un air satisfait. À nos yeux, en tant que disciples de cette doctrine, Jésus-Christ ou le Prêtre Jean sont des maillons dans la longue chaîne des messagers divins, à la fois prêtres et rois, qui ont vécu parmi les hommes pour les aider à évoluer, à se perfectionner et à élever leur champ de conscience. Qu'on les appelle prophètes, avatars, bodhisattvas, maîtres spirituels, êtres de lumière ou fils de Dieu, peu importe. Ce n'est qu'une question de mots... Certains d'entre eux ont été très connus de leur vivant et après leur mort, d'autres sont demeurés dans l'ombre, mais ce n'est pas leur personne qui compte, c'est la persistance de leur lignée.

– Si je vous suis bien, la lignée divine de Jésus est liée à une série de réincarnations ?

– Exactement, sourit le moine. Avez-vous entendu parler de Melchisédech, Stéphane ?

Le jeune homme hocha négativement la tête.

– Son nom n'apparaît que brièvement dans la Bible, poursuivit frère Arno. Plus précisément au chapitre 14, versets 18 à 20 du récit de la Genèse. Mais son rôle est essentiel. Son nom signifie « roi de justice » et son titre est « roi de Salem », à savoir « roi de paix ». Il offrit l'hospitalité à Abraham et, au lieu de sacrifier un bélier ou un bœuf, comme il était d'usage, il fit apporter du pain et du vin et, après les avoir bénis, les partagea avec Abraham. C'est le premier sacrifice non sanglant de l'Histoire. Cela ne vous rappelle rien ?

– Si, bien sûr. La Cène où Jésus partage le pain et le vin avec ses douze apôtres. Donc, selon vous, Melchisédech était…

– … de même nature que Jésus ou que le Prêtre Jean, oui. D'ailleurs, le Psaume 110 évoque une parole divine qui affirme : « Tu es prêtre à jamais selon l'ordre du roi Melchisédech. » Un ordre qui annonce celui des Fidèles du Prêtre Jean.

– C'est troublant, en effet, concéda Stéphane.

– Ce n'est pas tout, continua frère Arno. Si vous n'avez jamais entendu parler de Melchisédech, vous ne pouvez pas ne pas connaître les Rois mages, n'est-ce pas, Stéphane ?

Le jeune homme acquiesça en silence, curieux d'entendre la suite.

– Vous devez avoir en tête l'histoire des trois Rois mages venus d'Orient pour adorer le Christ à Bethléem « en suivant l'étoile du berger ». Gaspard, Melchior et Balthazar.

– J'ai déjà vu les santons de la crèche, sourit Stéphane en buvant une nouvelle gorgée de Chianti.

– Ce que vous ignorez peut-être, c'est ce que dit à leur sujet un auteur du XIVe siècle nommé Jean de Hildesheim dans son *Histoire des trois rois*. Il explique que les Rois mages étaient originaires des trois Indes. Melchior, de type occidental, gouvernait la Nubie, la « première Inde ». Balthazar, noir de visage, régnait sur la « deuxième Inde », correspondant au royaume de Godolia et au royaume de Saba, où poussaient l'encens et la myrrhe. Quant à Gaspard, il était roi de la troisième Inde, confondue à l'époque avec l'Asie, où l'on situait le royaume de Tharsis. Les deux premières Indes couvrent approximativement le territoire actuel de l'Éthiopie. C'est là que se situait le Royaume du Prêtre Jean, qui était de leur lignée. Tenez, le plus simple est que je vous lise un passage… J'ai toujours le livre avec moi, pour en consulter quelques pages quand j'ai le temps.

Frère Arno posa sa fourchette à côté de son assiette vide, savamment nettoyée de toute trace de carbonara, et extirpa de sa poche une paire de lunettes et un petit volume défraîchi. Pendant qu'il feuilletait rapidement les pages, Stéphane Clément passa une main sur son visage pour étouffer un bâillement. Il n'avait pas l'habitude de boire et le vin lui montait à la tête.

– Ah ! J'ai trouvé ! s'exclama frère Arno avec son enthousiasme habituel. Écoutez cela : « Les Indiens des royaumes du Prêtre Jean sont bons chrétiens et ont pour patriarche Thomas, auquel ils obéissent en tout, comme nous au pape. (...) Le royaume de Nubie fut dans la première Inde, où régna Melchior, à qui appartint aussi le royaume d'Arabie, auquel tiennent le mont Sinaï et la mer Rouge, sur laquelle, de Syrie et d'Égypte, on navigue aisément. Mais le sultan ne permet à personne de porter au Prêtre Jean, seigneur des Indes, des lettres venant des rois des chrétiens... De la même manière, le Prêtre Jean veille à ce qu'aucun des siens ne passe près du sultan ; c'est pourquoi, ceux qui, de son pays, veulent aller en Judée font, par la Perse, un détour long et pénible... Jadis, cette terre d'Arabie appartenait en entier au Prêtre Jean, elle est maintenant presque entièrement au sultan. Toutefois, afin qu'il soit permis aux marchandises de l'Inde de voyager en paix, jusqu'à ce jour le sultan verse, pour ces contrées, un tribut au Prêtre Jean. »

– Ce qui me gêne, c'est que la « lignée » dont vous parlez est purement chrétienne. Et d'après ce que vous venez de nous lire, votre Prêtre Jean semblait en conflit avec le sultan qui occupait les terres arabes. Apparemment, le royaume idéal du Prêtre Jean était en concurrence avec l'islam, non ? Rien n'a changé par rapport à l'Église actuelle...

Frère Arno afficha un grand sourire. Il jubilait.

– Ah ! C'est là que je vous attendais, Stéphane. L'islam, bien sûr ! Les guerres de Religion, les croisades, le terrorisme ! Mahomet contre Jésus, c'est bien cela ?

Avant que Stéphane ait eu le temps de rétorquer, frère Arno reprit sa démonstration.

– Je vais vous raconter une histoire que peu de gens connaissent. Je précise qu'elle est rigoureusement vraie. Et qu'elle éclaire d'un jour nouveau les relations entre l'islam et la chrétienté. Mais je vois que nos assiettes sont vides... Vous devez absolument goûter à d'autres exemples de *cuccina romanesca*. Que diriez-vous d'une portion de *contorni* avec des *zucchini* grillés ? Et une autre *fojetta* de vin rouge. Parler me donne soif. Miranda !

Frère Arno passa sa commande puis reprit la parole d'un ton confidentiel.

– Mon histoire se passe au VIe siècle de notre ère. Un moine chrétien, initié au rite nestorien, se rendait à La Mecque pour y contempler la fameuse Ka'aba, la pierre noire tombée du ciel. Les Fidèles du Prêtre Jean et ceux qui les ont précédés ont toujours eu un faible pour l'astronomie. N'oubliez pas que les Rois mages étaient des observateurs du ciel ! Bref, ce moine traversait une région désertique et pelée avant d'atteindre le but de son voyage, lorsqu'il rencontra un jeune berger âgé de treize ans accompagné de ses moutons...

Miranda interrompit le récit du moine en apportant un assortiment de légumes grillés ainsi qu'une carafe de Chianti. Frère Arno attendit qu'ils soient servis avant de reprendre son histoire.

– Le moine dont je vous parle avait reçu le don du discernement, et savait jauger la qualité des âmes en faisant abstraction de l'enveloppe physique, de l'âge ou de la position sociale. Dès qu'il vit le jeune berger arabe, il sentit qu'il s'agissait d'un « élu », un émissaire divin. L'adolescent était pauvre et illettré, mais il avait en lui les germes d'un grand prophète. Alors le moine a parlé à l'enfant, il lui a révélé le grand destin auquel il était voué et l'a initié aux connaissances qui devaient lui permettre d'accéder à la position éminente à laquelle il était promis. Puis il le conduisit à La Mecque afin qu'il reçoive les énergies sacrées de la pierre noire de la Ka'aba, l'une des « pierres tombées du ciel » qui ont toujours accompagné l'évolution de l'humanité.

Stéphane Clément se sentait touché par cette histoire, qui ressemblait à un conte philosophique.

– Et qui était cet enfant ?

– Le futur prophète Mahomet, le fondateur de l'islam.

Stéphane marqua le coup. Ce diable de moine avait un véritable talent pour présenter les religions sous un jour nouveau et en dévoiler la face cachée.

– Vous voulez dire que, sans ce moine chrétien…

– … Mahomet aurait peut-être toujours ignoré sa vocation et l'islam ne serait jamais né, compléta frère Arno la bouche pleine. Vous voyez que nous sommes loin des guerres de Religion, mon cher Stéphane… De plus, je dois ajouter que les chrétiens de rite nestorien et les Fidèles du Prêtre Jean étaient présents à la cour des califes de Bagdad, capitale des Abbassides. Ils avaient même le monopole des sciences médicales et philosophiques. Ce sont eux qui ont traduit les principaux textes d'Hippocrate et de Galien sur la médecine du grec en syriaque, puis du syriaque en arabe. Ce sont eux également qui ont appris la médecine aux Arabes, en créant un vocabulaire médical et philosophique spécifique qui a donné naissance à la science arabo-musulmane. Et ceci jusqu'à la prise de Bagdad par les Mongols en 1258. Ce qui n'a pas empêché ces derniers de renier leurs croyances chamaniques pour se convertir au christianisme nestorien pratiqué à Bagdad par l'élite des Fidèles du Prêtre Jean ! En fait, les nestoriens ont évangélisé la plupart des pays orientaux, des trois Indes jusqu'au Malabar et la Chine. En 1220, un auteur nommé Jacques de Vitry a d'ailleurs écrit que « les chrétiens qui habitent la majeure partie de l'Inde sont nestoriens et sujets d'un très puissant prince, que le peuple nomme le Prêtre Jean ».

– Si je comprends bien, les Fidèles du Prêtre Jean ont infiltré toutes les religions, commenta Stéphane d'un ton provocateur.

– Permettez-moi de vous corriger, Stéphane. Les Fidèles du Prêtre Jean et leurs prédécesseurs, les chrétiens de rite nestorien, sont *à l'origine* de toutes les religions. C'est pour cela qu'ils incarnent depuis toujours la religion universelle, celle de la paix et de la tolérance. Souvenez-vous de Melchisédech, roi de Salem, à savoir « roi de paix ».

– Mais si l'Église du Prêtre Jean est aussi influente, pourquoi est-elle restée dans l'ombre durant tous ces siècles ? s'étonna Stéphane en avalant une bouchée de courgettes savoureusement craquantes.

Frère Arno lui jeta un regard malicieux.

– Pour la même raison que les femmes n'ont toujours pas la place qu'elles méritent dans les religions officielles, notamment l'Église de Rome. Pour la même raison que le Vatican a été maudit voici près de deux mille ans par l'apôtre Pierre. Pour la même raison que le pape Jean-Paul Ier a été assassiné au trente-troisième jour de son pontificat.

– C'est l'Église qui fait barrage, c'est bien ça ? interrogea Stéphane. L'Église est votre ennemie ?

– Chut ! Pas si fort ! le coupa frère Arno en regardant autour de lui. Ce n'est pas l'Église en tant que telle, concéda le moine. Mais la force obscure qui est tapie en son sein, et qui aujourd'hui déchaîne toutes ses forces.

Le moine marqua une pause, but une gorgée de vin, et reprit :

– Cette force porte le même nom que l'astéroïde géant qui se précipite vers la Terre.

– Lucifer ?

– Lucifer, ou l'Antéchrist, appelez-le comme vous voulez. Une lecture superficielle de l'Apocalypse de Jean a fait croire que cette entité surviendrait à la fin des temps, avant l'avènement final du Christ. En réalité, elle a toujours été là, depuis le début. Contrôlant tout, régentant tout, les peuples, les nations, les âmes. Si l'humanité échappe à la destruction d'ici la fin de la semaine, elle n'échappera pas au pouvoir de Lucifer, qui s'apprête à instaurer officiellement son règne de tyrannie et de mensonge, par le biais de l'Église romaine et du Nouvel Ordre Mondial.

– L'Église va passer sous le contrôle de Lucifer ? s'étonna Stéphane.

– Elle l'est déjà, affirma frère Arno. Depuis sa fondation. Depuis la Prophétie de Pierre.

– Et le manuscrit de la Prophétie de Pierre, où se trouve-t-il aujourd'hui ? interrogea Stéphane.

Le moine eut un sourire énigmatique.

– Ici même. À Rome. Et c'est moi qui en ai la garde.

Le moine porta le verre de vin à ses lèvres et le but lentement, les yeux fermés, prenant le temps de le déguster comme si c'était le dernier.

– Lorsque je m'en serai défait, cela fera un gros poids de moins sur mes épaules… Le plus tôt sera le mieux. *Andiamo ?* Tant pis pour les *tiramisu*…

Frère Arno reposa son verre de vin vide avec un petit claquement sur la table.

– J'ai mes entrées chez les gardes suisses.

Lorsque frère Arno et son compagnon sortirent de la *Pancia Felice*, ils ne remarquèrent pas la voiture qui, tous feux éteints, les suivait au pas.

27

Annibal Pantalucci alluma un nouveau cigarillo en faisant briller au passage le saphir de sa bague cardinalice. Il exhalait avec délices la première bouffée lorsqu'il entendit retentir la sonnerie de son téléphone privé.

– Que Son règne vienne…

– Que Sa volonté soit faite sur la Terre comme au Ciel, répondit Pantalucci. Que se passe-t-il ?

– Nous avons éliminé la cible n° 1. Mais il y a eu un problème avec la cible n° 2. Il a échappé aux trois hommes qui devaient se charger de lui. Ils sont grièvement blessés.

Le cardinal étouffa un juron.

– Je vous avais dit d'y aller doucement, avec lui. Vous l'avez pris en chasse ?

– Oui, Éminence. Mais il nous a semés sur l'autoroute en direction de Roissy. Il a pris un vol pour Rome.

– Excellent. Et où est-il en ce moment ?

– Il s'est mis en contact avec le frère Arno Saknussem. Nous les avons placés sous surveillance. Ils viennent tout juste de quitter la trattoria où ils se sont retrouvés et se dirigent vers la basilique Saint-Pierre.

– Ne les perdez pas de vue, cette fois-ci !

Le cardinal Pantalucci raccrocha d'un geste sec. En tirant à nouveau une bouffée de son cigarillo, il contempla la place Saint-Pierre noyée de pénombre.

– Tous les chemins mènent à Rome, murmura-t-il en amorçant un sourire.

Il se dit que c'était ici, dans la cité sainte, qu'allait se jouer l'avenir du monde. Et surtout, l'avenir de l'Église. De son Église…

Pantalucci souffla une nouvelle bouffée, tandis que ses yeux s'étrécissaient en deux minces lignes bleues.

– C'est maintenant que le jeu commence vraiment. La partie promet d'être intéressante. Mais il serait dommage d'y assister seul. Que seraient les jeux du cirque s'il n'y avait pas de public pour applaudir les légionnaires et se réjouir du supplice des martyrs ?

Le cardinal reprit son téléphone.

– Augusto ? Rejoins-moi dès que possible au PC de la Garde suisse. Je te préviens, la nuit risque d'être longue…

28

La Garde suisse était la plus petite et la plus ancienne armée du monde. Créée à Rome le 22 janvier 1506, elle comportait cent dix hommes originaires de différents cantons suisses. Ils devaient être célibataires, catholiques romains, avoir entre dix-neuf et trente ans, mesurer plus de 1,74 mètre, bénéficier d'un casier judiciaire vierge, avoir suivi avec succès l'école des recrues des gardes suisses et prêté serment d'allégeance au pape, lors de la cérémonie d'intronisation ayant lieu le 6 mai de chaque année. Cette date commémorait l'anniversaire du sac de Rome, le 6 mai 1527, jour funeste où cent quarante-sept jeunes gardes suisses avaient trouvé la mort.

Sujets de curiosité des touristes en mal de photographies, les gardes suisses rivalisaient de notoriété avec les bonnets à poils des gardes anglais de Buckingham Palace. Ils devaient en effet porter l'uniforme chamarré rouge, jaune et bleu, dont la légende attribuait la création à Michel-Ange, mais qui en réalité était l'œuvre d'un certain Jules Repond, commandant de la Garde qui s'inspira des fresques de Raphaël en 1914.

Leur mission principale était de veiller sur la sécurité du Saint-Père et de ses collaborateurs à l'intérieur même du Vatican, le Corps de gendarmerie de l'État de la Cité du Vatican prenant le relais lors des déplacements du Saint-Père en dehors de la Cité pontificale. Les gardes étaient astreints à de longues stations immobiles aux différentes entrées du palais apostolique, à savoir la cour Saint-Damase, la cour du Belvédère, le Cancello Petriano, ancien Saint-Office, l'Arco delle Campane, où avait lieu toutes les deux heures la relève de la garde, le Portone di Bronzo, la porte Sant'Anna, la Salle Royale, ainsi qu'aux différents étages du palais, face aux bureaux du secrétaire d'État et bien entendu devant les appartements du Saint-Père.

Le PC de la Garde suisse se trouvait à l'entrée du Vatican, au nord-est de la basilique, au pied des appartements du pape. On y avait accès par la porte Sant'Anna, à droite de la place Saint-Pierre. C'est là que frère Arno avait conduit Stéphane, après avoir joint le garde suisse sur son téléphone portable.

– C'est un gentil garçon originaire du Valais, avait précisé le moine. Je l'ai pris en amitié et, curieusement, lui aussi… Il ne peut rien me refuser.

– Je ne savais pas que les visites nocturnes du Vatican étaient autorisées, fit remarquer Stéphane.

– Elles ne le sont pas, confirma le moine. L'enceinte du Vatican et de la basilique Saint-Pierre dispose d'un dispositif de surveillance ultramoderne. Les différents accès sont protégés par des moyens de contrôle électroniques très sophistiqués. Il est impossible de pénétrer dans le Vatican par effraction. Les gardes suisses logent dans la caserne qui leur est réservée à l'intérieur de l'État pontifical, mais ils ont des permissions de sortie. En fait, ils bénéficient d'un jour de congé pour deux jours de travail. Ils peuvent donc circuler librement dans Rome. Et croyez-moi, ils ne s'en privent pas ! Les gardes suisses sont généralement beaux garçons, et curieusement, leur engagement dans l'Église leur procure un certain succès auprès des filles… Allez comprendre. Le prestige de l'uniforme lié à la saveur de la transgression, sans doute. Il faut préciser que, même s'ils doivent être célibataires, les gardes suisses, contrairement aux prêtres ou aux moines, n'ont pas fait vœu de chasteté…

Frère Arno commençait à manifester des signes d'impatience lorsqu'un homme s'engagea sur la place Saint-Pierre et s'approcha d'eux d'un pas désinvolte. Vêtu d'un jean et d'un blouson de type « Bomber », une paire de Nike aux pieds, il ressemblait à n'importe quel jeune homme de son époque. Un grand sourire illuminait son visage semé de taches de rousseur, surmonté de cheveux roux coupés court.

– Eh bien, Aurélien, tu fais des infidélités au costume de Michel-Ange ? lança frère Arno avec un faux air de reproche.

– Vous me voyez me balader dans Rome en culottes bouffantes, coiffé d'un béret alpin, frère Arno ? répondit l'homme d'un ton gouailleur, avec un fort accent valaisan.

– Vous avez la permission de minuit ? demanda Stéphane d'un air suspicieux.

– Pas vraiment ! répondit le Valaisan en consultant sa montre. Nous avons l'interdiction formelle de dormir en dehors du Vatican. Et l'extinction des feux sonne à minuit précise. Je reprends mon service à 7 heures du matin. J'aurai bien besoin de quelques heures de sommeil...

– Alors, ne tardons pas davantage, reprit frère Arno. Je serais navré qu'Aurélien ait des ennuis à cause de moi.

– Suivez-moi, chuchota le garde suisse. Et ne faites pas de bruit. Les officiers ne plaisantent pas avec la discipline...

Le jeune Valaisan s'approcha de la porte blindée dont il déclencha l'ouverture en faisant glisser sa carte magnétique avant de composer rapidement un digicode.

– Vite, entrez, murmura-t-il de son accent traînant qui démentait le sens de son invitation.

Tous les trois se faufilèrent à l'intérieur de l'enceinte privée. À droite s'érigeait l'église paroissiale Sant'Anna dei Palafrenieri. À gauche se trouvait la caserne des gardes suisses.

– Aurélien, rejoins vite ta caserne avant le couvre-feu, chuchota frère Arno. Ne t'inquiète pas, nous serons aussi discrets que des souris.

– Et pour sortir ? interrogea le Valaisan.

– Oh ! On n'entre pas facilement au Vatican, mais il y a bien des façons de s'en échapper ! rétorqua le moine d'un air entendu. Depuis le temps que je vis ici, je connais chaque recoin, chaque porte, chaque issue, chaque passage secret. Le Vatican est un labyrinthe, pas une prison. Et son plan est inscrit là !

Du plat de sa main droite, frère Arno frappa son front.

– Bon courage, dans ce cas, répondit Aurélien. Et bonne nuit chez saint Pierre !

Le garde suisse courut vers l'entrée de la caserne, laissant les deux intrus seuls à l'intérieur du Vatican.

– Nous allons commencer par la chapelle Sixtine, annonça à mi-voix le moine. Suivez-moi…

Les deux silhouettes continuèrent leur chemin, laissant à leur gauche la tour de Nicolas V, siège de la Banque du Vatican, et à leur droite le supermarché et la poste vaticane. Il s'agissait de l'aile commerçante de la Cité pontificale, jouxtant le palais de Sixte V, qui abritait la résidence du Saint-Père, et conduisait à la cour du Belvédère, dont la partie sud était bornée par le donjon Borgia qui lui-même offrait un accès à la chapelle Sixtine.

Frère Arno connaissait effectivement les lieux à la perfection, et s'orientait sans la moindre hésitation entre les différents bâtiments et édifices qui jalonnaient leur périple nocturne. Il savait également l'emplacement des poternes dérobées, dont il faisait jouer les pênes sans la moindre difficulté.

Stéphane Clément ne le quittait pas d'un pouce, marchant du pas le plus léger possible, retenant sa respiration. Il se faisait l'effet d'un collégien participant à une chasse au trésor. Un trésor qui n'était rien moins que la Prophétie de Pierre, le manuscrit dont la révélation risquait de saper les fondations de l'Église de Rome.

Après avoir emprunté quelques détours savants, frère Arno et son compagnon se retrouvèrent dans une vaste salle dont les murs et la voûte en berceau étaient entièrement recouverts de fresques sur lesquelles se posait la froide clarté lunaire issue des douze fenêtres cintrées.

Ils se tenaient au cœur de l'un des lieux sacrés les plus célèbres et les plus visités au monde.

La chapelle Sixtine.

29

– Tout s'est bien passé ? interrogea le cardinal Pantalucci en tirant sur son cigarillo.

– Oui, Éminence. J'ai agi exactement selon vos ordres.

– Très bien, Aurélien. Je te prédis un bel avenir dans le corps des gardes suisses. J'y veillerai personnellement.

Le secrétaire d'État posa paternellement sa main manucurée sur l'épaule du jeune Valaisan qui rougit de fierté.

– Je n'ai fait que mon devoir, crut-il bon d'ajouter. Je suis ici pour servir l'Église. Et protéger le pape…

– Je l'entends bien ainsi, rétorqua Pantalucci avec un fin sourire. Et le futur pape sera toujours reconnaissant vis-à-vis de ses fidèles de la première heure… N'est-ce pas, Augusto ?

Le secrétaire particulier du cardinal s'inclina légèrement en signe d'acquiescement.

– À présent, tu peux rejoindre ta chambrée, Aurélien. Il est près de minuit, l'heure de l'extinction des feux. Ce n'est pas la peine que tu te fasses remarquer par tes camarades.

Le jeune Valaisan s'inclina profondément et quitta la vaste salle de style Renaissance, aux murs chargés de rayonnages de bibliothèque, qui servait de Commandement à la Garde suisse. À cette heure-ci, la salle était vide, mais durant la journée elle résonnait du cliquettement des claviers d'ordinateurs.

– Il est temps de passer dans la salle de contrôle, Augusto. Je tiens à savoir exactement ce que ces intrus sont venus chercher au Vatican.

– Je vous suis, Éminence.

Le cardinal et son secrétaire passèrent dans une salle latérale, occultée par une porte dissimulée dans un des murs de la bibliothèque.

Cette seconde salle était plus petite, plongée dans la pénombre. Des écrans en noir et blanc alignés le long des murs lançaient des lueurs blafardes. Augusto s'assit à la table de contrôle et fit rapidement défiler les images en sélectionnant les innombrables sources d'enregistrement.

La plupart des bâtiments du Vatican faisaient l'objet d'une surveillance permanente, grâce à un réseau de caméras à infrarouges installées dans les angles des plafonds des salles principales. Ainsi, il était possible d'observer et d'enregistrer toutes les allées et venues qui se déroulaient dans l'enceinte de la Cité pontificale. De jour comme de nuit.

– Je les ai repérés, Éminence. Ils viennent d'entrer dans la chapelle Sixtine. Voulez-vous que l'on donne l'alerte ?

– Surtout pas ! Ils ne peuvent plus faire un pas sans que nous ne sachions où ils se trouvent exactement. Ils vont nous conduire d'eux-mêmes vers ce que nous cherchons…

NUIT DU VENDREDI AU SAMEDI

30

Vieille de plus de cinq cents ans, puisqu'elle avait été construite entre 1477 et 1483 pour le pape Sixte IV, dont elle portait le nom, la chapelle Sixtine abritait les fresques des plus grands artistes de la Renaissance.

– Michel-Ange a consacré dix ans de sa vie à réaliser ces fresques, expliqua frère Arno. Il lui fallut quatre ans pour peindre la Genèse puis six autres années pour achever *Le Jugement dernier*. Il travaillait seul, sans aides ni apprentis, à la lumière des bougies, se contorsionnant dans des positions incroyables. Il y a usé son corps et sa santé, et sans doute également son âme… Mais il est parvenu à ce qu'il désirait. Prendre sa revanche sur le Vatican et afficher sur les murs de la chapelle où se retire le Collège cardinalice pour élire chaque nouveau pape les signes de la déchéance de l'Église de Rome et de la malédiction qui pèse sur elle. Pour qui sait regarder, la fresque du *Jugement dernier* est une condamnation de l'Église. Une parfaite illustration de la Prophétie de Pierre.

– Que voulez-vous dire ? s'étonna Stéphane.

Il avait tout naturellement baissé la voix, impressionné malgré lui par l'immensité et la majesté du lieu.

– Je veux dire que Michel-Ange, tout comme la majorité des artistes de la Renaissance, dépendait entièrement des mécènes qui lui passaient commande pour des œuvres de circonstance. Et le principal mécène, à cette époque-là, était l'Église de Rome. Mais comme vous avez pu le constater en notant les vingt-trois ans qui séparent le chantier de la Genèse de celui du *Jugement dernier*, Michel-Ange a dû se passer de son principal pourvoyeur de fonds durant de très nombreuses années. Il n'était plus en odeur de sainteté au Vatican.

– Que s'est-il passé ?

– Un changement de pape, tout simplement. C'est Jules II qui avait commandé le plafond de la Sixtine à Michel-Ange. Les deux hommes avaient des relations houleuses, voire tempétueuses, car le peintre avait un sacré caractère et des exigences de star. Mais le pape admirait son travail et l'avait pris en amitié, malgré ses frasques.

– Ses frasques ? s'étonna Clément.

– Oh, rien de grave. Une courte liaison avec un valet du pape. Cela n'avait rien d'exceptionnel à l'époque, mais Michel-Ange avait tout de même dû s'enfuir à Florence, avant d'être rappelé par Jules II. Bref, l'artiste avait plutôt la belle vie au Vatican. Mais la mort du souverain pontife en 1513 a mis brutalement fin à cette ère de grâce. Les papes suivants, Léon X et surtout l'austère Adrien VI, jugèrent l'artiste trop incontrôlable et trop scandaleux pour lui confier de nouveaux travaux. Michel-Ange claqua la porte de Saint-Pierre de Rome, si je puis m'exprimer ainsi, et se retira à Florence, où il bénéficia de la protection des Médicis. Mais n'oubliez pas que notre peintre était de tempérament susceptible et rancunier : il n'avait pas pardonné à Rome de l'avoir congédié comme un vulgaire employé. Il commença à développer un très fort ressentiment vis-à-vis du Vatican et des papes qui y siégeaient, un ressentiment qui se mua progressivement en franche hostilité, puis en haine. En 1527, il prit parti pour le sac de Rome déclaré par l'empereur Charles Quint.

– Et pourtant, il a bien rejoint le Vatican pour peindre la fresque du *Jugement dernier*, non ? fit remarquer Stéphane.

– Justement ! lança frère Arno avec un accent de triomphe.

Lorsque le nouveau pape Clément VII lui demanda de revenir en 1532 pour brosser les fresques de la chapelle Sixtine, Michel-Ange a bien entendu accepté. Mais à la mort du pape, deux ans plus tard, il a failli tout abandonner. Pour le remotiver, le nouveau pape, Paul III, le nomma architecte, peintre et sculpteur en chef du Vatican en 1535, et le somma de terminer les fresques du *Jugement dernier*. C'est à ce moment-là que Michel-Ange comprit que l'heure de la vengeance avait sonné. Il consacra les six années suivantes à inverser et subvertir de l'intérieur le message de l'Église de Rome, en mettant en scène la Prophétie de Pierre et sa malédiction ancestrale dans sa fresque du *Jugement dernier*. On ne pouvait pas rêver vengeance plus subtile et retorse. Typique de l'esprit des Médicis, dont Michel-Ange était familier…

Stéphane Clément ne parvenait plus à démêler le vrai du faux, et se demandait si le moine n'était tout simplement pas en train de se payer sa tête. Michel-Ange et la chapelle Sixtine étaient connus dans le monde entier. Et les décorations que le premier avait faites de la seconde étaient considérées comme les œuvres d'art les plus fameuses et les plus prestigieuses de tous les temps. Elles ne pouvaient rivaliser qu'avec *La Joconde* ou *La Cène* de Léonard de Vinci, le principal concurrent de Michel-Ange. Comment imaginer que le peintre toscan ait consacré six années de sa vie pour réaliser un chef-d'œuvre artistique absolu par simple désir de vengeance ? C'était de la folie pure…

Frère Arno remarqua la mine suspicieuse de Stéphane. Il extirpa une lampe torche de sa poche et en balaya largement la fresque, s'attardant sur tel ou tel élément afin de le mettre en valeur.

– Je vais sur-le-champ vous donner une illustration concrète de ma théorie, Stéphane. Tout d'abord, je vous fais remarquer que la plupart des personnages sont nus, ce qui est assez incongru à l'intérieur d'un lieu saint, vous en conviendrez.

Stéphane acquiesça d'un hochement de tête.

– Or, cette provocation n'est pas le fruit de mon imagination, continua frère Arno. Elle est le fait de Michel-Ange, qui l'a voulue ainsi…

– Hum, il est vrai que certains corps sont dénudés, admit Stéphane. Mais pas tous, tout de même. Certains sont revêtus de sortes de toges…

– Grave erreur, mon jeune ami ! triompha le moine. Cette fresque ne compte pas moins de quatre cents personnages. L'artiste les a tous peints dans le plus simple appareil, y compris le Christ ! Or, souvenez-vous que Michel-Ange avait mis comme condition à l'exécution de sa commande le fait d'être le maître d'œuvre absolu de l'ouvrage, de peindre seul et de ne laisser entrer personne dans la chapelle tant que son travail ne serait pas entièrement achevé. Imaginez la surprise des cardinaux du Vatican lorsqu'ils ont découvert, le jour de l'inauguration, cette marée de chairs roses et suggestives ! La nudité et la luxure souillaient les murs de la plus sainte chapelle de la chrétienté. Ce fut un beau scandale…

– Et comment a réagi le pape ? Après tout, c'est lui qui avait insisté pour que le peintre réalise cette fresque…

– Vous avez raison, Stéphane. Paul III était bien embarrassé. Sa première réaction fut de faire effacer toute la fresque. Mais il avait engagé durant six longues années l'argent du Vatican dans cette entreprise hasardeuse, et il était difficile de faire comme si rien ne s'était passé. Alors, il a opté pour une solution intermédiaire. Il a fait rhabiller les corps nus.

– Comment ça ? s'étonna Stéphane.

– En faisant peindre des voiles et des tuniques sur les parties compromettantes de l'anatomie des personnages aux postures les plus ambiguës…

– Pour préserver la pudeur du pape, sans doute ? ironisa Stéphane. Et Michel-Ange a accepté ?

– Bien sûr que non ! ricana frère Arno. C'est un peintre de moindre importance – mais à l'obéissance sans faille – qui se chargea de cette mission délicate. Un certain Daniele da Voltera, qui est passé à la postérité sous le surnom peu obligeant de « Braghettonne », le « culottier ». Au XVIIe siècle, le pape Clément XII fit lui aussi recouvrir d'autres personnages. Ce n'est qu'à la suite de la longue restauration qui a eu lieu entre 1981 et 1992 que les chairs de Michel-Ange ont été débarrassées de leurs oripeaux. Et encore, pas toutes, comme vous le faisiez remarquer ! Certaines ont gardé leurs culottes ! Mais la manœuvre était grossière. Les linges dont sont couverts les personnages « rhabillés » ne font qu'attirer l'attention sur les détails qui, s'ils n'étaient point cachés par l'artifice du pinceau, révéleraient des postures plus qu'indécentes.

Stéphane Clément prit le temps d'examiner en détail les figures que lui désignait frère Arno avec le pinceau lumineux de sa torche. Et il devait bien avouer que certaines scènes de ce *Jugement dernier* étaient assez explicites.

Ainsi, du côté gauche de la fresque, une femme agenouillée appuyait son visage sur le bas-ventre d'une autre femme debout, les seins nus, dont le bas du corps demeurait nimbé d'un voilage verdâtre. La plupart des hommes figurés de face étaient gratifiés d'un bout d'étoffe leur dissimulant l'entrejambe. La Vierge elle-même se déhanchait dans une pose sensuelle, que rattrapait le voile bleu qui lui ceignait les reins. Quant au Christ, n'était l'étoffe providentielle qui recouvrait son bas-ventre, il n'hésitait pas à exhiber un corps athlétique, où chaque muscle était parfaitement dessiné. Sa main droite était relevée au-dessus de sa tête, dans un geste d'imprécation, et son regard était dirigé vers le bas.

– Cette représentation du Christ me semble assez peu habituelle, remarqua Stéphane en tendant la main. D'une part, je ne l'imaginais pas aussi jeune et musclé. On dirait un adepte du bodybuilding. Et ce geste de la main… On dirait qu'il jette un sort…

– Bien observé ! rugit frère Arno. Le Christ jette bel et bien un sort, ou plus exactement une malédiction.

– Mais sur qui ?

– Suivez son regard, suggéra le moine. Quel est le personnage que semble maudire le Christ ?

– Je vois un groupe d'hommes. Mais celui qui se détache est un vieillard nu et barbu, assis à califourchon sur un nuage, les cuisses bien écartées. C'est curieux, il tient une sorte de dépouille dans la main gauche. Une peau vide. Et son regard semble narguer celui du Christ. Qu'est-ce que ça signifie ?

– Vous êtes fort perspicace, cher Stéphane ! Le vieillard ombrageux que vous avez remarqué est saint Barthélemy, l'un des patrons de Rome, dont le martyr a été d'être écorché vif. Or, remarquez que la peau vide du saint représente un autoportrait caricatural… de Michel-Ange lui-même ! Les indices sont clairs, non ?

– Euh… Je pense que ma perspicacité me fait provisoirement défaut.

– Je vais vous aider, continua frère Arno. Vous avez bien relevé l'antagonisme qui oppose le Christ et le saint patron de Rome dans cette fresque. Or, les modèles choisis par le peintre pour ces deux figures chrétiennes appartiennent à la mythologie antique. Le Christ a le visage et le corps de l'Apollon du Belvédère, tandis que saint Barthélemy a la physionomie de Marsyas, le satyre phrygien qui osa défier le dieu dans une joute musicale, sous le contrôle des Muses. Le vainqueur devait infliger au vaincu un supplice de son choix… Je vous laisse deviner qui emporta l'épreuve…

– Apollon, je suppose…

– Gagné ! Le dieu parvint à tirer des harmonies parfaites de sa lyre, même en la tenant à l'envers, tandis que Marsyas s'évertuait en vain à émettre des sons de la flûte à deux tuyaux qu'il tenait de Méduse. Le châtiment du satyre fut d'être écorché, comme l'a été saint Barthélemy, avant d'être suspendu à un arbre. Un pin, en l'occurrence…

– Euh… Quel rapport entre les deux scènes ? Pourquoi choisir une allégorie mythologique pour dépeindre une parabole chrétienne ?

– N'oubliez pas que Michel-Ange était initié au symbolisme, et maniait parfaitement les images cryptées, comme les autres artistes de la Renaissance. Ce qu'il faut retenir, c'est que le saint patron de Rome a osé défier le Christ, comme Marsyas a défié Apollon. Et tous les deux ont été châtiés en abandonnant leur peau, suspendue à un arbre, ce dernier pouvant aussi bien représenter le pin méditerranéen que le bois de la Croix.

– Un châtiment cruel...

– Réservé à ceux qui veulent être l'égal de Dieu ! insista frère Arno. C'est le sens même de la Prophétie de Pierre.

– Vous voulez dire que Michel-Ange a voulu démontrer dans sa peinture que le Christ, tout comme saint Pierre, avait jeté sa malédiction sur Rome ?

– Parfaitement...

Stéphane Clément regarda à nouveau la fresque.

– Mais pourquoi le peintre s'est-il représenté sous cette apparence grotesque de peau d'écorché ?

– C'est sa signature. La signature de sa vengeance. La signature en image du sens de la Prophétie de Pierre...

– Je ne comprends pas.

– Michel-Ange a voulu montrer que le Vatican, siège de l'Église de Rome, est pareil à ce lambeau de chair flasque et informe auquel s'accroche Marsyas : une peau vide, exsangue. Il a voulu montrer que le temple de la chrétienté n'est qu'un leurre, un simple bâtiment de pierres dont la pierre d'angle fait défaut.

– La pierre d'angle ? Quelle pierre d'angle ?

– Pierre lui-même. L'apôtre auquel la basilique est consacrée. Il est irrémédiablement absent de ces lieux. L'Église qui se réclame de lui est fondée sur un contresens. L'apôtre en a eu la révélation à l'instant de sa crucifixion. C'est pourquoi il a prononcé sa malédiction. La Prophétie de Pierre...

Stéphane Clément était troublé par ces propos qui remettaient en question le fondement même de la foi de millions de chrétiens. Même s'il se méfiait depuis toujours de la religion établie, il n'aurait pu imaginer qu'elle puisse être à ce point dans l'erreur, et conserver ses fidèles dans l'ignorance de la vérité. Il ne savait plus que penser.

Frère Arno sourit de la mine dépitée de son compagnon. D'un ton enjoué, il reprit :

– Je crois que vous avez besoin d'autres indices pour vous faire une opinion, Stéphane. Je vais me faire un plaisir de vous les révéler. N'ayez crainte, ils ne sont pas loin. Ils se trouvent au cœur de la basilique Saint-Pierre…

31

– Où sont-ils passés ? Je ne les vois plus, s'inquiéta le cardinal Pantalucci.

– Ils ont quitté la chapelle Sixtine, confirma Augusto. Attendez que je me connecte sur les autres caméras de surveillance. Ah, ça y est… Vous voyez ces deux silhouettes sombres ? Ce sont eux. Ils viennent de pénétrer dans la basilique.

Le cardinal eut un petit rire forcé.

– C'est une véritable visite guidée du Vatican à laquelle nous assistons, ma parole ! En pleine nuit, je dois remarquer que cela ne manque pas d'audace… Je me doutais qu'il existait une taupe au Vatican. À présent, il n'y a plus qu'à la suivre à la trace. Es-tu armé, Augusto ?

Le secrétaire du cardinal haussa légèrement les sourcils en signe d'étonnement.

– Non, Éminence. J'avoue que je ne…

– Cela ne fait rien. De toute façon, ils ne pourront aller nulle part. Ils sont coincés ici. Il suffit d'attendre…

Sur l'écran, on distinguait à peine les deux ombres avançant à pas de loup au cœur de l'immense basilique plongée dans l'obscurité.

– Il n'y a pas le son ? demanda le cardinal.

– Les caméras enregistrent les images, mais elles ne sont pas équipées de micros, précisa Augusto.

– C'est bien dommage, soupira le cardinal. Je donnerais cher pour entendre les élucubrations débitées par ce prêtre renégat… Mais cela ne fait rien. Il nous les livrera plus tard. Peut-être pas de son plein gré, mais avec un brin de persuasion, il n'aura plus aucun secret pour nous…

Le cardinal sortit un nouveau cigarillo de son étui et le planta entre ses dents blanches. Il se réjouissait par avance du tour qu'allait prendre cette filature nocturne.

– C'est également à Michel-Ange que l'on doit le plan général de la basilique Saint-Pierre, expliqua frère Arno en désignant d'un geste large l'immense salle où ils se trouvaient. Sur ordre du pape Paul III, en 1547, six ans après l'achèvement du *Jugement dernier*. Le peintre et architecte était âgé de plus de soixante-dix ans. Il n'a accepté, comme pour la fresque, qu'à la condition d'être entièrement libre de ses choix architecturaux. Le pape s'est incliné, une fois de plus, malgré le précédent déplorable dont le Toscan avait été l'artisan. Les autres architectes de talent auxquels il s'était adressé lui avaient fait faux bond. Giulio Romano, qui aurait eu sa préférence, était mort, et Sansovino refusait de quitter Venise. Ne restait que l'ombrageux Michel-Ange, qui déclara avec hauteur : « Je n'entreprends cette tâche que pour l'amour de Dieu et en l'honneur de l'apôtre. » L'apôtre Pierre, bien entendu, dont il put ainsi achever la vengeance.

Stéphane lança un regard dubitatif au moine.

– Vous ne trouvez pas que vous exagérez un peu, frère Arno ? Tout à l'heure, Michel-Ange signait sa fresque d'une peau vide, et à présent…

– Il a signé la condamnation du Vatican dans les pierres mêmes de la basilique. Levez la tête, et vous verrez. Oui, en direction du dôme…

Les deux hommes se trouvaient juste en dessous du fameux dôme de la basilique Saint-Pierre, situé à plus de 130 mètres de haut. Il s'agissait du dôme le plus élevé au monde. Plus haut que le Panthéon. Plus haut que la basilique Sainte-Sophie de Constantinople, transformée en mosquée par les Turcs. Un défi aux lois de la pesanteur. Et un manque certain d'humilité. Ce dôme était une sorte de tour de Babel cherchant à prendre le ciel d'assaut.

– Le chantier existait déjà depuis quarante ans lorsqu'il a été confié à Michel-Ange, poursuivit le moine. Le Toscan s'inspira des croquis de Bramante, mais c'est lui qui conçut le chœur surmonté de cet immense dôme. Il mourut en 1564, avant d'avoir achevé son œuvre, mais il avait laissé derrière lui des plans très précis ainsi qu'une maquette. Ses successeurs n'ont eu qu'à suivre ses indications. Le dôme n'a été achevé qu'en 1590.

– Mais je ne comprends toujours pas en quoi ce dôme magnifique a un quelconque rapport avec la Prophétie de Pierre, s'insurgea Stéphane.

– Regardez l'inscription gravée sur le pourtour de la base du dôme, répondit simplement frère Arno. Que lisez-vous ?

Stéphane prit le temps d'épeler l'une après l'autre les lettres en caractères romains de deux mètres de haut qui entouraient le dôme :

TV ES PETRVS ET SVPER HANC PETRAM AEDIFICABO ECCLESIAM MEAM. TIBI DABO CLAVES REGNI CAELORVM

Frère Arno traduisit aussitôt :

– *Tu es Pierre et sur cette pierre je construirai mon Église. Je te donnerai les clés du royaume des cieux*. Évangile selon saint Matthieu, chapitre 16, versets 18 et 19.

– Pardonnez-moi, mais je ne vois toujours pas où vous voulez en venir, insista Stéphane. C'est une phrase tirée des Évangiles, voilà tout. Je ne vois pas en quoi elle peut se rapprocher d'une malédiction quelconque…

– Savez-vous ce qu'est un acronyme, mon cher Stéphane ?

– En tant que membre du GEIPAN, je suis au courant des petites marottes des astrophysiciens. Un acronyme est une sorte d'anagramme, dans lequel on retient certaines lettres d'une phrase ou d'un nom pour composer un nouveau nom. Par exemple le *Large binocular telescope near-infrared Utility with Camera and Integral Field unit for Extragalactical Research* de l'observatoire astronomique du mont Graham qui a découvert le premier l'existence de l'astéroïde géant se précipitant vers la Terre a pour acronyme LUCIFER. C'est en leur honneur que le météore a été à son tour baptisé ainsi…

– Vous ne trouvez pas la similitude étrange ? insista frère Arno. Vous parlez d'un observatoire astronomique, alors que nous nous trouvons sous un dôme ouvrant sur le ciel.

Stéphane se souvint alors qu'il s'était fait la même réflexion lorsqu'ils avaient longé la basilique en taxi, quelques heures plus tôt. Pour un passionné de la recherche spatiale, le dôme éclairé de Saint-Pierre évoquait irrésistiblement la coupole d'un observatoire. Et le ciel que l'on étudiait sous celle-ci renvoyait au Ciel que l'on invoquait sous celui-là.

– Mais la comparaison ne s'arrête pas là. Cette phrase gravée dans la pierre du dôme dissimule elle aussi un acronyme. Regardez bien…

Stéphane considéra à nouveau la phrase rédigée en latin. Il trouvait le moment bien mal choisi pour se livrer à ce genre d'exercice intellectuel. Le moine était certes un personnage hors du commun, doté d'une grande culture et d'un esprit brillant, bien qu'un peu trop porté sur les paradoxes, mais il commençait à l'agacer avec ses devinettes.

– Je vais vous aider, intervint le moine. En choisissant dans le désordre certaines lettres de cette phrase, vous obtenez les noms suivants : LUCIFER, DIABOLUS et même ANTECHRISTI… Lucifer, le Diable et l'Antéchrist…

Stéphane s'insurgea :

– Vous voulez dire que l'acronyme se trouve dans la phrase même que Matthieu prête à Jésus dans son Évangile ? Suspectez-vous le Christ de…

– Je vous rappelle un passage de l'Ancien Testament : « Ils ont des yeux, et ne savent pas voir ; ils ont des oreilles, et ils ne savent pas entendre. » C'est dans le Livre de Jérémie, chapitre 5, verset 21. La Bible entière est un cryptogramme, basée sur un code secret. L'enseignement de Jésus ne se faisait que par paraboles, une autre façon d'encourager ses disciples à chercher un sens caché à ses paroles...

– Ces mots secrets agiraient comme des messages subliminaux dissimulés dans la phrase évangélique ? C'est un peu tiré par les cheveux mais assez troublant, je dois le reconnaître, avoua Stéphane.

Le moine écarta les mains en levant les yeux au ciel, comme s'il était en oraison.

– Les voies de Dieu sont impénétrables, dit-on. Les rationalistes prétendront qu'il ne s'agit que d'une coïncidence, la distribution de certaines lettres ayant statistiquement plus de chance d'entrer dans la composition d'un plus grand nombre de mots. Mais on peut tout aussi bien suggérer qu'en prononçant cette phrase, livrant à Pierre les clés du royaume des cieux tout en l'instaurant chef suprême de l'Église sur terre, Jésus a cherché *de façon subliminale*, comme vous venez fort justement de le remarquer, à prévenir l'apôtre du danger qui planait sur lui et l'Église si l'un et l'autre cherchaient à rivaliser avec Dieu, comme le satyre Marsyas le fit avec Apollon. L'Église de Pierre deviendrait alors celle de Lucifer et de l'Antéchrist. C'est le sens même de la Prophétie de Pierre.

– L'Église de Lucifer ? Rien que ça ? ricana Stéphane. Le pape serait donc l'Antéchrist ?

– Le prochain pape, certainement, répliqua frère Arno d'un ton grave. En tout cas celui qui est donné comme favori dans les intentions de votes du Sacré Collège. C'est pourquoi il est urgent de dévoiler enfin la Prophétie de Pierre. Il est temps de nous rendre dans la crypte où sont conservés les tombeaux des papes. Et celui de saint Pierre...

32

Le ciel commençait à mêler les rayons rougeoyants du soleil couchant aux brumes qui montaient de la baie de San Francisco, dans un entrelacs de mauve et de parme qui noyait l'horizon en une zone irréelle. Le regard se perdait, cherchant en vain un repère à quoi s'accrocher.

Pete Starr aimait cet instant magique où San Francisco basculait dans un autre monde.

L'ex-musicien de rock ne manquait jamais ce rendez-vous quotidien où, depuis sa terrasse, il s'abîmait dans la contemplation d'un rêve inaccessible, bercé par les envolées de la musique psychédélique que diffusaient les enceintes de sa chaîne. Un déluge de synthés gonflés par des effets d'échos et de réverbération qu'il avait enregistré lorsqu'il était encore un interprète adulé par les fans, dans ces lointaines années soixante-dix dont il avait conservé la nostalgie.

Un léger bruit vint perturber sa rêverie. Pete tourna la tête vers le salon. Il avait perçu, plus qu'entendu, une sorte de frôlement, de glissement dans l'appartement. Rien de distinctif. Comme le pas feutré d'un chat. Mais Pete n'avait pas de chat, et aucun être vivant, qu'il soit humain ou animal, n'aurait pu s'introduire dans sa demeure sans être aussitôt détecté.

Pete Starr vivait seul, et l'accès de sa villa était protégé par des caméras de vidéosurveillance et un système d'alarme. Le tout à la pointe de la technologie. Il n'avait rien à craindre. La protection dont il bénéficiait le rendait intouchable.

Rassuré, le musicien se replongea dans sa contemplation.

Le soleil plongeait à présent dans l'océan, enflammant la baie empourprée de ses rayons de feu.

Les nappes de synthés et de mellotron envahissaient l'espace.

Un espace illimité débarrassé des contingences méprisables de la vie sur Terre que Pete avait toujours cherché à fuir avec les moyens à sa disposition : les drogues, l'alcool, le sexe, la musique et même la méditation transcendantale. Mais ces paradis artificiels ne valaient pas le paradis véritable, celui auquel Pete aspirait au plus profond de lui. Son attachement aux pierres venues de l'espace n'était-il pas une façon de chercher à accumuler des poussières d'étoiles, de posséder des fragments de ciel ? Ce ciel immense devant lequel il se tenait debout, comme chaque soir, prêt à s'envoler.

Un autre bruit se fit entendre. Plus net, celui-ci. Le bruit d'une pierre qui percute le sol.

Avant même que Pete Starr ait eu le temps de réagir, il vit l'une de ses météorites frôler ses jambes, percuter le rebord de la terrasse et tomber dans le vide.

Pete se précipita vers la balustrade, mais il était trop tard. La pierre céleste dévalait la falaise à une vitesse stupéfiante.

C'est alors qu'il perçut à nouveau le frôlement.

Juste derrière lui.

Il n'eut même pas le temps de se retourner.

Une sidérite à forte teneur en fer vint lui fracasser le crâne, faisant jaillir des esquilles d'os et des morceaux de cervelle qui giclèrent sur la terrasse.

Pete Starr s'écroula à terre, les yeux remplis de soleil et de sang.

33

Après avoir franchi une grille et descendu un escalier en spirale, Stéphane Clément et frère Arno se retrouvèrent dans les fameuses grottes vaticanes, situées à l'aplomb de la nef centrale de la basilique Saint-Pierre, sous le maître-autel surmonté du baldaquin à quatre pilastres du Bernin, à environ trois mètres sous terre.

Il s'agissait d'une véritable église souterraine, dont les dimensions correspondaient à l'ancienne basilique, édifiée par Constantin au IVe siècle. Une église, ou plus exactement une nécropole, car elle était truffée de niches abritant des tombeaux et des sarcophages savamment ouvragés, composés de bois et de métaux précieux. La plupart étaient agrémentés de gisants de marbre, représentant les pontifes défunts en habits sacerdotaux, les bras croisés sur la poitrine.

Se trouvaient là les tombes de 148 papes sur les 265 qui s'étaient succédé sur le trône de saint Pierre. Le dernier à y avoir été inhumé était Jean-Paul II en 2005. Son corps reposait dans une niche aménagée en cellule de monastère, recouvert d'une simple dalle de marbre blanc de Carrare.

Stéphane Clément était impressionné par cette accumulation de mausolées défiant les siècles. Il se trouvait confronté à deux millénaires de chrétienté, dont chaque étape était jalonnée par la tombe d'un pape. Le froid et l'humidité qui régnaient dans cette crypte ajoutaient à l'ambiance à la fois imposante et funèbre qui se dégageait du lieu.

Sans se concerter, ils progressaient en silence. Les paroles semblaient vaines face à ces gisants de pierre assoupis dans la mort.

Frère Arno continuait à avancer, dirigeant vers le sol le pinceau de sa lampe torche. Il semblait parfaitement connaître son chemin, bien que la nécropole fût plongée dans l'obscurité.

Il s'arrêta bientôt devant une grille ronde encastrée dans le sol.

– C'est ici, dit le moine à voix basse. Le passage vers la seconde nécropole, la plus ancienne. Celle où se trouve le tombeau de l'apôtre Pierre. Aidez-moi à l'ouvrir…

Sans discuter, Stéphane se mit à genoux et entreprit de tirer sur la grille qui, en effet, paraissait soudée au sol. Frère Arno tirait lui aussi autant qu'il pouvait, soufflant comme un bœuf. Mais ses efforts étaient vains.

– Sauf votre respect, vous me gênez plus qu'autre chose, frère Arno, lança Stéphane. Laissez-moi faire.

Le moine s'écarta pendant que Stéphane bandait les muscles de ses bras, se concentrant entièrement sur l'obstacle à franchir. Il prit une longue inspiration puis, en poussant un bref cri perçant, il tira d'un coup sec sur la grille qui s'ouvrit dans un grand bruit de ferraille.

Le jeune homme se redressa, le front en nage malgré la fraîcheur de la crypte.

– À présent, reprit frère Arno, nous allons descendre dans la terre sacrée de l'Église de Rome, là où se trouve la pierre angulaire de tout son édifice matériel et spirituel. Là où tout a commencé, voici près de vingt siècles…

Le moine s'engagea dans l'étroit goulot qui conduisait tout droit dans les entrailles de la terre.

– Je ne les vois plus ! s'impatienta le cardinal Pantalucci en écrasant son cigarillo sur le sol.

Augusto hésita avant de répondre.

– C'est que… On dirait bien qu'ils ont franchi la grille qui sépare la nécropole papale de l'ancienne basilique de Constantin. L'accès en est pourtant rigoureusement interdit. C'est là que se trouve…

– Je sais ! coupa le cardinal d'un ton brusque. Et je suppose que l'ancienne basilique n'est pas sous vidéosurveillance ?

– Euh… Non, Éminence. Personne n'est censé s'y rendre, alors pourquoi la surveiller ?

– Décidément, il est grand temps que l'Église se modernise. Du point de vue de sa sécurité, en tout cas. J'y veillerai, lorsque le moment sera venu. Mais pour l'instant, il faut agir, Augusto…

– Voulez-vous que nous appelions les gardes suisses, Éminence ?

– Laissons les gardes suisses où ils sont, répliqua le secrétaire d'État. Je connais des alliés beaucoup plus efficaces et déterminés… Ils se feront un plaisir de poursuivre la filature…

34

Frère Arno et Stéphane Clément avançaient l'un derrière l'autre, dans l'obscurité la plus totale, n'était la lampe torche que le moine tenait à bout de bras. Ils se trouvaient au niveau le plus profond des grottes vaticanes, dans les fondations les plus anciennes, là où, dix-sept siècles plus tôt, Constantin avait fait édifier la toute première basilique à l'endroit même où l'apôtre Pierre avait subi son supplice. C'était comme s'ils avaient remonté le temps, aux origines mêmes de la chrétienté, lorsque les premiers disciples du Christ devaient se cacher pour pratiquer leur culte.

Ici, dans le ventre de la terre, il n'était plus question de marbre blanc, de pilastres de bronze, de dôme jeté à l'assaut du Ciel, de sculptures élancées et de fresques majestueuses. On était loin du faste et de la pompe qui régnait dans la basilique Saint-Pierre. Tout était noir, froid, humide. Les deux visiteurs foulaient de leurs pieds la terre meuble, d'où s'exhalaient des senteurs grasses d'humus. L'humus, le terreau originel, la poussière d'où l'homme avait été tiré et où il devait retourner. *Tu es poussière, et tu retourneras à la poussière.*

– On a du mal à respirer, chuchota Stéphane. Je me sens oppressé. Il me semble que je viens de pénétrer dans mon propre caveau.

– C'est normal, lorsqu'on vient ici pour la première fois,

constata frère Arno. J'ai éprouvé ce même sentiment, jadis. Il y a longtemps, bien longtemps… L'impression d'être confronté à sa propre mort. Maintenant, cela ne me fait plus rien. Je suis devenu familier avec l'idée de ma fin prochaine. Mais lorsqu'on est jeune…

Le faisceau lumineux de la lampe jetait des lueurs blafardes sur le décor funèbre de cette nécropole profondément enfouie, cette ville des morts où les vivants se faisaient l'effet d'être des intrus, entrés par effraction dans un univers qui ne leur appartenait pas encore. Un univers étrange et angoissant, soumis à ses propres lois, exigeantes et austères, dont ceux qui n'avaient pas franchi les portes de l'au-delà ne pouvaient avoir la moindre idée.

Les deux pèlerins improvisés se frayaient un passage entre les mausolées abandonnés, les tombes aux plaques de marbre fracassées, les monuments funéraires en ruine, les sarcophages brisés, d'où s'échappaient des ossements où pendaient encore de misérables chiffons de chair. Personne ne venait jamais ici, et les tombeaux n'étaient plus entretenus.

Des piliers s'élevaient entre ces barques des morts, échouées sur les rives de l'Autre monde, pareils à des mâts alignés le long des quais d'un port funèbre. L'air était lourd, irrespirable, chargé d'odeurs de pourriture et de vapeurs méphitiques.

Soudain, Stéphane fit un faux pas et poussa un juron.

– Ça va ? s'alarma le moine.

Frère Arno revint sur ses pas et éclaira une cavité où le pied de Stéphane s'était enfoncé.

– C'est une chambre à libation, expliqua le moine. Ici, le sol est truffé de ces garde-manger pour les morts. Faites attention où vous mettez les pieds… Ces chambres remontent au IVe siècle. Les chrétiens étaient alors majoritairement favorables aux thèses ariennes et nestoriennes, malgré leur condamnation par le concile de Nicée. Ces thèses impliquaient, comme vous le savez, la croyance en la réincarnation. Pour eux, les morts ne devaient pas attendre le Jugement dernier pour connaître la résurrection de la chair. Ils étaient comme en repos, dans l'attente d'intégrer un nouveau corps afin de poursuivre leur mission sur terre. C'est pourquoi les vivants nourrissaient les défunts en leur faisant des offrandes de lait et de miel. Cette tradition s'est perdue depuis longtemps dans notre monde occidental prétendument « civilisé ». Elle ne subsiste que dans de rares lieux qui ont conservé intacte leur mémoire originelle. Dans les montagnes de Crète, à Anoghia et Ideon Andron, la grotte de Zeus, par exemple. Mais il s'agit d'une autre histoire…

Ils continuèrent à avancer en silence entre les tombes en redoublant de précautions.

Frère Arno s'arrêta tout à coup. Le faisceau de sa lampe braqué sur un mur de terre, qui marquait les limites de la nécropole.

– C'est ici, dit-il simplement.

Dans le mur était creusée une niche protégée par une paroi de verre, au fond de laquelle se trouvait un sarcophage. Un sarcophage en terre cuite, sans dorures ni fioritures, dont le couvercle avait subi l'usure du temps et accusait de nombreuses fissures. Nulle inscription n'était gravée sur la tombe, pas plus qu'autour de la niche. Mais frère Arno était sûr de lui :

– Voici le tombeau de Pierre.

Stéphane Clément contempla avec émotion la relique sacrée attestant du supplice du premier des apôtres. Plongé au cœur de cette nécropole obscure et ténébreuse, il aurait pu se croire revenu au Ier siècle de la chrétienté.

Mais frère Arno ne paraissait pas plus impressionné que cela par ce vestige ayant échappé aux injures du temps.

– C'est en tout cas le tombeau où, si l'on en croit l'Église, reposent les ossements du premier des apôtres, reprit-il de sa voix docte. Cette tombe cachée au bout de la nécropole est, pour les catholiques romains, le socle même de leur foi. C'est la pierre angulaire sur laquelle Jésus lui-même a fondé son Église, en confiant à l'apôtre la mission d'être son représentant sur terre tout en en lui livrant les clés du royaume céleste. C'est le fondement même de l'Église, et de la longue lignée des papes qui se sont succédé sur le trône de saint Pierre depuis deux millénaires. Ce tombeau, et ce qu'il contient, justifie à lui seul les vingt siècles d'hégémonie religieuse qu'a imposée l'Église catholique romaine. À condition, bien sûr, que l'apôtre Pierre soit *réellement* dans cette tombe…

– Pourquoi n'y serait-il pas ? s'étonna Stéphane. Je pensais que le choix de la construction de la basilique Saint-Pierre avait justement été guidé par le lieu où l'apôtre avait été crucifié et enterré…

– Crucifié, sans doute, concéda frère Arno. Mais enterré, rien n'est moins sûr.

– Qu'est-ce que vous insinuez ? répliqua Stéphane.

Frère Arno s'éclaircit la gorge et caressa sa barbe avant de reprendre son discours.

– La nécropole où nous nous trouvons se trouve au nord du Circus Vaticanus, au pied de la colline vaticane où l'apôtre a été crucifié. C'est là que Constantin a fait construire l'abside de la basilique ancienne. Une longue tradition, entretenue par l'Église, a affirmé que Pierre avait été inhumé sur les lieux mêmes de son supplice. Une tradition qui renforçait au sens propre la parole du Christ : « Tu es Pierre, et sur cette pierre je bâtirai mon Église… » Mais hélas, et cela durant des siècles, aucune confirmation matérielle n'est venue étayer ce qui, en réalité, n'était qu'une hypothèse. L'apôtre était peut-être enterré quelque part, dans les fondations de la basilique, mais personne n'était en mesure de le prouver. Vous connaissez l'adage en usage dans la police : « Pas de corps, pas de crime. » C'est exactement la même chose avec la religion : pas de tombe, pas d'Église.

– C'est une manière un peu rapide de voir les choses, fit remarquer Stéphane.

– Je le reconnais, concéda le moine. Mais avouez que cette absence de tombe clairement identifiée était embarrassante aux yeux du Vatican. Durant les nombreux siècles où l'Église était toute-puissante, et où ses dogmes n'étaient pas remis en question, la question pouvait être considérée comme secondaire. Les fidèles croyaient sans preuve, ce qui facilitait les choses. Mais la montée du rationalisme au XXe siècle a commencé à donner du fil à retordre à la Congrégation pour la doctrine de la foi. Si le tombeau de Pierre était découvert, l'Église pourrait enfin asseoir définitivement sa légitimité, non seulement aux yeux des fidèles, mais à la face du monde entier. Lorsque la Seconde Guerre mondiale a éclaté, avec son cortège d'horreurs, la foi des chrétiens les plus endurcis a commencé à vaciller. Si Dieu existait, pour quelle raison laissait-il se perpétrer tant de crimes ? C'est à ce moment précis que le pape de l'époque, Pie XII, a lancé une vaste campagne de recherches archéologiques pour retrouver la tombe perdue. Et ce, dès 1940.

– J'ignorais cela, constata Stéphane. Le contexte politique de l'époque a donc incité le pape à rechercher une tombe demeurée inconnue depuis le Ier siècle ?

– Exactement, approuva le moine. Une telle découverte aurait sauvé l'Église de la perte de foi qui commençait à s'amorcer. Cela valait la peine d'y consacrer une partie des immenses bénéfices réalisés par l'Institut des Œuvres religieuses, à savoir la Banque du Vatican, qui bénéficiait depuis une dizaine d'années des exemptions fiscales accordées par Mussolini et de l'impôt ecclésiastique fourni par Hitler. De l'argent dont l'origine était assez contestable, mais dont l'emploi à une sainte cause pouvait aider le Vatican à redorer son blason.

– Vu sous cet angle, le projet de Pie XII paraît inspiré par des motivations nettement moins nobles.

– Je ne vous le fais pas dire, renchérit le moine. D'autant plus que ces fouilles ont été réalisées dans le plus grand secret. Les révéler publiquement, c'était faire prendre à l'Église le risque de reconnaître, en cas d'échec, qu'il n'y avait pas de tombe. Pie XII ne voulait pas que son projet se retourne contre lui. Cela dit, il a dû s'armer de patience, car les recherches ont duré dix ans.

– Dix ans ? s'étonna Stéphane.

– Oui, il fallait bien cela pour retrouver une tombe qui n'existait peut-être pas. Mais la longue attente du pape a finalement été récompensée. En 1950, les archéologues ont mis au jour, sous l'autel de l'ancienne basilique, une tombe remontant au Ier siècle. Sur un mur, ils déchiffrèrent une phrase en grec qui disait : « Pierre est ici ».

– Ils avaient donc retrouvé le tombeau de Pierre ? l'interrompit Stéphane.

– Peut-être. En tout cas, Pie XII a aussitôt fait une déclaration radiodiffusée dans laquelle il affirmait : « Il a été trouvé le tombeau du Prince des Apôtres. » Mais un problème demeurait, et de taille…

– Quel problème ?

– Le tombeau était vide. La tombe datait bien de l'époque où Pierre avait été crucifié, mais elle ne contenait aucun ossement, aucune relique, pas le plus petit morceau de tissu. Une tombe vide, désespérément vide. Et le graffiti retrouvé sur le mur ne pouvait pas non plus faire office de preuve. Après tout, rien ne permettait de dire que ce « Pierre est ici » se rapportait à l'apôtre. Pierre était un nom courant, surtout au début de la chrétienté.

– Donc, l'annonce du pape était mensongère, conclut Stéphane.

– Il n'avait pas dit que le corps de Pierre avait été retrouvé ; il s'était contenté de parler du tombeau.

– C'est un peu comme si un chasseur de trésor exhumait une malle du fond des océans en proclamant qu'il n'y a rien dedans…

– Je constate avec plaisir que vous avez aussi mauvais esprit que moi, mon cher Stéphane ! exulta frère Arno. Mais Pie XII ne voulait pas en rester là, et demanda la poursuite des recherches. La tombe ne lui suffisait pas. Il lui fallait la preuve que l'apôtre avait bien été enterré là. Il lui fallut attendre trois nouvelles années. En 1953, les archéologues trouvèrent enfin, dans une niche aménagée dans un mur perpendiculaire, les ossements d'un homme qui devait avoir entre soixante et soixante-dix ans, enveloppé dans un tissu pourpre tressé de fils d'or.

– Le corps de saint Pierre ?

– Rien ne permettait de l'affirmer. C'étaient les restes d'un homme qui avait été inhumé là, voilà tout. L'étoffe précieuse dans laquelle il était enveloppé laissait supposer qu'il s'agissait d'un homme de haute extraction. C'est tout. Le rapprochement avec saint Pierre était impossible à établir. Et puis, si les ossements appartenaient bien à l'apôtre, pourquoi avaient-ils été dissimulés dans une niche, laissant son tombeau vide ? À moins que le tombeau retrouvé en 1950 n'ait jamais abrité aucun corps, et surtout pas celui de l'apôtre. Il s'agissait peut-être simplement d'une sorte d'hommage datant du temps de Constantin. Un tombeau vide, placé sous l'autel, symbolisant la présence invisible de saint Pierre. Cela pouvait satisfaire les chrétiens vivant au temps de Constantin, mais pas ceux de la seconde moitié du XXe siècle. Bref, Pie XII lui-même déclara forfait. Ce n'est qu'en 1958 que Paul VI, le nouveau pape, ressortit cette vieille affaire en déclarant qu'il devait « s'agir selon toute probabilité des restes du corps de saint Pierre ». Il y avait beaucoup d'hésitations et de conditionnels dans sa prise de position, mais le dogme de l'infaillibilité du pape compensa largement ces doutes. Depuis plus d'un demi-siècle, le Vatican s'est enfin forgé la légitimité qui lui manquait : le corps de saint Pierre repose bien dans les fondations de la basilique, dont il est la pierre angulaire. Et personne, au sein de la Cité vaticane en tout cas, ne se permettrait de remettre en question cette affirmation. Mais il y a un hic…

35

Le père Gabriel Andréa ne parvenait plus à détacher son attention de l'astéroïde qui grossissait à vue d'œil dans l'objectif du télescope géant. Cette masse énorme, dont rien ne semblait devoir ralentir l'inexorable progression, avait quelque chose de fascinant. Terrifiant, bien sûr, mais fascinant, avant tout.

Il y avait autre chose que la peur dans les sentiments qui se bousculaient dans la tête et le cœur du jésuite. Il n'aurait su dire quoi avec exactitude. De la curiosité, sans aucun doute. Mais également une attente. Presque un espoir.

Après tout, ne fallait-il pas détruire avant de reconstruire ? LUCIFER allait faire des dégâts incommensurables. Il allait sans doute rayer Rome et le Vatican de la carte. Il allait détruire des villes entières, ruiner des continents, tuer des millions d'innocents. Peut-être des milliards.

Andréa murmura pour lui-même :

– Et alors ? Personne n'est innocent, sur cette Terre. Personne ne mérite vraiment d'y vivre. C'est peut-être cela, la raison d'être de LUCIFER. Non pas détruire le monde, mais l'épurer. Le rendre à son innocence originelle, que les hommes ont souillée par leur ambition démesurée à vouloir tout contrôler. Ce n'est pas cet astéroïde surgi du fin fond de l'univers, le véritable fléau, mais l'humanité tout entière, qui a failli dans la mission que lui avait confiée le Créateur.

Le père Andréa entendit une porte claquer derrière lui. Quelqu'un venait de pénétrer dans l'observatoire. Ce ne pouvait être que Samuel, l'astronome de l'observatoire voisin qui lui avait signalé deux jours plus tôt l'apparition de LUCIFER dans le ciel, grâce à son *Large binocular telescope*.

– Sam ? appela le père Andréa sans quitter des yeux l'objectif de son télescope.

Il ne reçut aucune réponse.

– Sam ? répéta-t-il. Tu es devenu muet ou quoi ?

Il abandonna son poste d'observation et se retourna.

Il n'y avait personne.

– Sam ? Ce n'est pas drôle, je t'assure. Montre-toi…

Le père Andréa se demanda s'il n'avait pas rêvé. La solitude dans laquelle il se cloîtrait lui jouait des tours. Cela arrivait fréquemment aux ermites ou aux moines vivant isolés. Ils étaient sujets à des hallucinations ou des acouphènes. Peut-être était-ce son cas ? À force d'observer l'astéroïde à travers la lentille du télescope, il n'était plus maître de ses sens.

Il avança pourtant vers l'entrée de l'observatoire, au cas où Samuel serait resté dehors.

– Sam ? articula-t-il encore, d'une voix plus faible, marquée par une angoisse soudaine.

Un coup fulgurant en travers de la poitrine lui coupa totalement le souffle.

Un homme, dont la pénombre des lieux dissimulait le visage, tenait entre ses mains en guise de massue une lunette astronomique.

Gabriel Andréa se plia en deux sous la violence du choc, incapable de pousser le moindre cri.

L'homme en profita pour lui assener un second coup en travers de la nuque.

Le père Gabriel Andréa s'affala sur le sol.

Il ne verrait jamais la chute de la lumière nouvelle sur Terre.

36

– Il y a un hic, répéta frère Arno.

– Je m'en doute, fit observer Stéphane. Vous connaissant, vous avez gardé le meilleur pour la fin.

Frère Arno sourit largement avant de poursuivre :

– Saint Pierre a été crucifié sous le règne de Néron, en pleine époque de persécution des chrétiens. Et la crucifixion était considérée, non seulement comme un supplice particulièrement cruel et douloureux, mais aussi comme un signe d'infamie. Pensez-vous sincèrement que les légionnaires romains auraient pris le soin d'inhumer leur victime dans un linceul de prix ? La tradition voulait plutôt que l'on abandonne les corps aux animaux sauvages ou qu'on les jette dans le Tibre. La vérité, c'est que le corps de saint Pierre ne se trouve ni dans cette tombe, ni dans une autre. Il a fini dans la gueule des chiens ou le ventre des poissons. Et le tombeau de Pierre ressemble à cette peau desséchée que tient saint Barthélemy dans la fresque du *Jugement dernier*. Une peau vide, un tombeau sans reliques, un temple déserté par l'esprit : tel est le Vatican.

Stéphane Clément demeura silencieux.

– Mais si ce tombeau n'est pas celui de saint Pierre, pourquoi nous avoir conduits jusqu'à lui ? finit par demander le jeune homme.

– Vous allez voir, sourit frère Arno. Mais tout d'abord, nous allons contourner une fois de plus les procédures de sécurité du Vatican.

Frère Arno fit glisser une carte magnétique devant l'œilleton qui commandait l'ouverture de la paroi de verre. Celle-ci s'ouvrit d'elle-même.

– Comment avez-vous eu ce passe ? s'étonna Stéphane. Vous l'avez volé ?

Le moine eut un petit sourire amusé.

– N'oubliez pas que je suis un familier du Vatican depuis trente ans. À l'époque, la tombe n'était pas aussi bien gardée. Lorsqu'on a fait installer ce vitrage avec clé magnétique, je me suis arrangé pour avoir un double…

Les deux hommes approchèrent jusqu'à toucher le tombeau de Pierre.

– Stéphane, je vais une nouvelle fois avoir recours à votre force herculéenne…

Sans laisser au jeune homme le temps de réagir, frère Arno agrippa les bords du sarcophage qu'il tira vers lui.

– Vous n'allez pas…

– Si, répliqua frère Arno. Je vais ouvrir le cercueil de saint Pierre. Ou plus exactement celui qui est prétendu tel…

– Mais… Il s'agit d'une profanation de sépulture, non ?

– Nous n'avons pas le choix. La réponse est ici, dans cette boîte vieille de près de deux mille ans. Stéphane ?

Stéphane saisit à son tour le sarcophage usé afin de le faire glisser jusqu'au bord de la niche.

– Cela suffit, ahana le moine. Inutile de le sortir davantage. Nous pouvons l'ouvrir ici.

Frère Arno tira une grosse lime de sa poche et entreprit de la glisser sous le couvercle lézardé du cercueil de terre cuite pour le détacher de son socle. Le sarcophage était si ancien qu'il n'opposa aucune résistance. Sous la lente pression exercée par le moine, le couvercle pivota sur sa base, laissant entrevoir son contenu.

Frère Arno acheva de dégager l'ouverture du cercueil dont l'intérieur se trouvait à présent à l'air libre.

– Approchez-vous, ordonna le moine, en pointant sa lampe torche à l'intérieur du tombeau.

Stéphane Clément se pencha au-dessus de la sépulture violée, s'attendant à y découvrir les ossements qui, s'ils n'appartenaient pas à l'apôtre Pierre, lui avaient tout de même été attribués par la plus haute instance de l'Église.

Mais le coffret de terre cuite ne contenait nuls ossements ni reliques.

Aucun corps ne reposait dans le tombeau de Pierre.

Il n'était pas totalement vide, cependant.

Tout au fond du sarcophage se trouvait un minuscule étui de cuir dont frère Arno se saisit sans attendre, et dont il extirpa un petit parchemin enroulé sur lui-même.

Posément, le moine déplia le fragile parchemin, sur lequel était inscrite une simple phrase. Il contempla un long instant le fragment avant de le tendre à Stéphane.

Le jeune homme saisit le parchemin avec la plus grande précaution et tenta en vain de le déchiffrer. La phrase, rédigée dans un latin archaïque, était à demi effacée.

Frère Arno traduisit pour Stéphane le contenu du manuscrit :

– « À la fin des temps, une étoile de feu tombera du ciel sur la ville maudite et la colline vaticane. Rome périra dans les flammes, et ce sera la fin du monde ! »

Stéphane Clément tenait entre les mains l'original de la Prophétie de Pierre.

37

Stéphane était estomaqué. Malgré les explications savantes de frère Arno, il n'avait jamais réellement cru en l'existence de cette prophétie. Il pensait qu'il ne s'agissait que d'une simple légende. Désormais, il avait en main la preuve tangible de la malédiction proférée par l'apôtre. Ce fragile morceau de parchemin, vieux de près de deux mille ans, annonçait clairement la chute de Rome et du monde auquel elle était liée. L'Église de Rome risquait de ne pas survivre à cette révélation.

Frère Arno affichait une expression de contentement.

– À présent, vous êtes responsable de ce parchemin, lança-t-il joyeusement. Vous ne pouvez pas savoir à quel point je me sens soulagé… Cela fait trente ans que j'étais le seul à garder ce terrible secret. C'est moi qui, à l'époque, ai caché la Prophétie dans le sarcophage attribué à Pierre. J'étais bien sûr qu'aucun membre de l'Église n'oserait en violer le contenu.

Frère Arno se gratta voluptueusement la barbe avant d'ajouter :

– Ce texte est unique. Remettez-le en sécurité dans son étui de cuir, Stéphane.

Le jeune homme replaça le précieux manuscrit dans son enveloppe.

– Qu'est-ce que je dois en faire ?

– En prendre soin. Ce manuscrit doit être pour vous aussi précieux que la prunelle de vos yeux. Si Michel vous a fait confiance pour cette mission, c'est que vous êtes l'homme de la situation. Et il n'aurait pas pris une décision aussi importante sans l'aval du supérieur de l'Ordre, le frère El Caro. Ce dernier saura bien vous contacter le moment venu…

– Message reçu. Mais comment le reconnaître ?

– Lui le saura. Il sait tout. Et ne se trompe jamais. N'avez-vous pas prêté attention au nom que s'est donné le supérieur de notre ordre ? Épelez les lettres à l'envers…

– O… R… A… C… L… E… Oracle !

– Eh oui ! El Caro signifie Oracle. Il est le gardien des prophéties… C'est sur lui que repose le salut du monde à venir. Mais ne moisissons pas davantage dans cette crypte insalubre. Il est temps de revenir sur nos pas.

Les deux compagnons reprirent leur chemin entre les tombes abandonnées de la nécropole, s'écartant des chausse-trapes et nids-de-poule. Ils s'apprêtaient à s'engager dans l'escalier étroit conduisant vers la crypte où dormaient les papes lorsque des bruits de pas résonnèrent au-dessus de leurs têtes.

Frère Arno s'arrêta net, le visage défiguré par la peur.

– C'est eux, chuchota-t-il avec angoisse. Ils viennent nous chercher…

Frère Arno se mit à dévaler les escaliers au pas de course, suivi de près par Stéphane. Il se faufila entre les sarcophages en ruine avec l'agilité d'une anguille, malgré sa corpulence. Mais ses mains tremblaient et son front était emperlé de sueur.

Un bruit métallique retentit dans l'immense nécropole, se répercutant en écho de mur en mur. Leurs poursuivants étaient en train de dégager la grille.

– Vite, plus vite ! Les anciens souterrains de Rome, souffla le moine tout en avançant précipitamment. Un véritable gruyère, creusé d'une multitude de tunnels et de carrières correspondant aux anciennes voies romaines qui ont été comblées depuis. Il existe un passage au fond de cette nécropole…

Derrière eux, des faisceaux de lampes balayaient les parois de la grotte, cherchant à repérer les fuyards.

Frère Arno éteignit aussitôt sa torche, afin de ne pas se faire repérer, et continua à avancer à tâtons. Il s'accroupit et laissa ses mains glisser le long de l'un des murs latéraux de la crypte, jusqu'à ce qu'elles rencontrent le vide.

– C'est ici ! chuchota-t-il. Heureusement que j'ai conservé une bonne mémoire des lieux. Je vous avertis, le conduit n'est pas large. Il va falloir ramper. Stéphane, prenez la lampe et passez le premier. Lorsque nous serons suffisamment éloignés, vous pourrez la rallumer. Je fermerai la marche.

– Mais… Pourquoi ne passez-vous pas le premier ?

– Je suis plus lourd que vous, je ne ferai que vous retarder. Allez-y, vite ! Et que Dieu vous protège !

D'une main tremblante il accorda au jeune homme une rapide bénédiction.

– Le soleil se lève à l'Orient, sur le Royaume du Prêtre Jean, murmura-t-il d'un ton grave.

Stéphane s'engagea dans le trou noir, qui ressemblait à une sorte de terrier. Rompu aux exercices militaires, il avança rapidement.

Au lieu de le suivre dans l'étroit goulet, le moine rebroussa chemin et se mit à courir entre les tombes de l'obscure nécropole. Il savait que plus jamais il ne verrait la lumière du jour.

38

Frère Arno avait du mal à respirer. Il haletait, bouche grande ouverte, à la recherche d'un peu d'air pour oxygéner ses poumons comprimés. Une douleur intense lui brûlait les chevilles et la paume des mains, et rayonnait dans chaque parcelle de son corps. Il ouvrit les yeux, et vit le monde à l'envers.

Dans les chandeliers accrochés au plafond, les cierges diffusaient leur lumière vacillante vers le bas, éclairant quatre personnages également inversés. Les corps des trois premiers étaient vêtus de combinaisons noires marquées à la poitrine d'une petite croix rouge. Le quatrième était tout de rouge vêtu.

C'est alors que le moine réalisa que ce n'était pas le monde qui était inversé, c'était son regard. Il était suspendu par les pieds, cloué à une croix. Comme l'apôtre Pierre.

Il était nu, et il sentait le sang couler le long de ses jambes.

Il savait très bien qui étaient les hommes qui se trouvaient devant lui. Même s'il ne les avait jamais rencontrés, il connaissait la réputation morbide des Croisés noirs. Et l'impunité dont ils bénéficiaient leur permettait d'avoir accès aux endroits les mieux protégés, afin d'y mettre en scène leurs exécutions. Quant au cardinal, frère Arno le connaissait bien également. Il avait aussitôt reconnu la haute silhouette d'Annibal Pantalucci, le secrétaire d'État donné favori pour le prochain concile. L'un des ennemis les plus acharnés de la cause des Fidèles du Prêtre Jean.

Frère Arno réalisait également dans quel endroit il se trouvait. Au sein même de la basilique Saint-Pierre, et plus précisément dans l'abside, derrière le maître-autel.

Il était crucifié sur la Chaire de saint Pierre, reliquaire abritant la cathèdre attribuée à l'apôtre, surmontée de la *Gloire* du Bernin et son envol d'anges. C'est là que le pape siégeait, dans les grandes occasions, prenant la place qu'était censé avoir occupée le premier des apôtres.

Cette chaire était placée en hauteur, pour bien marquer la suprématie de l'apôtre et de ses successeurs sur les simples mortels. C'est là, dans ce lieu sacré entre tous aux yeux de l'Église, que les bourreaux avaient choisi de le mettre à mort. Ils y avaient planté une croix inversée, et disposé de part et d'autre deux vases de cristal.

Frère Arno aurait pu se sentir flatté de cet honneur, mais il devinait qu'il ne fallait y voir que le signe d'une cruelle dérision.

Le cardinal s'approcha de lui. Du fait de la hauteur de la chaire sur laquelle était plantée la croix, son regard se trouvait très exactement au niveau de celui de frère Arno. Ce dernier lut dans les yeux bleus de son tortionnaire une détermination glacée, presque inhumaine.

Le cardinal s'approcha de l'oreille du moine et se mit à chuchoter :

– Comme c'est dommage de terminer ainsi, tu ne trouves pas ? Pendu par les pieds, comme un vulgaire porc. Le fait que tu sois planté sur la Chaire de saint Pierre n'y changera rien. Tu vas être saigné comme le porc que tu es. Un cochon de renégat…

Le cardinal se tourna vers les Croisés et leur fit signe d'approcher.

L'un des Croisés brandissait une dague. Levant le bras, il commença à en promener la lame effilée sur le visage cramoisi du moine, puis sur sa poitrine et son ventre rebondi. Tantôt il appuyait l'extrémité de la lame, jusqu'à faire éclore une goutte de sang, tantôt il se contentait de la laisser glisser sur la peau huilée de sueur du gros homme. À ses yeux qui s'étrécissaient tandis qu'il accomplissait ces gestes, on devinait sa jubilation.

– Tu sais que tu as fait grande injure à notre saint apôtre en profanant sa tombe ? continua le cardinal. Mais ne t'inquiète pas. Tu te retrouveras bientôt face à lui, pour subir son jugement impitoyable. Avant cela, il va falloir être bien sage et tout nous dire. Plus vite tu parleras, plus vite tu seras libéré de cette enveloppe de graisse que tu dois trouver bien encombrante…

Frère Arno ne répondit pas. Il se trouvait confronté à des tortionnaires pour lesquels la vie et la souffrance humaines n'avaient aucune valeur. Il espérait avoir la force de caractère suffisante pour conserver le silence.

– Tu ne dis rien ? Tu as avalé ta langue ? Tu es tellement gras que tu serais prêt à manger n'importe quoi, pas vrai ? À voir ton ventre, on devine que tu as trop souvent commis le péché de gourmandise. À présent, tu dois faire pénitence…

Sur un geste du cardinal, le Croisé posa la lame de sa dague sur la joue droite de frère Arno et opéra une lente incision. Le sang se mit aussitôt à couler sur sa pommette, puis dans son œil, que le moine ferma aussitôt. On aurait dit qu'il pleurait des larmes de sang.

– *Poverino !* Tu pleures déjà ? Pour une simple petite coupure ? Il est vrai que tu ne dois guère avoir l'habitude de te raser, avec cette barbe. Tu ne trouves pas cela un peu négligé ? Je crois que nous allons t'aider à prendre davantage soin de ton apparence. Tu dois être rasé de frais pour rejoindre ton Créateur…

Le cardinal fit un signe au Croisé noir qui glissa la lame de son arme à l'intérieur de la plaie et la fit pénétrer lentement sous la peau, avant de cisailler la joue recouverte de barbe. Frère Arno se mit à hurler de douleur et à se contorsionner dans tous les sens, mais le Croisé lui tenait fermement la tête de sa main gauche, et décolla entièrement le lambeau de chair couvert de poils, avant de l'arracher et de le jeter à terre.

Le moine avait la joue droite à vif. On pouvait voir ses muscles faciaux tressaillir sous l'impact de la douleur.

– Tu vois, ce n'est pas si difficile, reprit le cardinal. Tu ne te trouves pas mieux avec une joue bien glabre ? Tu ne veux toujours pas parler ? Non ? Dans ce cas, nous allons passer à l'autre joue…

Pantalucci s'écarta afin de laisser le Croisé pratiquer une autre entaille dans la joue gauche du moine avant de la découper à son tour. Il procédait avec une habileté qui démontrait une grande pratique. Le lambeau de chair arraché alla rejoindre celui qui gisait déjà sur le sol.

Frère Arno avait l'impression qu'on avait plongé son visage dans les flammes. La douleur était insupportable, et le sang qui jaillissait de ses plaies l'aveuglait.

– Décidément, cette barbe te vieillissait, reprit le cardinal. Tu sembles beaucoup plus jeune, ainsi. Dommage que tu ne puisses pas profiter longtemps de ce bain de jouvence. Mais à propos, peut-être es-tu disposé à parler à présent ? Alors, dis-moi où elle se trouve… Où est la Prophétie de Pierre ?

Frère Arno hoquetait de douleur, la bouche et le nez encombrés de sang et de mucus. Son visage à vif, aux nerfs sectionnés, demeurait étrangement immobile, comme un masque hideux de carnaval.

– Tu ne veux pas répondre ? Tant pis pour toi… Nous allons poursuivre notre modelage… Tu ne trouves pas que ton ventre est trop gros ? Ce n'est guère esthétique, si tu veux mon avis. Il est temps de dégonfler un peu cette baudruche. Nous allons t'y aider.

Le Croisé posa la pointe de sa dague au sommet du pubis du moine, puis fit une incision jusqu'au niveau de son plexus, en évitant soigneusement de toucher les artères ou les organes vitaux. Le moine devait encore être maintenu en vie, et demeurer suffisamment conscient pour répondre aux questions.

Un long filet de sang noir se mit à sourdre de l'entaille et commença à ruisseler sur la poitrine du crucifié. Les deux autres Croisés saisirent les vases de cristal afin de recueillir le liquide pourpre qui giclait.

– En fait, je me moque de ta réponse, car je la connais déjà. La Prophétie de Pierre est certainement aux mains du jeune homme à qui tu l'as confiée. Mais si tu avais eu la gentillesse de me le dire de toi-même, cela t'aurait évité cette petite opération de chirurgie plastique. Tant pis pour toi. Alors réfléchis bien à la question suivante : où est-il passé ? Par où s'est-il enfui ?

Frère Arno n'en pouvait plus. Il avait hâte que ce jeu finisse, et qu'il puisse enfin rendre l'âme. La mort n'était rien, il le savait. Juste un passage. Mais cette douleur, cette torture, cet acharnement à le détruire à petit feu le rendait vulnérable. Il n'était plus de première jeunesse, et s'était, avec le temps, empâté dans les plaisirs de la paresse et de la gourmandise. Il ne savait pas s'il pourrait résister encore longtemps.

Sur un geste du cardinal, le Croisé plaça la lame de son poignard sur le flanc gauche du crucifié, et pratiqua une incision jusqu'au flanc droit. La nouvelle plaie horizontale formait une croix avec la première. Le moine hurla à nouveau.

– C'est douloureux, n'est-ce pas ? Mais il ne tiendrait qu'à toi d'abréger tes tourments…

Le moine continuait à se taire, se concentrant sur sa douleur et sa mission de gardien de la Prophétie. Il se disait que c'était *sa* douleur à lui, et que les tortionnaires qui la lui infligeaient ne pouvaient rien lui demander en échange. Il ne parlerait pas.

– Tu es têtu. J'ai l'impression que la méthode douce que nous employons avec toi n'est pas la bonne. Nous allons essayer autre chose.

Le cardinal fit signe au Croisé qui, après avoir rangé sa dague, se munit d'une lourde chaîne.

L'homme en noir fit voltiger la chaîne au-dessus de sa tête avant de la projeter violemment contre le corps du crucifié, qui se mit à brailler de plus belle. La chaîne laissa une marque rouge sur la chair tuméfiée, bientôt suivie d'une deuxième, puis d'une troisième. L'homme fouettait le moine, faisant éclater la peau et jaillir le sang que les deux autres Croisés continuaient de recueillir dans les vases de cristal.

Soudain, frère Arno cessa ses hurlements, et son corps roidi par la douleur s'amollit.

– Arrête ! cria le cardinal. Tu es en train de l'achever !

Le Croisé laissa la chaîne tomber à ses pieds, tandis que le cardinal s'approchait du supplicié. Il n'était plus qu'une plaie vive.

Il pencha son oreille vers la bouche de l'écorché, et perçut un léger souffle.

Le moine était encore vivant.

– Parle ! Dépêche-toi ! Parle !

Frère Arno ouvrit la bouche dans un dernier sursaut de conscience, et se mit à ânonner quelques mots.

Le cardinal se pencha encore, pour mieux écouter ce que le moine ruisselant de sang était en train de dire :

– Le soleil se lève... à l'Orient...

Puis ses lèvres cessèrent de bouger. Le cœur du moine n'avait pas résisté à la violence faite à son corps.

Il avait rejoint pour toujours le Royaume du Prêtre Jean.

39

Après plus d'une demi-heure de reptation dans l'étroit goulet sombre et humide où il s'était glissé, Stéphane émergea dans une cavité plus large où il put enfin se tenir debout. Le jeune homme jugea qu'il était suffisamment éloigné de la nécropole pour rallumer la torche. Après ces longues minutes passées dans le noir complet, la lumière lui fit mal aux yeux, et il attendit quelques secondes avant de distinguer normalement ce qui l'entourait.

Il dirigea la lampe en direction du trou d'où il venait de sortir, guettant la sortie du moine.

Il appela doucement :

– Frère Arno… Frère Arno…

Seul le silence lui répondit. Pas un bruit n'émanait du boyau. Clément comprit alors que le moine ne l'avait pas suivi. Trop corpulent pour se déplacer dans l'étroit boyau, il avait préféré faire diversion, laissant ainsi à Stéphane une chance de mettre à l'abri la Prophétie de Pierre.

Ce bon moine était certes assez bavard, mais ne manquait pas de cran. En tout cas, il l'avait guidé consciencieusement dans les arcanes du Vatican. À présent, Stéphane se retrouvait seul, abandonné à lui-même. Dépositaire d'un manuscrit qui pouvait changer la face du monde. Il ne savait pas ce qu'il était censé en faire. Il ne savait même pas où il se trouvait exactement.

Il dirigea le rayon de la lampe autour de lui et distingua une galerie étayée de poutres en bois visiblement très anciennes. Des éboulements avaient eu lieu au fil du temps, et des amas de pierres et de terre jonchaient le sol. Mais l'issue semblait tout de même praticable. Et surtout, il n'avait pas le choix. Il ne pouvait plus revenir en arrière. Il était condamné à s'engouffrer dans les souterrains de Rome, à la recherche d'une hypothétique sortie.

La galerie était suffisamment large pour laisser le passage mais le plafond demeurait bas. Stéphane devait marcher courbé en deux.

Il avança ainsi durant une bonne vingtaine de minutes, contournant les obstacles, se glissant le long de la paroi lorsque le passage était en partie obstrué, sautant par-dessus les rochers affleurant parfois au ras du sol. Le tunnel était à peu près rectiligne, et descendait en pente douce, s'enfonçant de plus en plus profondément dans les entrailles de la ville. Parfois, des accès secondaires s'ouvraient de part et d'autre, mais Stéphane jugea plus prudent de demeurer dans la veine principale. Elle semblait se diriger vers le nord, s'il en jugeait par l'orientation du mur de la nécropole dans lequel se trouvait le tunnel qu'il avait emprunté.

Bientôt, il se trouva à une croisée de chemins. La galerie qu'il avait suivie jusqu'à présent obliquait assez brutalement vers la gauche, tandis qu'une autre galerie d'égale importance continuait tout droit.

Posément, il tenta de se repérer. S'il avait marché tout droit vers le nord, il ne devait pas être loin du Tibre. Le chemin qui se trouvait en face devait passer en dessous du fleuve, pour continuer vers Rome. Celui de gauche, en revanche, devait conduire au palais Saint-Ange, situé juste avant le Tibre, dans le Trastevere. Logiquement, il devrait y avoir une sortie de ce côté-là. Stéphane décida de tenter sa chance.

À intervalles réguliers, des cellules s'ouvraient de part et d'autre du sombre corridor. Certaines étaient ouvertes, d'autres closes par des grilles. Des ossements humains se trouvaient éparpillés sur le sol. On pouvait encore voir des chaînes accrochées à des anneaux fixés aux murs. Des prisonniers avaient été enfermés dans ces geôles au fil des siècles, et la plupart y étaient morts de faim ou de souffrance. On pouvait difficilement imaginer lieux plus lugubres et inconfortables. Les murs suintaient d'humidité, et dégageaient des odeurs de moisissure. Et il y régnait un froid glacial.

Soudain, des bruits légers résonnèrent dans le silence. Des sortes de grattements et de trottinements.

Des rats. Il devait y en avoir des milliers, dans ces souterrains.

Stéphane se dit que même si la compagnie de ces bestioles n'avait rien d'agréable, il n'avait rien à craindre. Contrairement aux idées reçues, les rats ne s'attaquent jamais à l'homme, ou très rarement, lorsqu'ils sont effrayés. Il n'avait qu'à leur laisser faire leur sarabande et ils le laisseraient tranquille.

Les rongeurs continuaient de plus belle leur ballet nocturne. Après tout, ils étaient chez eux. Ils étaient les locataires naturels de ces souterrains obscurs. Les intrus c'étaient les humains qui s'aventuraient inconsciemment dans les entrailles de la terre.

Plus loin, un escalier de pierre permettait d'accéder au niveau supérieur. Là encore, de sombres couloirs conduisaient à des cryptes et des oubliettes. Ces souterrains semblaient sans fin.

Il émergea enfin dans une sorte d'allée pavée de larges dimensions qui montait en spirale. Il arriva ainsi au sommet de la rampe, mais une grille lui barrait le passage vers l'extérieur.

– Merde ! jura Stéphane.

Il examina la serrure. Elle était récente et avait l'air solide. Impossible de la forcer.

Il ne lui restait qu'une chose à faire.

Retourner sur ses pas, et emprunter l'autre souterrain. Celui qui passait sous le Tibre.

40

Le cardinal Pantalucci observait avec mépris le corps ensanglanté de frère Arno, toujours accroché à sa croix. À ses côtés, son secrétaire particulier était blanc comme un linge.

– Tu ne vas pas tourner de l'œil, Augusto ? J'avoue que ce spectacle n'est pas très agréable à contempler, mais il est bon que tu voies de tes propres yeux ce qui arrive aux ennemis de la foi. Si tu veux continuer à me seconder lorsque je serai pape, tu dois t'accoutumer à mes méthodes, mon fils…

Augusto hocha la tête sans répondre. Il évitait de regarder le cadavre horriblement défiguré et mutilé du moine, dont le sang remplissait à présent les deux vases de cristal disposés de part et d'autre de la croix.

– Ceci fera partie des petits secrets que nous aurons entre nous, Augusto. C'est de cette façon que se forgent les alliances les plus solides et les amitiés les plus fidèles… Au fait, tu as bien veillé à déconnecter l'enregistrement des caméras de surveillance ?

– N'ayez crainte, Éminence. J'ai fait le nécessaire…

– Je n'en doute pas, Augusto, reprit le cardinal avec un grand sourire. Je connais ton dévouement et ton efficacité. Ce n'est pas comme cette brute qui a été incapable de modérer ses coups…

Le cardinal tendit la main vers le cadavre suspendu à sa croix.

– Quant à ce moine, il était trop vieux et trop gras pour supporter la question telle qu'on la pratiquait au temps béni de l'Inquisition. Les hommes sont devenus mous, hélas, et ne savent plus affronter la douleur. Dès qu'on les touche un peu trop brutalement, ils crèvent comme des mouches…

Le cardinal Pantalucci prit un mouchoir en dentelle dans la poche de sa soutane et le porta à son nez.

– Ce cadavre de porc commence à puer. À présent qu'il s'est bien vidé de son sang, nous allons pouvoir le laisser reposer tranquille. Dans quelques heures, il sera découvert par les gardes suisses. Cela fera un beau grabuge, dans les couloirs du Vatican. Non qu'on n'y assassine pas autant qu'ailleurs, mais généralement on le fait dans la discrétion. Cela dit, l'affaire ne sera pas ébruitée au-delà de l'enceinte pontificale. Pas tout de suite, en tout cas. Avant, on fera le ménage. Au sein de l'Église, on sait laver son linge sale en famille…

– Mais… Pourquoi ? Pourquoi tout ça ? articula Augusto en faisant un large mouvement de sa main ouverte, englobant dans son geste le moine nu sur sa croix, la Chaire de saint Pierre, la basilique plongée dans l'ombre, et tout ce qui demeurait encore caché à ses yeux dans les coulisses du Vatican.

– Parce que si la foi se nourrit du doute, comme j'ai déjà eu l'occasion de te l'expliquer, elle se conforte dans la peur. Pourquoi crois-tu que l'Église ait inventé l'Enfer, au Moyen Âge ? Pour fouetter le sang des pécheurs et les inciter à rentrer dans le rang. C'est la crainte des fidèles de se retrouver en Enfer qui les pousse dans les églises, Augusto, pas l'espérance du paradis. L'Église catholique traverse une crise grave depuis un demi-siècle. Depuis que Jean XXIII a décidé d'amorcer la réforme de Vatican II, sous prétexte d'alléger les dogmes trop rigoureux et d'engager l'Église dans la voie de la tolérance et de l'œcuménisme, les chrétiens se sont progressivement détournés de leur religion. C'est l'inverse qu'il aurait fallu faire ! Revenir aux temps où l'Église était toute-puissante et excommuniait à tour de bras. Revenir aux temps de l'Inquisition et de la chasse aux hérétiques. C'est la sévérité que les gens attendent de l'Église, pas la bienveillance. Ils aiment se sentir coupables et en être châtiés comme ils le méritent, ou en tout cas comme ils pensent le mériter. Regarde le succès de l'Opus Dei ! Rien de mieux que le port du cilice ou une bonne séance de flagellation pour éprouver sa foi en Dieu. Ou, à l'occasion, une crucifixion…

– Vous voulez dire… Vous cherchez à donner l'exemple en torturant un simple moine ?

– Que resterait-il du message du Christ si ce dernier n'était pas mort sur la Croix ? rétorqua le cardinal. Que serait devenu saint Pierre s'il n'avait pas été supplicié ? L'Église s'est nourrie essentiellement du sang de ses martyrs, Augusto. Si l'on se souvient encore des premiers chrétiens, c'est parce qu'ils ne sont pas morts dans leur lit, mais dans les cirques de Rome. À bien réfléchir, Caligula et Néron ont plus fait pour la gloire de l'Église que Jean XXIII et sa réforme de Vatican II. La peur, Augusto, la peur ! Telle est la clé pour entrer dans le royaume des cieux…

Annibal Pantalucci arbora son large sourire aux dents blanches, visiblement content de lui et fier de sa démonstration. Augusto était encore jeune, et se laissait parfois submerger par ses bons sentiments. Mais cela lui passerait. L'école du Vatican était irremplaçable sur ce plan-là. On y perdait très vite sa candeur et sa naïveté.

Le cardinal jeta un coup d'œil à sa Rolex.

– Ce n'est pas que cette conversation m'ennuie, bien au contraire, Augusto, mais je propose que nous la poursuivions à un autre moment et dans un autre lieu. Nous allons bien gentiment rejoindre nos appartements et y prendre un peu de repos. Et lorsque nous apprendrons l'horrible nouvelle, dans quelques heures, nous affirmerons que nous dormions profondément au moment où cette macabre tragédie s'est déroulée.

– Et les Croisés noirs ? demanda encore Augusto.

– Les Croisés noirs ? Mais personne ne soupçonne leur existence, mon cher Augusto ! Ils ne sont qu'une légende, des fantômes qui se terrent dans les souterrains du palais Saint-Ange. Ils ne sont pas de ce siècle, entends-tu ? C'est pourquoi ils n'ont pas à être jugés selon les règles de notre époque abâtardie. Ils sont le bras armé de l'Église intemporelle, celle qui ne pardonne pas. L'Église de la peur. L'Église de l'Apocalypse, dont je serai bientôt le représentant sur terre.

41

Stéphane Clément se trouvait à nouveau au croisement qu'il avait rencontré plus tôt. À droite, il revenait au Vatican. À gauche, il passait sous le Tibre et continuait son trajet vers la Rome souterraine. La galerie conduisant à la nécropole de la basilique Saint-Pierre était une souricière où les Croisés noirs auraient vite fait de le coincer.

Le jeune homme s'engouffra dans le tunnel de gauche. Mais au bout d'une centaine de mètres, il se mit à patauger dans l'eau. En effleurant les parois de la galerie, il nota qu'elles suintaient d'humidité.

Le Tibre. Le fleuve devait se trouver juste au-dessus.

Stéphane poursuivit son chemin mais soudain, la galerie s'interrompit brusquement, noyée par un lac souterrain. Le fleuve avait inondé les carrières.

Le jeune homme entra dans l'eau. Celle-ci était noire et glacée, mais étrangement pure. Des sources souterraines devaient l'alimenter et la renouveler.

Stéphane marcha rapidement, s'enfonçant jusqu'à la taille, luttant contre le froid qui tétanisait ses membres, actionnant ses bras et ses jambes de façon régulière, rythmée par les clapotis qu'il faisait naître autour de lui. Les ténèbres étaient profondes et il avançait presque à l'aveuglette, droit devant.

Il continuait à progresser dans l'eau noire, comme s'il franchissait le Styx.

Soudain, Stéphane sentit que le sol remontait.

L'eau ne lui arrivait plus que jusqu'aux genoux. Il était de l'autre côté du Tibre. Sous ses pieds, le sol était à nouveau sec.

Stéphane vérifia que l'étui de cuir contenant la Prophétie de Pierre n'avait pas souffert.

En face de lui, plusieurs galeries s'amorçaient. Il s'agissait des rues d'une ville souterraine, enterrée plusieurs dizaines de mètres en dessous de la ville actuelle. Il se trouvait dans la Rome antique, préservée de l'écoulement des siècles par les strates successives qui l'avaient recouverte. Il ne lui restait plus qu'à s'engager dans ce labyrinthe, dans l'espoir de trouver une sortie à l'air libre.

Il était trempé, et ses vêtements étaient spongieux et lourds. Il commençait à grelotter. Ses muscles étaient engourdis.

Après avoir accompli quelques mouvements pour se réchauffer, il s'engouffra dans l'une des galeries.

Les sous-sols de Rome étaient un véritable gruyère, percé de galeries infinies, de carrières abandonnées, de nécropoles enfouies, de catacombes oubliées. Sans compter le réseau des égouts, dont l'immense *Cloaca Maxima* remontant à la Rome antique.

C'était une véritable ville souterraine qu'arpentait Stéphane, avec ses rues, ses places, ses artères principales et secondaires, et même ses impasses. Des niches avaient été aménagées dans les murs de pierre, et des inscriptions gravées dans des plaques de marbre, à demi effacées par le temps, devaient fournir des indications topographiques aux Romains de l'Antiquité.

Soudain, à l'extrémité d'une ruelle, il déboucha sur un vaste espace qui le laissa médusé.

Il s'agissait d'une esplanade ovale au milieu de laquelle se dressait une villa patricienne, une authentique *domus*. La façade écroulée laissait voir l'atrium central et son impluvium. Les colonnes faisant péristyle tenaient encore debout et soutenaient l'habitation conçue, comme il était d'usage chez les Romains, selon un plan rectangulaire.

Stéphane escalada les gravats qui encombraient l'entrée de la villa, puis balaya l'intérieur du faisceau de sa lampe.

Les murs de la *domus* étaient ornés de peintures murales admirablement conservées représentant des scènes de la vie quotidienne ou de la mythologie antique. Les corps et les visages étaient d'un réalisme étonnant, et les pigments savamment utilisés par les artistes anonymes, ayant étrangement survécu à l'usure du temps, les paraient de couleurs vives que près de vingt-cinq siècles n'étaient pas parvenus à affadir. On aurait presque dit que la villa était encore habitée, et que ses occupants allaient surgir d'un instant à l'autre, vêtus de toges.

Stéphane se demanda comment cet endroit avait pu échapper aux archéologues. Il n'y avait aucune trace de fouilles. Cette villa était restée dans l'état où elle se trouvait au temps de la Rome antique. Il y avait dans cette vision quelque chose de miraculeux…

Stéphane savait que les archéologues italiens étaient loin d'avoir découvert tous les trésors qui se cachent sous les pavés de Rome. Au début des années soixante-dix, lorsque la ville avait entrepris la construction du métro, les travaux d'excavation avaient mis au jour de nombreux vestiges datant de l'ancienne Rome, la ville originelle qui se trouvait entre vingt et cinquante mètres sous terre. Cela avait représenté un véritable casse-tête pour les ingénieurs, qui s'était soldé par plusieurs années de retard. Chaque fois qu'ils creusaient un trou, ils découvraient un temple ou un aqueduc enterrés sur ce qui était censé être le trajet du métro. Même si elle était parfois laxiste sur le plan politique ou financier, l'administration italienne n'avait pas l'habitude de plaisanter lorsqu'il s'agissait de la protection du patrimoine archéologique et culturel.

L'ensemble des galeries et des catacombes romaines cumulaient près de neuf cents kilomètres, dont aucun plan n'avait jamais été tracé. Il existait une association, Roma Sotterranea, réunissant des architectes qui proposaient des visites guidées des souterrains romains, mais ils étaient loin d'avoir tout mis au jour. D'ailleurs, une telle entreprise était impossible. Il aurait fallu raser entièrement la Rome actuelle avant de creuser pour voir ce qu'il y avait en dessous…

Le *tablinium* où se tenait Stéphane, la pièce principale de la villa située dans l'axe de l'atrium, se prolongeait de deux ailes parallèles où se trouvaient les salons, chambres, cuisine et salle de bains. Tout le confort avec plus de vingt siècles d'avance sur les habitations modernes.

En arpentant la maison, Stéphane découvrit une petite pièce entièrement carrelée dont le pourtour était pourvu d'un bâti qui formait siège, et dont le sol laissait filtrer des vapeurs soufrées par des orifices grillagés. Il y régnait une douce chaleur. Cela ressemblait à une étuve. Une source d'eau sulfureuse devait passer en dessous. C'est de là que provenaient ces vapeurs chaudes.

Stéphane se déshabilla entièrement de manière à se réchauffer, car l'humidité lui glaçait les os. Il étendit ses vêtements trempés sur le carrelage afin de les faire sécher.

Il fut réveillé par des éclats de voix qu'amplifiaient les échos de ces anciennes galeries.

À tâtons, il ramassa ses vêtements, à présent parfaitement secs, et les enfila à la va-vite, en essayant de faire le moins de bruit possible. Il remonta la glissière de son blouson puis se faufila à l'extérieur de la salle aux étuves.

Il distingua aussitôt les silhouettes de trois hommes vêtus de noir qui visitaient méticuleusement les pièces de la *domus* en brandissant leurs lampes.

Tous trois étaient plus massifs que ceux qu'il avait affrontés chez lui, et il était seul. Mais cela ne lui faisait pas peur.

Il avait déjà eu le dessus sur leurs camarades. Il l'aurait sur eux cette fois encore.

Il allait se payer la peau de ces salopards.

Les trois hommes s'étaient séparés pour mieux fouiller les lieux. Deux d'entre eux se trouvaient dans l'aile opposée, tandis que le troisième s'approchait de l'endroit où se cachait Stéphane. Ce dernier le vit s'introduire dans une chambre, située à quelques mètres à peine de l'endroit où il se trouvait.

C'était le moment ou jamais.

Le jeune homme se glissa le long du mur, jusqu'à atteindre l'entrée de la chambre. Il jeta un rapide coup d'œil. Le Croisé noir lui tournait le dos. En éclairant chaque coin de la pièce, il constata que celle-ci était vide. Il allait faire volte-face pour ressortir lorsque Stéphane se rua sur lui pour le ceinturer, tout en lui plaquant sa main droite sur la gorge.

L'homme tenta de se dégager mais Stéphane le tenait solidement et commença à serrer ses doigts autour de la carotide.

Lorsqu'il sentit que le Croisé commençait à s'asphyxier, Stéphane relâcha sa prise à la gorge et lui infligea une manchette sur la nuque. L'homme glissa à terre, sans connaissance. Stéphane se pencha et posa deux doigts sur son cou. Le pouls battait toujours. Il se releva aussitôt et sortit de la chambre. Les deux autres Croisés noirs achevaient leurs investigations de l'aile opposée de la *domus*. Ils n'avaient rien trouvé et s'apprêtaient à rejoindre leur compagnon.

Le jeune homme bondit en direction de l'atrium, comme un fauve lâché sur sa proie. L'un des Croisés se retourna vers lui alors qu'il n'était plus qu'à deux mètres d'eux. Il tira sa dague de sa ceinture. Stéphane le désarma d'un coup de pied. Puis il le gratifia d'un direct à la mâchoire. L'homme accusa le coup sans broncher. Il semblait taillé dans le roc.

Son compagnon se jeta sur Stéphane et le gratifia d'un direct à l'estomac. Le maître de *krav-maga* se déroba au dernier moment et riposta en lui envoyant son pied dans la mâchoire.

La lutte se poursuivit ainsi quelques instants. Stéphane avait l'avantage de la technique et de la maîtrise de soi, mais les deux

Croisés étaient de véritables colosses, qui encaissaient les coups sans broncher.

Les lampes torches étaient tombées à terre et éclairaient le combat en ombres chinoises.

Soudain, une voix gueula derrière eux.

– Je le tiens !

Le jeune homme tourna la tête.

Le Croisé qu'il avait assommé était revenu à lui, et cherchait à le prendre à revers.

Avant qu'il ait eu le temps de riposter, il sentit un coup violent porté à l'arrière de son crâne et perdit aussitôt connaissance.

42

– Opération terminée, Sir. Les deux cibles ont été éliminées suivant vos instructions.

– Vous êtes entrés sans problème ?

– L'un de nos hommes a pu désactiver la sécurité et l'alarme de la villa grâce aux codes que vous aviez fournis. Le second avait également la carte magnétique d'accès à l'observatoire.

– Vous n'avez pas laissé de traces ?

– Ni armes à feu ni armes blanches, comme vous l'aviez demandé.

– Excellent.

M. John Smith coupa la conversation et se fendit de son sourire le plus angélique.

Désormais, plus personne ne pourrait faire le rapprochement entre lui et le cardinal Pantalucci.

Il lui suffisait de prendre une ultime précaution, et la page serait définitivement tournée.

Il saisit son téléphone et composa un numéro.

– Ici John Smith. Il y a un changement de programme… Où en êtes-vous ?

L'Américain écouta attentivement ce que lui exposait son interlocuteur, le regard brillant.

– C'est parfait… À présent, écoutez-moi bien. Voici exactement ce que vous allez faire…

43

« France Info, 5 h 15. Voici un nouveau flash d'information spécial.

« Les principaux centres d'observation astronomiques confirment la trajectoire de l'astéroïde LUCIFER en direction de l'Europe du Sud. Mais les dernières nouvelles donnent une localisation beaucoup plus précise. L'impact devrait avoir lieu dans la journée de samedi dans le centre de l'Italie, plus particulièrement Rome ou sa région.

« La NASA a fait savoir que son bouclier aérien antimissiles était parfaitement opérationnel, et devrait intercepter l'astéroïde à son entrée dans l'atmosphère terrestre, pour le faire exploser ou le faire dévier de sa trajectoire initiale. Les experts demeurent toutefois soucieux, à cause de la taille gigantesque de l'objet. C'est la première fois que les techniciens américains sont confrontés à un astéroïde d'un tel volume.

« Cette annonce a provoqué un vent de panique dans la capitale italienne. Les Romains fuient leur ville par tous les moyens possibles. Les autoroutes sont saturées, ainsi que tous les vols au départ des aéroports proches de Rome. On déplore également de nombreux actes de vandalisme dans le centre et les faubourgs de la ville, des vitrines de magasins brisées et des voitures brûlées. Les forces de police sont débordées par la situation et ont demandé le secours de l'armée. Le chef du gouvernement continue à prôner le calme, mais il semble qu'il ne soit pas entendu.

« Rendez-vous dans un quart d'heure pour un point complet sur l'actualité. »

Antoine Peretti éteignit la radio et actionna l'allume-cigare. Pour réfléchir, le tabac lui était plus favorable que les flashes d'information. Il tira une cigarette de son paquet presque vide et l'embrasa au bout incandescent du petit bâtonnet de métal qu'il extirpa du tableau de bord.

Dans ces moments-là, il ne regrettait pas d'avoir hérité d'un ancien modèle comme voiture de fonction. Les voitures les plus récentes ne bénéficiaient plus de cette option, chasse au tabac oblige. Bientôt, se dit-il amèrement, le gouvernement trouverait un moyen de taxer jusqu'à l'air que l'on respirait.

En tirant une bouffée de sa cigarette, Peretti fit déboîter d'un mouvement du poignet sa Peugeot 306 pour dépasser un camion. Il approchait de Fontainebleau. Il serait à Paris dans un peu moins d'une heure.

Faute de preuves, il avait décidé de rentrer à Paris lorsqu'il avait réalisé que son enquête à Carpentras ne le conduirait nulle part. Le seul lien qu'il avait pu établir avec le crime rituel de la cathédrale Saint-Siffrein résidait dans le témoin principal, Stéphane Clément, qui lui avait faussé compagnie en prenant la fuite pour Rome.

Peretti avait jugé Stéphane Clément au premier coup d'œil. Il était tout à fait du genre à foncer dans le tas et pourchasser les assassins de son ami au péril de sa vie. Le lieutenant avait lancé un mandat de recherche, mais il se doutait bien qu'avec la panique qui s'était emparée de Rome, les carabiniers italiens avaient d'autres soucis en tête que la recherche d'un Français. Il avait joint en pleine nuit le procureur chargé de l'affaire et lui avait demandé une autorisation d'extension territoriale afin de poursuivre ses investigations à Rome. Mais le proc' avait fait la sourde oreille. Le lien qu'invoquait le lieutenant lui paraissait trop mince pour justifier un séjour dans la capitale romaine. De mauvaise grâce, Peretti avait repris aussitôt le chemin du retour. Il aurait avalé 1 500 kilomètres en 24 heures, passé deux nuits blanches et fumé deux paquets de cigarettes, mais il s'en moquait. Il n'était pas du genre à faire du surplace.

Peretti ne ralentit qu'au péage de sortie de l'autoroute A6, puis reprit de la vitesse. L'autoroute était encore fluide à cette heure-ci, il fallait en profiter car cela ne durerait pas. D'ici une heure ou deux, les accès à Paris seraient impraticables. On était samedi. Au moins, Peretti éviterait les bouchons entretenus par les banlieusards.

Son téléphone portable se mit à vibrer dans sa poche. Au mépris des lois en vigueur, le lieutenant décrocha.

– Peretti, annonça-t-il avec sa sobriété habituelle.

– Wens, répondit le commissaire de la Brigade criminelle sur le même ton. C'était bien, Carpentras ?

– Mortel, commissaire. Si je puis m'exprimer ainsi.

Le commissaire Wens s'esclaffa.

– Toujours le mot pour rire, Peretti. C'est pour ça que je t'adore. Et où es-tu, en ce moment ?

– Fontainebleau. Je viens de passer le péage. Je serai à la boîte dans une heure.

– Inutile. Tu fonces directement à Roissy.

– Pardon ?

– Tu as un vol Alitalia pour Rome réservé à ton nom. Départ 7 heures, arrivée 9 h 05. Je te préviens, tu risques de te sentir un peu seul dans l'avion.

– Vous pouvez m'expliquer ?

– Tu n'as pas écouté les nouvelles ? Il semble que personne n'ait envie de se rendre dans une ville qui risque d'être rayée de la carte avant la fin du week-end... En tout cas, on vient de trouver là-bas un corps qui a subi exactement le même traitement que ton client de Carpentras. Crucifié sur une croix plantée à l'envers, salement torturé, entièrement vidé de son sang. Il s'agit du même mode opératoire. Interpol nous a aussitôt contactés, et le procureur, que tu avais déjà supplié hier soir de t'envoyer à Rome, a jugé que ce nouveau crime était une raison suffisante pour te confier l'enquête. Tu es content, j'espère ?

Les pensées du lieutenant Peretti se catapultaient dans son cerveau.

– On a identifié la victime, commissaire ? Où l'a-t-on retrouvée ?

– Il s'agit d'un moine, cette fois, membre de la curie romaine. Quant au lieu de son supplice, il ne manquera pas de t'intéresser. Le curé a été crucifié en pleine basilique Saint-Pierre, au Vatican.

Peretti ne répondit rien. Il en avait le souffle coupé.

– Oui, je sais, ça paraît loufoque. La police italienne a été prévenue vers 3 heures par un appel anonyme. Tu sais que le Vatican est un État indépendant, et que la police ne peut pas y conduire d'enquêtes criminelles sans autorisation. Mais la Garde suisse chargée de la surveillance de la Cité pontificale venait également de découvrir le meurtre. Les policiers ont eu immédiatement accès à la basilique et ont figé la scène de crime. Tout est allé très vite.

– Ils n'ont pas réussi à localiser l'appel ?

– Non, mais la source était bien informée. On pense à quelqu'un qui se trouvait dans l'enceinte du Vatican. En tout cas, nous lui devons une fière chandelle. Je suis persuadé que, si la police n'avait pas été alertée, le Vatican se serait débrouillé pour étouffer l'affaire. Ce n'aurait pas été la première fois. Tu imagines les titres des journaux ? Un prêtre catholique crucifié de nuit dans la basilique Saint-Pierre, sur la chaire de l'apôtre... Un joli scandale !

– Où avez-vous dit que ce prêtre avait été crucifié ?

– Sur la chaire de Saint-Pierre, dans l'abside de la basilique.

– Attendez... C'est là que se trouve l'original de la *Gloire* du Bernin, dont la reproduction de la cathédrale Saint-Siffrein a déjà accueilli la croix de Michel Ardent !

– Cela confirme la ressemblance du mode opératoire. Il s'agit sans doute des mêmes meurtriers. Bon, tu sais ce qu'il te reste à faire, Peretti. Appuyer sur le champignon. Il te reste une heure pour prendre ton vol.

SAMEDI 15 DÉCEMBRE

44

La basilique Saint-Pierre n'ouvrirait pas ses portes aujourd'hui. Elle resterait fermée au public pour un temps indéterminé.

Les inévitables gardes suisses faisaient le piquet devant les portes colossales du lieu saint, ne laissant passer que les carabiniers et les équipes techniques de la police médicale.

Le lieutenant Peretti avait sauté dans un taxi dès son atterrissage à Rome. Si les sorties étaient surchargées parce que les Romains continuaient à fuir leur ville menacée par l'astéroïde, les accès à l'intérieur de la ville étaient au contraire d'une fluidité inhabituelle. En une demi-heure à peine, il se trouva au Vatican.

Durant les deux heures du vol qui l'avaient conduit à la capitale italienne, le lieutenant avait eu le temps de faire le point sur la situation. En réfléchissant dans le calme et le silence de l'avion aux trois quarts vide, il avait tenté d'établir des rapprochements entre les deux crimes.

Michel Ardent avait été crucifié dans la cathédrale Saint-Siffrein, adossé à une reproduction de la *Gloire* du Bernin, dont l'original se trouvait à Saint-Pierre de Rome, qui avait accueilli à son tour une deuxième crucifixion. Cela ressemblait à une sorte de jeu de piste, qui conduisait de la cathédrale de Carpentras à la basilique du Vatican.

Peretti avait ensuite songé à la position inversée de la croix sur laquelle avaient été retrouvées les deux victimes. Lors de la découverte du corps de Michel Ardent, Peretti avait tout d'abord pensé à un rituel satanique, et il avait orienté ses recherches en ce sens. Mais il devait bien admettre qu'il avait fait fausse route.

Il s'était alors souvenu que la croix inversée n'était pas uniquement un signe de reconnaissance diabolique, faisant partie de la panoplie de base des gothiques, avec le « salut au Cornu », poing fermé avec l'index et l'auriculaire dressés, et la référence au chiffre 666. Elle était aussi un rappel de la crucifixion de l'apôtre Pierre, qui avait subi son supplice à Rome, à l'endroit même où s'élevait aujourd'hui le Vatican. Les croix inversées de Carpentras et de la basilique Saint-Pierre étaient une référence explicite à la crucifixion de Pierre.

Il avait alors songé à la théorie personnelle qu'il avait échafaudée trente ans plus tôt, au sujet de la profanation du cimetière juif de Carpentras. Selon lui, les juifs qui étaient visés étaient les juifs du pape, et donc, à travers eux, l'Église catholique romaine tout entière.

Or, la cathédrale Saint-Siffrein de Carpentras avait été édifiée au début du XVe siècle par un pape d'Avignon, ou plus exactement un antipape, Benoît XIII. La cathédrale de Carpentras pouvait donc être considérée comme la rivale de Saint-Pierre de Rome, comme les antipapes d'Avignon étaient en opposition avec les papes du Vatican.

Enfin, l'astéroïde baptisé LUCIFER s'apprêtait à tomber sur Rome et sur le Vatican, écrasant ainsi le symbole même du christianisme.

Plus il y pensait, et plus le lieutenant Peretti trouvait des raisons d'accréditer sa thèse qui trouvait enfin son illustration parfaite.

Il existait un complot contre l'Église catholique romaine.

L'abside de la basilique était condamnée par un périmètre de sécurité bordé de rubalise. Un homme d'âge mûr s'approcha d'Antoine Peretti. Il arborait un uniforme bleu foncé et était coiffé d'une casquette aux armes du Saint-Siège. Court de taille, bedonnant, le cheveu rare, il s'exprimait dans un excellent français, pimenté d'une pointe d'accent romain.

– Lieutenant Peretti ? Fabio Paolini, inspecteur général du Corps de gendarmerie de l'État de la Cité du Vatican. Merci de vous être déplacé aussi rapidement. J'avoue que ce qui se passe ici dépasse l'entendement. Dans toute ma carrière, je n'ai jamais rien vu de semblable... Et au cœur de la basilique, sur la Chaire de saint Pierre, le symbole le plus sacré de l'Église...

– La gendarmerie du Vatican ? interrogea Peretti en saluant l'inspecteur. Je croyais que la sécurité du Saint-Siège était assurée par les gardes suisses...

– Oh ! J'ai l'habitude, vous savez ! rétorqua l'Italien. Les gardes suisses sont plus populaires que nous, et on a tendance à nous oublier. Il faut dire que leurs uniformes sont nettement plus voyants. Et on ne peut pas échapper à leurs spectaculaires relèves de la garde... Mais s'ils ont effectivement une mission de surveillance et de sécurité au sein du Vatican, les gendarmes, eux, assument les fonctions relevant de la police judiciaire et, accessoirement, de la circulation routière. Il y a eu meurtre, cette nuit, l'enquête est donc de notre ressort.

– Pardonnez-moi encore, mais je pensais que l'enquête dépendait de la police romaine.

L'inspecteur Paolini eut un geste de lassitude.

– Oui, je sais, tout cela est assez compliqué. Techniquement, les crimes et délits qui surviennent sur le territoire du Vatican nous concernent au premier chef. Mais au vu de la gravité de l'homicide, il est normal que les carabiniers s'en mêlent. Ainsi que vous, par la même occasion.

– Oui, je suppose que cela ne facilite pas l'enquête...

– Je ne vous le fais pas dire. D'autant plus que les gendarmes du Vatican et les gardes suisses ne s'aiment guère. Les premiers sont italiens, les seconds suisses. La langue officielle du Vatican est l'italien mais celle des gardes suisses est l'allemand. Si vous ajoutez à cela la nationalité de notre Saint-Père...

– Eh bien, sourit Peretti, l'Europe est plus facile à construire sur les cartes que dans les mœurs, si je comprends bien. Et avec les carabiniers, comment ça se passe ?

L'inspecteur Paolini agita sa main droite en faisant la moue.

– On n'aime pas trop qu'ils viennent sur nos plates-bandes. Au moins, vous ne connaissez pas ce genre de conflits, en France...

– Détrompez-vous ! rétorqua Peretti. La gendarmerie et la police nationale se regardent comme chien et chat. Bon, vous me conduisez sur la scène de crime ?

Les deux hommes se dirigèrent au fond de la basilique. Peretti eut l'impression de revoir exactement le décor de la veille, dans la cathédrale de Carpentras. En plus spectaculaire. Les tueurs avaient franchi un degré supplémentaire dans leur mise en scène de l'horreur. À cause de la majesté des lieux, mais aussi à cause du surcroît de barbarie avec lequel ils avaient mis à mort leur victime.

Le corps n'avait pas encore été emporté à la morgue, et reposait dans une housse isotherme que l'inspecteur Paolini désigna d'un geste à Antoine Peretti.

Ce dernier l'ouvrit. Vidé de son sang, le moine ressemblait à un pantin grotesque et désarticulé. Son ventre rebondi arborait deux larges plaies représentant une sorte de croix obscène. La peau blanchâtre était marquée de multiples ecchymoses et contusions. Son visage avait été écorché, et ressemblait à un masque de carnaval. Au pied de la croix, des vases de cristal identiques à ceux retrouvés dans la cathédrale Saint-Siffrein étaient emplis de sang.

– Vous avez les conclusions du médecin légiste ? demanda Peretti.

– Oui. Lacérations, dues à la pointe d'une lame effilée. Contusions occasionnées sans doute par des chaînes. Visage écorché vif. On a retrouvé les lambeaux de chair à terre. Aucune artère touchée, uniquement des veines. Il a dû mettre très longtemps à se vider de son sang. Mais le cœur a lâché avant.

– On connaît l'identité de la victime et l'heure du décès ?

– Frère Arno Saknussem. La mort est survenue entre 2 et 3 heures du matin. Il appartenait à la curie romaine depuis plus de trente ans. Un simple prêtre sans histoire. Il se désignait lui-même comme moine, mais il ne dépendait d'aucun ordre religieux connu. Un homme d'une grande culture, d'après ce que m'ont dit ses collègues, doublé d'un bon vivant. Hier soir, quelques heures à peine avant sa mort, il dînait tranquillement à la *Pancia Felice*, une trattoria du quartier. Le légiste a même pu reconstituer en détail le menu de son dernier repas. Ça vous intéresse ?

– Non, merci. Il était seul ?

– À la *Pancia Felice* ? Non, justement. Les carabiniers ont interrogé la patronne ce matin. Frère Arno a dîné très tard, vers 23 heures, en compagnie d'un jeune Français. Mais on ne connaît pas son nom.

Antoine Peretti savait parfaitement de qui il s'agissait. Stéphane Clément. Le nom de frère Arno Saknussem se trouvait sur la liste des membres de l'Ordre retrouvée sur le Mac de Michel Ardent, et que Clément avait souhaité consulter. C'est pour rencontrer ce frère Arno qu'il était venu à Rome et n'avait pas hésité à abandonner son passeport. Il l'avait rejoint à la trattoria dès son arrivée. Mais que s'était-il passé entre ce dîner et le supplice du moine ? En tout cas, Clément était à nouveau l'une des dernières personnes à avoir vu la victime vivante.

Antoine Peretti se tourna vers l'inspecteur Paolini, qu'il dominait d'une bonne tête. En revanche, son homologue italien le battait sur la question du tour de taille. Il devait être, lui aussi, un habitué de la *Pancia Felice*.

– Des indices ?

Le gendarme écarta les bras, paumes des mains relevées vers le ciel, dans un geste d'impuissance.

– Aucune piste pour l'instant. Un travail de pros. Aucune empreinte, aucune trace, aucun indice utilisable. D'après ce que j'ai lu du rapport que vous avez rédigé au sujet du crime précédent, à Carpentras, il s'agit bien de la même mise en scène et du même mode opératoire. Des crimes rituels perpétrés de sang-froid par des professionnels.

Le lieutenant Peretti fronça les sourcils. Cette enquête ne se présentait pas sous de meilleurs auspices que celle de la veille. Le fait de savoir qu'il s'agissait des mêmes criminels ne les aidait pas à grand-chose. Cela confirmait simplement qu'ils avaient affaire à une bande organisée bénéficiant visiblement de sérieux appuis. Crucifier quelqu'un en pleine nuit dans une cathédrale du Vaucluse démontrait déjà une bonne dose d'audace et de détermination. Mais saigner à blanc un moine sur la Chaire de saint Pierre, dans le saint des saints du Vatican…

– Comment sont-ils entrés ? interrogea Peretti. Je présume que la basilique est fermée la nuit, et que les accès du Vatican sont surveillés. On ne doit pas pénétrer ici comme dans un moulin. Que disent les caméras de vidéosurveillance ?

L'inspecteur Paolini parut embarrassé par cette question.

– Eh bien… Ce n'est pas si simple, lieutenant. Tous les accès du Vatican ainsi que ses points stratégiques sont en effet surveillés par des caméras de surveillance. Sauf la nuit dernière, où les vidéos ont été déconnectées. Il n'y a donc aucun enregistrement de ce qui s'est passé ici entre 23 h 30 et ce matin à l'aube.

– Mais il devait bien y avoir une surveillance humaine ?

– Non plus. Aucun garde n'a été affecté cette nuit.

– Comme par hasard, au moment même où un crime est commis à l'intérieur de la basilique… Avec, par-dessus le marché, un correspondant anonyme qui prévient les autorités au bon moment.

L'inspecteur Paolini passa sa main droite sur son crâne dégarni, comme pour se redonner de l'assurance.

– Je sais bien ce à quoi vous pensez, lieutenant. Les criminels ne se sont pas introduits ici par effraction. Ils ont bénéficié de complicités internes au Vatican.

– Que voulez-vous dire ?

L'inspecteur italien écarta à nouveau largement les mains, dans un geste qui lui semblait familier lorsqu'il exposait ses idées.

– Comme vous le savez, le Vatican est un État indépendant, qui a son propre gouvernement, sa propre banque, sa propre police, en l'occurrence les gendarmes et les gardes suisses. Mais notre marge de manœuvre est mince. Le Saint-Siège est une très ancienne maison, avec ses clans, ses coteries, ses susceptibilités. Nous ne sommes pas dans une démocratie du XXIe siècle, ici, mais dans une cour d'Ancien Régime dont le pape est le souverain infaillible. Nous devons marcher sur des œufs, et demeurer très prudents dans nos hypothèses. Vous comprenez ?

Peretti hocha brièvement la tête.

– En clair, cela signifie que nous ne pouvons pas affirmer que le meurtre a été fomenté avec la complicité de quelqu'un du Vatican.

– J'aurais utilisé une formulation moins directe, mais la conclusion aurait été la même, concéda l'inspecteur Paolini.

– Eh bien, nous ferons preuve de diplomatie, en ce cas ! rétorqua Peretti d'un ton pincé. Par qui commence-t-on ?

– Je vous propose de rendre une petite visite protocolaire au cardinal secrétaire d'État. C'est le personnage le plus important du Vatican après le pape. Il est donné comme favori lors du prochain conclave auquel tout le monde se prépare depuis la maladie du Saint-Père.

– Et vous, de votre côté ?

– Je vous attendrai au PC de la Garde suisse.

45

Vatican, 28 septembre 1978, 21 h 30

Penché sur ses dossiers, Albino Luciani avait le front creusé de profonds plis d'inquiétude. Il avait perdu ce sourire proverbial qui l'avait d'emblée fait aimer de l'ensemble du peuple des chrétiens. Un sourire inspiré par une bonté profonde et une totale abnégation, qui évoquait le sourire de l'ange de la cathédrale de Reims. Il papa del sorriso, *« le pape au sourire », ou encore* Il sorriso di Dio, *« le sourire de Dieu » : ainsi l'avait-on surnommé dès les premiers jours de son pontificat. Mais son sourire angélique et sa sérénité l'avaient quitté depuis quelque temps. Depuis qu'il avait pris conscience de l'ampleur de la corruption qui gangrenait les rouages du Vatican.*

« Seigneur, aide-moi à porter ce fardeau, murmura-t-il. Donne-moi le courage de chasser les marchands du temple, et de rendre à ta maison sa beauté et sa sagesse. »

Contre toute attente, il avait été élu pape trente-trois jours plus tôt, le 26 août 1978, au quatrième scrutin, presque à l'unanimité. Pourtant, il n'avait rien fait pour briguer cette charge. Il n'avait cherché à influencer aucun des cardinaux du Sacré Collège. Au contraire. Lorsqu'on lui avait laissé entendre, juste avant l'ouverture du conclave, le vendredi 25 août en fin d'après-midi, qu'il avait de fortes chances d'être élu, il avait répondu : « De toute façon, s'ils me font pape, je refuse… Je leur dirai : "Chers cardinaux, je regrette, choisissez-en un autre." » Le lendemain, avant de se rendre au troisième scrutin qui le donnait déjà favori, il avait murmuré : « Une grande tempête est sur moi. » Lors du dépouillement du quatrième scrutin, alors que le nombre de voix lui étant favorables ne faisait qu'augmenter, il devint tout pâle et se prit la tête entre les mains, comme s'il éprouvait un tourment intérieur. Il se remémorait en lui-même les paroles du Christ au mont des Oliviers rapportées par l'Évangile de saint Luc : « Mon Père, s'il est possible, fais que cette coupe passe loin de moi ! Cependant, que Ta volonté soit faite, non la mienne. » Lorsqu'il fut certain que son élection était assurée, son visage devint plus tendu encore. Puis il ferma les yeux et son visage exprima une sorte de résignation, puis de sérénité. Il sourit. Le sourire de Dieu.

À 18 h 20, après avoir choisi le nom de Jean-Paul Ier, il était apparu sur la loggia de la basilique Saint-Pierre pour donner sa bénédiction urbi et orbi. *Il fut acclamé par les milliers de fidèles qui s'étaient massés sur la place, et qui découvraient un pape selon leur cœur. Un pape simple, venu du peuple. Un fils d'ouvrier migrant issu d'une famille modeste de l'Italie du Nord, consacré évêque par Jean XXIII, puis nommé patriarche de Venise, puis cardinal, et enfin pape. Un pape qui symbolisait la revanche des doux et des humbles sur les durs et les puissants. Un pape qui allait restaurer l'esprit évangélique de l'Église et mettre fin aux scandales qui l'agitaient. Notamment les scandales financiers dans lesquels était impliquée la Banque du Vatican.*

Après une courte prière, Jean-Paul Ier rouvrit ses dossiers. Il aurait tant voulu ne les avoir jamais ouverts, ne jamais avoir à être le juge des malversations répétées dont faisaient état les archives étalées devant lui : escroqueries, spéculations sur les devises et sur l'or, agiotage, blanchiment d'argent, évasion de capitaux, corruption, vols, chantages, crimes. Tant de saleté, tant de boue souillant la maison de Dieu. Le pape sentait la nausée le gagner. Mais il avait accepté son chemin de croix. Il devait nettoyer les écuries d'Augias. Même si elles exhalaient des odeurs nauséabondes.

Cet état de fait n'était pas nouveau. Il remontait à un demi-siècle en arrière, en 1929, au moment de la signature du traité du Latran entre Pie XI et Mussolini. En contrepartie de la renonciation à ses droits sur les États pontificaux, le Vatican avait reçu une somme colossale pour l'époque ; l'équivalent de plus de quatre-vingts millions de dollars. Le Kirschensteuer, l'impôt ecclésiastique allemand instauré en 1933 par un concordat signé entre Hitler et le cardinal Pacelli, le futur Pie XII, avait encore augmenté cette manne financière. En 1942, la fortune du Vatican et les ressources provenant de ses nombreux placements immobiliers étaient gérées par l'Institut des Œuvres religieuses, à savoir la Banque du Vatican, structure qui mettait à profit l'extraterritorialité dont bénéficiait l'État du Vatican pour procéder à des spéculations en Bourse effrénées assorties de blanchiment d'argent. Cette même année, Mussolini avait accordé au Saint-Siège une dispense du payement de l'impôt sur les dividendes. Le Vatican n'abritait plus l'Église du Christ, mais un énorme consortium financier trempant dans des affaires louches, en complicité avec les dictatures fascistes en place.

Jean-Paul Ier poussa un profond soupir. Seize ans plus tôt, alors qu'il était encore évêque de Vittorio Veneto, il avait appris que deux prêtres de son diocèse faisaient de la spéculation avec les aumônes des paroissiens. Pour rembourser les victimes, il avait dû vendre un bâtiment et des trésors ecclésiastiques. Albino Luciani n'avait jamais supporté le moindre manquement à la justice et à l'honnêteté. Mais ce trafic d'aumônes, qui l'avait scandalisé à l'époque, n'était rien en comparaison des turpitudes qu'il découvrait au sein même du Vatican.

La guerre terminée, entraînant avec elle la chute des dictatures, aurait pu assainir la situation trouble de l'Église de Rome. Il n'en avait rien été. Lorsque l'État italien chercha en 1968 à abolir l'exemption fiscale accordée par Mussolini, le Vatican fit appel à deux mafieux notoires, l'un originaire de Chicago, l'autre de Sicile, afin d'organiser une évasion des capitaux d'une telle ampleur qu'elle jeta l'Italie tout entière dans une grave crise économique. Dix ans plus tard, les mafiosi avaient totalement infiltré et gangrené les rouages financiers du Vatican, avec le soutien de la loge P2, organisation pseudo-maçonnique aux activités criminelles, ayant trempé dans de très nombreux scandales politico-financiers.

Jean-Paul Ier s'était mis à la tâche dès le lendemain de son élection, le 27 août. Il avait convoqué le secrétaire d'État et son substitut afin qu'ils lancent sur le champ des enquêtes approfondies sur les opérations financières transitant par la Banque du Vatican. Mais le défi était trop important, et dérangeait trop de monde. Albino Luciani sentait bien que sa curie renâclait à révéler les trop nombreux scandales, à dénoncer les innombrables trafics et prévarications dont se nourrissait depuis trop longtemps le Saint-Siège. Il avait donné un coup de pied dans un nid de guêpes, et à présent les insectes affolés tournoyaient autour de lui et le piquaient de leurs dards empoisonnés.

Le pape Jean-Paul Ier se sentait seul, et si faible devant l'ampleur de la tâche, malgré la force de sa résolution et de sa foi.

Mais il fallait faire vite. Il n'avait pas un instant à perdre. Il savait que son temps était compté. Il savait qu'il n'avait plus que quelques heures à vivre, et qu'il devait les employer de la façon la plus efficace.

Il avait accumulé suffisamment de preuves pour destituer Mgr Marcinkus, le responsable de la sécurité et président de la Banque du Vatican. Il l'avait reçu le jour même en entretien privé et lui avait signifié son renvoi. L'ancien garde du corps de Paul VI était impliqué jusqu'au cou dans d'innombrables trafics financiers, avec l'aide des organisations mafieuses. Puis Jean-Paul Ier avait rédigé la lettre de destitution du secrétaire d'État, le cardinal Villot. Il ne lui restait plus qu'à la signer. Tout devait être en ordre avant demain. Car il savait qu'il ne vivrait pas un jour de plus. En si peu de temps, il n'avait pu assainir entièrement la curie romaine, mais il avait fait tout ce qu'il avait pu, aux limites de ses forces physiques et mentales.

Le Saint-Père referma les dossiers d'un geste sec. Il sentait monter en lui une colère qu'il lui fallait à tout prix apaiser. Il était d'un naturel calme et placide, et son éternel sourire le faisait passer aux yeux des médisants pour un niais et un naïf. Il n'était pourtant ni l'un ni l'autre. Il était doté d'une intelligence remarquable, et pourvu d'un discernement à toute épreuve. À ses proches, il confiait : « Je souris toujours, mais à l'intérieur, je souffre. » Il savait que la souffrance finale approchait, et il voulait l'accueillir de façon sereine, sans colère et sans rage.

Jean-Paul Ier interrompit son travail en entendant quelques coups discrets à sa porte. C'était la sœur Vicenza qui lui apportait son café du soir. Lorsqu'il se sentait trop lourdement écrasé par le poids de ses responsabilités, sœur Vicenza était la seule qui sache l'apaiser. Elle était sa gouvernante depuis douze ans, et la seule personne en qui il avait une absolue confiance. Elle lui était toute dévouée et savait, par sa gentillesse et ses paroles, lui apporter le réconfort dont il avait besoin.

– Très Saint-Père, vous travaillez trop ! le sermonna-t-elle tout en déposant la tasse de café sur le bureau. Vous devriez vous reposer un peu, et prendre vos vitamines ! Votre tension est trop basse...

Le pape ne put s'empêcher de sourire.

– Vous êtes une vraie mère poule, ma sœur ! rétorqua-t-il de son air bon enfant. Mais je ne suis pas malade. Je suis en pleine forme et je n'ai que soixante-six ans !

– Mais vous avez trop de soucis, trop de choses à gérer. Et personne ne vous aide ! Je le vois bien, allez...

– Je n'ai pas choisi cette charge, répondit Jean-Paul Ier d'un ton plus grave. Mais je dois l'assumer jusqu'au bout. Et le temps m'est compté...

– Encore une prédiction de cette voyante ! Elle ne sait annoncer que des malheurs ! s'emporta sœur Vicenza.

– Ne dites pas du mal de sœur Lucie, la reprit le Saint-Père. C'est une sainte femme. N'oubliez pas qu'elle a vu la Vierge Marie en personne, et que cette dernière lui a parlé ! Mais il est vrai qu'elle

m'a laissé un gros souci sur le cœur, et que jamais plus je ne pourrai oublier Fatima.

Sœur Lucie était la « voyante » de Fatima, petit village du Portugal où la Vierge était apparue miraculeusement à trois enfants en 1917, Lucie dos Santos et ses deux cousins, Jacinta et Francisco Marto. Ces deux derniers étaient morts peu après, mais Lucie était restée pour témoigner des trois messages que la Vierge Marie lui avait divulgués, concernant l'avenir de l'Église de Rome et de l'humanité tout entière. Lucie avait révélé les deux premiers secrets en 1941, donnant une description de l'Enfer et appelant à la conversion de la Russie, mais avait tenu caché le troisième secret qui, selon la Vierge, ne devait pas être dévoilé avant 1960. Mais lorsqu'ils prirent connaissance du contenu de ce troisième secret, les papes Jean XXIII et Paul VI décidèrent de ne pas le divulguer.

Un an plus tôt, le 11 juillet 1977, à l'occasion du soixantième anniversaire des apparitions de Fatima, le cardinal Luciani avait eu l'occasion de s'entretenir longuement en privé avec sœur Lucie, à la demande pressante de celle-ci.

L'entretien avait eu lieu dans le parloir du couvent de carmélites de Coïmbre, où sœur Lucie s'était retirée. Il dura près de deux heures. Comme le cardinal maîtrisait le portugais, ils n'avaient pas eu besoin d'interprète pour communiquer. Lorsque Albino Luciani avait quitté Lucie, il n'était plus le même. Les révélations terrifiantes qu'elle lui avait faites l'avaient troublé jusqu'au fond de l'âme.

– Mais qu'est-ce qu'elle vous a dit, exactement, cette sœur Lucie ? reprit sœur Vicenza. Depuis que vous l'avez rencontrée, vous ne dormez plus comme avant. On dirait que quelque chose vous ronge à l'intérieur. Vous ne pouvez pas vous confier à moi ?

– Hélas non, Vicenza. Je ne peux pas. Ce secret est ma croix, je dois la porter seul. Laissez-moi, à présent. Je vais suivre vos conseils et m'allonger. J'ai encore beaucoup de travail à terminer avant la nuit. Demain, il sera trop tard…

– Vous feriez mieux de dormir tout de suite, Très Saint-Père ! Vous savez bien que vous avez besoin de vous coucher tôt. Surtout

en vous levant chaque matin à 4 heures et demie. Et n'oubliez pas vos comprimés !

– Je n'oublie pas, Vicenza, c'est promis !

Demeuré seul, Jean-Paul Ier avala ses deux comprimés de vitamines quotidiens, destinés à remonter sa tension, et s'allongea sur son lit sans quitter sa soutane blanche. Il tenait à la main la liste de tous les éléments de la curie dont il lui faudrait se séparer au plus vite. Il voulait la relire à tête reposée, afin de ne pas commettre d'erreur, et signer les documents de mutations avant de s'endormir. Sa dernière nuit.

Interrompant un instant sa lecture, il resongea à sa rencontre avec sœur Lucie. Il avait été frappé par sa force de caractère, ses yeux limpides, son sourire franc. Malgré ses soixante-dix ans, elle avait conservé un teint de jeune fille et un air de jeunesse. Petite de taille, elle avait une corpulence de paysanne. Elle était dotée d'une prodigieuse mémoire et s'exprimait en phrases brèves, hachées. Elle ne cherchait jamais ses mots et s'exprimait de manière à la fois spontanée et passionnée, inspirée par une voix intérieure qui lui dictait au fur et à mesure ce qu'elle devait dire. Tout en parlant, elle serrait entre ses mains un rosaire qu'elle égrenait sans cesse, comme si ses mains priaient toutes seules.

Contrairement aux autres ecclésiastiques, qui n'accordaient qu'une confiance limitée aux allégations de la voyante de Fatima, le cardinal Luciani n'avait jamais mis en doute ses dons, et la réalité de sa rencontre avec la Vierge.

Dès le début de leur entretien, il avait été frappé par le fait qu'elle l'appelle « Très Saint-Père », alors qu'il n'était que cardinal, et que nul ne pouvait se douter qu'il serait élu pape un an plus tard.

Il avait tout d'abord cru à une erreur de la part de la carmélite et l'avait aussitôt corrigée. Mais elle avait insisté :

– Je vous appelle Très Saint-Père car vous serez le prochain pape, la Vierge me l'a dit. Cela se produira très bientôt. Mais votre règne sera très court, et chacune de vos heures devra être consacrée à com-

battre la corruption et l'apostasie qui règnent dans l'Église depuis trop longtemps.

Le cardinal avait marqué sa surprise devant de tels propos, pourtant il avait continué à l'écouter attentivement. Il sentait chez cette femme un ton de conviction qui appelait le respect. Même si ce qu'elle lui disait lui semblait improbable, il ne pouvait pas le balayer d'un simple revers de main.

– Que me dites-vous là, ma sœur ? Pourquoi la Vierge s'intéresserait à un être aussi simple que moi ?

– C'est parce que vous êtes « l'élu ».

– L'« élu » ? Comment cela ?

– Je ne fais que répéter ce que m'a dit la Vierge, s'entêta sœur Lucie. Elle m'a dit que vous étiez l'élu, et que je devais vous le dire, afin que vous soyez préparé à votre sacrifice, et que vous l'acceptiez en toute connaissance de cause, comme l'a fait son Fils.

Le cardinal, d'ordinaire si souriant, était devenu sombre. Il sentait que cette femme était la voix de son destin, et qu'il devait se soumettre à sa loi.

– L'Église s'est détournée de sa vocation d'humilité et de charité, poursuivit sœur Lucie. La Vierge souffre beaucoup de savoir qu'au nom du Seigneur des hommes ne s'attachent qu'au profit ou au pouvoir temporel. Elle dit qu'il faut un Bon Pasteur pour pacifier l'Église et la remettre dans la voie juste. Elle dit que vous êtes ce Bon Pasteur. Elle dit aussi que vous êtes son Fils, revenu sur terre pour assumer une nouvelle fois son holocauste.

Le visage du cardinal se figea. Ce que lui révélait sœur Lucie était à la fois merveilleux et terrible. Merveilleux, car il se savait aimé de la Vierge, qui le considérait comme son Fils, et terrible car elle lui confiait la plus douloureuse des missions : endosser le calvaire du Christ et faire le sacrifice de sa personne et de sa vie.

– La Vierge m'a aussi parlé d'une malédiction proférée par l'apôtre Pierre au moment de sa crucifixion. Cette malédiction poursuit l'Église depuis sa fondation, qui s'est faite dans le sang des martyrs sacrifiés par Néron dans les jeux du cirque. L'Église se réclame de

saint Pierre, mais elle a trop souvent pris le parti de Néron. Pour laver tout ce sang et tous ces crimes, il faut une victime expiatoire. La Vierge vous a choisi pour être à la fois le Bon Pasteur et l'agneau immolé.

Le cardinal Luciani avait fermé les yeux. Il priait, ses lèvres bougeant à peine dans son visage fermé. Son sourire s'était envolé.

– Jésus a été sacrifié dans sa trente-troisième année de vie humaine. Votre sacrifice aura lieu au trente-troisième jour de votre sacerdoce de Vicaire du Christ. Et le nombre de vos ans sera deux fois celui de Jésus à sa mort. La Vierge a insisté sur l'importance de ces signes. « Ceux qui ont des yeux verront, ceux qui ont des oreilles entendront, ceux qui ont l'intelligence du cœur comprendront », ajouta-t-elle.

Ainsi, si sœur Lucie disait vrai – et le cardinal Luciani, dans sa foi et son absolue candeur, n'en doutait pas le moindre instant –, la date de sa mort était déjà programmée. Il ne régnerait que trente-trois jours sur le trône de saint Pierre, et mourrait à l'âge de soixante-six ans.

– La Vierge m'a dit aussi que le troisième secret vous concernait, mais pas que vous. Il concerne l'Église et l'humanité entière, et verra sa réalisation dans un avenir très proche, à la Fin des Temps.

– Mais je n'ai pas eu accès à ce troisième secret, ma chère sœur. Le Saint-Père n'a pas autorisé sa divulgation.

– Cela attriste beaucoup la Vierge, que l'Église cache ce qui doit être mis en pleine lumière. Je n'ai pas le droit de vous le divulguer, car j'en ai fait le serment. C'est au pape de le faire. Mais comme vous serez le prochain pape, vous pourrez enfin répandre la vérité dans le monde.

Jean-Paul Ier essuya ses lunettes avec un morceau de drap. Il n'avait pas revu la voyante depuis ce fameux entretien, mais pas un jour il n'avait cessé de repenser aux révélations qu'elle lui avait faites. Et lorsqu'il était devenu pape, il avait eu l'amère confirmation de l'authenticité des prophéties de la voyante de Fatima.

L'une des premières choses qu'avait faite le cardinal Luciani lorsqu'il avait été élu au siège de Saint-Pierre avait été de prendre connaissance de ce troisième secret.

Il s'était rendu dans la Riserva, là où étaient conservés les documents estampillés Secretum Sancti Officii, *Secret du Saint-Office, au fond de la vaste salle de lecture des Archives de la Bibliothèque du Vatican.*

C'est là que, dans un coffret de bois enfermé dans un antique coffre-fort à étagères de bronze, se trouvaient deux minces feuillets : le texte original du troisième secret rédigé en portugais de la main de sœur Lucie, accompagné de la traduction en italien demandée en 1959 par Jean XXIII, lorsqu'il avait pris connaissance du secret avant de l'enfermer à double tour.

Jean-Paul Ier avait ajusté ses lunettes pour lire ce secret dont le contenu avait effrayé deux papes avant lui :

« Et nous vîmes dans une lumière immense qui est Dieu quelque chose de semblable à l'image que renvoie un miroir quand une personne passe devant : un évêque vêtu de blanc. Nous eûmes le pressentiment que c'était le Saint-Père.

Plusieurs autres évêques, prêtres, religieux et religieuses gravissaient une montagne escarpée, au sommet de laquelle était une grande croix de troncs bruts comme si elle était en chêne-liège avec l'écorce ; le Saint-Père, avant d'y arriver, traversa une grande ville à moitié en ruine et, à moitié tremblant, d'un pas vacillant, affligé de douleur et de peine, il priait pour les âmes des cadavres qu'il trouvait sur son chemin ; parvenu au sommet de la montagne, prosterné à genoux au pied de la grande Croix, il fut tué par un groupe de soldats qui lui tirèrent plusieurs coups et des flèches, et de la même manière moururent les uns après les autres les autres évêques, prêtres, religieux et religieuses, et divers laïcs, des messieurs et des dames de rangs et de conditions différentes.

Sous les deux bras de la croix, il y avait deux anges, chacun avec un vase de cristal à la main, dans lequel ils recueillaient le sang des martyrs, et avec lequel ils arrosaient les âmes qui s'approchaient de Dieu. »

Jean-Paul Ier avait fermé les yeux. Ses mains tremblaient.

– Cet évêque vêtu de blanc, c'est moi, murmura-t-il. La Vierge avait raison. J'ai été élu pour suivre un chemin de croix. Et je serai assassiné avant la fin de ma mission.

Le pape balaya ces souvenirs et remonta ses oreillers afin de pouvoir travailler plus commodément dans son lit. Il avait tant de choses à faire encore… En aurait-il le temps avant que le jour ne se lève ?

Soudain, il fut pris de nausées. Il n'eut que le temps de se précipiter vers le cabinet de toilette où il vomit abondamment. Mais cela n'eut aucun effet apaisant. Il sentait ses entrailles brûler de l'intérieur.

« Ça y est, se dit-il. Ils m'ont empoisonné. »

Il revint dans la chambre mais n'eut pas la force de rejoindre son lit. Il s'affala à terre, recroquevillé sur lui-même, le visage congestionné et tordu de souffrances.

– Mon Dieu, pourquoi m'as-tu abandonné ? gémit-il encore.

La porte de la chambre du pape s'ouvrit sans bruit, laissant le passage à un prêtre d'une trentaine d'années, revêtu d'une ample cape noire qui ne laissait paraître que son visage mat surmonté de cheveux très bruns. Ses yeux bleus avaient la froideur des glaciers. Il était accompagné de deux hommes en civil, vêtus de costumes noirs de prix.

Le pape agonisait. Mais il était encore lucide et dévisageait le prêtre avec une expression horrifiée.

– Achevez-le, dit le jeune prêtre à voix basse. Ensuite vous l'allongerez sur le lit et tâcherez de lui donner figure humaine. Pas de rictus de souffrance ou de langue violacée. La version officielle devra conclure à une attaque cardiaque fulgurante. De toute façon, il n'y aura pas d'autopsie. Le secrétaire d'État au service de qui je suis y veillera personnellement.

Les hommes se penchèrent sur le corps prostré du pape et, tandis que l'un d'entre eux lui maîtrisait les poignets, l'autre lui serra la gorge.

Sans défense, l'homme allongé s'immobilisa soudain, la bouche ouverte, les traits figés dans la douleur et l'angoisse.

Le pape Jean-Paul Ier venait d'être assassiné.

Annibal Pantalucci, jeune prêtre plein d'avenir, ne put s'empêcher de sourire.

46

Devant son bureau, le cardinal Pantalucci était entouré d'une grappe de cardinaux qui s'alarmaient du crime de la nuit passée. À vrai dire, ils s'inquiétaient davantage de leur propre sécurité que du sort du moine anonyme qui avait été torturé, et voulaient s'assurer que leur vie n'était pas en danger.

– Qu'en dit le Saint-Père ? demanda un cardinal chevrotant.

– Son état ne lui permet pas de s'exprimer publiquement sur cette triste affaire, déclara le cardinal Pantalucci d'un ton onctueux. Mais il déplore bien évidemment que la violence ait parlé au sein de notre sainte Église…

En réalité, l'esprit du pape était demeuré singulièrement clairvoyant et, lorsque son secrétaire d'État lui avait rendu visite ce matin, le regard perçant du Saint-Père lui avait laissé entendre qu'il le suspectait d'être lié d'une façon ou d'une autre au crime barbare qui avait souillé la basilique Saint-Pierre. Pantalucci était bien certain que le pape déclencherait une enquête interne pour élucider l'affaire. Mais fort heureusement, il n'en aurait pas le temps. Tout allait se jouer dans les heures à venir.

Les Croisés noirs l'avaient prévenu à l'aube qu'ils avaient enfin pu intercepter le jeune homme qui leur avait faussé compagnie dans la nuit. La Prophétie de Pierre allait bientôt tomber entre ses mains. Il se réservait le plaisir de s'en emparer lui-même.

En y songeant, il eut un mouvement d'impatience. Depuis le

début de la matinée il se trouvait coincé dans l'enceinte du Vatican, envahie de policiers qui fourraient partout leur nez et posaient des questions indiscrètes. Et à présent ces cardinaux caquetant comme des poules venaient l'assommer de leurs jérémiades.

Le secrétaire d'État avait compté sur le fait que le meurtre, et surtout les circonstances qui l'avaient accompagné, aurait été découvert par le personnel du Vatican qui aurait fait le ménage avant d'appeler la police. Frère Arno aurait été descendu de sa croix, on l'aurait recousu et lavé et le médecin du Vatican aurait rédigé un certificat de décès concluant à une mort naturelle suite à un arrêt cardiaque. Ce n'aurait pas été la première fois qu'un crime au Vatican aurait été maquillé en banal accident.

L'idée du cardinal avait été de frapper les esprits de la curie, pas d'alerter l'opinion publique sur les règlements de comptes internes du Saint-Siège. Pas tout de suite, en tout cas. À présent qu'il avait les flics dans les pattes, sa liberté de manœuvre était singulièrement entravée et son précieux temps gâché par les procédures administratives auxquelles il devait se soumettre.

Augusto Ferrato vint fort opportunément interrompre le conciliabule qu'il tenait avec les cardinaux.

– Votre Éminence, pardonnez-moi, mais l'un des lieutenants chargés de l'affaire sollicite un entretien avec vous. C'est un Français.

Le cardinal en profita pour prendre congé des hommes en robe rouge en les renvoyant avec un petit salut amical.

– Je vais le recevoir dans mon bureau, Augusto. Ce n'est pas tous les jours que nous recevons un lieutenant français au Vatican !

Augusto fit entrer le lieutenant Peretti dans le magnifique bureau du secrétaire d'État. Ce dernier l'accueillit debout, lui tendant la main droite où brillait le saphir de son anneau cardinalice afin qu'il la baise.

Peretti ignora la main tendue de son interlocuteur et se présenta :

– Lieutenant Peretti, de la Brigade criminelle française.

Le cardinal eut un petit sourire puis, d'un geste ample et félin, il invita le lieutenant à s'asseoir, tout en prenant place lui-même dans un confortable fauteuil en cuir.

Puis il ouvrit sa boîte à cigarillos et la tendit à son hôte.

– Vous fumez ?

Le Français extirpa son paquet de Benson de sa poche.

– J'ai les miennes. Si cela ne vous dérange pas…

– Faites donc, répliqua Pantalucci en souriant. Saviez-vous que la cigarette est beaucoup plus cancérigène que le cigare ? À cause du papier. Mais chacun est libre de choisir sa propre mort, n'est-ce pas ?

Le cardinal actionna la flamme de son briquet Dupont et le tendit au lieutenant Peretti avant d'allumer son cigarillo.

Il prit le temps d'aspirer une longue bouffée tout en dévisageant le lieutenant français qui soutint son regard.

– J'avoue être un peu surpris de votre présence ici, lieutenant. Ce crime n'est-il pas du ressort de la gendarmerie du Vatican ? Et de la police italienne, bien entendu…

Peretti tira sur sa cigarette avant de répondre.

– Ce crime ressemble étrangement à celui dont l'enquête m'a été confiée hier matin, dans le Vaucluse. Une crucifixion à l'envers, dans la cathédrale Saint-Siffrein, à Carpentras. Même mode opératoire. Mêmes symboles ésotériques et religieux. Nous avons toutes les raisons de croire que ces deux crimes ont été commis par les mêmes personnes.

– Et je suppose que vous avez une compétence particulière pour enquêter sur ces crimes ?

– En effet, je suis spécialisé dans les meurtres rituels. J'essaye de trouver le sens de ces actes. J'interprète leur dramaturgie, leur mise en scène atypique, leur aspect spectaculaire, presque esthétique, malgré leur barbarie.

Pantalucci leva les sourcils, intrigué malgré lui par les commentaires du Français.

– Intéressant, murmura-t-il en laissant se profiler un mince sourire. Peu orthodoxe, mais intéressant. *De l'assassinat considéré comme un des beaux-arts*, en quelque sorte…

– Je vois que vous connaissez Thomas de Quincey, Éminence.

– Il fait en effet partie de mes livres de chevet, avec *Le Prince* de Machiavel et le *Léviathan* de Thomas Hobbes.

– Des lectures assez peu catholiques…

– … mais qui forgent le style et la pensée. Cela ne m'empêche pas d'apprécier saint Thomas d'Aquin ou Ignace de Loyola. On a beau apprécier l'eau pure, on a parfois besoin d'une rasade d'alcool fort. Vous ne pensez pas, lieutenant ?

Annibal Pantalucci savait qu'il poussait la provocation trop loin, et qu'il prenait le risque d'éveiller les soupçons du policier français. Mais il avait trop rarement l'occasion de se mesurer à des adversaires à sa mesure. Celui-ci avait l'air moins lourdaud que la moyenne des flics qu'il connaissait. Il semblait intelligent et n'hésitait pas à faire preuve de cynisme. Il s'agissait là de vertus rares que le cardinal aimait à déguster.

Le cardinal allait pimenter un peu l'enquête, en abattant volontairement une partie de son jeu. Juste pour le plaisir de donner à son adversaire le sentiment illusoire qu'il maîtrisait les choses. Sa victoire finale n'en serait que plus délectable. Car le cardinal *savait* qu'il finirait toujours par gagner. Il était né ainsi, avec les bonnes cartes entre les mains. Il avait consacré sa vie à les faire fructifier, ne reculant devant rien, ni le mensonge, ni la corruption, ni la trahison, ni le crime. Ce n'est pas à la veille d'être élu pape que sa chance allait l'abandonner. Alors, il pouvait bien s'amuser un peu avec elle. Juste pour le frisson.

– Mais le crime de cette nuit est avant tout blasphématoire, reprit le lieutenant Peretti.

– Blasphématoire ? Que voulez-vous dire par là ? interrogea le cardinal d'un ton amusé.

– Ceux qui ont fait cela ne se sont pas contentés de torturer et de tuer un homme. Ils ont cherché à souiller le cœur même de la basilique. C'est pourquoi je parle de blasphème.

Le cardinal tira une bouffée de son cigarillo et souffla une fumée bleue.

Le lieutenant Peretti observa un instant son interlocuteur, avant de conclure :

– Au-delà de la personne du moine, c'est l'Église qui est visée par ces crimes. L'Église catholique romaine.

– Qui aurait intérêt à détruire l'Église de Rome ? interrogea Pantalucci d'un air faussement candide. Les terroristes islamistes ? Les francs-maçons ? Les Illuminati ? À moins que vous ne songiez aux documents confidentiels de Sa Sainteté étalés sur la place publique dans un livre scandale publié en mai dernier ? Mais le majordome du Saint-Père, responsable de ces fuites, a été jugé et condamné à dix-huit mois de prison…

– … à la suite d'un procès éclair où les motivations profondes dudit majordome n'ont même pas été évoquées. Vous savez très bien que le « Vatileaks », comme a été surnommée cette affaire, n'est que la face émergée de l'iceberg. Cela confirme le fait qu'il y a bien un complot *interne* à l'Église. Le crime de cette nuit n'aurait jamais été possible sans de puissantes complicités à l'intérieur même du Vatican. Je suis persuadé que le cerveau qui a organisé ces crimes se trouve ici même, dans la Cité papale…

Le cardinal joignit les mains, le front concentré. On aurait dit qu'il priait. Puis il leva lentement ses yeux de glace.

– C'est très grave, comme accusation, lieutenant. Sur quoi repose-t-elle ?

– C'est mon instinct qui parle, Éminence, répliqua Peretti dans un sourire. Mon sixième sens.

Le cardinal sembla hésiter une seconde, en joignant les doigts de ses deux mains écartées, tout en considérant son interlocuteur. Puis il se lança.

– Eh bien, je vais essayer de vous aider à décoder tout cela, lieutenant. Je me demandais si vous aviez prêté attention aux vases de cristal emplis de sang, situés de part et d'autre du corps du moine…

– En effet, confirma Peretti. D'ailleurs, il y avait les mêmes dans la cathédrale Saint-Siffrein. La présence de ces vases doit avoir un sens, mais j'avoue que je n'ai pas encore découvert lequel.

Le cardinal caressa d'une main ses cheveux poivre et sel.

– Avez-vous entendu parler des prophéties de Fatima, lieutenant Peretti ?

Le Français haussa les sourcils, pris de court par l'incongruité de la question.

– Vous faites allusion aux révélations que la Vierge Marie aurait faites à trois jeunes enfants dans un petit village du Portugal ?

– En 1917, très exactement. Mais permettez-moi de vous corriger, lieutenant. Il ne s'agit pas de révélations que la Vierge *aurait* faites, mais *a* faites…

Antoine Peretti observa son interlocuteur avec une légère surprise, mais ne répondit rien.

– J'ai consacré plusieurs années de ma vie à l'étude de la théologie, poursuivit Pantalucci. Je me suis notamment intéressé de très près aux révélations faites par la Vierge à Lucie dos Santos. Ces prophéties ont d'ailleurs été considérées comme « dignes de foi » par l'Église, c'est pourquoi je me suis permis de vous reprendre…

– Je suis peut-être obtus, mais je ne vois pas le rapport entre les révélations de la Vierge à Fatima et le crime de cette nuit.

– Les vases… Les vases de cristal… Voilà le rapport.

– Pouvez-vous m'expliquer ? l'interrompit Peretti, que ces mystères commençaient à agacer.

– Il existe une mention de ces vases dans le texte du troisième secret de Fatima, celui qui a été dévoilé par le pape Jean-Paul II à l'occasion du Jubilée de l'an 2000.

Peretti marqua à nouveau son étonnement.

– Je peux vous le citer, je le connais par cœur, continua Pantalucci. « Sous les deux bras de la croix, il y avait deux anges, chacun avec un vase de cristal à la main, dans lequel ils recueillaient le sang des martyrs. »

– Le sang des martyrs... Les criminels se prennent donc pour des justiciers ?

Pantalucci leva les mains au ciel.

– Allez savoir ce qui se passe dans la tête des assassins ! Je ne sais pas si, comme vous le suggérez, ils font partie de l'Église, mais en tout cas ils possèdent une solide culture religieuse... Vous avez sans doute compris que la croix inversée est celle de l'apôtre Pierre. D'ailleurs, la victime a été crucifiée sur sa Chaire. La double incision sur le ventre fait référence à la croix chrétienne. Et les vases de sang renvoient aux prophéties de Fatima. Enfin, puisque le texte du troisième secret parle du « sang des martyrs », le corps supplicié de frère Arno évoque sans doute le martyre des premiers chrétiens, ceux qui ont été crucifiés en même temps que saint Pierre ici même par l'empereur Néron, à l'emplacement de l'ancien cirque romain...

Antoine Peretti observait avec attention le cardinal. Il sentait que ce dernier lui sortait le grand jeu. Cherchait-il à le mettre en confiance ? Ou s'impliquait-il réellement dans cette affaire, pour mieux déjouer le complot qui se tramait dans l'ombre ? En attendant, les rapprochements que le secrétaire d'État suggérait étaient cohérents.

Peretti tâta la poche de son veston pour y piocher une nouvelle cigarette.

– Pouvez-vous me parler plus en détail du contenu des prophéties de Fatima, Éminence ? Si votre intuition concernant les vases de cristal emplis de sang est juste, d'autres éléments du texte peuvent nous éclairer...

Le cardinal n'attendait que cette invitation pour montrer son savoir.

– Eh bien, les prophéties de Fatima ont été énoncées par la

Vierge lors de ses apparitions en 1917, mais elles n'ont été rédigées que près de vingt-cinq ans plus tard par Lucie, la seule survivante des trois enfants qui avaient assisté au miracle, devenue entre-temps sœur Lucie, cloîtrée dans le couvent des carmélites de Coïmbre.

– Pourquoi avoir attendu si longtemps ? s'interrogea Peretti.

Pantalucci écarta les mains.

– C'est la Vierge elle-même qui avait demandé à Lucie d'attendre. Et puis, cette dernière n'était pas pressée de les révéler publiquement. Les visions décrites par la Mère de Jésus sont en effet particulièrement effrayantes. Ce n'est qu'en 1941 qu'elle s'est résolue à rédiger les deux premiers secrets, et elle a attendu 1944 pour transcrire le troisième.

– Les dates sont importantes ?

– Bien entendu… La Vierge était apparue au plus fort de la Première Guerre mondiale, et avait menacé le monde d'une terrible vengeance du Ciel si les hommes ne se convertissaient pas. La Seconde Guerre mondiale a déclenché une nouvelle ère de souffrance pour l'Humanité. La Vierge a donc commandé à Lucie de révéler ses secrets au monde, les deux premiers en tout cas, afin que les hommes s'amendent enfin.

Antoine Peretti écoutait attentivement. Pantalucci était lancé. Il suffisait de le laisser poursuivre.

– Et que révélaient-ils de si effrayant, ces fameux secrets ? demanda Peretti.

– Le premier secret révélé par la Vierge consistait en une vision de l'Enfer, que sœur Lucie a décrit comme un océan de feu situé au centre de la terre, dans lequel brûlaient pour l'éternité les démons et les âmes des damnés. Cette image a littéralement terrorisé les enfants. Lucie a d'ailleurs pris la peine de préciser que si la vision avait duré ne serait-ce qu'un instant de plus, ils seraient tous les trois morts d'épouvante et de peur.

Peretti ne put s'empêcher de tiquer. Il n'avait jamais eu la foi, mais ce qu'il avait retenu de ses années de catéchisme, c'était le souvenir d'une Vierge Marie pleine de grâce et de bienveillance. Il se demandait bien pourquoi elle aurait eu la cruauté de plonger ces jeunes enfants innocents dans les tourments de l'Enfer, ne serait-ce qu'un court instant. Et il était bien payé pour savoir que l'Enfer ne se situait certainement pas au centre de la terre. L'Enfer se trouvait ici même, sur terre, parmi les hommes.

Il se garda pourtant de faire des commentaires, et relança Pantalucci.

– Et le deuxième secret ? J'espère pour ces pauvres enfants qu'il s'agissait d'une vision du paradis ?

– Pas vraiment, ricana le secrétaire d'État d'un ton lugubre. La Vierge a expliqué aux enfants que les pécheurs ne pourraient échapper à cet Enfer démoniaque que s'ils se repentaient, se convertissaient en masse et se livraient à une dévotion sincère à son Cœur immaculé. C'est à ces conditions que la guerre cesserait. Sinon, une seconde guerre encore plus horrible que la précédente se produirait sous le règne de Pie XI.

– Et c'est ce qui est arrivé ?

– Le pontificat de Pie XI s'est déroulé du 6 février 1922 au 10 février 1939.

– Mais la guerre n'a été déclarée qu'en septembre 1939, non ?

Le cardinal eut un sourire mystérieux.

– Vous pensez que la Vierge s'est trompée, c'est ça ? L'année était juste, mais pas le mois, c'est bien ça ?

Ce fut au tour du lieutenant Peretti d'écarter les mains d'un air dubitatif.

– Le Ciel ne se trompe jamais, lieutenant. Ce sont les actes des hommes qui peuvent parfois contredire les messages divins. En réalité, Pie XI aurait dû rester vivant encore de longues années. Son décès brutal au début de l'année 1939 était prématuré, et a été savamment orchestré.

– Que voulez-vous dire ?

– Le pape Pie XI a été assassiné.

Peretti avala sa salive. Ce cardinal n'avait décidément pas la langue dans sa poche.

– Assassiné par qui ?

– Étrangement, le règne de Pie XI a débuté avec la naissance du fascisme, en 1922, et s'est achevé à la veille de la Seconde Guerre mondiale, en 1939. En dix-sept ans, il a assisté à la montée du fascisme et du nazisme, et à la prise de pouvoir de dictateurs tels que Mussolini ou Hitler. L'Église était la seule force politique et spirituelle qui avait une chance de les dénoncer. C'est ce que le pape a voulu faire en prononçant un discours à l'occasion du dixième anniversaire des accords du Latran, le 11 février 1939. Un discours adressé à tous les évêques d'Italie, dans lequel Pie XI s'en prenait ouvertement aux politiques fascistes et racistes conduites par Mussolini et Hitler, et annonçait l'arrivée imminente de la guerre.

– Attendez… Vous m'avez dit que le pape était mort le 10 février.

– Justement. Il est mort la veille du discours historique qu'il devait prononcer, et qui aurait peut-être pu enrayer l'engrenage infernal. Officiellement, le pape a trépassé d'un arrêt cardiaque, à l'âge de quatre-vingt-deux ans. Mais ce décès n'avait rien de naturel. Le responsable était le docteur Francesco Petacci, le médecin du Vatican, qui a fait une injection mortelle au Saint-Père.

– Mais pourquoi aurait-il fait cela ? s'insurgea Peretti.

– Ce médecin était le père de Clara Petacci, la maîtresse du Duce. C'est ce dernier qui lui a donné l'ordre de le débarrasser de ce pontife un peu trop gênant.

Peretti avait souvent entendu des rumeurs concernant les assassinats de papes, qui semblaient être l'une des spécialités du Vatican. Bien sûr, aucune preuve formelle n'existait de ces attentats, ne serait-ce que parce que le décès des souverains pontifes n'était pas constaté par un médecin légiste, mais par le cardinal camerlingue, chargé d'assurer l'intérim jusqu'à l'élection d'un nouveau pape. Les autopsies étaient également proscrites, le corps du souverain pontife devant rester intact. Ces passe-droits étaient évidemment très pratiques en période de crise pour maquiller des empoisonnements en simples crises cardiaques. C'est également ce que l'on avait prétendu après la mort du pape Jean-Paul Ier.

– Admettons..., concéda Peretti. Mais qu'annonçait la suite du texte du deuxième secret ?

– Je vous la cite de mémoire : « Quand vous verrez une nuit illuminée par une lumière inconnue, sachez que c'est le grand signe que Dieu vous donne qu'il va punir le monde de ses crimes, par le moyen de la guerre, de la famine et des persécutions contre l'Église et le Saint-Père. » La Vierge annonçait clairement les événements de la Seconde Guerre mondiale. Mais ce texte prophétique est toujours d'actualité aujourd'hui. « Une nuit illuminée par une lumière inconnue ». Cela ne vous rappelle pas l'astéroïde qui est en train de se précipiter sur la Terre, et plus précisément sur Rome ? Comme si le Ciel voulait nous punir de nos transgressions... Ou nous éveiller à une nouvelle conscience...

Peretti fronça les sourcils.

– Et le troisième secret, celui qui mentionne les vases de cristal ? s'impatienta Peretti. Vous m'avez dit que Lucie l'avait rédigé vers la fin de la guerre, en 1944. Pourtant, il n'a été révélé par le Vatican qu'en 2000. Pourquoi avoir attendu si longtemps ?

Le cardinal eut à nouveau un geste désabusé.

– Cela reste un mystère... Lucie l'a rédigé à contrecœur, sur l'insistance de l'évêque de Leiria. La moniale était en effet très malade et risquait d'emporter le contenu du troisième secret dans sa tombe. Elle a résisté durant plusieurs semaines puis, lorsqu'elle reçut la permission de la Vierge, elle se décida enfin. La Vierge Marie lui conseilla tout de même de ne pas laisser dévoiler publiquement le contenu de ce secret, le plus important des trois, avant 1960, parce qu'à cette époque-là, le monde serait davantage en mesure de comprendre le sens de la prophétie.

– Mais le secret n'a pas été dévoilé en 1960...

– Non. Le manuscrit original rédigé par sœur Lucie le 3 janvier 1944 fut enfermé dans une enveloppe scellée que conserva l'évêque de Leiria avant de la confier aux Archives secrètes du Saint-Office le 4 avril 1957. Le pape Jean XXIII en prit connaissance peu de temps après son élection, le 17 août 1959, donc approximativement à la date à laquelle la Vierge avait demandé que soit révélé le contenu du message.

– Et qu'a fait le pape ?

– Il a lu le secret, tout au moins sa traduction en italien, et est demeuré un long moment indécis. Puis il a déclaré : « Attendons, je prierai. Je vous ferai savoir ce que j'ai décidé. » Quelques jours après, il renvoyait l'enveloppe contenant le secret aux Archives, en demandant à ce qu'il ne soit pas divulgué. Mais ce qu'il avait lu l'a poussé à entreprendre une réforme complète de l'Église, comme s'il voulait désamorcer la malédiction que représentait le troisième secret de Fatima. Cela a été le fameux concile Vatican II. Paul VI a pris connaissance à son tour du secret le 27 mars 1965, mais il l'a également enterré.

– Et Jean-Paul II ?

– Il a demandé à lire le troisième secret à la suite de l'attentat où il faillit perdre la vie, le 13 mai 1981. Il y a vu la confirmation des persécutions dont devaient souffrir l'Église et le Saint-Père à la fin des temps, et dont il venait lui-même d'être la victime. Vingt ans plus tard, il décida de publier enfin le troisième secret.

– En quoi consiste donc cette prophétie si bien gardée ?

– Elle décrit tout d'abord un ange armé d'une épée de feu qui menace la terre en criant : « Pénitence ! Pénitence ! Pénitence ! » Puis la vision évoque une grande croix de bois brut située au sommet d'une montagne, vers laquelle se dirige le Saint-Père, accompagné d'évêques, de prêtres, de religieux et de religieuses. Avant d'y arriver, il traverse une grande ville à moitié en ruine. Lorsqu'il se prosterne au pied de la croix, le Saint-Père est tué par un groupe de soldats armés, lui et tous les religieux qui l'accompagnent. La vision se termine par la phrase que je vous ai citée tout à l'heure : « Sous les deux bras de la croix, il y avait deux anges, chacun avec un vase de cristal à la main, dans lequel ils recueillaient le sang des martyrs. »

– Attendez… Si je comprends bien, cela confirme le fait que les victimes des crucifixions sont traitées en martyrs chrétiens. C'est une sorte d'allégorie de la mort du pape…

– C'est plus que cela, compléta le cardinal. Dans la vision, la croix plantée au sommet de la montagne symbolise la croix de saint Pierre, située sur la colline vaticane. La ville à moitié en ruine, c'est Rome, telle qu'elle sera peut-être demain, si l'astéroïde nous tombe dessus. Et la mort du Saint-Père et de tous les religieux est une prédiction de la fin de l'Église catholique romaine.

– Et les soldats en armes ?

– Ce sont les mêmes que ceux qui ont commis ces crimes rituels, répondit le cardinal. Les guerriers de l'Apocalypse servant la cause de l'Antéchrist.

– Il y aurait donc bel et bien un complot dirigé contre l'Église catholique romaine, comme je le supposais.

Le cardinal eut un sourire triomphant.

– Connaissez-vous le sens du mot « Antéchrist », lieutenant ?

Antoine Peretti fronça imperceptiblement les sourcils.

– C'est l'adversaire du Christ, son opposé. Le diable. Satan. Lucifer.

Le secrétaire d'État partit d'un grand éclat de rire.

– Pardonnez-moi, mais vous mélangez un peu tout, lieutenant. Vous n'êtes pas le seul, d'ailleurs. Cela fait bientôt deux mille ans que l'on entretient de graves confusions théologiques à cause de problèmes de traductions. L'adversaire du Christ dont vous parlez, c'est l'*Antichrist*. Étymologiquement, celui qui est contre le Christ. L'Antéchrist, au contraire, est celui qui vient *avant* le Christ. Celui qui prépare sa venue et annonce son règne à la fin des temps. Seules les Épîtres de Jean y font référence, en précisant que l'on reconnaît la fin des temps à la venue d'un ou plusieurs antéchrists. On a assimilé ces derniers à de faux prophètes, à des esprits du Mal. C'est bien injuste. Les textes insistent sur le fait que ces antéchrists sont *nécessaires* à la venue du Christ au Jugement dernier. Tout comme Judas était nécessaire à la crucifixion de Jésus. Quant à Lucifer, dont vous avez cité le nom, il n'a rien à voir avec le diable ou Satan, comme on l'affirme trop souvent par bêtise ou par médisance. Lucifer est étymologiquement l'ange *porteur de lumière*. Et le récit de sa chute des cieux n'est qu'une parabole de la descente de l'esprit sur terre sous la forme d'une colombe. Lucifer est la même entité que Prométhée. Celui qui a apporté le feu de la connaissance aux hommes.

Antoine Peretti était médusé. Le secrétaire d'État du Vatican, le second personnage le plus important de l'Église de Rome, était en train de lui faire l'apologie de l'Antéchrist et de Lucifer. À moins qu'il ne soit en train de se payer impunément sa tête.

– Êtes-vous sérieux, Éminence ?

Le cardinal dévoila sa dentition impeccable.

– Qui peut le dire, lieutenant ? Je suis jésuite, ne l'oubliez pas. Nous adorons les paradoxes et les controverses théologiques. Je vois bien que vous vous posez des questions à mon sujet. Suis-je un provocateur ? Un plaisantin ? Ou bien un authentique luciférien ? Pensez ce que vous voulez, lieutenant. Cela n'a guère d'importance. De toute façon, cette conversation restera strictement entre nous. Je vous demande d'ailleurs de considérer qu'elle n'a jamais eu lieu. La réponse à toutes nos questions va tomber sur la Terre d'ici quelques heures. Et vous connaissez le nom qu'on lui a donné.

LUCIFER. L'astéroïde. Antoine Peretti voyait parfaitement à quoi voulait en venir le cardinal. Il avait raison sur un point : tout cela risquait de ne plus avoir beaucoup d'importance dans les heures à venir.

47

La vaste bibliothèque Renaissance qui abritait le PC était en ébullition. Tous les gardes suisses avaient été convoqués, à l'exception de ceux qui étaient de service, et se tenaient devant les accès du Vatican ou devant les appartements du Saint-Père.

Ils avaient revêtu leur uniforme bleu, celui qui correspondait à la « petite tenue », et affichaient une mine contrite. Ce qui s'était passé la nuit dernière dans la basilique était horrible. Mais à leurs yeux, le plus grave était la défaillance impardonnable dont s'était rendu coupable le corps auquel ils appartenaient. Ils avaient fait serment de servir l'Église et de protéger le pape, même au péril de leur vie. Et voici qu'à cause d'eux, des criminels s'étaient introduits impunément dans l'enceinte sacrée du Vatican.

Antoine Peretti reconnut l'inspecteur général Paolini. Il était en grande discussion avec un homme en grand uniforme, plus âgé que les autres, de corpulence athlétique et au visage anguleux. Lorsqu'il s'approcha de lui, l'homme lui tendit la main d'un air grave.

– Colonel Theodor Herscherr, commandant en chef de la Garde suisse, se présenta-t-il d'une voix bien timbrée, à l'accent suisse allemand fortement prononcé.

Antoine Peretti fut rassuré par la poigne franche du colonel. Même s'il servait un État religieux, Herscherr était un authentique militaire. Il ignorait sans doute tout des circonstances qui avaient entouré le meurtre de cette nuit. Mais Peretti savait qu'il ne fallait pas se fier aux apparences. Dans une enquête criminelle, tout le monde était suspect.

– L'inspecteur Paolini m'a expliqué que la surveillance du Vatican s'était brutalement relâchée, la nuit dernière, colonel. Avez-vous des explications à nous fournir ?

Theodor Herscherr serra les mâchoires mais il soutint le regard de son interlocuteur.

– Des explications, oui. Des excuses, non. Ce qui s'est passé cette nuit est inqualifiable, et je m'en tiens personnellement pour responsable.

Peretti sentit que le commandant en chef était sincère. Pour l'être intègre et dévoué qu'il était, un tel scandale laisserait pour toujours une tache indélébile sur son honneur.

– Je ne sais pas ce qui a pu se passer, continua le colonel. Une équipe de surveillance de nuit était prévue. Apparemment, un changement de planning de dernière minute est intervenu. Les gardes originellement prévus ont été libérés de leurs obligations, mais ceux qui devaient les remplacer n'ont pas été prévenus. Ce genre d'imbroglio ne s'est jamais produit jusqu'à présent. La Garde suisse est parfaitement organisée, et elle est régie par une discipline de fer.

– Colonel, reprit Peretti, vous imaginez bien qu'un rapprochement entre cet « imbroglio », comme vous dites, et le crime de cette nuit dans la basilique m'est naturellement venu à l'esprit. Les assassins ont pu entrer dans les lieux et agir en toute impunité, car ils savaient pertinemment que la surveillance avait été relâchée. Ce qui implique obligatoirement une complicité au sein même de la Garde suisse.

Le colonel reçut l'accusation sans broncher, mais ses mâchoires se serrèrent davantage. Ses lèvres étaient tellement contractées qu'elles paraissaient blanches.

– Lieutenant, le corps des gardes suisses n'a jamais failli dans sa mission sacrée. Ces garçons se laisseraient tuer plutôt que de trahir l'Église. Ils l'ont prouvé jadis, en se faisant massacrer pour défendre le pape. Je n'ai aucune explication pour justifier la faute extrêmement grave de cette nuit, mais je suis certain qu'il s'agit d'un concours de circonstances malencontreux. Mes gars n'ont rien à voir avec ce crime ignoble. Ils sont tous non seulement de bons soldats, mais des catholiques convaincus. Pour eux, la vie humaine est une chose sacrée. L'Église catholique romaine est la famille qu'ils ont choisie. Et la basilique est à leurs yeux un espace inviolable. Je comprends parfaitement que vous recherchiez des coupables et des complices, mais vous regardez dans la mauvaise direction.

Le ton de Theodor Herscherr était incisif, mais convaincu. L'idée que les recrues de l'un des corps d'armée les plus prestigieux et les plus convoités du monde trempent dans une affaire aussi abominable était en effet incohérente. Aucun scandale n'avait jamais entaché la Garde suisse, à l'exception du fait divers du 4 mai 1998, au cours duquel un garde suisse de vingt-trois ans avait abattu son colonel nouvellement promu commandant de la Garde ainsi que sa femme d'une balle de Sig 75, avant de se donner la mort. On avait conclu à un coup de folie du sous-lieutenant, ou à une déception amoureuse. Mais cela n'avait rien à voir avec le crime rituel auquel était aujourd'hui confronté le Vatican.

– Je ne demande qu'à vous croire, tempéra le lieutenant Peretti. Mais je dois faire mon métier, et je ne peux *a priori* exclure aucune hypothèse. C'est pourquoi je vous demanderai l'autorisation d'interroger vos « gars », comme vous les appelez.

– Je le comprends, admit le commandant en chef en se détendant un peu. Mais je vous avertis : la Garde suisse compte cent dix hommes. Il vous faudrait beaucoup trop de temps pour les rencontrer tous. J'ai bien peur que ce soit impossible.

– Et pourquoi cela ? fit Peretti.

– Nous venons de recevoir une alerte confirmant la région de Rome comme point d'impact de l'astéroïde LUCIFER. Si le bolide n'est pas détruit entre-temps par les missiles de la NASA, il s'écrasera sur nous dans la soirée. Le gouvernement italien vient de déclarer l'état d'urgence, et Rome est en train de se vider de ses habitants. Tous les bâtiments administratifs et les sites touristiques sont fermés et leur personnel a été évacué. D'ici ce soir, Rome sera une ville morte.

– Et le Vatican ?

Le colonel Herscherr se redressa imperceptiblement, comme un capitaine à la proue de son navire en train de couler.

– Le Vatican est un État indépendant, lieutenant. C'est à lui de prendre les décisions qui conviennent en ce qui concerne sa propre sécurité. Et cette responsabilité incombe en premier lieu au commandant de la Garde suisse. Moi, en l'occurrence.

– Et vous avez pris votre décision ?

Le regard du colonel se voila légèrement.

– Pas encore, lieutenant. Voyez-vous, le Vatican n'est pas un État comme les autres. Pour les catholiques, c'est en quelque sorte la Cité de Dieu matérialisée sur terre. La sécurité de ses citoyens doit passer après la mission religieuse qui lui a été confiée. Déserter le Vatican reviendrait à renier le lieu qui a connu le martyre de saint Pierre. Les chrétiens se retrouveraient en exil, et deviendraient un peuple errant, comme les Juifs chassés de la Terre promise. Le catholicisme deviendrait une religion sans terre. Sans parler de l'état du Saint-Père, qui lui interdit tout déplacement. Et où le transporter ? Les hôpitaux et les cliniques de Rome ont déjà été évacués. Au moins, sa chambre du Vatican est médicalisée…

Le lieutenant Peretti parut surpris.

– Excusez-moi, colonel, mais je ne comprends pas. Si l'état d'urgence a été déclaré, c'est que le danger est réel. Allez-vous attendre sans rien faire que LUCIFER s'écrase sur la cité sainte ? Préférez-vous un pape mort à un pape en exil ?

Le colonel était figé comme une statue de pierre, et son regard semblait perdu au-delà des apparences.

– Parfois, les symboles sont plus forts que les actes, lieutenant. Un pape martyr peut servir davantage la mission sacrée de l'Église qu'un pape en fuite. De toute façon, je ne prendrai aucune mesure d'évacuation du Vatican sans avoir pris l'avis du Saint-Père. S'il souhaite partir, nous partirons. Mais s'il préfère rester, nous resterons avec lui. Jusqu'au bout.

Le commandant de la Garde suisse laissa flotter un léger sourire sur son visage de marbre.

– Mais je le connais bien, lieutenant. Je sais déjà quelle sera sa décision. Et je m'y prépare.

Il fit alors un geste rapide de la main, comme s'il voulait chasser une vision obsédante.

– Mais que cela ne vous empêche pas de conduire votre enquête. Qui désirez-vous interroger ?

– Nous commencerons par ceux qui auraient dû être de service cette nuit, et ceux qui auraient dû les remplacer, répondit le lieutenant Peretti. Par ailleurs, je sais que les gardes suisses ont permission de sortie durant leurs jours de congés, à condition d'être rentrés avant la nuit. Avez-vous un document qui recense leurs allées et venues ?

– Bien entendu. Toutes les entrées et sorties sont badgées automatiquement, et enregistrées sur un fichier informatique. Tenez, venez voir.

Le commandant en chef les conduisit jusqu'à un ordinateur sur lequel il se mit à pianoter. Il ouvrit un fichier sur lequel apparut le nom des gardes suisses ainsi que les heures de leurs absences du Vatican.

Antoine Peretti s'approcha et éplucha soigneusement le registre à la date de la veille.

– Je remarque que l'un de vos gardes suisses est rentré très tard hier soir.

– En effet. Il s'agit d'Aurélien Chalais. Il est rentré à 23 h 50, dix minutes avant l'extinction des feux.

– Convoquez-moi en priorité ce Chalais.

48

Le colonel Herscherr avait mis à la disposition des policiers une petite salle de la caserne afin qu'ils puissent mener leurs interrogatoires en toute discrétion. À la demande du lieutenant Peretti, il avait immédiatement convoqué Aurélien Chalais qui terminait justement son tour de garde.

Le jeune Valaisan était à présent assis en face de Peretti et Paolini. Il n'avait pas changé de tenue, et arborait l'uniforme chamarré qui rendait les gardes suisses reconnaissables entre mille.

Pendant que l'inspecteur Paolini lui faisait décliner son identité et lui posait les questions d'usage, Peretti l'observait en silence, étudiant chacun de ses gestes, la moindre de ses expressions.

Le lieutenant connaissait le langage du corps. Il savait qu'à moins d'une parfaite maîtrise de soi, personne ne pouvait mentir ou dissimuler quelque chose d'important sans aussitôt lancer des signaux inconscients qu'il était facile d'interpréter. Un tressaillement des paupières, un regard fuyant, un frémissement des lèvres, une crispation du visage, un mouvement furtif des mains : le moindre de ces gestes, même infimes, à peine décelables, en disait plus long sur les pensées et les émotions d'un individu que ses plus sincères confessions.

Malgré son assurance de surface, Peretti avait aussitôt senti le malaise du garde suisse, et ceci dès que le garçon était entré dans la salle. Un malaise qu'il s'évertuait à contrôler en appliquant les techniques de base de maîtrise de soi qu'on avait dû lui enseigner lors de sa formation militaire.

Le jeune homme se tenait très droit sur sa chaise, les mains posées bien à plat sur ses genoux, et fixait ses interlocuteurs, non dans les yeux, mais aux alentours d'un point situé à trois centimètres au-dessus, au milieu du front. Ainsi évitait-il de croiser le regard de ses interrogateurs, tout en feignant de les affronter bien en face. Mais Peretti n'était pas dupe. Il savait d'expérience que ces comportements démontraient une volonté farouche de ne pas se dévoiler à autrui. Ce manque de naturel, ce refus de s'abandonner indiquaient clairement que Chalais avait quelque chose à cacher. Il ne révélerait rien de sa propre initiative. Seul son corps parlerait, si le garde suisse relâchait sa concentration, ne serait-ce qu'un instant. Pour cela, il fallait le surprendre, l'obliger à baisser le masque. Mais avant, il fallait qu'il se détende, qu'il se sente rassuré. Il fallait endormir sa vigilance. Peretti était expert dans ces jeux de manipulation psychologique.

D'un regard, il fit comprendre à Paolini qu'il prenait le relais. Ce dernier interrompit ses questions, et entreprit de relire ses notes.

Peretti ne prit pas aussitôt la parole. Il gardait le silence, le visage immobile, dénué de toute expression, les yeux rivés sur ceux d'Aurélien Chalais. Ce dernier, au contraire, évitait soigneusement de croiser le regard du lieutenant, se contentant d'observer un point imaginaire situé sur le mur d'en face. Il attendait que le policier l'interroge, pour se tourner bien docilement vers lui et poser ses yeux sur son front, comme il l'avait fait avec Paolini.

Mais justement, le lieutenant ne disait rien. Il laissait volontairement planer un silence pesant.

Plus les secondes s'écoulaient, et plus le malaise du jeune homme grandissait. Une longue minute passa ainsi.

Au bout d'une minute et dix secondes très exactement, Aurélien Chalais jeta un coup d'œil furtif au lieutenant muet. Il reprit aussitôt sa position de défiance, mais il était trop tard.

Peretti avait repris le contrôle de la situation. À présent, il allait jouer un peu.

Il afficha un large sourire et adopta un ton amical.

– Chalais… C'est un nom du Valais, n'est-ce pas ? Une belle région. J'ai eu l'occasion de la traverser, voici quelques années. Vous êtes de quel coin, déjà ?

Aurélien s'était préparé à des questions précises et factuelles concernant la nuit du crime, et s'était mis dans l'état d'esprit d'y répondre de la façon la plus concise possible, sans trop en dire. Il avait passé l'après-midi à Rome, avait traîné dans quelques bars et était rentré peu avant minuit. Rien de répréhensible. Il tairait bien évidemment son rendez-vous nocturne avec frère Arno, et surtout l'accès au Vatican qu'il lui avait facilité, à lui et son ami. Il s'en voulait suffisamment d'avoir été indirectement la cause de la mort du moine. Il n'avait pourtant rien fait d'autre que d'obéir aux ordres du secrétaire d'État. Mais il était loin de se douter que cette transgression des règles de sécurité aurait de telles conséquences.

L'attitude du lieutenant français le prenait de court. Il semblait s'intéresser sincèrement à lui, comme s'il cherchait à tisser un lien amical. Après tout, peut-être n'était-il pas considéré comme suspect ? Les policiers effectuaient un simple contrôle de routine, et passaient le temps en posant des questions qui n'avaient rien à voir avec l'affaire.

Un peu rassuré, Aurélien se mit alors à parler de son pays, de sa famille, de ses goûts, encouragé par le lieutenant Peretti qui hochait la tête avec bonhomie et relançait sans cesse la conversation en posant de nouvelles questions personnelles. Il donnait tous les signes du contentement le plus absolu, comme si cette conversation avec le jeune Valaisan était pour lui un moment privilégié qu'il cherchait par tous les moyens à prolonger.

Au bout d'un quart d'heure, Aurélien Chalais avait retrouvé sa confiance et son naturel, et plaisantait avec le lieutenant comme s'il s'agissait d'un ami d'enfance.

Puis, sans que rien ne puisse annoncer ce brutal changement d'attitude, le visage de Peretti se referma d'un coup. Il plongea son regard dans celui du jeune garde suisse et lâcha d'une voix glacée :

– À quelle heure avez-vous vu frère Arno vivant pour la dernière fois ?

Aurélien perdit d'un coup tous ses moyens et se mit à rougir. Il tourna son regard vers l'inspecteur Paolini, qui n'avait rien dit depuis un moment. Mais le gendarme l'observait d'un air neutre, sans laisser transparaître le moindre sentiment sur son visage. Le Valaisan revint vers Peretti, la bouche ouverte, mais incapable d'en sortir le moindre son. Ses mains tremblaient.

– Tu m'as parfaitement entendu, Chalais ! reprit Peretti en haussant le ton. Déballe-moi toute l'affaire, sinon je t'inculpe pour complicité de meurtre !

De rouge, le visage du garde suisse devint subitement livide. Il ouvrit et referma la bouche à plusieurs reprises, comme un poisson hors de l'eau, les yeux fous.

Peretti s'apprêtait à proférer de nouvelles menaces lorsque le jeune homme, saisi de panique, se mit à balbutier.

– Je... Je ne savais pas, je vous jure... Je ne pouvais pas savoir que cela se terminerait ainsi... Frère Arno m'aimait bien. Nous discutions souvent. Il me considérait un peu comme son fils... Alors, quand il m'a téléphoné pour me demander de le faire entrer au Vatican en pleine nuit, je n'ai vu qu'une lubie de vieil homme. C'était un original... Mon Dieu, si vous saviez comme je regrette...

À présent, le Valaisan commençait à pleurer. Il fallait mettre à profit ce moment de faiblesse pour lui faire dire tout ce qu'il savait.

– Par où l'as-tu fait entrer ?

– Par la porte Sant'Anna, l'entrée qu'empruntent les gardes suisses.

– Tu as utilisé ton badge ?

– Oui.

– Il était seul ?

Aurélien hésita. Mais Peretti enchaîna aussitôt :

– Il était en compagnie d'un Français. Il est entré aussi, n'est-ce pas ?

– Oui, répondit Chalais, soulagé de n'avoir plus à dissimuler la vérité, même s'il allait certainement en payer les conséquences.

– Et toi, qu'as-tu fait ensuite ? Tu les as accompagnés ?

Le garde suisse marqua une nouvelle hésitation, puis balbutia :

– Non… Je… Il était tard… C'était presque l'heure de l'extinction des feux. Je suis rentré à la caserne et j'ai rejoint ma chambrée.

– Tu as rencontré quelqu'un en chemin ?

Aurélien baissa le regard et rougit à nouveau. Bien sûr qu'il avait rencontré quelqu'un. Le secrétaire d'État du Vatican en personne. Le futur pape. Il suffisait qu'il l'avoue, et il serait couvert. Après tout, il n'avait fait qu'obéir aux ordres. Il n'avait été qu'un instrument entre les mains du cardinal Pantalucci.

Mais il savait aussi que cet ordre n'avait rien d'officiel, et qu'il avait juré de garder le silence le plus total au sujet de ces petits arrangements. S'il trahissait le cardinal, ce dernier le lui ferait payer très cher. D'ailleurs, il nierait tout en bloc. Ce serait la parole du second personnage le plus important de l'Église contre celle d'un simple garde suisse.

Aurélien releva les yeux et répondit :

– Non, je n'ai rencontré personne. Je suis allé directement me coucher.

– Tu en es sûr ? insista le lieutenant.

– Mais puisque je vous le dis ! J'étais seul ! Tout seul !

Aurélien Chalais était effondré, et tremblait comme une feuille. Il n'y avait plus rien à en tirer.

– Tu peux retourner avec les autres, dans la salle du Commandement, lâcha Peretti. Bien entendu, tu n'en bouges pas. Tout à l'heure, on te fera signer ta déposition.

49

Aurélien Chalais demeurait dans son coin, sans parler à personne, les yeux perdus dans le vide. À présent qu'il était livré à lui-même, il songeait aux conséquences de ses actes et de l'aveu qu'il avait fait au policier.

Il prenait enfin conscience de la gravité de la faute qu'il avait commise. Il risquait d'être accusé de complicité de meurtre. Et même si sa bonne foi était prouvée, il serait radié de l'ordre des gardes suisses, et devrait rentrer au pays couvert d'opprobre. Ses parents ne lui pardonneraient pas cette humiliation. Mais que pouvait-il faire, à présent ? Rien. Uniquement attendre que le couperet tombe.

Une main posée sur son épaule le fit émerger de sa torpeur. Un de ses camarades venait d'entrer dans la salle du Commandement et s'était dirigé directement vers lui.

– Aurélien, tu dois te rendre tout de suite dans ta chambrée.

– Comment ? Mais… Les policiers m'ont demandé d'attendre ici.

– Je ne sais pas, Aurélien. Je viens de recevoir un appel anonyme sur mon téléphone portable, me disant de te prévenir immédiatement. Le correspondant m'a juste dit que tu trouverais sur ton lit de quoi échapper à tes ennuis. Il ne m'en a pas dit plus, il a raccroché aussitôt.

– Échapper à mes ennuis ? répéta le garde suisse d'un air hagard.

Puis, dans un éclair, il comprit. Le secrétaire d'État savait que les policiers l'avaient interrogé, et à présent il lui proposait un moyen de se disculper. Il fallait à tout prix qu'il le trouve avant que les policiers ne recommencent à l'interroger.

Aurélien remercia son camarade et sortit de la salle du Commandement pour se diriger vers l'aile de la caserne où se trouvaient les chambres des gardes suisses.

Un moyen d'échapper à ses ennuis l'attendait sur son lit. De quoi s'agissait-il ? Il n'en avait pas la moindre idée. Mais il faisait confiance au cardinal. C'était un homme de parole. Il ne le laisserait pas seul face aux questions de la police.

Aurélien pénétra dans la chambrée et se dirigea aussitôt vers son lit, impatient de découvrir la nature de l'aide qui lui était proposée.

Il pensait trouver des documents, ou une attestation quelconque émanant du secrétaire d'État, certifiant qu'il n'était pas responsable des événements de la nuit.

Mais il ne s'agissait absolument pas de cela.

Au centre de l'oreiller se trouvait une capsule. Une simple capsule bleue posée sur la taie immaculée. La solution. De quoi échapper à ses ennuis. Définitivement.

Aurélien porta la capsule à sa bouche et la croqua. Un goût amer envahit son palais, et la pièce se mit à tourner autour de lui.

Il tomba sur le sol, le visage congestionné, le regard fixe.

50

Stéphane reprit lentement connaissance, malgré les élancements épouvantables qui lui vrillaient le crâne. Il se redressa mais se cogna le sommet de la tête. Il réalisa alors qu'il était enfermé. Dans une cage.

Le jeune homme regarda autour de lui en essayant de rassembler ses esprits. Il se trouvait dans un long couloir en sous-sol bordé de blocs énormes de travertin. Des torchères accrochées aux parois diffusaient une lumière tremblotante.

Soudain, une silhouette se profila dans la lueur des torchères. Un homme seul, de haute taille, dont le corps était entièrement recouvert d'un ample manteau et le visage dissimulé sous une coule.

Le captif observa sans bouger l'approche de l'inconnu. Il était sans défense, emprisonné comme un animal. Il était totalement à la merci de celui qui venait à lui dans l'anonymat le plus complet.

L'homme marchait lentement, d'un pas mesuré, comme s'il avait tout son temps. Il s'arrêta devant la cage où se trouvait Stéphane.

Il ne semblait pas avoir d'intentions hostiles. Son visage demeurait invisible, masqué par les bords de la coule, et ses mains étaient enfoncées dans les manches de sa robe. Il ressemblait davantage à un moine en prière qu'à un tortionnaire.

Soudain, sa voix résonna dans le silence.

– Le soleil se lève à l'Orient dans le Royaume du Prêtre Jean, murmura-t-il.

– Qui êtes-vous ? Que me voulez-vous ?

L'inconnu prit le temps de considérer le prisonnier, puis il lui répondit d'une voix lente et bien timbrée :

– Je suis celui que vous attendiez, Stéphane. Celui qui a demandé à votre ami Michel de vous envoyer jusqu'ici pour mener une mission importante. Je suis le supérieur de l'Ordre des Fidèles du Prêtre Jean. Le frère El Caro. J'ai dû dissimuler mon identité jusqu'à ce jour, pour échapper à la surveillance de nos ennemis, mais le temps de sortir de l'ombre est venu…

– Comment m'avez-vous trouvé ? s'écria Stéphane.

– Qu'importe ? Je vous ai trouvé, c'est l'essentiel.

– J'ai été attaqué… J'ai perdu connaissance. Qu'est-ce que je fais dans cette cage ?

– Nous sommes dans le couloir de la mort, Stéphane.

– Le quoi ?

– C'est ainsi que l'on nomme les souterrains où étaient enfermés les fauves et les gladiateurs avant de se rendre dans l'arène. C'était un couloir que l'on ne traversait que dans un sens. Il n'y avait pas de chemin de retour.

– Charmant… Nous sommes donc en dessous d'une arène ?

– Exactement. Mais pas n'importe laquelle. La plus grande, la plus célèbre au monde. Le Colisée. L'hypogée, c'est-à-dire cet ensemble de sous-sols situés sous l'arène du Colisée, a fait l'objet d'une restauration récente.

– Mais qu'est-ce que je fous ici ? Ce sont ces malades vêtus de noir qui m'y ont conduit ?

Le frère El Caro haussa légèrement les épaules.

– Que voulez-vous que je vous dise ? Les Croisés noirs semblent avoir un certain penchant pour les mises en scène grandiloquentes. Cette nuit même, ils ont crucifié à l'envers le frère Arno Saknussem dans le chœur de la basilique Saint-Pierre, comme ce pauvre Michel Ardent. Pour vous, ils semblent avoir préféré le Colisée.

– Mais pourquoi toute cette mascarade ? s'emporta Stéphane en serrant ses poings autour des barreaux de la cage pour tenter de les écarter.

– Si l'on y réfléchit bien, ces sites sont reliés. Le Vatican a été construit à l'emplacement du cirque où l'apôtre Pierre a été crucifié par Néron en 65 après Jésus-Christ. Mais pour construire la basilique Saint-Pierre, l'Église a utilisé des pierres provenant des principaux sites antiques de Rome. Notamment le Colisée de Néron. La Rome païenne et la Rome chrétienne sont étroitement mêlées.

Stéphane se massa l'arrière du crâne, tâtant l'énorme bosse qui s'y trouvait.

– Ces dingues ont voulu réinstaurer les jeux du cirque et me donner à bouffer aux lions ?

Le frère El Caro eut un geste évasif.

– À moins qu'ils aient prévu de vous pendre à une croix, la tête en bas. Leur imagination est sans limites, lorsqu'il s'agit de tuer… Mais tout cela se passe dans le respect absolu du rituel, bien entendu…

Stéphane donna un nouveau coup de poing dans la grille.

– C'est absurde ! On ne fait pas crever les gens comme les chrétiens d'il y a vingt siècles !

– Connaissez-vous Bède le Vénérable, Stéphane ?

– Bède ? fit Stéphane en écarquillant les yeux. Je m'en fous, de votre Bède ! Que me voulez-vous, à la fin ?

– Calmez-vous… Bède le Vénérable, un auteur anglo-saxon du VIIIe siècle, a écrit : « Tant que le Colisée sera debout, Rome sera debout ; quand le Colisée s'écroulera, Rome s'écroulera ; quand Rome s'écroulera, le monde entier s'écroulera. » Le sort du Colisée est lié à celui de Rome, et le sort de Rome influence celui du monde. Voilà pourquoi ils vous ont conduit ici…

Stéphane contemplait l'homme étrange d'un air effaré.

– Mais cela n'a aucun sens !

– Au contraire ! Souvenez-vous de la Prophétie de Pierre : « À la fin des temps, une étoile de feu tombera du ciel sur la ville maudite et la colline vaticane. Rome périra dans les flammes, et ce sera la fin du monde ! » Tout est lié. La malédiction de l'apôtre, la prédiction de Bède le Vénérable, les secrets de Fatima, les prophéties de Malachie, l'Apocalypse de saint Jean. Tous ces textes disent la même chose, au fond, qui peut se résumer ainsi : une étoile tombe du ciel, s'écrase sur Rome, provoque la chute de l'Église et la fin du monde.

– Tout est écrit d'avance, dans ce cas ? fulmina Stéphane. C'est une sorte de fatalité, contre laquelle il n'y a rien à faire ?

– Je n'ai pas dit ça, répondit le frère El Caro avec un étrange sourire. J'ai dit que tous ces textes étaient liés. Encore faut-il savoir établir des liens entre eux, et chercher à leur donner un sens. Les prophéties ne valent rien sans leurs interprétations. Pas même celle de Pierre. À propos, l'avez-vous toujours en votre possession ?

– Quoi donc ?

– La Prophétie, bien entendu. La Prophétie de Pierre.

Stéphane sortit l'étui de cuir de sa poche et le tendit à l'homme à travers les barreaux.

Celui-ci prit le temps de sortir le parchemin de sa protection.

– Quand je pense que ces quelques lignes ont provoqué tant de luttes. Tant de sang a été versé…

– Vous n'aviez jamais vu ce document ?

– Non, Stéphane. Frère Arno en était le gardien depuis trente ans. Lui seul connaissait la cachette dans laquelle il l'avait enfermé. Personne d'autre n'était au courant. Pas même moi. Il ne vous l'a divulguée que la nuit dernière.

Le frère El Caro rangea la prophétie dans l'étui de cuir qu'il glissa dans son manteau.

– Voyez-vous, je bénéficie de réseaux et de relais un peu partout dans le monde. Mais cela ne me donne pas forcément les moyens d'agir comme je le voudrais. Intervenir, sortir de l'ombre, c'était m'exposer à nos ennemis, et mettre en péril notre œuvre, vous comprenez ? Je sais que vous avez risqué votre vie, mais vous vous en êtes bien sorti. J'ai eu raison de vous faire confiance.

– On ne peut pas en dire autant de Michel et de frère Arno ! s'insurgea Stéphane. Si vous étiez aussi influent que vous le prétendez, vous auriez pu éviter ces crimes horribles !

Frère El Caro répondit d'un ton navré.

– Je comprends votre révolte, Stéphane. Et vous avez le droit de me blâmer. Mais, voyez-vous, je suis un peu comme le roi du jeu d'échecs. La pièce la plus importante du jeu, celle qui régit tout, qui observe tout, mais dont la marge de manœuvre est la plus limitée. Et dans un jeu, aux échecs comme dans la vie, il faut savoir sacrifier des pions pour mettre l'adversaire échec et mat.

– Des pions ! se révolta Stéphane. C'est ainsi que vous considérez mon ami et ce pauvre moine ! Je ne vous imaginais pas aussi cynique, frère El Caro !

– Pardonnez ma comparaison si elle vous choque. Mais nous sommes tous des pions sur un échiquier. Vous, comme moi. Nous avons simplement des rôles différents. Michel était plutôt le cavalier. Le Castor des Dioscures, le dompteur de chevaux. Vous, Stéphane, vous étiez la Tour. Solide, inébranlable. Pollux, le boxeur... Vous voyez que je n'ignore rien de votre passé.

– Et le fou ? l'interpella Stéphane.

Le frère El Caro eut un petit rire.

– Il s'agirait plutôt de ce lieutenant Peretti qui est venu vous rendre visite après le meurtre de Michel, et vous a recommandé de ne pas bouger, ce que vous vous êtes empressé de ne pas faire... Lui aussi est une pièce maîtresse, mais incontrôlable. Il se déplace toujours en diagonale, de façon inattendue, tandis que vous foncez droit devant vous. Le roi, la tour, le cavalier, le fou, les pions... Les pièces sont presque au complet dans le jeu des Blancs.

– Et dans celui des Noirs ? répliqua Stéphane. Les Croisés

noirs, je suppose. Ils ne sont guère que des pions, cependant. En attendant, je suis prisonnier, si vous ne l'aviez pas remarqué ! Je croyais que vous étiez censé m'aider !

Le frère El Caro hocha la tête d'un air navré.

– Je n'ai hélas ni clés ni outils à ma disposition pour vous rendre votre liberté, mon ami. Croyez que je le regrette. Quant aux dangers qui vous menacent, n'ayez crainte. Vous avez encore un peu de temps devant vous avant de les affronter. D'ici là, nous avons encore pas mal de choses à nous dire. J'ai tant de choses sur le cœur. De lourds secrets que j'ai dû garder pour moi durant toutes ces années. À présent que le temps nous est compté, je vous dois la vérité.

Stéphane eut un mouvement de recul.

– Quelle vérité ?

– Toute la vérité, Stéphane. Le secret de vos origines, de votre famille dont vous ignorez tout. Je sais tout de vous, je vous l'ai déjà dit. Il est l'heure pour moi de passer aux aveux.

– Des aveux ?

Frère El Caro poussa un profond soupir.

– C'est une bien triste histoire. Vous avez été abandonné à la naissance, Stéphane. Vos parents ont regretté d'avoir eu à prendre cette décision, mais ils n'avaient guère le choix. Votre père, voyez-vous, était un prêtre promis à un brillant avenir au sein de la curie du Vatican. Il était jeune, plein de fougue et d'enthousiasme, et assez bien fait de sa personne. Il a eu une brève aventure avec une jeune Romaine dont il était le confesseur. La chair a été plus forte que l'esprit. Vous êtes le fruit de cette union, Stéphane…

Le jeune homme était atterré par ces révélations. Toute sa vie, il s'était posé des questions sur l'identité de ses parents, et voilà qu'un étranger lui révélait sans prévenir d'obscurs secrets de famille.

– Une vocation religieuse n'est pas compatible avec une vie de famille. Dans l'Église catholique, en tout cas. Votre père s'est arrangé pour que votre mère soit accueillie dans un monastère de Clarisses, en France. C'est là qu'elle vous a donné le jour, en mars 1978. Elle aurait pu ensuite vous élever, même seule. Votre père aurait sans doute accepté de lui fournir des subsides afin de pourvoir à votre éducation. Mais cette charge était sans doute trop lourde pour elle. Elle a préféré vous abandonner dans un bureau de l'Assistance publique de Marseille. À cette époque, votre père n'en a rien su.

– Et ma mère, qu'est-elle devenue ? demanda sourdement Stéphane.

– Elle est retournée dans le monastère de Clarisses et y a prononcé ses vœux. Sa motivation a été la foi, ou la culpabilité, je ne sais pas. En tout cas, elle a fait son chemin car vingt ans plus tard elle y est devenue Mère supérieure…

– Attendez… Ma mère est Mère supérieure chez des Clarisses en France ?

– Je sais à quoi vous pensez, Stéphane. Et vous avez raison de le penser. Il s'agit bien du même monastère que celui où s'est cloîtrée Marie, votre ex-fiancée… Et le choix de la vocation de cette dernière n'est pas non plus le fruit du hasard.

Stéphane demeurait sans voix. Toute sa vie défilait sous ses yeux avec un sens différent de celui qu'il avait toujours imaginé. Il s'était cru libre, mais en réalité il avait en permanence été manipulé. Comme les autres. Un pion sur l'échiquier.

– Marie… Elle était au courant ?

– Bien entendu, poursuivit le frère El Caro. Sa visite au monastère de Clarisses avait été savamment programmée, ainsi que les longs entretiens qu'elle a eus avec la Mère supérieure. Votre mère. Et elles ont souvent parlé de vous, croyez-moi. Elles n'ont fait que cela, d'ailleurs. Et la décision qu'a prise Marie de rentrer dans les ordres n'avait rien à voir avec une révélation mystique, comme elle l'a affirmé. Elle était obligée de vous quitter et d'entrer au monastère. C'était le seul moyen de vous protéger. Et d'avoir la vie sauve…

– Mais… je ne comprends pas, articula Stéphane.

– Vous allez comprendre, mon cher enfant. Voyez-vous, votre père était un homme ambitieux, très ambitieux. Et dépourvu de ce qu'on nomme habituellement des scrupules. Il aimait sincèrement votre mère, le temps qu'a duré leur passion, en tout cas, mais cette séparation forcée puis le secret qui a entouré votre naissance l'ont définitivement éloigné des tentations de l'amour ou de la chair. Il s'est tourné… disons… vers des plaisirs plus intellectuels et dangereux. Quelques mois après votre naissance, dans la nuit du 28 au 29 septembre 1978, il a pris une part active dans l'élimination d'un pape. L'assassinat de ce dernier était programmé, de toute façon. Mais la participation de votre père l'a propulsé dans les sphères du pouvoir ecclésiastique. Le pouvoir de l'ombre, bien entendu. Le seul qui ait jamais été efficace au sein de l'Église.

– Mon père, un assassin ?

– Hélas oui, mon enfant. Même s'il n'a pas tué de ses propres mains. D'autres s'en sont chargés à sa place.

– Mais… quel rapport avec Marie ?

– Votre père est devenu un rouage indispensable dans l'organisation du Vatican. Il connaissait des secrets inavouables qui, s'ils étaient révélés, auraient profondément entaché la réputation de l'Église. Il est donc devenu intouchable, un homme de pouvoir disposant de puissants réseaux de renseignements. C'est ainsi qu'il a fini par retrouver votre trace.

– Il m'a retrouvé ? Mais dans ce cas, pourquoi n'est-il jamais venu me voir ?

– Disons que son goût de l'intrigue avait fini par remplacer la fibre paternelle. N'oubliez pas que cela lui a demandé des années avant de savoir qui vous étiez, ce que vous faisiez. Il a pris le temps de vous étudier, de vous observer à distance. Les années d'armée, les *bodyguards*, le karaté, le *krav-maga*. Il s'est dit que vous pouviez lui être utile, un jour ou l'autre. Mais votre amour pour Marie risquait de vous affadir, de vous embourgeoiser. Il ne voulait pas d'un fils marié et père de famille. C'est pourquoi il a manœuvré de façon à éloigner Marie de vous. Définitivement. Et de vous briser le cœur, afin que vous soyez libéré à jamais de l'emprise des femmes…

– C'est odieux…

– Certes, mais cela a été efficace. Vous êtes demeuré seul durant toutes ces années. Vous étiez entièrement disponible pour pratiquer le close-combat. Et pour étudier les phénomènes aérospatiaux non expliqués au sein du GEIPAN. Cela aussi entrait dans les plans de votre père. Il a toujours été passionné par les étoiles. Et les météorites. Il attendait, depuis longtemps, qu'une pierre tombe du ciel. L'apparition de LUCIFER a comblé ses vœux. Enfin, l'annonce d'une catastrophe universelle, d'un châtiment tombé du ciel qui provoquera chez les hommes un repentir sincère, et un retour à la religion ! Des brebis, dont votre père sera un jour le Bon Berger. Ou plus exactement le loup.

– Qui est-il, ce salaud ? gronda Stéphane.

– Votre père se nomme Annibal Pantalucci, il est l'actuel cardinal secrétaire d'État du Vatican, le numéro deux de la Cité pontificale, juste après le pape. Et il est donné favori lors du prochain conclave, lorsque le pape actuel aura trépassé, ce qui ne saurait tarder, vu son état de santé et les événements célestes qui se préparent…

– Mon père ? Pape ?

– Eh oui, mon enfant. J'ai peur que vous deviez vous faire à cette idée, même si je reconnais qu'elle doit vous être insupportable. Mais ne vous inquiétez pas, vous n'aurez pas longtemps à vivre avec cette douleur. Je vais m'empresser d'abréger vos souffrances.

51

Antoine Peretti tira une cigarette de son paquet.

– Cela ne vous dérange pas ?

Paolini haussa les épaules.

– Le secrétaire d'État du Vatican fume comme un pompier. J'aurais mauvaise grâce à vous reprocher d'en faire autant.

– Merci, répondit Peretti en actionnant son briquet. Cela m'aide à réfléchir.

– Je comprends. Moi, ce sont les chocolats, répliqua Paolini en sortant de sa poche une barre chocolatée protégée par du papier métallisé. Vous en voulez ?

Peretti refusa avec un petit sourire. Pas étonnant que le gendarme italien soit si gras. Mais après tout, pourquoi pas. Le chocolat, tout comme le tabac, était un excellent antidépresseur.

– Que pensez-vous de Chalais ? interrogea Peretti en exprimant la fumée par le nez.

– Il a été manipulé, rétorqua Paolini en croquant dans sa barre de cacao. Je le pense plus victime que coupable. Je me demande qui peut bien se cacher derrière tout ça. Mais je ne suis pas sûr qu'il nous reste beaucoup de temps pour mener notre enquête. Vous avez entendu le colonel Herscherr ? Si nous restons ici, nous risquons d'être aux premières loges pour assister au feu d'artifice qui se prépare. Mais si la Garde suisse reste fidèle au poste, la gendarmerie du Vatican ne peut pas faire moins que rester elle aussi…

– Vous êtes marié ? Des enfants ?

Paolini hocha négativement la tête.

– Moi non plus, reprit Peretti. Je suis marié à mon métier. Je suppose que cela doit jouer. Je pourrais reprendre sans tarder un avion pour Paris, à condition qu'il y ait encore de la place. Mais je sais que je m'en voudrais toujours de ne pas avoir été au bout de mon enquête. Car je suis sûr que la clé de l'énigme est ici, près de nous.

L'Italien mordit à nouveau dans sa barre de chocolat.

– À propos, inspecteur, reprit Peretti, le secrétaire d'État est un drôle de personnage, vous ne trouvez pas ? Il m'a tenu des propos… étranges.

– Oui, il est assez contesté, bien qu'il soit *papabile.* Il incarne en tout cas un nouveau visage de l'Église, plus moderne, plus impliqué dans les affaires du monde et ses enjeux politiques que dans une pure vocation pastorale.

– Je ne pense pas qu'il ait la vocation d'un martyr, en effet. Je le vois mal finir dans les décombres du Vatican, contrairement à ce que le colonel Herscherr a laissé entendre au sujet du pape actuel.

L'Italien s'esclaffa.

– Je ne suis pas loin de penser comme vous ! On dit que le secrétaire d'État bénéficie d'appuis haut placés dans les cercles politiques et financiers internationaux. Il ne voyage qu'en jet privé, aux frais de mécènes anonymes. Mais comment pourrait-il s'en aller seul sans donner l'impression de quitter le navire en perdition ?

Peretti eut un geste évasif.

– Je n'en sais rien, mais je suis persuadé qu'il y a déjà réfléchi. Il m'a fait l'impression d'un homme qui contrôle absolument la situation. C'est bien ce qui m'inquiète, d'ailleurs… Je ne l'ai senti ni horrifié par le meurtre de cette nuit, ni inquiet au sujet du sort du Vatican, pas plus qu'à celui du monde. Il avait l'air de… s'amuser. Comme un joueur prêt à tenter un banco pour rafler toute la mise. Je ne suis pas croyant, mais si je l'étais, je ne suis pas sûr que j'aimerais avoir un pape comme lui.

Un carabinier interrompit leur conversation en pénétrant dans la salle.

– Inspecteur Paolini, nous avons un deuxième cadavre.

– Quoi ? s'écria l'Italien. Un deuxième crime ?

– Crime ou suicide, on ne sait pas encore, continua le policier. La victime vient d'être retrouvée au pied de son lit, les membres tétanisés, le visage crispé, la langue noire et enflée. Un empoisonnement foudroyant au cyanure.

– Qui est-ce ?

– Aurélien Chalais, le garde suisse que vous venez d'interroger.

Paolini et Peretti échangèrent un regard navré. Le jeune Valaisan en avait trop dit. On s'était débarrassé de lui, au nez et à la barbe de la police.

– Le secrétaire particulier du cardinal secrétaire d'État souhaite vous parler de toute urgence, poursuivit le carabinier.

La longue silhouette d'Augusto Ferrato se profila derrière le carabinier. Sur un signe de Paolini, le jeune homme pénétra dans la pièce. Il était pâle et ses lèvres tremblaient légèrement. Il jetait des regards en tous sens d'un air inquiet, comme s'il craignait d'être surveillé.

– Je voulais venir vous voir plus tôt, mais je ne pouvais pas… C'est moi qui ai donné un coup de fil anonyme à la police, cette nuit. J'ai d'importantes révélations à vous faire. Je sais qui a commandité la mort de frère Arno et d'Aurélien Chalais.

Il hésita un instant. Les mots semblaient avoir du mal à sortir de sa bouche. Puis il se décida :

– Je le sais. J'ai tout vu. J'étais présent, et j'ai tout vu.

Puis il éclata en sanglots.

52

Le frère El Caro retira sa coule, dévoilant enfin son visage. Un visage mûr mais qui était demeuré beau, d'où émanait une étrange séduction. Ses yeux très bleus s'accordaient à la couleur du saphir qu'il portait à l'annulaire de la main droite. Le saphir de son anneau cardinalice.

Il ôta enfin son manteau et apparut dans sa soutane rouge de cardinal. De sa main parfaitement manucurée il saisit un sifflet qu'il portait au bout d'une chaîne en sautoir autour du cou et le porta à sa bouche.

Trois sifflements stridents retentirent dans le silence des souterrains.

Presque aussitôt, trois masses noires surgirent de la pénombre.

Les Croisés noirs. Avec leurs combinaisons frappées d'une croix de sang.

Celui qui s'était présenté sous le nom de frère El Caro arbora un large sourire qui dévoila une impeccable rangée de dents blanches.

– J'ai été heureux de faire ta connaissance, mon fils. Dommage que nous ne puissions nous attendrir davantage, mais ton rôle s'arrête ici. Vois-tu, dans ce jeu d'échecs qui oppose depuis toujours les forces de l'ombre et celles de la lumière, j'étais le maître des deux camps. Le frère El Caro et le cardinal Pantalucci, le prochain pape…

Stéphane se mit à secouer de toutes ses forces les grilles de sa cage.

– Ordure ! Vous n'êtes rien pour moi ! Ni un père, ni un pape ! Vous n'êtes qu'un assassin ! Et l'Ordre des Fidèles du Prêtre Jean, alors, c'était du vent ?

– Je ne parle pas de l'existence historique du Prêtre Jean. Qu'il ait existé ou pas, je n'en sais rien et je m'en moque. Mais l'Ordre des Fidèles du Prêtre Jean est une pure invention de ma part, je le reconnais. Comme je te l'ai dit, j'ai toujours été le maître des deux camps de l'échiquier. Pour alimenter mon jeu, il me fallait des idéalistes convaincus comme Michel ou frère Arno, et des crapules fanatiques comme les Croisés noirs. Comme je me trouvais de chaque côté, je ne pouvais pas perdre.

– Mais la Prophétie de Pierre ! C'est une mystification, elle aussi ? Et puisque vous vous vantez de tout savoir depuis le début, pourquoi n'êtes-vous pas venu la chercher vous-même ?

– Je te rassure, la Prophétie est authentique. Et sa révélation sonnerait en effet le glas de l'Église de Rome. Pourquoi je ne m'en suis pas emparé par moi-même ? Mais parce que j'ignorais où elle se trouvait ! C'est frère Arno qui en a eu connaissance au cours de ses premières années dans la curie romaine. Après bien des pérégrinations, dont certaines, je te l'accorde, étaient liées au Prêtre Jean ou aux chrétiens de rite nestorien, le manuscrit de la Prophétie avait fini par atterrir au Vatican. Frère Arno a pu s'en emparer et m'en a parlé. Je lui ai recommandé de la cacher soigneusement, et de n'en révéler le lieu à personne, pas même à moi !

– C'est absurde !

– Tu ne comprends rien au plaisir du jeu, mon enfant. J'ai fait cela pour corser la partie. Pour me créer des handicaps à surmonter. Pour susciter des antagonismes contre lesquels je devrais me mesurer. Jouer tout seul peut devenir vite lassant, tu sais. C'est pourquoi j'avais réellement besoin de ton aide et de celle de frère Arno pour récupérer ce manuscrit. À présent qu'il est en ma possession, tu ne me sers plus à rien. Ton supplice n'aura guère de témoins, j'en suis navré, car tous les sites et bâtiments publics ont été fermés. Mais je serai là pour assister à ta fin. Enfin... au début de ta fin. Car lorsque LUCIFER te tombera dessus, je serai bien loin d'ici. L'Église aura très bientôt besoin d'un nouveau pape, et je me dois d'être vivant pour répondre à ce noble apostolat.

D'un geste, Pantalucci ordonna aux Croisés noirs de faire leur office.

Les trois hommes s'approchèrent de la cage où était enfermé Stéphane.

Le jeune homme ne dit rien. Mais son regard exprimait une haine incontrôlable.

53

Une grande croix avait été dressée au milieu de l'arène du Colisée désert. À son pied, des fagots de bois formaient un monticule hérissé d'épineux. Sur les bras de la croix se tenait Stéphane, non pas cloué mais attaché aux poignets et aux chevilles par de solides cordes. Il était vêtu d'une longue aube blanche qui attirait les rayons du soleil hivernal. De part et d'autre se trouvaient des torchères allumées.

Devant le calvaire se tenaient les Croisés noirs, figés comme des statues d'argile. La seule trace de vie résidait dans leurs yeux brûlant d'une lueur cruelle. Ils étaient prêts, une fois de plus, à assumer leur fonction de bourreaux. Le poing droit serré sur le cœur, ils marquaient leur allégeance à ce qu'ils considéraient comme une sainte cause, justifiant aussi bien les tortures que les crimes. Ils étaient les bras armés d'une Église qui n'avait jamais totalement disparu. Une Église dont les valeurs reposaient non sur la charité, l'humilité ou la paix. Une Église pétrie d'obscurantisme, de tribunaux de l'Inquisition et de chasses aux sorcières. Une Église alimentée, non par la flamme de la foi, mais par le feu des bûchers.

Le cardinal Annibal Pantalucci contemplait son œuvre, se tenant debout en face du tableau macabre dont il avait eu l'idée. De sa main droite, il tenait l'étui de cuir enfermant le manuscrit de la Prophétie de Pierre dont il tapotait la paume de sa main gauche. Il rayonnait de morgue, de suffisance et d'un sentiment ineffable de toute-puissance.

– L'heure des adieux va bientôt sonner, mon fils, s'exclama-t-il d'une voix forte qui résonna dans les tribunes encerclant l'immense arène. Comme tu peux le constater, j'aime à varier mes mises en scène. J'ai remplacé la crucifixion de Pierre par le bûcher du Moyen Âge. Bien que je sois un homme de mon temps, je suis attaché aux traditions. J'ai toujours rêvé d'être le spectateur d'un combat de gladiateurs. Vu qu'aujourd'hui tu es l'un d'entre eux, je serai honoré d'assister à ton exécution en grande pompe...

– Allez au diable ! rugit Stéphane.

Le cardinal éclata de rire.

– J'y suis déjà, mon enfant ! Je fais partie de sa cour. J'y suis même hautement placé. Mais le diable que je sers n'est pas celui que tu imagines, un ridicule démon cornu aux pieds fourchus qui surveille la cuisson des damnés dans sa grande marmite. Mon diable est un ange de lumière, injustement bafoué et calomnié, mais qui va bientôt reprendre la place qui lui revient sur Terre et dans les Cieux. Mon diable est mon dieu. Il a pour nom Lucifer, et l'émeraude tombée de son front va s'écraser ici même dans quelques heures, au cœur de la capitale de la chrétienté...

– Vous êtes complètement fou ! Fou à lier ! Quand je pense que Michel vous a fait confiance !

– Mes fidèles ont consacré leur vie à espérer le retour d'un Prêtre Jean qui n'a peut-être jamais existé que dans l'imagination des pèlerins du Moyen Âge. Ils ont été suffisamment naïfs pour croire qu'une nouvelle religion œcuménique allait détrôner deux mille ans de catholicisme. Si cela peut te consoler, dis-toi que ton ami est mort en martyr d'une religion qui n'existe pas, et qu'il est allé rejoindre le royaume imaginaire du Prêtre Jean ! Et toi, mon cher fils ? Pour te donner un avant-goût des flammes éternelles, je vais te faire goûter à celles de ce bûcher...

Le cardinal s'approcha de l'une des torchères et y enflamma l'étui de cuir. Il attendit que le feu prenne bien avant de le jeter au milieu de la paille et des épineux qui s'embrasèrent aussitôt.

– Ainsi disparaît à tout jamais ce manuscrit maudit, qui ne pourra plus jamais être utilisé contre l'Église ! proféra gravement le cardinal. Tel Néron assistant à l'incendie de Rome, je veux voir la ville tout entière s'embraser à nouveau, touchée par le feu céleste de LUCIFER !

Le feu prenait rapidement, entretenu par les Croisés noirs qui fourrageaient dans les bûches afin de l'attiser. Une épaisse fumée se dégageait du bûcher, et s'élevait jusqu'au nez et à la bouche de Stéphane qui se mit à tousser et à larmoyer. Il commençait à sentir la chaleur des flammes envahir ses membres. Dans quelques minutes, il ne serait plus qu'une torche vivante. Le cardinal le contemplait avec une sorte de gourmandise perverse. Les flammes se reflétaient dans l'eau glacée de ses yeux pâles et dans le bleu du saphir de son anneau.

54

Stéphane ouvrit les yeux sur une vision angélique. Des séraphins flottaient dans l'azur pur, certains sonnant dans des trompes, d'autres tirant sur les cordes de leur lyre.

Il crut un instant qu'il se trouvait au paradis.

Puis il ajusta son regard et constata que le tableau enchanteur qu'il venait de contempler était peint au plafond. Il baissa les yeux et vit qu'il était allongé sur un lit, son corps entièrement recouvert de bandages.

En tournant la tête, il aperçut le lieutenant Peretti qui se tenait dans l'encadrement de la porte de la chambre. Ce dernier l'observait avec son air impénétrable coutumier.

Il entra dans la pièce, tira une chaise et s'assit à califourchon dessus, face au lit de Stéphane. Il tira un paquet de Benson de sa poche puis, se ravisant, le rangea.

– Où suis-je ? interrogea Stéphane.

– Dans l'une des chambres du palais épiscopal, au Vatican. Le médecin personnel du pape a pris soin de vous. Vos brûlures sont superficielles, et la morphine vous empêche de ressentir la douleur. D'où, sans doute, un léger effet euphorisant…

– J'ai cru me réveiller au paradis…

Peretti se massa le menton.

– Vous avez bien failli y aller… Nous sommes arrivés juste à temps. Quelques minutes de plus, et vous y passiez.

– Je me souviens du bûcher, de la fumée noire qui me piquait les yeux et la gorge. J'ai commencé à suffoquer et puis plus rien. J'ai dû m'évanouir.

Antoine Peretti plongea son regard dans celui du jeune homme.

– Vous pouvez dire que vous m'avez fait courir, depuis notre première rencontre à la gendarmerie de Carpentras… Vous ne deviez pas quitter le territoire, souvenez-vous… C'est un délit. Je dois d'ailleurs avouer que, jusqu'au dernier moment, vous étiez à mes yeux le suspect idéal. Mais cela a changé lorsque je suis arrivé à Rome… Le cardinal Pantalucci était tellement sûr de lui qu'il s'est confié un peu trop imprudemment à son secrétaire particulier, Augusto Ferrato, qui nous a expliqué toute l'affaire. Les crucifixions inversées, les Croisés noirs, votre fuite dans les souterrains de Rome, l'assassinat de Michel Ardent et de frère Arno, l'empoisonnement du garde suisse, Aurélien Chalais. Ferrato savait que vous aviez été appréhendé par les hommes de main du cardinal qui allaient sans doute vous sacrifier comme ils l'ont fait avec votre ami et avec le moine. Mais il ignorait l'endroit de votre détention.

– Comment l'avez-vous découvert ?

– Malgré son âge, Augusto Ferrato est un puits de science en ce qui concerne l'histoire de Rome. Et il connaissait le goût de Pantalucci pour les symboles et son admiration pour Néron. Il s'est souvenu que le Colisée tenait son nom de la statue de Néron qui se trouvait à côté. Et il s'est également rappelé une ancienne prophétie datant du VIIIe siècle, formulée par un certain Bède. Bède le Vénérable, je crois.

– « Tant que le Colisée sera debout, Rome sera debout ; quand le Colisée s'écroulera, Rome s'écroulera ; quand Rome s'écroulera, le monde entier s'écroulera », récita Stéphane. Le cardinal m'a servi la même citation…

Le lieutenant Peretti laissa flotter un léger sourire sur son visage de marbre.

– En tout cas, ce Bède le Vénérable vous a sauvé la vie. Aussitôt que Ferrato nous a désigné le Colisée comme le lieu probable de votre séquestration, nous avons réquisitionné une dizaine de carabiniers et nous avons foncé. Par chance, les rues étaient désertes… Rome s'était entièrement vidée de ses habitants. Nous avons pu vous décrocher de votre croix au moment où les flammes commençaient à vous envelopper et appréhender le cardinal Pantalucci et les trois assassins qui l'accompagnaient. Après avoir assisté à votre mise à mort, le numéro deux du Vatican nous a avoué qu'il comptait s'enfuir à bord d'un jet privé mis à sa disposition par un consortium d'hommes d'affaires internationaux. Nous avons vérifié : il n'y avait pas de jet à l'aéroport. Lorsque nous le lui avons appris, le cardinal s'est enfermé dans un mutisme d'où il n'est plus ressorti. Pour moi, soit c'est un mythomane, soit ses amis l'ont lâché… En tout cas, cela n'a plus d'importance aujourd'hui. Il est sous les verrous pour un bon bout de temps…

– Et LUCIFER ? s'enquit Stéphane.

– L'astéroïde ? Les missiles de la NASA ont pu le faire dévier juste avant son entrée dans l'atmosphère terrestre. À l'heure qu'il est, il se trouve déjà à des milliers de kilomètres de la Terre. La fin du monde ne sera pas pour aujourd'hui.

Stéphane poussa un profond soupir.

Le lieutenant Peretti se leva en toussotant.

– Je dois vous laisser un moment. Le temps d'aller en griller une sur la place Saint-Pierre tant qu'elle est encore vide… Les Romains commencent à revenir en masse, depuis que le danger est passé.

Il s'apprêtait à quitter la chambre, puis se ravisa :

– À propos, demain c'est dimanche. L'état du Saint-Père s'est encore dégradé, à cause de toutes ces turbulences, mais il tient à donner sa bénédiction depuis son balcon, comme il en a l'habitude. Vu les circonstances, son allocution sera particulièrement suivie. Toutes les télévisions mondiales retransmettront l'événement. Il a laissé entendre qu'il envisageait de profondes réformes au sein du Vatican et de l'Église catholique romaine. On se demande juste s'il en aura le temps. Le pauvre homme est mourant et l'éviction du favori dans la course au Saint-Siège a rallumé l'ardeur des *papabile*. Les intrigues de cour ont recommencé. Le Vatican a été épargné par l'astéroïde mais on ressent toujours une ambiance de fin de règne. À propos, le Saint-Père tient à vous donner une audience privée.

– Pour quelle raison ? demanda Stéphane.

– Je pense qu'il tient à s'excuser personnellement de ce que l'Église, bien malgré lui, vous a fait subir. Bon… À présent, j'y vais.

Il extirpa une cigarette de son paquet et la fit rouler entre ses doigts.

– J'ai rendez-vous avec ma blonde. Ma blonde filtre, bien entendu…

Il fit un clin d'œil à Stéphane.

– Oh, une dernière chose. Vous pourrez récupérer votre passeport à l'antenne du commissariat de l'aéroport Léonard-de-Vinci. Les carabiniers ont été compréhensifs et ont accepté d'effacer votre délit de fuite. Moi aussi, d'ailleurs…

Puis il s'éclipsa discrètement.

Stéphane Clément demeura seul dans la chambre. Il se trouvait au Vatican, au cœur même de l'Église catholique romaine dont il avait fini par croire qu'elle représentait l'ennemi suprême. Mais le seul ennemi était le cardinal Pantalucci et les tueurs à sa solde. Son propre père. Et l'Ordre des Fidèles du Prêtre Jean auquel Michel Ardent, frère Arno Saknussem et tant d'autres avaient voué leur vie n'était qu'une supercherie. Les vœux qu'ils avaient prononcés n'avaient aucune valeur.

Soudain, il songea à Marie. Elle aussi avait été cloîtrée de force. Ses vœux, en fin de compte, n'avaient pas davantage de valeur que ceux qu'avait prononcés Michel. Lorsqu'elle apprendrait que celui qui l'avait contrainte à entrer au couvent était sous les verrous, elle serait libre elle aussi de changer de vie, si elle le désirait.

Libre de quitter les ordres et de mener enfin sa vie comme elle le voulait. Avec qui elle le voulait.

Enfin, il pensa à sa mère, la Mère supérieure du monastère des Clarisses.

Marie et sa mère. Deux femmes que la religion avait éloignées un temps de la vraie vie.

Deux femmes qui s'étaient trouvées sur son chemin. Deux femmes liées à son destin. À son passé.

Mais pour l'avenir ?

Sitôt rentré en France, Stéphane comptait rattraper le temps perdu.

DIMANCHE 16 DÉCEMBRE

55

La chaîne NBC, comme toutes les autres chaînes télévisées du monde, retransmettait en direct l'allocution du pape depuis son balcon du Vatican, à l'issue de la messe dominicale. La place Saint-Pierre, déserte la veille au soir, était ce matin noire de monde. Les fidèles étaient venus écouter le discours historique du Saint-Père.

Le pape était fatigué et malade. Ses traits étaient tirés, mais ses yeux brillaient d'une intense lueur d'intelligence. Il lut son allocution d'une voix brisée. Chaque mot semblait lui arracher une douleur intense.

Le monde venait d'échapper à une catastrophe venue du ciel. Rome et le Vatican avaient été épargnés. Et la basilique Saint-Pierre était encore debout.

Il n'y avait qu'un mot pour expliquer ces retournements inattendus de situation : miracle.

– Miracle et volonté divine ! ne cessait de répéter le Saint-Père au monde entier.

« C'est à moi que revient la mission de rassurer le monde, et de fédérer les chrétiens autour d'une nouvelle vision de leur foi.

« C'est à moi de réformer l'Église, de lui rendre sa pureté originelle.

« L'Église est malade. Il faut l'amputer de ses rameaux morts et couper ses branches pourries, comme on taille un arbre. Ce n'est qu'en se sacrifiant elle-même et en se lavant de ses péchés que l'Église renaîtra de ses cendres. »

L'Église catholique romaine incarnait depuis deux mille ans le socle de la chrétienté.

Une Église nourrie du sang du martyre de l'apôtre Pierre.

John Smith saisit la télécommande et éteignit le téléviseur.

L'homme assis en face de lui, dans l'un des profonds canapés qui garnissaient le bureau, prit le temps de rallumer son cigare avant de prendre la parole. Par la fenêtre on distinguait le dôme tout proche de la Maison-Blanche.

– L'Église redevient une puissance de premier plan, constata l'homme. Si le pape accomplit les réformes qu'il évoque dans son discours…

– Ne vous inquiétez pas. Le pape est malade, très malade… Et nous nous assurons d'ores et déjà du soutien d'un prochain *papabile*…

– Et si vous n'y parvenez pas ? Si le Sacré Collège élit un pape idéaliste et incontrôlable, comme cela s'est déjà passé ?

– Ce genre de pape ne reste jamais longtemps en place, rétorqua John Smith avec assurance. Le dernier n'a duré que trente-trois jours…

L'homme souffla une bouffée qui filtra à travers ses lèvres arrondies.

– Je sais que vous ferez pour le mieux, Smith. Je viens d'être élu, mais officiellement, mon mandat ne prend effet qu'en janvier prochain. Je veux pouvoir compter sur l'appui des puissances occidentales, et l'Église en fait partie.

– Tant que vous servirez les intérêts des membres du Nouvel Ordre Mondial, c'est sur leur appui que vous pourrez compter avant tout, répliqua John Smith dans un large sourire. N'oubliez jamais le serment que vous avez prêté auprès des véritables puissances qui régissent le monde. *Ils* vous ont à l'œil… N'oubliez jamais que vous n'êtes qu'un pion sur notre échiquier, Monsieur le Président…

Puis il ajouta avec une lueur inquiétante dans le regard :

– Que son règne vienne…

DU MÊME AUTEUR

Romans et nouvelles :

– *Les Lavandières de Brocéliande*, Calmann-Lévy, 2012.

– *La Malédiction de l'anneau*, trilogie romanesque, Belfond, 2010 ; tome 1 : *Les Chants de la Walkyrie*, Belfond, 2008 ; tome 2 : *Le Sommeil du dragon*, Belfond, 2009 ; tome 3 : *Le Trésor du Rhin*, Belfond, 2010 ; réédition France Loisirs.

– *L'Amour courtois et autres histoires*, Le Pré aux Clercs, collection « Le cabinet fantastique », 2007.

– *Les Loups de la pleine lune*, Le Pré aux Clercs, 2005.

– *Le Bestiaire fabuleux*, Pygmalion, collection « Contes et légendes de France », 2001.

– *Les Amours enchantées*, Pygmalion, collection « Contes et légendes de France », 2001.

– *Rue de l'Oubli, ou les Ombres d'Istanbul*, Autres Temps, 1998.

– *Le Vœu d'étoile*, Le Comptoir, 1996.

– *Quand le ciel s'éclaircira*, Plon, 1994.

Documents :

– *Traité des arts divinatoires*, avec Stéphanie Brasey, Le Pré aux Clercs, 2012.

– *Traité de sorcellerie*, avec Stéphanie Brasey, Le Pré aux Clercs, 2011.

– *Les Enquêteurs de l'étrange. Histoires vraies de maisons hantées*, avec Stéphanie Brasey, Le Pré aux Clercs, 2011.

– *Traité de démonologie*, Le Pré aux Clercs, 2011.

– *Grimoire des loups-garous*, Le Pré aux Clercs, 2010.

– *Traité des anges*, Le Pré aux Clerc, 2010.

– *Formules magiques pour toutes circonstances d'après les Évangiles des Quenouilles*, Éditions du Chêne, 2010.

– *Le Cabinet des fées*, tome 1 : *Créatures fantastiques et merveilleuses*, Éditions du Chêne, 2010 ; tome 2 : *Sortilèges et enchantements*, Éditions du Chêne, 2010.

– *Traité de Faërie par Ismaël Mérindol*, Le Pré aux Clercs, 2009 ; réédition France Loisirs.

- *Traité de vampirologie par le docteur Abraham Van Helsing*, Le Pré aux Clercs, 2009 ; réédition France Loisirs.
- *L'Univers féerique*, Pygmalion, 2008.
- *Le Guide du chasseur de fantômes*, Le Pré aux Clercs, 2006.
- *Le Guide du chasseur de fées*, Le Pré aux Clercs, 2005.
- *Trouver sa vérité par les contes de sagesse*, Albin Michel, « Spiritualités », 2000.
- *L'Énigme de l'Atlantide*, Pygmalion, 1998 ; J'ai Lu, 2002.
- *Vivre la magie des contes*, avec J.-P. Debailleul, Albin Michel, « Spiritualités », 1998.
- *Enquête sur l'existence des fées et des esprits de la nature*, Filipacchi, 1996 ; J'ai Lu, 1998.
- *Enquête sur l'existence des anges rebelles*, Filipacchi, 1995 ; J'ai Lu, 1997.
- *La République des jeux*, Robert Laffont, 1992.
- *Charlie Chaplin*, Solar, 1989.
- *Sorciers*, Ramsay, 1989.
- *L'Effet Pivot*, Ramsay, 1987.

Livres illustrés :

- *La Grande Encyclopédie du merveilleux*, Le Pré aux Clercs, 2012.
- *L'Agenda du merveilleux 2010, 2011, 2012* et *2013*, avec Stéphanie Brasey et Sandrine Gestin, Le Pré aux Clercs.
- *La France enchantée*, La Martinière et France Loisirs, 2011.
- *La Grande Bible des fées*, avec Stéphanie Brasey, Le Pré aux Clercs, 2010.
- *La Petite Bibliothèque du merveilleux*, Le Pré aux Clercs, 2009.
- *L'Encyclopédie des héros*, Le Pré aux Clercs, 2009.
- *L'Encyclopédie du légendaire*, Le Pré aux Clercs, 2008.
- *Le Petit Livre des fées - Le Petit Livre des elfes - Le Petit Livre des dragons - Le Petit Livre des sorcières - Le Petit Livre des ogres - Le Petit Livre des lutins*, Le Pré aux Clercs, 2008.
- *La Petite Encyclopédie du merveilleux*, Le Pré aux Clercs, 2007 ; réédition France Loisirs.
- *Grimoires, sortilèges et envoûtements*, Fetjaine, 2007.
- *La Bonne Cuisine des fées*, avec Jacques Bertinier, Fetjaine, 2007.

– *L'Encyclopédie du merveilleux,* tome 1 : *Des peuples de la lumière*, Le Pré aux Clercs, 2005 ; tome 2 : *Du bestiaire fantastique*, Le Pré aux Clercs, 2006 ; tome 3 : *Des peuples de l'ombre*, Le Pré aux Clercs, 2006.
– *Les Univers de Jules Verne*, Éditions du Chêne, 2005.
– *La Lune, mystères et sortilèges*, Éditions du Chêne, 2003.
– *Les Sept Portes des Mille et Une Nuits*, Éditions du Chêne, 2003 et 2010.
– *Démons et merveilles*, Éditions du Chêne, 2002, 2006 et 2010.
– *La Cuisine magique des fées et des sorcières*, L'Envol, 2001 et 2005 ; Cartothèque, 2006.

Site de l'auteur :
www.edouardbrasey.com

Cet ouvrage a été composé par
IGS-CP à L'Isle-d'Espagnac
et achevé d'imprimer par
Imprimerie France Quercy à Mercuès
Dépôt légal : janvier 2013
N° d'édition : 1218/01
N° d'imprimeur : 21917/
Imprimé en France